ELLA DANZ
Unglückskeks

UNDURCHSICHTIG Marlene kommt nicht dahinter, wovor die sprachlose Sophie Angst hat. Erst nach und nach schwant ihr, dass ihre Partnerin sich in Gefahr befindet. Doch als sie Hilfe bei der Polizei sucht, trifft sie auf ziemlich verständnislose Beamte. Währenddessen mühen sich Kommissar Angermüller und sein Team, das Geheimnis des toten Chinesen vom Bahngleis zu lüften. Niemand scheint den Mann gekannt zu haben, keiner vermisst ihn. Einzig die Visitenkarte eines Bankangestellten mit chinesischen Schriftzeichen auf der Rückseite findet sich bei dem Toten. Der Kriminalhauptkommissar fühlt sich gestresst. Die Aufklärung des Falles geht nicht voran, sein Chef nervt mit voreiligen Theorien über chinesische Triaden und persönliche Sorgen hat Angermüller auch: Er muss sich allein um die Zwillinge kümmern und täglich ins Krankenhaus fahren, wo seine Frau Astrid nach einem Fahrradunfall im Koma liegt. Dort macht er eine interessante Bekanntschaft ...

Ella Danz, gebürtige Oberfränkin, lebt seit ihrem Publizistikstudium in Berlin. Ihr spezielles Interesse gilt der genauen Beobachtung von Verhaltensweisen und Beziehungen ihrer Mitmenschen. Außerdem wird in ihren Büchern stets ausgiebig gekocht und gegessen sowie das Zusammenleben ihrer Protagonisten mit Genuss und Ironie durchleuchtet. Ella Danz ist aktiv bei Slow Food und sie hat Kommissar Georg Angermüller erfunden, einen sympathischen Oberfranken im Lübecker Exil, der nicht nur gegen das Verbrechen, sondern auch gegen schlechtes Essen kämpft. Die Geschichten um den Genießer im Polizeidienst haben ihr bei der Kritik den Titel »Agatha Christie des Gourmetkrimis« eingebracht.

Bisherige Veröffentlichungen im Gmeiner-Verlag:
Schockschwerenot (2015)
Geschmacksverwirrung (2012)
Ballaststoff (2011)
Schatz, schmeckt's dir nicht? (2010)
Rosenwahn (2010)
Kochwut (2009)
Nebelschleier (2008)
Steilufer (2007)
Osterfeuer (2006)

ELLA DANZ

Unglückskeks

Angermüllers achter Fall

GMEINER SPANNUNG

*Personen und Handlung sind frei erfunden.
Ähnlichkeiten mit lebenden oder toten Personen
sind rein zufällig und nicht beabsichtigt.*

Besuchen Sie uns im Internet:
www.gmeiner-verlag.de

© 2014 – Gmeiner-Verlag GmbH
Im Ehnried 5, 88605 Meßkirch
Telefon 07575 / 2095-0
info@gmeiner-verlag.de
Alle Rechte vorbehalten
2. Auflage 2015

Lektorat: Claudia Senghaas, Kirchardt
Herstellung: Julia Franze
Umschlaggestaltung: U.O.R.G. Lutz Eberle, Stuttgart
unter Verwendung eines Fotos von: © m&m88 / photocase.com
Druck: GGP Media GmbH, Pößneck
Printed in Germany
ISBN 978-3-8392-1518-0

Für meine Freundinnen und Freunde – namentlich Cornelia, Christel, Hans, Karin, Udo, Ulli – und all die anderen Kümmerer

… und natürlich für W.

KAPITEL I

Inmitten der abendlichen Betriebsamkeit an der Supermarktkasse musste Marlene plötzlich an Sophie denken. Eine Welle von Zuneigung und Traurigkeit durchlief sie und sie spürte die Sehnsucht wie ein schmerzhaftes Ziehen. So schnell es ihr möglich war, schmiss sie die Einkäufe, welche die Kassiererin fertig durchgezogen hatte, in den großen Einkaufswagen.

Ich komme, meine Kleine, flogen ihre Gedanken voraus, hab 'ne Menge Sachen gekauft, die du gerne magst. Heute Abend werden wir schlemmen!

Als sie die Berge von Obst, Gemüse, Käse, Joghurt und allen möglichen Leckereien in Tüten und Körben im Kofferraum verstaut hatte, musste Marlene über sich selbst den Kopf schütteln. Eine vierköpfige Familie könnte sich tagelang davon ernähren. Sie hatte beim Einkaufen jegliches Maß verloren.

Endlich fand sie eine Lücke im vorbeirollenden Verkehr, fuhr vom Parkplatz und fädelte sich auf die Hauptstraße ein. Kurz darauf bog sie nach links ab, um ihren ganz persönlichen Schleichweg durch stille Wohnstraßen mit schmucken Einfamilienhäusern von Ratekau nach Grootmühlen zu nehmen.

»Gleich bin ich bei dir, meine Süße«, murmelte Marlene vor sich hin und drückte aufs Gas, während sie im Handschuhfach nach ihrer Sonnenbrille angelte, »dauert gar nicht mehr lange. Und dann machen wir uns ein feines Abendessen, das sag ich dir!«

Die Sonne stand schräg am makellos blauen Himmel. Wie so oft hier an der Küste hatten sich die Wolken am späten Nachmittag verflüchtigt, und es versprach, ein milder Abend zu werden. Ob Sophie schon auf sie wartete? Marlene ließ sie ungern allein. Manchmal ließ es sich nicht vermeiden, manchmal hatte Sophie einfach keine Lust, so wie heute. Alle Überredungskünste, sie mit zum Einkaufen zu lotsen, hatten nichts gefruchtet. Sie hatte nach jedem ihrer Argumente nur den Kopf geschüttelt. Als Marlene trotzdem nicht aufhören wollte, auf sie einzureden, war Sophie böse geworden, hatte sich die Treppe hinauf in den ersten Stock gehangelt und die Zimmertür hinter sich zugeknallt. Natürlich war Marlene ihr nachgegangen, hatte ihr gesagt, dass es kein Problem wäre, ginge sie halt ohne sie einkaufen, sie dachte nur, sie langweile sich vielleicht allein.

Endlich fuhr sie über die weiße kleine Brücke, hinter der das Grundstück begann, wo auf einer Anhöhe Tante Birgits Haus stand. Ursprünglich war es einmal die einfache Kate der Müllerfamilie gewesen, doch irgendwann um 1900 hatte der neue Besitzer das Strohdach weggenommen, ein Stockwerk daraufgesetzt und eine kleine, bescheidene, aber hübsche Villa daraus gemacht. Marlenes Onkel hatte das Anwesen mit in die Ehe gebracht und hier mit Frau und Kindern gelebt. Nachdem ihr Mann vor 15 Jahren verstarb, die Kinder längst aus dem Haus waren, fand Tante Birgit es bald zu einsam und zu ruhig so ganz allein, und nahm sich in Bad Schwartau eine kleine Wohnung. Die Villa hatte sie als Ferienhaus eingerichtet. Doch nachdem sie erste Erfahrungen mit mäkeligen Gästen und deren Ansprüchen gemacht hatte, betrieb sie die Vermietung eher halbherzig. Die meiste Zeit stand das Haus leer, nur Kinder und Enkel nutzten es, wenn sie zu Besuch in die alte Heimat kamen.

Marlene hupte kurz und fuhr den Wagen mit einem

rasanten Knirschen über den Kies direkt vor die Haustür, um ihre Einkäufe zu entladen.

»Huhu!«, winkte sie nach oben, wo sie Sophie hinter dem Fenster vermutete. Von dort hatte man die Auffahrt, ein Stück Straße, bevor sie einen Bogen nach rechts machte, die historischen Nebengebäude der Mühle gegenüber, in denen sich ein Restaurant befand, und die Einfahrt für die LKW im Blick. Erlaubte das Wetter nicht den Aufenthalt im Freien, saß Sophie gern dort oben und sah nach draußen, wo zwar auch wenig, aber immerhin etwas passierte.

Natürlich sorgte Marlene sich keineswegs, dass Sophie sich langweilte, wenn sie allein zurückblieb. Das nannte sie nur ihr gegenüber als Begründung, wenn sie die Freundin von zu Hause weglocken wollte. Vor allem seit Sophie sich mehr und mehr von dem verhassten Rollstuhl zu emanzipieren versuchte, war Marlene voller Angst, dass sie stürzen und sich verletzen könnte und dann nicht in der Lage wäre, Hilfe zu holen. Diese Angst machte, dass sie die Freundin am liebsten gar nicht allein lassen wollte.

Jedes Mal, wenn sie von einer ihrer Unternehmungen zurückkam, spürte Marlene ihr Herz aufgeregt klopfen. Vor Freude einerseits, gleich wieder bei Sophie zu sein, zum andern in angespannter Furcht, ob auch alles in Ordnung war mit ihr. Vergeblich versuchte sie immer wieder, sich ihre Ängste auszureden, aber sie konnte nicht aus ihrer Haut.

Jetzt drückte sie ein paar Mal ungeduldig mit dem Ellbogen auf den Klingelknopf, sodass ein lustiges Gebimmel durchs Treppenhaus tönte, während sie trotz einer vollgepackten Tüte in den Armen mit der anderen Hand den Haustürschlüssel ins Schloss schob.

»Schatz, ich bin wieder da!«

Sie hatte sich schon so oft in ihrer Fantasie die schlimmsten Szenarien ausgemalt, in quasi vorauseilendem Pessimismus, natürlich stets in der Hoffnung, eines Besseren belehrt zu werden. Und so war es dann auch immer gewesen, alles in Ordnung, keine Vorkommnisse. Doch heute …

Marlene ließ die Tüte mit den Einkäufen fallen, Äpfel kullerten über den Teppich, ein Joghurtbecher platzte.

»Sophie, Sophie! Was ist passiert?«

Mit einem Sprung war sie neben ihr.

Etwas verdreht lag die junge Frau im Flur am Fuß der Treppe. Aber, Gott sei Dank, sie bewegte sich!

Gib, dass sie sich nicht ernsthaft verletzt hat, betete Marlene inständig und schöpfte Hoffnung, als Sophie begann, sich mit ihrem gesunden Bein Zentimeter um Zentimeter in Richtung Treppengeländer zu ziehen. Es schien gerade erst passiert zu sein. Sie war offensichtlich von oben die Stufen heruntergefallen. Von wie weit oben? Marlene mochte sich gar nicht vorstellen, was alles hätte dabei geschehen können. Sie versuchte, zu überprüfen, ob Sophie irgendwo Schmerzen hatte, drückte sanft auf den Oberschenkel und dann ihren Beckenknochen, doch Sophie schob ihre Hand beiseite.

»Ich sollte wohl besser den Arzt rufen«, schlug Marlene vor und tastete nach ihrem Mobiltelefon.

Sophie unterbrach ihren kräftezehrenden Weg und wehrte unwillig ab.

»Sag doch, wie ist das passiert? Bist du die Treppe runtergestürzt? Mein Schatz, was ist geschehen?«

Sophie schüttelte den Kopf, gab Unverständliches von sich und bemühte sich, auf dem Rücken liegend, weiter auf das Geländer zuzurobben. Im Gesicht war sie hochrot. Marlene wollte sie anfassen, ihr helfen, doch die Freundin ließ es nicht zu. Jetzt hatte sie ihr Ziel erreicht und versuchte, sich mit dem linken Arm an einer Strebe hochzuziehen. Nach mehreren Ansätzen gelang es ihr endlich und sie saß mit dem Rücken an die unterste Stufe gelehnt. Sie fing sogleich an, wild zu gestikulieren.

»Mamma mia! Mamma mia!«

Es waren die Worte, die sie stets von sich gab, die einzigen, die sie beherrschte, außer Ja und Nein. Egal worum es ging: Mamma Mia. Stets gab sie diese Buchstabenfolgen von sich. Je nach Betonung und Lautstärke sollten sie etwas anderes bedeuten. Marlene hatte inzwischen schon besser gelernt, sie zu interpretieren. Ihre Freundin war unglaublich aufgeregt. Sie brabbelte, ruderte mit dem linken Arm durch die Luft, wirkte fast hysterisch.

»Hat es geklingelt? War jemand an der Tür?«

Marlene konnte nur versuchen, mit Fragen herauszubekommen, was Sophie ihr sagen wollte. Das war nicht ganz einfach, da ihre Freundin oft auch die Frage nicht richtig verstand. Hinzu kam die Ungeduld, die Sophie schon immer innegewohnt hatte und die nach ihrem Unfall noch um ein Vielfaches stärker geworden war.

»Wolltest du raus in den Garten, weil die Sonne jetzt so schön scheint?«

Sophie verdrehte die Augen und gab ein genervtes Stöhnen von sich. Das konnte sie noch gut, es klang genau wie früher. Marlene spürte, wie die Traurigkeit, die sie in letzter Zeit stets umschlich, wieder von ihr Besitz ergreifen wollte. Ach ja, wie früher ... Die zierliche Sophie sah noch genauso jung und draufgängerisch aus wie eh. Ihre dunklen Haare waren nach der Operation wieder nachgewachsen, nur dass sie jetzt noch um einiges kürzer waren als davor. Immer noch hatte Sophie ihre feinen Gesichtszüge, die geschwungenen dunklen Brauen über der zierlichen Nase, die wohlgeformten Lippen. Das angenehme Äußere ihrer Personal Trainerin war Marlene bei ihren ersten Begegnungen natürlich sofort aufgefallen, doch verliebt hatte sie sich erst, als sie Sophies offenes, positives Wesen kennengelernt hatte.

Hoffentlich fiel Marlene jetzt bald die richtige Frage ein, denn sonst würde sie nur eine wütende Handbewegung ernten, die den sofortigen Abbruch der Unterhaltung bedeutete – sofern man dieses Ratespiel überhaupt als Unterhaltung bezeichnen konnte.

»Wolltest du zum Telefon? Hat das Telefon …«

Nichts zu machen. Ihre Fragen brachten sie nicht weiter.

»Bitte, lass uns später drüber reden. Ich muss jetzt erst einmal die restlichen Einkäufe reinholen und dann koch ich was Leckeres für dich! Ja, mein Schatz?«

Sophie zuckte nur gekränkt mit den Schultern. Die Aussicht auf ein entspanntes Abendessen mit Sophie hatte sich erst einmal verflüchtigt, denn deren Hartnäckigkeit war gnadenlos. Sie würde wahrscheinlich keine Ruhe geben, ihr Anliegen weiter zu verfolgen. Es war ja auch nur legitim, dass sie von dem erzählen wollte, was sie erlebt hatte, was ihr offensichtlich große Angst machte. Da Marlene ahnte, wie schrecklich es sein musste, im Kopf genau zu wissen, was man sagen will, dies aber nicht mitteilen zu können, war sie gerne bereit, sich das Hirn zu zermartern, um ihre Freundin zu verstehen. Doch irgendwann begannen sich ihre Fragen im Kreise zu drehen, bis sich im Kopf ein großes schwarzes Loch auftat und ihr gar nichts mehr einfiel. Dann konnte sie nur noch bedauernd und erschöpft um Nachsicht bitten. Manchmal hatte Sophie dann tatsächlich ein Einsehen, manchmal nicht.

Als sie ihren Großeinkauf endlich untergebracht hatte, zog sich Marlene erst einmal in die Küche zurück. Seit sie mit Sophie zusammenlebte, hatte sie sich zu einer passablen Köchin entwickelt und vor allem auch den Spaß am fantasievollen Herstellen von Speisen entdeckt. Und seit Sophies Unfall waren die gemeinsamen Mahlzeiten noch wichtiger geworden. Marlene freute sich täglich auf das Abendessen, dachte sich immer wieder besondere Gerichte aus und spürte, was für ein Trost von diesem gemeinsamen Genuss ausging. Der Genuss war etwas, das sie mit Sophie teilen konnte. Und wenn die Welt auch noch so grau und düster war, der Tag mal wieder voller Enttäuschungen, Ärger und Stress, beim Kochen und Essen konnte sie endlich richtig entspannen, genießen, die Welt um sich herum vergessen. Es war so einfach.

Heute sollte es Steinbutt mit Sahnemangold und Zitronenkartoffelpüree geben. Sie garte kurz das Gemüse, schmeckte mit wenig Salz, etwas Pfeffer und Muskatnuss ab und machte sich dann an die Zubereitung des Pürees. Beim Fischhändler hatte sie Ostsee Steinbutt erstanden, den sie einfach in Butter briet und nur mit Salz und wenig weißem Pfeffer würzte.

Es war wirklich herrlich draußen. Die Sonne stand über dem Tal und glitzerte auf dem kleinen Teich, den die Schwartau am Fuß der Hügel bildete, bevor sie ihren Weg zur Trave fortsetzte. Marlene bemühte sich, den Abend zu retten, es ihnen beiden so schön wie möglich zu machen. Sie hatte in den letzten Monaten gelernt, dass es nur schlimmer wurde, wenn sie sich schlechte Laune erlaubte. So nahm sie alle Energie zusammen, befleißigte sich munterer Fröhlichkeit, deckte den Tisch hinterm Haus mit schönem Geschirr,

Servietten, Blumen und Windlichtern und versuchte, ihre Freundin mit kleinen Neckereien aufzuheitern.

Zumindest das Essen schien auch Sophie zu genießen. Der Steinbutt war von einem wunderbaren Aroma und wurde vom frischen Geschmack des nur mit Salz, Zitronenschale und Olivenöl angemachten Pürees perfekt ergänzt, ebenso wie von dem sahnigen, milden Mangold. Für den Moment war Sophies Aufregung von vorhin in Vergessenheit geraten. Sie trank Apfelschorle, ihr von jeher bevorzugtes Getränk, und Marlene genehmigte sich einen frischen, kühlen Rosé und hoffte inständig, das Kommunikationsproblem wäre zumindest bis zum nächsten Morgen ad acta gelegt.

Sophie beteiligte sich, so gut es ging, am Tisch abräumen, und Marlene holte ein paar warme Decken, denn wenn die Sonne hinter den Hügeln verschwunden war, wurde es sofort frisch. Nebeneinander saßen die Freundinnen auf der Bank an der Hauswand. Links des Tales hoben sich im Dunst der Dämmerung dunkel die Bäume des Hobbersdorfer Holzes gegen den Himmel ab. Fast fühlte Marlene so etwas wie Abendfrieden. So sehr sie das Großstadtleben in Berlin schätzte, diese Stille, diese Natur hier im Tal waren einmalig. Sie seufzte tief und legte den Arm um ihre Freundin.

»Ist schon schön hier, was, mein Schatz?«

Kaum hatte sie die Worte ausgesprochen, spürte sie Sophies wieder erwachende Unruhe und den vorwurfsvollen Blick, der sie traf. Erst leise, dann immer lauter mühte sich Sophie von Neuem, ihr Anliegen zu vermitteln, wurde immer aufgeregter. Marlene fühlte deutlich die Verzweiflung, welche die junge Frau wieder erfasste. Es musste etwas vorgefallen sein, das sie zu Tode erschreckt hatte, dessen war sie sich inzwischen sicher. Sie nahm Sophie in ihre Arme.

»Ich komme noch dahinter, mein Liebes, das versprech ich dir! Ich werde rauskriegen, was dich beunruhigt, ganz bestimmt!«

An den zuckenden Schultern merkte sie, dass Sophie weinte. Es war ein geräuschloses, hoffnungsloses Weinen, der schmale Körper krampfte sich ein ums andere Mal zusammen, und Marlene musste sich unglaublich zusammenreißen, um nicht selbst laut loszuheulen. Zärtlich strich sie über den Rücken der Freundin. Was würde sie alles dafür geben, damit Sophie ihre Sprache wieder finden würde! Aber jetzt musste sie erst einmal herausbekommen, was es war, das Sophie so durcheinandergebracht hatte.

Durch die geöffnete Terrassentür schallte plötzlich die Türglocke nach draußen. Sophie schreckte hoch und warf Marlene einen panischen Blick zu.

»Nanu, Besuch? Wer wagt sich denn jetzt hierher in unsere Einöde?«, mühte sich Marlene um einen belustigten Ton und sah erstaunt auf ihre Uhr. Fast acht. Auch sie fühlte sich von dem Klingeln um diese Uhrzeit unangenehm berührt. Außer Tante Birgit, ihrer einzigen Verwandten in der Gegend, und dem Postboten war wirklich niemand in den letzten Wochen zu ihnen gekommen. Wer auch? Sie hatten hier keine direkten Nachbarn. Es gab nur das Restaurant und die Mühle gegenüber. Und da Marlene nach ihrem Weggang aus Bad Schwartau alle Brücken in die alte Heimat abgebrochen hatte, gab es keine anderen Kontakte.

Sie erhob sich, ging ums Haus herum und spähte vorsichtig um die Ecke. Ein Mann stand vor der Haustür. Jetzt drückte er wieder auf die Klingel.

»Kann ich helfen?«, fragte sie streng und ging mit festen Schritten auf ihn zu.

»Guten Abend, Marlene! Gut siehst du aus! Mensch, du hast dich ja überhaupt nicht verändert!«

Ein Typ in etwa ihrem Alter, in schicken anthrazitfarbenen Jeans und schwarzer Lederjacke, stand ihr gegenüber und lächelte sie an. Er hielt ihr eine Flasche Prosecco entgegen.

»Hier! Herzlich willkommen in der alten Heimat!«

Marlene sagte erst einmal nichts. Wer konnte das sein? Ein nettes, offenes Gesicht, das ihr bekannt vorkam, vor allem die Augen, die sie aufmerksam musterten. Sie nahm ihm die Flasche ab. Er war groß, hatte einen kleinen Bauchansatz, und auf der Stirn lichtete sich das kurz geschnittene braune Haar schon ein wenig. Mit etwas Fantasie ähnelte er jemandem, den sie mal gut gekannt hatte. Konnte er das sein?

»Mirko? Mirko Möller?«

»Ja! Toll, dass du mich noch wiedererkannt hast. Das freut mich! Trotz Bauch und Glatze.«

Förmlich hielt sie ihm die Hand zur Begrüßung hin, doch er schloss sie spontan in seine Arme.

»Das muss jetzt schon mal sein, nach so langer Zeit, oder?«

Marlene ließ es sich gefallen. Irgendwie freute sie sich tatsächlich ein bisschen, Mirko wiederzusehen.

»Woher weißt du, dass ich hier bin?«

»Buschfunk Bad Schwartau. Du weißt doch, hier bleibt niemandem etwas verborgen. Das ist noch genau wie früher.«

Schlurfende Schritte näherten sich von hinten.

»Ja, Sophie! Komm her! Überraschender Besuch: Mirko Möller, ein Schulfreund.«

Wie sollte sie ihm Sophie vorstellen? Einfach als ihre Freundin? Oder besser als ihre Frau, was in Berlin durchaus üblich war und verstanden wurde?

»Mirko, das ist Sophie, meine Lebenspartnerin«, sagte sie schließlich. Das war wohl angemessen und verständlich genug, auch in Bad Schwartau. Sophie zeigte ein kurzes Lächeln und reichte ihre linke Hand.

»Sophie hatte einen schweren Unfall.«

»Hallo, Sophie, ich bin Mirko. Erfreut, dich kennenzulernen!«

Sie nickte.

»Zurzeit kann sie leider nicht sprechen. Aber sie trainiert fleißig.«

Es war Sophies Gesicht anzusehen, dass ihr Marlenes Erklärung missfiel. Natürlich war es nicht schön, wenn jemand anderer immer für einen sprach, das war Marlene vollkommen bewusst. Doch sie stellte die Dinge lieber gleich klar, ehe Mirko denken konnte, ihre Freundin wolle nichts mit ihm zu tun haben.

»Aber ich möchte nicht stören, Marlene. Wenn es euch heute Abend nicht passt, kann ich ja ein anderes Mal wieder kommen.«

»Quatsch! Wir sitzen hinterm Haus und gucken in die Landschaft. Komm einfach mit!«

Marlene holte Gläser, und Mirko öffnete den Prosecco.

»Und was treibst du so? Was machst du beruflich?«, wollte Mirko wissen, nachdem er eingegossen und neben den Frauen auf einem Gartenstuhl Platz genommen hatte, »dein Plan war doch immer, als Journalistin durch die Welt zu reisen, wenn ich mich recht erinnere.«

»Ein paar Jahre lang hab ich das auch getan. Habe Reportagen für Magazine gemacht, aus Asien und Afrika berichtet, auch ein Buch veröffentlicht über Frauen, die ich auf meinen Reisen durch Vorderasien, also Iran, Afghanistan und so weiter, getroffen habe. Da ich als Frau allein unterwegs war, hatte ich einen ganz anderen Zugang zu ihrer sonst so verschlossenen Welt.«

»Hört sich hochinteressant an. Und mutig warst du ja schon immer!«

»War ich das?«, lachte Marlene. »Vielleicht einfach nur jung und leichtsinnig. Es war jedenfalls eine tolle Zeit, aber irgendwann hat es mir gereicht mit dem Herumreisen, und ich bin in Berlin sesshaft geworden. Ich hatte ja nach dem Abi schon mal kurz dort gewohnt, wollte studieren. Das hab ich bald wieder gelassen, war einfach nicht mein Ding. Aber die Stadt hat mir gefallen.«

»Und jetzt?«

»Ich habe verschiedene Zeitungen, Zeitschriften, die mir meine Arbeiten abnehmen. Immer noch schreibe ich viel über internationale Frauenthemen. Inzwischen arbeite ich manchmal auch fürs Radio. Themen wie Großstadtleben, Essen und Trinken, Alltagskultur. Manche sagen Lifestyle Journalismus dazu, den Begriff mag ich gar nicht.«

Marlene blickte zu ihrer Partnerin und nahm Sophies Hand, was diese leicht widerstrebend zuließ.

»Na ja, mein Leben ist ein bisschen ruhiger geworden. Seit sieben Jahren sind wir jetzt schon zusammen. Sophie ist freiberufliche Yogalehrerin und Gesundheitstrainerin. Wenn sie wieder fit ist, wird sie ihr eigenes kleines Studio aufmachen. Sie ist wirklich gut. Sie war mein Personal Trainer, so hab ich sie kennengelernt. Weißt du noch, Schatz?«

Sophie sah zu Boden und nickte stumm. War es ihr peinlich, dass ihre Freundin über sie erzählte, oder bedrückte sie die Erinnerung an ihre gesunde Zeit? Wieder einmal konnte Marlene die Reaktion ihrer Freundin nicht einschätzen.

Sie stießen an mit Mirkos Prosecco, auch Sophie nahm ein winziges Schlückchen, und bald landeten Marlene und Mirko bei Erlebnissen aus der Schulzeit. An vieles, was Mirko von früher erzählte, konnte Marlene sich nur bruchstückhaft erinnern. Auch fielen ihr zu den meisten Namen, die er erwähnte, keine Gesichter ein. Offensichtlich hatte er die Zeit damals viel intensiver als sie erlebt, oder aber sie hatte das meiste davon gründlich verdrängt. Jedenfalls war er ein amüsanter Erzähler, und seit Langem fühlte sich Marlene wieder einmal unbeschwert und fröhlich.

»Hast du denn noch viel Kontakt zu Leuten von früher?«

Mirko zuckte mit den Schultern.

»Wie das so ist in einer Kleinstadt. Man läuft sich halt ab und zu mal über den Weg. Eigentlich seh ich nur Alex regelmäßig. Der ist nämlich mein Zahnarzt.«

»Alex Fettsack? So habt ihr ihn doch immer genannt. Hat natürlich die Praxis vom Papa übernommen«, nickte Marlene, »Ist der immer noch so dick?«

»Noch dicker«, bestätigte Mirko, »aber ein richtig guter Zahnarzt.«

»Und was ist mit den anderen aus der Klasse? Es sind doch bestimmt einige hier geblieben, oder? Was ist zum Beispiel aus Wally geworden, der immer die tollsten Feste organisiert hat und die letzten Jahre unser Klassensprecher war?«

»Ja klar, Wally, Walter Bosse«, Mirko zögerte, »keine schöne Geschichte. Wir waren mal ganz gut befreundet. Wally hat in Hamburg eine Journalistenausbildung gemacht nach der Schule, und dann war er Chefredakteur hier bei der Zeitung. Sozusagen ein Kollege von dir. Er war wirklich gut. Wie du schon sagst, er hat ja immer gerne und gut gefeiert, leider auch reichlich Alkohol getrunken. Aber dann vor ein paar Jahren ist seine Frau samt Kindern von ihm weg. Ich weiß nicht, ob sie ihn wegen seines Alkoholproblems verlassen hat, oder ob er erst dann richtig angefangen hat zu saufen. Jedenfalls ging's ab da nur noch abwärts mit ihm.«

»Inwiefern?«

»Na ja, es folgte die Scheidung, seine Ex bekam die Kinder zugesprochen, durfte das Haus behalten, er musste Unterhalt zahlen. Dann war's ganz aus. Er hat sich rund um die Uhr volllaufen lassen. Natürlich war er bald den Job los. Und jetzt hängt er nur noch so rum, versucht bei alten Bekannten einen Drink zu schnorren oder säuft auch mal mit echten Pennern auf einer Parkbank.«

»Oh Mann! Wirklich keine schöne Geschichte.«

»Hab ich ja gesagt. Und vor Kurzem hab ich gehört, dass er wohl demnächst aus seiner Wohnung fliegen wird.«

»Kann man ihm denn nicht irgendwie helfen?«

»Ach, weißt du, er ist nicht mehr der Wally, den du kanntest. Man kann gar nicht mehr vernünftig mit ihm reden. Nur wenn du mit einer Buddel Kööm winkst, ist er ansprechbar, dafür tut er alles. Schade um ihn.«

»Tja, wirklich schade. Wally war immer einer der wenigen interessanten Typen in unserer Klasse, fand ich.«

Nachdenklich schwiegen Marlene und Mirko einen Moment.

»Vera wohnt übrigens auch wieder hier. Unsere verhuschte Vera ist tatsächlich Schauspielerin geworden. Aber das hast du bestimmt mitbekommen. In letzter Zeit sieht man sie ja häufig im Fernsehen«, nahm Mirko den Faden wieder auf.

»Ich muss gestehen, ich hab sie noch nie gesehen. Ich hab nur ihren Namen ab und an mal im Programm gelesen. Die Filme, in denen sie mitspielt, sind nicht so ganz unser Genre.«

»Aber ist doch toll, dass sie's tatsächlich geschafft hat, findest du nicht? Weißt du noch, sie hatte doch so entsetzlich strenge Eltern, die ihr alles verboten haben!«

»Vor allem waren die gnadenlos ignorant und haben sich einen Dreck drum geschert, was Vera eigentlich wollte. Deswegen war die damals auch oft so neben der Spur. Nee, ist prima für sie, dass sie ihren Traum verwirklichen konnte. Ich gönn' es ihr von Herzen. Da fällt mir gerade ein, hast du Tao mal wieder gesehen?«

»Wie kommst du jetzt darauf?«, fragte Mirko erstaunt. »Der war doch schon nach der zehnten Klasse weg.«

»Na ja, das ›Bambushaus‹ drüben gibt's doch immer noch. Erstaunlich, wo das Essen dort ja schon immer ziemlich furchtbar war.«

»Keine Ahnung. Ich glaube, ich bin seit der Schulzeit auch nicht mehr da gewesen.«

»Und hat Tao den Laden übernommen?«

»Nein, der ist doch gleich nach seinem Schulabschluss nach Hamburg gegangen. Das musst du eigentlich auch noch mitgekriegt haben. Ein paar Mal im Jahr seh ich ihn am Wochenende mit einem dicken Auto durch Schwartau kurven. Der hatte doch immer schon Zuhälter als Berufsziel angegeben, weißt du noch?«

Marlene nickte.

»Stimmt, der war ganz schön schräg drauf. Vielleicht hat er ja auf der Reeperbahn eine steile Karriere gemacht.«

»Tja, irgendwo muss das Geld für seine Spritfresser schließlich herkommen.«

Sophie wirkte zunehmend unbeteiligt, ab und zu gähnte sie vernehmlich. Schließlich stand sie mühsam auf und murmelte etwas in Mirkos Richtung, das vielleicht eine Entschuldigung sein oder ›Gute Nacht‹ bedeuten sollte.

»Ist klar, Sophie, die alten Geschichten über Leute, die du nicht kennst, sind langweilig für dich«, meinte Mirko verständnisvoll, »gute Nacht und entschuldige bitte, dass wir über nichts anderes reden. Aber beim ersten Wiedersehen nach so langer Zeit …«

Sophie reagierte mit einem Schulterzucken und ging mit ihrem schleppenden Schritt ins Haus, ohne von Marlenes angebotener Hilfestellung Notiz zu nehmen.

»Es ist nicht nur langweilig für Sophie, es strengt sie vor allem wahnsinnig an, wenn wir uns unterhalten. Um alles verstehen zu können, muss sie sich unglaublich konzentrieren«, erklärte Marlene, als sie allein waren, »eine Weile kann sie inzwischen ganz gut folgen, doch ziemlich bald lässt die Konzentration nach, und sie wird sehr müde.«

»Was für einen Unfall hatte denn deine Freundin? Muss ja richtig schlimm gewesen sein.«

»Es war schon dunkel. Sophie war auf dem Heimweg von einem Kurs, mit dem Fahrrad. Ein betrunkener Autofahrer ist bei Rot über die Ampel gefahren und hat sie voll erwischt. Sie ist ein paar Meter durch die Luft geflogen und auf dem Kopf gelandet. Sie hat schwerste Verletzungen am Kopf und auf der rechten Körperseite davongetragen. Ihren Fahrradhelm hatte sie im Studio vergessen …«

»Wird sie denn wieder ganz gesund werden?«

Marlene seufzte tief.

»Das hoffen wir. Sie war nach dem Krankenhaus fast fünf Monate in einer Reha-Klinik und immerhin kann sie schon wieder einigermaßen laufen. Und da Sophie sehr sportlich war, wird sich ihr körperlicher Zustand wohl noch sehr viel verbessern. Das sagt auch ihr Physiotherapeut. Sie hat einen unglaublich starken Willen und sie trainiert geradezu verbissen. Das größere Problem ist die Sprache.«

»Sie kann gar nicht sprechen?«

Traurig schüttelte Marlene den Kopf.

»Ab und zu kommt mal ein Ja oder Nein, was aber nicht heißen muss, dass sie das auch meint. Und natürlich ›Mamma mia‹.«

»Wie Mamma mia?«

»Das ist das Einzige, was sie sagen kann, außer Ja und Nein. Sie bringt es in unzähligen Varianten. Warum auch immer. Mamma mia! Es soll immer etwas anderes heißen.«

»Und kann sie was aufschreiben?«

Mirko erntete ein mitleidiges Lächeln.

»Das fragen mich alle. Wenn das man so einfach wär! Nein, Sophie kann momentan auch nicht schreiben. Lesen, das kann sie, zumindest teilweise. Leider unterstützen ihre Gesten oft auch nicht das, was sie sagen will.«

Einen Augenblick schwiegen sie.

»Ach ja, das Gehirn ist schon ein vertrackt kompliziertes Gebilde!«, entfuhr es Marlene schließlich unwillig und sie leerte ihr Glas in einem Zug.

»Und wie verständigt ihr euch?«

»Rein intuitiv, was mich anbetrifft. Wir kennen uns ja schon eine ganze Weile, und ich versuche einfach, Sophies Verhalten zu interpretieren. Da sind einem natürlich ziemlich enge Grenzen gesetzt. Gespräche in dem Sinn kannst du gar nicht führen. Und der heutige Tag ist ein gutes Beispiel: Als ich vom Einkaufen zurückkam, fand ich Sophie am Fuß der Treppe liegend. Es muss irgendwas Außergewöhnliches gegeben haben, was weiß ich, Telefon, jemand an der Tür, irgendwas auf der Straße, und sie ist die Treppe hinuntergefallen. Zum Glück ist ihr nichts weiter passiert, aber sie war total aufgeregt.«

»Verrückt! Und du hast keine Ahnung, was es gewesen sein könnte?«

»Nicht die leiseste. Ich habe nichts, aber auch gar nichts von dem verstanden, was sie versucht hat, mir mitzuteilen.«

»Das ist eigentlich unvorstellbar«, kommentierte Mirko fassungslos.

»Das ist echt schlimm, zumal ich ja auch so eine Art Sprachrohr für sie bin. Normalerweise kommuniziere ich für Sophie mit den Sprechenden.«

»Und was sagen denn die Ärzte? Gibt's irgendwelche Prognosen?«

»Hör mir mit Ärzten auf. Die halten sich komplett bedeckt. Klar ist nur eines, das sagt auch die Logopädin: Es braucht eine Riesengeduld. Es wird sich was bessern, das ist klar. Da Sophie noch jung ist, hat sie große Chancen, dass sich neue Verknüpfungen im Gehirn bilden, etwas zusammenwächst. Natürlich kann es auch mal einen ganz spontanen Schub geben. Aber eigentlich denkt man da nicht in Tagen oder Wochen. Eher in Monaten, wenn nicht sogar Jahren.«

Ehrlich betroffen sah Mirko sie an.

»Das ist hart. Für euch beide.«

»Tja, shit happens.«

Marlene hielt ihm ihr Glas hin.

»Gieß mir doch bitte noch mal ein. Ich kann das brauchen.«

»Das kann ich verstehen.«

Ihre Gläser klangen aneinander.

»Prost, Mirko! Jetzt haben wir die ganze Zeit von mir und meinem Sorgenkind gesprochen. Nun erzähl du mal! Was machst du so? Karriere, Frau, Kinder? Ich weiß gar nichts über dich!«, meinte Marlene aufgekratzt und wunderte sich. Eigentlich hatte sie einmal beschlossen, mit der Heimat und den Leuten hier nichts mehr zu tun haben zu wollen. Zu eng, zu spießig, zu oberflächlich, war ihr strenges

Urteil, nichts, was sie je vermissen würde. Und nun genoss sie das unerwartete Wiedersehen mit Mirko richtiggehend. Wahrscheinlich war es das große Schweigen, welches sich seit Sophies Unfall wie ein schweres Gewicht auf ihren Alltag gelegt hatte, das sie nach Austausch mit anderen dürsten ließ, wie banal auch immer er sein mochte.

Ein bisschen schämte sich Marlene ihrer Gedankengänge, aber als Mirko erzählte, dass er Susann geheiratet hatte, sah sie ihre alten Vorurteile exakt bestätigt.

»Ach wirklich? Du und die schöne, reiche Susann aus der Klasse unter uns?«

Sie konnte ihren milden Spott nicht ganz unterdrücken. Doch Mirko schien sich daran nicht zu stören.

»Ja, die schöne Susann. Und wir haben zwei mindestens ebenso schöne Töchter«, bestätigte er lächelnd. »Was den Reichtum betrifft, na ja. Es geht uns gut. Als Susanns Eltern aufs Altenteil gegangen sind, habe ich meinen Job in der Stadtverwaltung aufgegeben, und wir haben das Geschäft übernommen und ausgebaut. Ist natürlich verdammt viel Arbeit, die wir da reinstecken. Aber solange du Erfolg hast, macht es ja auch Spaß.«

Mirko machte also in Bad und Fliesen. Wahrscheinlich hatten sie die Firma zu so einem Luxus-Traum-Badstudio aufgemöbelt, das passte, vor allem zu Susann. Die hatte sie in ihrer Schwartauer Zeit immer für ein ziemlich hohles Mädchen gehalten.

Auch Marlene war einmal mit Mirko zusammen gewesen. 16 war sie damals. Ganz sittsam war es zwischen ihnen zugegangen. Mirko war ein lieber Kerl, doch kein ebenbürtiger Partner für Marlene. Sie hatte sich ihm immer überlegen gefühlt. Und bald musste sie erkennen, dass sie auf zwei verschiedenen Planeten zu leben schienen, sodass sie sich nach ein paar Monaten wieder von ihm getrennt hatte. Noch vor dem Abitur war Marlene schließlich klar geworden, warum sie mit den Jungs um sich herum nie etwas hatte anfangen können, dass ihre Orientierung einfach eine andere war. Sie hatte diese Erkenntnis zwar für sich behalten, aber trotzdem im letzten Schuljahr mit den Leuten aus ihrer Klasse kaum noch zu tun gehabt.

»Und, bist du zufrieden mit deinem Leben als erfolgreicher Geschäftsmann?«

Marlene gelang die Bemerkung nicht ohne einen mokanten Unterton. Doch Mirko reagierte gelassen.

»Ja, ich bin schon zufrieden. Aber scheinbar reicht mir der geschäftliche Erfolg nicht.«

Es klang stolz, aber auch ein wenig unsicher, als er anfügte: »Ich kandidiere im nächsten Frühjahr für den Landtag.«

»Nein, ehrlich?«

Marlene wusste selbst nicht, warum, aber bei der Vorstellung musste sie lachen.

»Warum lachst du?«, fragte Mirko leicht pikiert, »traust du mir das nicht zu? Meine Partei denkt jedenfalls, ich bin der Richtige. Und meine Familie findet das gut, auch die Kinder. Susann unterstützt mich, wo sie kann, nimmt mir in der Firma viel ab und ist bei allen wichtigen Terminen an meiner Seite. Neulich erst hatten wir das Fernsehen bei uns zu Hause. Musst du alles mitmachen. Du glaubst ja gar nicht, wie wichtig das Private heute für dein Bild in der Öffentlichkeit ist.«

»Oh, es gibt also schon exklusive Homestorys über euch«, lästerte Marlene, »ihr als die Kennedys von Bad Schwartau sozusagen.«

»Du hast dich wirklich nicht verändert, Marlene Deicke. Bist noch die gleiche ätzende Spötterin wie früher.«

Jetzt hatte sie es geschafft, Mirko zu verärgern. Sie war wohl zu weit gegangen. Er konnte schon damals nicht mit ihren ironischen Scherzen umgehen. Auch wenn er ein ganz anderes Leben lebte als sie selbst, er war ein Netter. Und die Toleranz, die sie für sich selbst erwartete, sollte sie ja eigentlich auch den anderen entgegenbringen.

»Es tut mir leid, Mirko. Ich wollte witzig sein. Ist mir wohl nicht ganz gelungen«, beschwichtigte sie ihn.

»Nein wirklich, es ist toll, dass du dich politisch engagierst, dass du deine Zeit und Energie für die Allgemeinheit aufwendest, was bewegen willst. Wenn du's wahrscheinlich auch nicht für die Partei tust, die ich wählen würde.«

Die letzte Bemerkung konnte sie sich doch wieder nicht verkneifen. Als Mirko etwas darauf erwidern wollte, knuffte ihn Marlene freundschaftlich in den Arm.

»Lass gut sein, wir müssen nicht drüber diskutieren. Ich wünsch dir jedenfalls viel Erfolg, ganz ehrlich. Besser du als irgendein anderer. Und du verzeihst mir meine dumme Bemerkung von eben, ja, Mirko?«

»Schwamm drüber«, nickte er und lächelte versöhnlich.

Sie schwiegen beide. Es war inzwischen dunkel geworden, nur die Windlichter auf dem Tisch verbreiteten eine sanfte, lebendige Helligkeit.

»Willst du dich jetzt eigentlich wieder hier oben niederlassen?«, fragte Mirko in die Stille.

»Auf gar keinen Fall«, wehrte Marlene so vehement ab, dass sie ein überraschter Blick traf. Gewiss, Bad Schwartau hatte hübsche Ecken, es grenzte direkt an Lübeck, lag verkehrsgünstig an Hamburg, und die Nähe zur Ostsee war auch nicht zu verachten. Aber jedes Mal, wenn sie durchs Städtchen ging, was wegen Sophies Therapien häufiger vorkam, merkte sie genau wie früher, dass das nicht ihre

Welt war. Offensichtlich sah man hier den Leuten gleich an, ob sie Einheimische waren, jedenfalls glaubte Marlene, häufig neugierige bis misstrauische Blicke auf sich zu spüren. Sie sah anders aus als die vielen Frauen mit den flotten Kurzhaarfrisuren, wie Tante Birgit das bezeichnen würde, von denen viele einem unausgesprochenen Dresscode zu folgen schienen, dezent in sportliche Hosen und Docksteps gekleidet, um die Schultern einen Pulli, den Blusenkragen hochgestellt, im Ausschnitt die Perlenkette. Genau denselben adretten Typ hatte es schon vor 20 Jahren hier gegeben. Sie schlenderten mit ihren Einkaufskörben über den Marktplatz, grüßten hier und grüßten da, standen beim Plausch zusammen, schienen identisch und alterslos. Sie wussten Bescheid und wachten über die Verhältnisse in ihrer überschaubaren Kleinstadtgesellschaft. Ein Paar wie Marlene und Sophie würde hier sicherlich aus dem Rahmen fallen. Oder waren das nur ihre eigenen Vorurteile? Sicherlich war man auch hier inzwischen toleranter geworden, nach den zahlreichen Coming-outs homosexueller Politiker und Medienmenschen. All das schoss Marlene durch den Kopf bei Mirkos Frage.

»Nein. Unser Lebensmittelpunkt ist und bleibt Berlin«, bekräftigte sie, »alle unsere Freunde sind da, meine ganzen beruflichen Kontakte, und auch Sophie ist dort gut vernetzt. Wir bleiben auf jeden Fall bis Ende September, vielleicht noch bis Oktober, kommt auch ein bisschen aufs Wetter an, dann geht's zurück. Ich denke, die Ruhe und die schöne Umgebung, die Natur hier, das hat Sophie alles sehr gut getan, und dass ich ganz und gar für sie da bin. Aber es muss ja auch wieder Geld reinkommen, ich muss arbeiten. Außerdem würde ich irgendwann trübsinnig, so isoliert, wie wir hier sind.«

»Das wird sich jetzt ja ändern. Ich hoffe, wir sehen uns öfter mal. Und dann wollte ich dir noch sagen ...«

Er legte seine Hand auf Marlenes Schulter.

»Wenn ihr irgendwelche Hilfe braucht, wende dich ohne Scheu an mich. Du weißt jetzt ja, wo du mich findest. Ich lass dir auch mal meine Karte hier.«

»Danke für das Angebot. Aber du musst jetzt nicht den barmherzigen Nachbarn spielen. Wir sind es gewohnt, allein klarzukommen«, sagte Marlene. Es kam ein bisschen sehr schroff heraus.

»Oh, entschuldige bitte! Aber dass du eine starke Frau bist, weiß ich schon lange.«

Jetzt war es Mirko, der stichelte.

»Es war nur ein Angebot, liebe Marlene, und ich mach das gern.«

»Du hast ja recht. Ist lieb von dir, danke.«

Mirko stand auf.

»Dann werd ich mich jetzt verabschieden. Ich will morgen früh mal wieder laufen gehen, und deine Freundin ist sicherlich auch froh, wenn ihr wieder eure Ruhe habt.«

»Na ja, ist vielleicht ein bisschen viel Ruhe auf die Dauer. Ich hab mich gefreut, endlich mal wieder mit jemandem quatschen zu können.«

Das meinte Marlene wirklich ehrlich. Sie gingen zusammen ums Haus herum in Richtung Einfahrt.

»Wir werden uns jetzt hoffentlich öfter mal sehen. Ich würde mich sehr freuen. Ach, da fällt mir ein, wenn ihr Lust habt: Wir haben morgen eine kleine Feier. Da seid ihr natürlich herzlich eingeladen, du und Sophie. So ab 17 Uhr, bei gutem Wetter im Garten.«

»Eine Wahlparty?«

Marlene grinste.

»Du wieder!«, Mirko schüttelte lachend den Kopf, »du kannst es nicht lassen! Nein, wir feiern Susanns Geburtstag. Ganz privat.«

»Ist das nicht ein bisschen zu privat? Ich meine, ich kenn Susann ja kaum. Vielleicht findet sie das nicht so gut.«

»Mach dir keinen Kopp. So ganz klein ist der Kreis auch wieder nicht, und vielleicht sind auch ein paar Leute da, die du noch von früher kennst. Wär doch ganz lustig.«

»Danke für die Einladung. Ich überleg's mir.«

KAPITEL II

Eine Wolke von Essensgerüchen waberte durch den Waggon. Es mischten sich die Noten von Hamburger und Gyros, Pizza und Fischnuggets, die ganze Welt des Fast Food. Überall raschelte und knisterte es, sah man Münder in Bewegung. Auf den Plätzen gegenüber saßen Julia und Judith, jede einen großen Pappbehälter mit gebratenen Nudeln vor sich, welche sie sich mit hölzernen Essstäbchen gekonnt in den Mund schoben.

»Eure Mutter wird nicht begeistert sein, wenn ihr euch jetzt den Bauch vollschlagt und nachher ihr Abendessen verschmäht«, hatte Angermüller versucht, die beiden vom Asia-Imbiss abzubringen. Doch er hatte keine Chance gegen seine Töchter, die sehr beharrlich sein konnten, wenn sie sich etwas in den Kopf gesetzt hatten. Und wozu auch stundenlang diskutieren? Die beiden sollten sich nachher selbst mit Astrid auseinandersetzen, sie waren schließlich alt genug.

Was ihn betraf, hatte er darauf verzichtet, etwas zum Essen im Hamburger Hauptbahnhof zu erstehen. Während der über sieben Stunden dauernden Zugfahrt hatte er sich fleißig an die mit Kochschinken, fränkischer Leberwurst und Coburger Käse belegten Bauernbrotschnitten seiner Mutter gehalten. So bald würde er diese Genüsse aus der Heimat nicht wieder schmecken dürfen, ebenso wenig wie den von seiner Schwester Marga gebackenen Hefeapfelkuchen mit Rahmguss, von dem er zum Abschluss noch zwei ordentliche Stücke verzehrt hatte. Jetzt hob er sich seinen

Appetit lieber für ein gemütliches Abendessen in den eigenen vier Wänden auf.

Er blinzelte, als ihm plötzlich die Sonne ins Gesicht fiel. Es war fast schon sieben, doch hier oben im Norden herrschte immer noch strahlend heller Tag. Ein rundum angenehmer Aufenthalt in Oberfranken lag hinter Georg Angermüller. Endlich hatte er wieder einmal seine Mutter besucht, die alten Freunde gesehen, die fränkische Küche in vollen Zügen genossen, und was auch zum Gelingen beigetragen hatte: Seinen Töchtern hatte das Wochenende ausnehmend gut gefallen. Das war nicht vorauszusehen gewesen. Sie hatten mittlerweile, jede für sich, ihre ganz speziellen Vorlieben und Abneigungen entwickelt. Noch in diesem Monat wurden sie 15 und ließen sich immer weniger vorschreiben, was sie zu tun und zu lassen hatten. Konflikte mit ihrer Mutter waren an der Tagesordnung. Im Gegensatz zu Astrid sah Georg die Lage viel entspannter. Die Mädchen hatten einen klaren Verstand, und er hielt sie für absolut ehrlich und vernünftig. Wenn nicht seinen Kindern, denen er stets versucht hatte, seine Werte und Anschauungen zu vermitteln, wem sonst sollte er vertrauen können?

Die Zwillinge hatten sich jedenfalls rührend um ihre Oma gekümmert. Sicherlich war das auch ein Grund, warum ihm seine Mutter diesmal so viel weniger streng und ruppig als früher vorgekommen war. Aber wenn ihn sein Gefühl nicht täuschte, war sie insgesamt gelassener und nachsichtiger geworden, vielleicht ein Zeichen einsetzender Altersweisheit mit ihren fast 72 Jahren. Es schien ihr Freude zu bereiten, Georg und die Kinder mit ihrer Kochkunst zu verwöhnen, und sie nahm auch die Angebote zu gemeinsamen Ausflügen in die Umgebung – nach Coburg, auf die Veste, nach Schloss Callenberg – dankbar an.

»Da is a ned annerschd wie hier. Was soll ich'n da?«, hätte sie früher missbilligend gefragt, und wäre, »die Arwed, die Arwed« vorschützend, bei derartigen Unternehmungen zu Hause geblieben.

Nur die zum wiederholten Male ausgesprochene Einladung nach Lübeck hatte sie erneut entschieden zurückgewiesen. Das war ihr dann doch zu fern, zu fremd, und Marga, die sie hätte begleiten müssen, schien auch erleichtert, dass ihr diese aufregende Reise in den Norden erspart bleiben würde. Vor Jahren hatten sie das Abenteuer einmal auf sich genommen, es war die weiteste Reise ihres Lebens gewesen, von der sie immer noch so beeindruckt erzählten, als hätten sie eine Expedition zum Nordpol unternommen. Aber einmal Nordpol war ihnen genug.

Seine Freunde dagegen hatten versprochen, dass sie ihn in diesem Winter, wenn die Hofarbeit es zuließ, endlich einmal in seiner Wahlheimat besuchen würden. Die Abende im Garten von Rosi und Johannes hatten die alte Vertrautheit wieder aufleben lassen. Bei Bratwürsten – wie sich's gehörte, auf Kiefernzapfen gebraten – und fränkischem Bier hatten sie bis tief in die Nacht zusammengesessen, und bei langen Gesprächen über Gott und die Welt war ihnen die Zeit nur so verflogen.

Auch Rosis Halbschwester Bea, die sich nach langen Wanderjahren durch die verschiedensten Ecken der Welt wieder in Coburg niedergelassen hatte, war zu ihrer Runde gestoßen. Es war fast genau wie früher gewesen. Einzig Paola fehlte, und als Bea einmal ihren Namen erwähnte, war das Gespräch für einen kurzen Moment verebbt, und keiner hatte den anderen ansehen mögen. Wie es Paola wohl ging? Unbewusst entfuhr Georg Angermüller ein Seufzer und er sah versonnen nach draußen, wo Felder, Wiesen,

Pferdekoppeln, kleine Wäldchen vorbeizogen, nur ab und zu einmal eine Ansiedlung stand. Reinfeld lag bereits hinter ihnen, die Bahn fuhr mit ungebremstem Tempo und näherte sich Lübeck als nächstem Fahrtziel.

Da plötzlich quietschende Bremsen, ein unangenehmes metallisches Kreischen. Judiths halb leerer Colabecher schoss über den Tisch, sein Inhalt ergoss sich auf Angermüllers Hemd, und mit einem scharfen Ruck stand der Zug. Nach ein paar vereinzelten erschrockenen Aufschreien wurde es mit einem Mal ganz ruhig im Waggon. Alle schauten nach draußen, suchten nach dem Grund für den Stillstand, doch außer einer Wiese auf der einen und einem Waldstück auf der anderen Seite war da nichts zu sehen.

»Ach ja, die Bahn. Immer wieder für eine Überraschung gut.«

Nach fünf Minuten Halt, ohne dass etwas passierte, begannen manche Fahrgäste ihrem Unmut Luft zu machen.

»Hätt' ich bloß den Wagen genommen. Warum sagt einem wieder keiner, was los ist?«

Da meldete sich ein Typ mit strähnigen blonden Haaren und einer Bierdose in der Hand.

»Ich kann dir sagen, wat los is«, meinte er lahm, »Personenschaden. Wird immer wieder gern genommen hier auf der Strecke.«

»Personenschaden?«

»Jou. Da hat sich wieder mal einer vorn Zug geschmissen. Dat kann dauern.«

Es dauerte. Endlich begann es im Lautsprecher zu rauschen, und der Zugführer informierte die Fahrgäste, dass der Halt sich noch eine ganze Weile hinziehen würde. Nach 20 Minuten war Bewegung auszumachen auf der kleinen Gemeindestraße, die auf weniger als 200 Meter an den Gleiskörper herankam. Zwei Streifenwagen trafen ein, gleich darauf Notarzt und Rettungswagen. Spätestens, als sich Männer in weißen Schutzanzügen dem Zug näherten, und Angermüller den einen anhand seiner Größe als den Kollegen Ameise identifizierte, wurde klar, dass der Mitreisende vorhin mit seiner Vermutung richtig gelegen hatte.

»Ich ruf Mama an, dass wir später kommen.«

»Gute Idee, Judith«, lobte Angermüller, der nur zu gut wusste, wie sehr Astrid es hasste, wenn jemand unpünktlich war.

»Aach, jetzt geht sie nicht ran. Schick ich ihr halt 'ne SMS.«

Wenig später wurde bekannt gegeben, dass der gesamte Zug evakuiert würde. Eine Begründung wurde nicht hinzugefügt.

»Evakuiert? Warum das jetzt, Papa?«, fragte Julia interessiert.

»Ja, es handelt sich wohl tatsächlich um einen Personenschaden, wie der Mann vorhin sagte«, erklärte Angermüller mit gedämpfter Stimme. »Jetzt muss ermittelt werden, wo und wie die Person zu Tode kam, ob Unfall, Selbstmord oder Fremdverschulden. Und in dem Zusammenhang muss die Staatsanwaltschaft den Zug zur Beweisaufnahme sicherstellen.«

»Uuh, wie gruselig. Ist das jetzt ein Fall für dich?«

Julia fand das Thema offensichtlich höchst spannend.

»Bitte nicht so laut, Kind. Das wird sich noch herausstellen«, versuchte Angermüller die Wissbegier seiner Tochter zu dämpfen, als er die interessierten Blicke der anderen Fahrgäste bemerkte. Tja, er würde noch früh genug erfahren, ob hier ein Verzweifelter seinem Leben selbst ein Ende gesetzt hatte, oder eine andere Geschichte hinter dem Toten auf den Schienen steckte.

»So, und jetzt packt mal eure Sachen zusammen, damit wir fertig sind, wenn es losgeht.«

Fast zwei Stunden später als geplant stiegen sie vor dem Lübecker Hauptbahnhof aus dem Bus, mit dem sie den letzten Teil der Reise hatten zurücklegen müssen.

»Tja, da wir Astrid nicht erreicht haben, kommt Ihr jetzt erstmal mit zu mir. Klamotten habt ihr ja dabei, falls ihr über Nacht bleiben müsst«, entschied Angermüller und ging auf die wartenden Taxen zu.

»Und unsere Schulsachen für morgen?«

»Na ja, eure Mutter wird ja nicht für immer verschwunden sein. Wahrscheinlich holt sie euch später bei mir ab, oder wir müssen morgen früh vor der Schule noch kurz bei euch daheim vorbei.«

Was war nur los bei Astrid, dass sie nicht erreichbar war und sich auch nicht meldete? Nicht, dass Angermüller sich ernsthaft Sorgen machte, aber er wunderte sich schon. Das war so gar nicht ihre Art. War sie vielleicht mit Martin segeln gegangen, der Wind war eingeschlafen, und sie hörte das Handy nicht, weil es tief unten in der Kajüte lag? Er schloss die Tür zu seiner Wohnung auf und drückte auf den Lichtschalter.

»Hoşgeldiniz! Willkommen zu Hause, Georg! Der Partyservice hat in der Küche schon aufgedeckt.«

Mit zwei gefüllten Sektgläsern in der Hand stand Derya im Flur und strahlte, zumindest so lange, bis sich Julia und Judith an ihrem Vater vorbei in die Wohnung gedrängelt hatten und sie neugierig bis misstrauisch musterten.

»Oh, du hast heute deine Töchter zu Besuch. Tut mir

leid, das wusste ich nicht«, sagte sie und es klang ziemlich verlegen.

Auch Georg wirkte etwas durcheinander. Mit diesem Empfang hatte er wirklich nicht gerechnet. Erst vor wenigen Wochen hatten er und Derya sich gegenseitig ihre Wohnungsschlüssel überlassen. Aber das war jetzt nicht so wichtig. Viel schwerwiegender war, dass er die Frau, mit der er seit dem Sommer zusammen war, seinen Töchtern noch nicht offiziell vorgestellt hatte. Irgendwie hatte immer die passende Gelegenheit gefehlt. Er wusste, dass er unter den strengen Augen von Julia und Judith jetzt klare Zeichen setzen sollte. Schließlich hatte er nichts zu verbergen. Astrid und er lebten seit über einem Jahr getrennt, und da war es wohl nicht allzu erstaunlich, wenn sich neue Beziehungen auftaten.

»Derya, was für eine Überraschung! Guten Abend erst einmal!«, sagte Georg erfreut, aber recht förmlich und wollte es dabei belassen. Doch Derya bestand auf ihrem Begrüßungsküsschen. Dann erst stellte sie die beiden Sektgläser auf der Kommode im Flur ab. Bevor Georg sich entschieden hatte, wie er sie am besten vorstellen sollte, reichte sie den Mädchen die Hand.

»Wir haben uns ja noch gar nicht getroffen. Also, ich bin Derya, hallo. Freu mich, euch endlich kennenzulernen. Julia und Judith, richtig?«

Die beiden nickten hoheitsvoll.

»Na hoffentlich schaffe ich es, euch zu unterscheiden. Ihr seht euch ja wirklich wahnsinnig ähnlich.«

Etwas Originelleres war Derya, die sich offensichtlich fehl am Platz fühlte, auf die Schnelle wohl nicht eingefallen.

»Wir haben Sie schon mal gesehen«, meinte Judith spröde, »als Papa auf die Wohnung von Steffen aufgepasst hat, da wollten Sie ihn besuchen, aber dann waren wir da, und Sie sind wieder gegangen.«

Julia nickte bei den Worten ihrer Schwester und sah Derya aufmerksam an. Die schien jetzt noch mehr verunsichert.

»Ach ja, stimmt, wo du das sagst. Aber das ist ja schon eine Ewigkeit her«, lachte sie ein bisschen zu laut.

»Das war letztes Jahr im Mai.«

Judith traf diese Feststellung mit der Unerbittlichkeit eines Staatsanwalts vor Gericht. Georg hätte sich nicht gewundert, wenn als Nächstes die Frage nach dem exakten Beginn ihrer Beziehung gekommen wäre.

»Derya, du hast eben was von Essen erwähnt«, sagte er munter, »ich sterbe vor Hunger. Und ihr könnt doch bestimmt auch noch eine Kleinigkeit vertragen, oder? Ich kann Deryas Küche wirklich empfehlen!«

»Papa, wir haben eine Riesenportion Asianudeln gehabt, das weißt du doch!«

Julia schüttelte genervt den Kopf.

»Wir gehen schon mal auf unser Zimmer. Morgen ist ja auch wieder Schule. Komm, Judith.«

»Wär ich bloß heute Abend nicht hergekommen. Dumme Idee, entschuldige bitte.«

»Nein, Derya, eine sehr nette Idee! Ich muss mich entschuldigen! Ich hätte dich eigentlich den Mädchen vorstellen sollen. Aber ich muss zugeben, ich war so überrascht, dich zu sehen, dass ich erstmal gar nicht wusste, was ich sagen sollte.«

»Jedenfalls war das nicht gerade der perfekte Moment, um deine Töchter kennenzulernen.«

»Du konntest ja nicht ahnen, dass ich die Mädchen mitbringen würde. Es war ja auch gar nicht geplant. Und außerdem: Was ist dabei? Irgendwann hättet ihr euch doch sowieso begegnen müssen.«

Georg saß mit Derya in seiner Küche und kostete sich genießerisch durch die verlockende Auswahl südländischer Spezialitäten. Buffets mit Gerichten aus den Ländern rund ums Mittelmeer waren der Renner beim Partyservice *Deryas Köstlichkeiten*.

»Aber ich hätte es schon lieber vorher gewusst. Mädchen in dem Alter sind wahnsinnig kritisch. Schau doch nur, wie ich aussehe!«

Sie zupfte an dem locker sitzenden violetten T-Shirt, das sie unter einer schwarzen Jeansjacke trug.

»Ich hatte diesen Riesenauftrag für heute Abend. Ich habe den ganzen Tag in der Küche gestanden!«

»Ja, und das hat sich wieder gelohnt. Außerdem siehst du klasse aus wie immer!«, stellte Georg mit vollem Mund und einer Begeisterung fest, dass Derya den Kopf mit den zurzeit tief dunkelbraunen Locken in den Nacken warf und laut auflachte.

»Du lügst wie gedruckt! Aber du machst das sehr charmant.«

»Ich lüge nie.«

Georg packte sich einen weiteren gefüllten Champignon auf die Gabel und grinste sie an.

»Natürlich! Da wärest du aber der erste Mann, der das von sich behaupten kann. Oder ich habe zuvor immer die Falschen kennengelernt. Na ja, das müssen wir jetzt ja nicht diskutieren.«

Derya zeigte auf eine der kleinen Schüsseln.

»Aber hier, mein neuer ›Salat Oriental‹ mit Suçuk und Rosinen, wie findest du den?«

»Ganz wunderbar! Die Schärfe von der türkischen Knoblauchwurst kombiniert mit milden Gemüsen und den süßen Rosinen – sehr gelungen! Ich nehme gerne noch was davon.«

Eine altmodische Telefonklingel war zu hören.

»Das ist mein Diensthandy. Ich bin noch im Urlaub, Kollegen!«

Georg Angermüller fingerte in die Tasche seiner Jeans.

»Angermüller.«

Aufmerksam lauschte er dem Anrufer, nur ab und zu antwortete er mit einem knappen Ja oder Nein.

»Ich fahr sofort hin. Vielen Dank. Tschüss.«

Er behielt das Telefon in der Hand und starrte ungläubig darauf, bis er Deryas fragenden Blick bemerkte.

»Astrid ist im Krankenhaus. Sie hatte einen Unfall.«

Es hatte Marlene einige Mühe gekostet, Sophie zum Besuch bei Mirko zu überreden. Aber nach dem, was am Vortag geschehen war, gab es nur die Möglichkeit, mit Sophie wieder einen sehr stillen Abend zu Hause zu verbringen oder sie auf das Fest mitzunehmen. Allein würde sie die Freundin nicht wieder daheim lassen. Seit Mirkos Besuch war Marlene auch klar geworden, wie sehr ihr Gesellschaft und Gespräche mit anderen Leuten in den letzten Monaten gefehlt hatten. Also hatte sie all ihre Überzeugungskraft aufgewendet, versprochen, den Rollstuhl nicht mitzunehmen, den Sophie hasste als ein Zeichen ihrer Versehrtheit, und gelobt, sofort aufzubrechen, wenn ihre Freundin es wünschte.

»Wie hübsch du bist, mein Schatz!«, rief Marlene aus, als sie Sophie geholfen hatte, die schmal geschnittene olivgrüne Bluse zur braunen Hose überzuziehen. Nach kurzem Sträuben durfte sie ihr auch ein wenig Lidschatten und Lippenstift auflegen und war sehr zufrieden mit ihrem Werk.

»Du siehst toll aus! Hoffentlich halten die mich nicht alle für deine Mutter!«

Endlich erschien ein kleines Lächeln auf Sophies Gesicht, und sie schüttelte energisch den Kopf. Marlene, die sich die langen Haare zu einem lockeren Knoten hochgesteckt hatte, sah prüfend in den Spiegel. Das helle Leinenkleid stand ihr gut zu der leicht gebräunten Haut, und die auffällige Kette aus Korallen passte perfekt zum Lippenstift.

»Na ja, ganz in Ordnung so. Dann lass uns mal los.«

Susann, das Geburtstagskind, die wirklich immer noch eine Schönheit war, wie Marlene neidlos zugeben musste, hatte sie mit professioneller Freundlichkeit begrüßt und sich überschwänglich für den riesigen Blumenstrauß bedankt, den Marlene schnell in Ermangelung eines anderen Geburtstagsgeschenks besorgt hatte. Wie sie tatsächlich über die von Mirko spontan zu ihrer Geburtstagsparty Eingeladenen dachte, blieb hinter Susanns schöner, glatter Stirn verborgen. Als vollendete Gastgeberin stellte sie Marlene als alte Freundin vor, sodass diese mit Sophie erst einmal in den Mittelpunkt des Interesses der anderen Gäste geriet, die sich alle mehr oder weniger gut zu kennen schienen. Sprüche und Frotzeleien flogen hin und her, routinierte Begrüßungsrituale wurden zelebriert – wahrscheinlich saß man mit einer gewissen Regelmäßigkeit auf solchen Einladungen zusammen. Manche Gesichter kamen Marlene bekannt vor, ein paar Männer machten mehr oder weniger geistreiche Bemerkungen über die gemeinsame Vergangenheit, doch es war niemand darunter, der früher zu ihren Kreisen gezählt und an den sie sich wirklich erinnert hätte.

Mirko kümmerte sich aufmerksam, suchte ihnen einen windgeschützten Platz auf der Terrasse und versorgte sie mit Gegrilltem und Getränken. Nachdem die erste Neugier an Sophie und Marlene gestillt war, saßen sie ein bisschen verloren herum. Marlene, die normalerweise nicht um Worte verlegen war, überlegte krampfhaft, worüber sie sich mit den Damen, die an ihrem Tisch saßen, austauschen könnte. Die Gesellschaft hatte sich unabgesprochen nach Geschlechtern getrennt. Die Männer saßen in der Nähe eines Bierfasses zusammen und schienen sich prächtig zu amüsieren, den Lachsalven nach zu urteilen, die ständig von dort herüber schallten. Da Marlene sich weder mit Schwartaus Modegeschäften noch den Friseuren oder mit den angesagten Sportstudios auskannte noch dem Klatsch und Tratsch über Abwesende folgen konnte, verliefen ihre Kommunikationsversuche meist ziemlich schnell im Sand.

Doch der fürsorgliche Mirko hatte auch dafür ein Auge. Er stellte ihnen seine beiden Töchter vor, zwei wirklich sehr hübsche Mädchen, die eine 13, die andere zehn, die bereits sehr wohlerzogen Konversation machen konnten. Dann holte er frische Getränke und setzte sich selbst zu Marlene und Sophie, erzählte so dies und das, auch über die anwesende Gästeschar, die überwiegend aus Geschäftsleuten und anderen Selbstständigen wie Maklern, Anwälten und Ärzten bestand. Die meisten schienen jedenfalls zum wohlhabenden Teil der Gesellschaft zu gehören, wie Mirko durchblicken ließ. Marlene hatte sich dies schon anhand der vor dem Grundstück parkenden Autos gedacht.

»Erstaunlich, dass niemand sonst hier ist, den ich von früher her wirklich kenne«, stellte sie nach einem Rundblick irgendwann fest. Nicht, dass sie darauf großen Wert gelegt hätte, aber eigentlich hatte sie damit fast gerechnet.

»Sooo klein ist unser Städtchen ja nun auch wieder nicht. Und es sind in den letzten Jahren auch eine Menge Menschen von woanders zugezogen, so komisch du das vielleicht finden magst, liebe Marlene. Man kann hier nämlich ganz gut leben«, antwortete Mirko mit einem Lächeln.

»Und vielleicht werde ich ja bald daran arbeiten können, dass unsere Region noch lebenswerter wird.«

Er zwinkerte Marlene zu und erkundigte sich dann, ob sie mit der Lösung von Sophies rätselhaftem Erlebnis schon weitergekommen waren.

»Leider nicht so richtig. Manchmal glaube ich, dass Sophie sich irgendwie bedroht fühlt. Vielleicht waren Fremde bei uns auf dem Grundstück.«

Die Freundin folgte aufmerksam Marlenes Ausführungen.

»Vielleicht hat sie irgendetwas auf der Straße beobachtet oder bei der Mühle gegenüber, denn sie hat heute den ganzen Tag immer wieder da hinübergestarrt. Es muss was Schlimmes gewesen sein, so heftig, wie sie reagiert hat. Sie ist ja immer noch total verängstigt, bei jedem ungewohnten Geräusch zuckt sie zusammen. Ich hab schon darüber nachgedacht, zur Polizei zu gehen …«

»Zur Polizei? Meinst du denn, die können sie besser verstehen?«

Marlene hob ratlos die Schultern.

»Was weiß ich. Vielleicht ist schon öfter in der Gegend eingebrochen worden, vielleicht ist ja gegenüber ein Drogenumschlagplatz, ein Treffpunkt für Mädchenhändler, so abgelegen und ungestört, wie das bei uns ist. Keine Ahnung.«

»Mann, Marlene, was du für Ideen hast!«, wunderte sich Mirko.

»Vielleicht gibt's ja auch Spezialisten bei der Polizei, die Sophie besser verstehen als ich. Kann doch sein!«

»Wenn du da unsere Polizei mal nich gnadenlos überschätzt!«

»Lassen Sie Ihre Waffe stecken und leisten Sie keinen Widerstand!«, dröhnte es plötzlich von hinten, und Marlene spürte das Gewicht einer Hand schwer auf ihrer Schulter, »Sie sind festgenommen, Marlene Deicke.«

Unwillig drehte Marlene sich um und sah in das gerötete Gesicht eines Mannes, der ein Gebirge von Bauch unter dem weißen Hemd vor sich hertrug. Der Bund seiner Hose verschwand am Ansatz seiner Oberschenkel. Mit einem breiten Grinsen streckte er ihr seine Rechte entgegen.

»Na, Marlene, alte Emanze, kennst du mich noch?«

Sie ergriff seine ausgestreckte Hand.

»Klar, Alex Fettsack. Bist ja kein Gramm weniger geworden seit damals«, gab Marlene munter und gut vernehmlich zurück, sodass die Köpfe ringsum sich nach ihnen drehten.

Alexander Kleinhausen ließ ein röhrendes Lachen hören, das sein Bauchgebirge zum Zittern brachte. Wie schafft er nur die Arbeit am Zahnarztstuhl, diese Fettmassen müssen ihm doch dabei ständig im Weg sein?, rätselte Marlene. Und filigran würde ich diese Pranke auch nicht gerade nennen, dachte sie, während sie sich mühte, ihre Finger aus seiner Hand zu befreien. Aber Mirko hatte ihn ja als richtig guten Zahnarzt bezeichnet.

»Was die Polizei von dir will, musst du mir gleich erzählen, Marlene.«

Marlene versuchte, klarzustellen, dass es umgekehrt war und sie etwas von der Polizei wollte, aber Alex hörte schon gar nicht mehr zu. Von Sophie hatte er keine Notiz genommen, sie nur mit einem flüchtigen Seitenblick gestreift, was Marlene auch ärgerte. Er war noch genauso ichbezogen wie damals.

»Ich geh jetzt erst mal der Schönsten aller Schönen zum Geburtstag gratulieren. Du hast die gar nicht verdient, Mirko, alte Socke. Wegen dir bin ich heute nämlich nicht hergekommen«, verkündete Alex lauthals, sodass alle im Bilde waren, und schob Mirko, der ihn gerade begrüßen wollte, grob aus dem Weg. Einzelne Lacher waren zu hören. Genau wie früher, erinnerte sich Marlene. Alex hatte sich schon immer wie eine unkontrollierbare Flipperkugel benommen. Er war nicht gut in der Schule, er sah nicht gut aus und er war ein ziemlicher Kotzbrocken, aber er hatte die größte und frechste Klappe von allen. Nicht zuletzt, weil er von zu Hause reichlich Geld in den Taschen hatte, das er freigebig in Alkohol, Zigaretten und manchmal auch stärkere Drogen umsetzte, was ihm, wenn nicht Freunde, so zumindest treue Untergebene einbrachte. Eine Ehrenrunde hatte er auf dem Gymnasium bereits hinter sich, als zu befürchten war, dass er durchs Abitur rasseln würde. Da hatten ihn seine Eltern auf ein teures Internat geschickt. Auf irgendeine Weise musste er dort die Hochschulreife doch noch erworben haben, wenn er jetzt Zahnarzt war.

Alex hatte seine Begrüßungsrunde beendet, den Männern auf die Schultern gehauen, den Damen anzüglich die Hand geküsst, dafür verzückte Entsetzensschreie geerntet und bedachte nun Marlene mit seiner Aufmerksamkeit. Sie stellte ihm Sophie als ihre Lebenspartnerin vor, was er ohne Kommentar hinnahm. Doch Marlene sah ihm an, wie es in ihm arbeitete. Wahrscheinlich wusste er schon, welche Witze er darüber reißen würde, wenn sie außer Hörweite war.

»Un nu vertell mal dem Onkel Alex, min Deern, wat is mit der Polizei?«

Schwer ließ er sich neben Marlene in einen Gartenstuhl fallen und legte ihr vertraulich einen Arm um die Schultern. Unwillig ruckte sie ein paar Zentimeter von ihm weg. Er registrierte es sofort und zog mit einem schiefen Grinsen seinen Arm zurück. Marlene verspürte eigentlich nicht die geringste Lust, ihm Sophies ganze beunruhigende Geschichte zu erzählen, und nannte ihm nur lustlos ein paar Stichworte.

»Würde auch denken, dass die Polizei da nicht viel machen kann«, äußerte Alex daraufhin seine Meinung, was Marlene herzlich wenig interessierte. Echte Anteilnahme war von ihm sowieso nicht zu erwarten. Wenigstens versuchte sie, ihm klar zu machen, dass ihre Freundin völlig klar im Kopf war, und ihr Sprachverlust nur vorübergehend. Trotzdem schien ihn Sophie, die den Blick nicht von ihm nahm, irgendwie zu verunsichern, weshalb er sie wahrscheinlich auch gar nicht mit in die Unterhaltung einbezog. Er ging Marlene schon wieder mächtig auf die Nerven, genau wie in der Schulzeit. Worüber sollte sie mit ihm reden? Ernsthafte Gespräche waren noch nie mit ihm möglich gewesen.

»Und hast du eine Frau?«, fragte sie ihn gelangweilt.

»Eine?«

Er amüsierte sich köstlich über seine vermeintlich originelle Antwort. Zwar schien er wirklich etwas über Marlenes Leben erfahren zu wollen, aber sie blieb einsilbig. Irgendwann begriff sogar der selbstherrliche Alex, dass sie ihre Ruhe vor ihm haben wollte. Nachdem er die Damenrunde noch mit ein paar zotigen Sprüchen aufgemischt hatte, dampfte er ab zu den Männern am Bierfass, von wo nun ständig sein Lachen herüberdröhnte.

»Siehst du, jetzt hast du ja doch noch einen alten Schulkameraden hier wieder getroffen«, meinte Mirko augenzwinkernd zu Marlene, nachdem er sich aus der Männergruppe zu ihnen abgesetzt hatte.

»Einen, auf den ich allerdings hätte verzichten können ...«

»Ja, er ist immer noch so laut und raumgreifend wie früher, um es mal so zu sagen. Hast ja gehört, mich besucht er nicht, ich bin nur sein Patient. Aber er ist halt schon immer ein glühender Verehrer von Susann gewesen. Ich hoffe, es war nicht gar so unangenehm für dich.«

»Du musst dich nicht für Alex entschuldigen, und außerdem werd ich allein mit ihm fertig, weißt du doch«, grinste Marlene.

»Ach ja, du starke Frau. Das hatte ich schon wieder vergessen«, gab Mirko lachend zurück.

Sophie sah müde aus. Die vielen Leute um sie herum, die immer wieder alle durcheinanderredeten, strengten sie an. Da Marlene auch nur noch gelangweilt herumsaß, nahm sie Sophies Erschöpfung zum Anlass, sich zu verabschieden. Auch sie hatte erst einmal genug vom Partyleben in Bad Schwartau.

»Irgendwie sind die hier anders, die Leute.«

Auf dem Rückweg im Auto ließ Marlene alles heraus, was ihr über die Gäste in Mirkos Garten so durch den Kopf ging.

»Die sind ja gar nicht unnett, aber manchmal denke ich, die wissen gar nicht, wie gut sie es haben. Ich meine, was die so als ihre großen Probleme sehen: Klamotten, Friseur, Urlaub – was das alles für einen Stellenwert hat! Gut, wir haben ja hauptsächlich mit Frauen am Tisch gesessen und wir haben halt keine Kinder, auch ein Lieblingsthema. Irgendwie scheint das hier wohl so üblich, dass sich das Publikum nach Männlein und Weiblein trennt.«

Sophie hörte aufmerksam zu, ab und an kommentierte sie mit einem »Mamma mia«, was in den meisten Fällen wohl Zustimmung signalisieren sollte.

»Aber die Männer sind wahrscheinlich genauso drauf. Mit Alex hast du ja so 'n echtes Prachtexemplar kennengelernt. Der war schon in der Schule ein richtiger Armleuchter.«

Marlene seufzte.

»Wahrscheinlich sind es einfach nur die falschen Leute oder Kreise, wie Tante Birgit sagen würde. Bestimmt gibt es auch Menschen hier, die mehr auf unserer Wellenlänge sind, die kennen wir nur nicht. Und die werden wir wohl auch nicht mehr kennenlernen, denn wir wollen ja auch irgendwann wieder zurück nach Berlin, nicht, mein Schatz?«

»Ja«, bestätigte Sophie mit einem heftigen Nicken. Eine 100-prozentig korrekte Antwort.

In seinem Kopf war ein riesiges Durcheinander. Georg Angermüller schloss die Augen und versuchte, wieder ruhig zu werden, sich zu konzentrieren. Was hatte der Stationsarzt vorhin gesagt? Erst einmal hatte er klargestellt, dass er in Eile war. Dann hatte er ziemlich schnell gesprochen und so mit medizinischen Fachausdrücken durchsetzt, dass nur Bruchstücke der Informationen bei Angermüller angekommen waren. Kompliziertes Schädel-Hirn-Trauma, CT, künstliches Koma, Beatmung. Trotz ihres Helms hatte Astrid bei dem Fahrradunfall schwere Kopfverletzungen davongetragen. Es hatte sich nicht gut angehört nach Angermüllers Maßstäben. Die junge Ärztin, die ihren Kollegen begleitete, hatte sich um Freundlichkeit bemüht. Sie wollten noch weitere Untersuchungen machen, bevor Astrid auf die Intensivstation verlegt werden sollte. Dann erst würde er sie zumindest kurz sehen können. Schwebte sie in Lebensgefahr? So ganz eindeutig war die Antwort der jungen Medizinerin auf seine

Frage nicht ausgefallen, wie sie sich überhaupt zu Astrids Zustand ziemlich vage ausgedrückt hatte. Der Stationsarzt war längst entschwunden.

Angermüller saß jetzt schon seit über einer Stunde auf dem harten Plastikstuhl im Flur vor der Notaufnahme und wartete, dass sie ihn zu Astrid ließen. Medizinisches Personal in grünen, weißen oder blauen Kitteln, Ärztinnen und Ärzte, Pfleger und Krankenschwestern eilten hin und wieder vorbei, Betten mit und ohne Insassen wurden vorübergeschoben, schon mehrmals hatten Krankentransporte neue Fälle angeliefert. Eine türkischstämmige Besuchergruppe auf den Stühlen gegenüber, scheinbar alle Mitglieder einer großen Familie, hatte sich bereits im Warteraum aufgehalten, als Angermüller angekommen war. Sie sprachen aufgeregt miteinander, die Frauen trösteten sich gegenseitig, und immer wieder verteilte irgendjemand Essen und Getränke.

Georg war allein hergekommen. Mit aller Strenge, die ihm möglich war, hatte er den Zwillingen klargemacht, dass es besser wäre, wenn sie daheim blieben, weil ihre Mutter bestimmt viel Ruhe brauchte. Erst einmal musste er sich selbst ein Bild von Astrids Zustand machen. Die Mädchen hatten das auch ziemlich schnell eingesehen. Derya hatte ihn zur Ratzeburger Allee gefahren und angeboten, mit ihm zu warten, doch er hatte sie nach Hause geschickt.

»Du rufst mich aber heute noch an, ja? Ich will wissen, wie es Astrid geht«, hatte sie ihn gebeten. »Und wenn ich irgendwas für euch tun kann, sag es mir.«

Er hatte sich sehr über ihr Hilfsangebot gefreut. Ihr Interesse an Astrids Wohlergehen schien wirklich ehrlich und entsprach dem ihr eigenen Mitgefühl für andere. Aber es war ihm irgendwie unpassend vorgekommen, ausgerechnet mit Derya hier im Krankenhausflur zu sitzen. Außerdem brauchte er Zeit für sich allein, um seine Gedanken zu ordnen.

Klar, dass man ihn als Ersten von Astrids Unfall benachrichtigt hatte und dass ihm nun Entscheidungen abgefordert wurden, die medizinische Behandlung betreffend. Sie waren immer noch verheiratet. Keiner von ihnen hatte bisher das Thema Scheidung angesprochen. Abgesehen davon gehörte Astrid ohnehin weiter zu seinem Leben, genau wie die Kinder. Hätte er Astrid nicht kennengelernt, wäre er wahrscheinlich niemals hier in Lübeck hängen geblieben. Nicht mehr zusammenwohnen zu wollen oder zu können, hieß ja nicht, dass der andere einem plötzlich völlig egal war. Eine gemeinsame Geschichte von fast 17 Jahren ließ sich nicht einfach so auslöschen.

Sein Mund war vollkommen trocken. Angermüller holte sich noch ein Mineralwasser aus dem Automaten. Musste er heute Abend schon jemanden über Astrids Unfall informieren? Seine Schwiegereltern wollte er nicht so spät mit schlechten Nachrichten schrecken. Heini war 82, er hielt sich wacker, doch sein Bluthochdruck und immer wiederkehrende Herzrhythmusstörungen machten ihm zu schaffen, und Schwiegermutter Johanna war mit der Sorge um ihn mehr als ausgelastet. Astrids Schwestern waren ohnehin eher die falsche Adresse. Sie würden nur einen mächtigen Wirbel veranstalten, aber keineswegs eine Hilfe sein. Außerdem sollte er erst einmal abwarten, was die Ärzte sagten. Georg entschied sich dagegen, jemanden anzurufen. Auch Martin würde er erst morgen früh Bescheid geben.

»Herr Angermüller?«
»Ja!«

Er sprang auf und spürte, wie Angst und Hoffnung gleichzeitig auf ihn einstürmten.

»Sie können jetzt Ihre Frau sehen. Kommen Sie bitte mit.«

KAPITEL III

»Na endlich bist du auch ma wieder da!«

Claus Jansens überschwängliche Begrüßung zeigte deutlich, wie sehr er seinen Kollegen vermisst hatte.

»Was soll das denn heißen? Ich hatte doch gerade mal zwei Tage Urlaub plus das Wochenende.«

Angermüller schüttelte den Kopf.

»Blödsinn! Urlaub! Jetzt sag ich das schon selbst! Natürlich hatte ich keinen Urlaub, sondern ich hab Überstunden abgebummelt.«

»Weiß ich ja. Aber gut, dass du wieder da bist. Das Verbrechen schläft nich, wie du weißt.«

»Gibt's etwa was Neues?«

»Jou. Gestern lag eine Person auf den Bahngleisen zwischen Reinfeld und Lübeck.«

»Tot, nehm ich an.«

»Ziemlich.«

»Die war genau der Grund, dass unser Zug über zwei Stunden Verspätung hatte auf der Heimfahrt.«

»Ach, ausgerechnet in dem Zug hast du gesessen? Und du bist nich gleich ma ausgestiegen und hast die Kollegen unterstützt?«

»Ich hab Ameise draußen rumlaufen sehen, das hat mir gelangt«, entgegnete Angermüller. »Da der Personenschaden jetzt bei uns gelandet ist, heißt das also Fremdverschulden?«

»So isses.«

Jansen nahm den Bericht der Kriminaltechnik zur Hand.

»Ameise, der alte Schlaumeier, hat sofort festgestellt, dass die Überreste, die dort 'rumlagen, viel zu unblutig für den Aufprall eines lebenden Körpers mit dem Zug waren. Auch die Art der Totenflecke, die auf den gefundenen Körperteilen auszumachen waren – Stichwort zweites Totenflecksystem – spricht dafür, dass die Person schon mindestens sechs Stunden nicht mehr unter den Lebenden war, bevor sie auf die Gleise gelegt wurde.«

»Wie sieht's aus mit der Identifizierbarkeit?«

»Der Körper war quer zum Zug auf den Bahndamm verbracht worden. Da es in einer Kurve war, hatte der Lokführer erst spät bremsen können. Der Kopf des Opfers lag auf den Schienen und wurde von den Rädern teilweise überrollt, teilweise weggedrängt, und die eine Gesichtsseite ist … na ja.«

Jansens Miene sprach Bände.

»Am Rumpf finden sich starke Abschürfungen. Hinzu kommen Teilamputationen an Armen und Beinen. Der Körper ist komplett überrollt worden.«

»Und weiß man schon, wer es ist?«

Der Kollege schüttelte den Kopf.

»Man hat keine Papiere oder irgendwas bei ihm gefunden. Alle Taschen der Kleidung waren geleert. Natürlich gibt es Faserspuren, auch an den Schuhen Bodenanhaftungen. Dazu müssten wir allerdings wissen, wo sich das Opfer zuvor aufgehalten hat. Das Einzige, was jetzt schon sicher ist: Es handelt sich um einen Mann, wahrscheinlich Asiate.«

»Ist die Obduktion schon gelaufen?«

Jansen sah auf die Uhr.

»Sind die wahrscheinlich grade bei. Hab Anja-Lena hingeschickt. Nach fast drei Wochen Urlaub kann die Deern dat schon mal ab. Teschner is mit.«

Angermüller nickte zerstreut. Er drückte den Einschaltknopf am PC und griff nach den Papieren, welche sich innerhalb der kurzen Abwesenheit auf seinem Schreibtisch angesammelt hatten.

»Und wie war's nu so im Süden?«

Nach Jansens Frage zu urteilen, lag Oberfranken Tausende Kilometer von Lübeck entfernt, kurz vorm Mittelmeer.

»Schön war's. Wetter, Essen, Familie, alles gut.«

Der Kriminalhauptkommissar war nicht in der Stimmung, jetzt eine bunte Schilderung seines durchaus angenehmen Kurzurlaubs abzugeben.

»Hörst dich nich so richtig begeistert an ...«, stellte Jansen fest und warf einen skeptischen Blick in Angermüllers Richtung.

»Meine Frau ist im Krankenhaus. Hatte gestern einen Fahrradunfall. Sie hat schwere Gehirnverletzungen und wird im künstlichen Koma gehalten.«

»Ach du Schiete!«

Claus Jansen sprang auf und klopfte Angermüller auf die Schulter.

»Ich mach uns erst ma 'n Kaffee.«

Während sich sein Partner an der alten Kaffeemaschine im Zwischenflur ihrer Büros zu schaffen machte, wanderten Angermüllers Gedanken zurück zum Vorabend. Als er nach langem Warten auf dem Krankenhausflur endlich zu Astrid durfte, lag sie mit geschlossenen Augen zwischen Kabeln, Schläuchen und blinkenden Apparaten auf der Intensivstation. Ihr Gesicht war sehr blass, und aus ihrem Mund ragte ein dicker Schlauch. Unter dem Krankenhaushemd hob und senkte sich regelmäßig ihr schmaler Brustkorb. Etwas verloren hatte er in seinem Besucherkittel auf einem Schemel neben ihr gesessen und sie nur angeschaut. Sie war ihm so fremd erschienen. Eine Schwester, die sich immer wieder an den medizinischen Geräten zu schaffen machte, ermutigte ihn schließlich, doch Astrids Hand zu halten und mit ihr zu reden.

»Auch wenn es nicht so scheint, Ihre Frau bekommt mehr mit, als Sie denken.«

Im Halbdunkel, welches dort herrschte, war ihm die ganze Situation so unwirklich vorgekommen. Er hatte dann Astrids Hand gestreichelt, ihr von seinem Besuch in Coburg erzählt und ihr sämtliche Grüße ausgerichtet, die ihm aufgetragen worden waren. Gleichzeitig war ihm immer wieder ihrer beider Situation durch den Kopf gegangen. Dass sie sich eigentlich getrennt hatten, er vor einem Jahr schon aus dem gemeinsamen Haus ausgezogen war, dass er mit Derya gerade eine neue Beziehung begonnen hatte, so unvorhersehbar deren Zukunft auch sein mochte, und dass er nun doch der Mensch war, der Astrid am nächsten stand. Er fand es auch völlig selbstverständlich, in dieser kritischen Situation bei ihr zu sein, er bangte um sie, er hoffte für sie, er wollte sie nicht verlieren.

Es ging gegen Mitternacht. Julia hatte ihm schon vor einer Stunde eine SMS geschickt, dass sie und Judith jetzt ins Bett gingen. Wahrscheinlich würden die Kinder trotzdem nicht schlafen und auf ihn und seinen Bericht aus dem Krankenhaus warten. Angermüller hatte sich gleichzeitig hellwach und hundemüde gefühlt. Die auch ziemlich erschöpft wirkende junge Ärztin hatte ihm schließlich geraten, nach Hause zu gehen.

»Ich weiß, Sie denken, Sie können sie jetzt nicht allein lassen. Aber Sie können hier eh nichts für Ihre Frau tun. Sie braucht sehr viel Ruhe und Zeit. Ihr Gehirn ist stark angeschwollen und im Ausnahmezustand, und das wird noch eine ganze Weile andauern. Der Tiefschlaf, in dem wir sie halten, ist so eine Art Schutzfunktion gegen die Schmerzen, gegen den Stress, den der Körper aufgrund der ganzen Verletzungen hat. Aber kommen Sie ruhig jeden Tag her, lassen Sie sie spüren, dass Sie da sind, beziehen Sie Ihre Frau in Erzählungen mit ein oder in Gespräche, falls Sie noch andere Angehörige mitbringen. Aber alles in kleinen Dosen, bitte. Wie gesagt, ihr Körper, ihr Kopf sind momentan einer großen Belastung ausgesetzt und müssen sich ganz langsam wieder regenerieren.«

In der Tasche des Kittels der Ärztin hatte sich ein Piepser gemeldet, aber Angermüller wollte unbedingt noch etwas loswerden.

»Entschuldigung, ich würde ganz gerne noch eines wissen: Ist der Zustand meiner Frau lebensbedrohlich?«

»Nun ja, lebensbedrohlich ...«

Die Medizinerin hatte ihn ein wenig unsicher angesehen, wie ihm schien.

»Ich will mal so sagen, wenn es keine größeren Komplikationen gibt, hat Ihre Frau hervorragende Chancen.«

»Aha«, machte Angermüller etwas verwirrt, »und wie lange wird meine Frau voraussichtlich in diesem künstlichen Schlafzustand gehalten? Und danach, wird sie da wieder gänzlich hergestellt sein?«

Es gab so viele Fragen. Doch die junge Frau hatte ihm nur die Hand gereicht.

»Es tut mir leid, das zu beantworten, ist es viel zu früh. Und ich werde jetzt woanders gebraucht. Gehen Sie nach Hause, schlafen Sie, kommen Sie morgen wieder. Wann Sie wollen und so oft Sie wollen. Und vertrauen Sie uns. Wir kümmern uns um Ihre Frau.«

Natürlich waren die Kinder noch hellwach gewesen, als er endlich heimgekommen war. Er hatte versucht, Astrids Zustand so undramatisch wie möglich zu beschreiben und versprochen, dass sie heute Nachmittag gemeinsam ins Krankenhaus fahren würden. Später am Telefon hatte er Derya all seine Ängste und Zweifel geschildert. Sie hatte ihm ruhig zugehört und ihm Mut zugesprochen. Das hatte ihm gut getan.

»Hier, dein Kaffee mit viel Milch.«

Dankbar nahm Angermüller seinem Kollegen die Tasse ab, wenn er auch wusste, dass das schwarze Zeug aus der altersschwachen Maschine die Bezeichnung Kaffee kaum verdiente. Der Kriminalhauptkommissar hatte die Nacht wenig geschlafen, sich nur unruhig von einer Seite auf die andere geschmissen. So vieles ging ihm im Kopf herum. Nachdem er mit den Mädchen ihre Schulsachen abgeholt und sie zur Schule gefahren hatte, überbrachte er erst seinen Schwiegereltern und dann Martin die schlechte Nachricht. Natürlich reagierten sie alle im ersten Moment geschockt. Doch schaffte er es mit einem zuversichtlichen Ton und dem Versprechen, sich zu melden, wenn es etwas Neues gab, sie einigermaßen zu beruhigen.

Trotz fehlender Nachtruhe fühlte Angermüller sich erstaunlich wach. Doch es war eine nervöse Wachheit, die ihn beherrschte, und die Konzentration auf seine Arbeit fiel ihm schwer. Ständig hatte er Astrids Bild vor sich, wie sie zwischen all den Schläuchen und Geräten lag, und fragte sich, ob sie wohl von ihrem Zustand etwas mitbekam.

»Wie geht's deiner Frau jetzt?«

»Als ich heute Morgen im Krankenhaus angerufen hab, hieß es, sie sei stabil. Das heißt wohl, sie befindet sich nicht mehr in Lebensgefahr. Die Ärzte drücken sich leider nicht immer so ganz deutlich aus«, seufzte Angermüller und sah nach draußen. Die Büros des K1 lagen im siebten Stock des Behördenhochhauses in der Possehlstraße. Durch die Fenster ging der Blick auf die Altstadt, die an diesem Montagmorgen unter einer mild strahlenden Septembersonne lag.

»Und wie ist der Unfall passiert?«

»Es war gestern am frühen Abend, am Lindenplatz, da, wo die Moislinger Allee reinkommt. Der Fahrer eines Reisebusses hat Astrid beim Einbiegen wohl nicht gesehen und schräg von hinten erwischt.«

»Ja, ja, am Lindenteller. Da passiert so was ständig!«

»Sie ist gestürzt und hat sich vor allem am Kopf schwer verletzt. Dabei fährt Astrid im Gegensatz zu mir nie ohne Fahrradhelm!«

»Solltest du vielleicht in Zukunft auch aufsetzen ...«

»Na ja, ein überzeugender Beweis für den Nutzen der Dinger war das ja nicht. Aber du hast recht. Ohne Helm wäre sie jetzt wahrscheinlich tot.«

Sie schwiegen für einen Moment.

»Jetzt lass uns von was anderem reden, Claus. Wo waren wir vorhin stehen geblieben?«

»Bei dem Asiaten, der gestern vor deinem Zug gelegen hat.«

Marlene schloss die Tür hinter sich und atmete tief durch. Sie hatte gedacht, Sophie wäre froh und vor allem auch einverstanden, wenn sie der Logopädin von dem rätselhaften Ereignis am Sonnabend erzählte, hoffend, dass diese vielleicht etwas mehr darüber herausfinden könnte. Doch entweder war Sophie das Ganze peinlich oder sie fand die Darstellung falsch, sie hatte jedenfalls so lange protestiert, bis

Marlene aufgehört hatte, über ihren Treppensturz und den möglichen Anlass zu spekulieren. Dabei war die Logopädin eine so offene, engagierte Person und bereit, jede Anregung aufzunehmen, um Sophies Sprachfähigkeit wieder herzustellen. Sie hätte mit Sicherheit gerne Hilfe geleistet. Aber Sophie hatte sich richtig bockig verhalten. Seit dem Unfall kam das öfter mal vor.

Marlene ging die Bahnhofstraße hinunter, an den schönen alten Häusern entlang, in Richtung Markt. Vor einem Italiener nahm sie an einem Tisch in der Sonne Platz und bestellte einen Milchkaffee. Wohlig streckte sie sich in der sanften Wärme, gönnte sich eine knappe Stunde Entspannung, bevor sie Sophie wieder abholen musste. Sie ertappte sich dabei, wie sie unter den jungen Leuten, die vorübergingen oder an Nebentischen saßen, nach vertrauten Gesichtern Ausschau hielt, und musste dann über sich selbst lachen. Nein, sie war keine 19 mehr, und auch in Bad Schwartau waren die Leute von damals älter geworden, genau wie sie. Doch auch unter Menschen, die sie in etwa ihres Alters schätzte, konnte sie keinen entdecken, der ihr bekannt vorkam.

Marlene schirmte die Augen mit einer Hand ab und blinzelte ins Licht. Da war jetzt doch jemand, der ihre Aufmerksamkeit erregte, dieser große, schlanke Typ, der da vor den Tischen vorbeilief, das musste er sein.

»Wally?«

Er stutzte und drehte sich in ihre Richtung.

»Oha, die Prinzessin! Wie geit di dat?«

»Du bist es wirklich!«, lachte Marlene und reichte ihm die Hand. »Wenn einer hier in Schwartau Prinzessin zu mir sagt, dann kannst das nur du sein. Dabei hab ich dir schon damals versucht klar zu machen, dass ich das hasse! Aber das war dir so was von egal! Setz dich doch auf einen Kaffee zu mir, wenn du Lust hast – und Zeit.«

Nach einem kurzen Zögern nahm er ihr gegenüber Platz. Er hat sich kaum verändert, dachte Marlene, nur noch schmaler ist er geworden, fast dürr. Die runde Nickelbrille auf seiner Nase glich dem Modell, das er schon zu Schulzeiten bevorzugt hatte. Zu leicht verwaschenen Jeans trug er ein weißes Hemd unter einem hellen Leinensakko, die schwarzen Schuhe waren ordentlich geputzt. Nach Mirkos Erzählungen hatte sie Wally schon eher als Clochard vor sich gesehen. Jetzt war sie positiv überrascht. Das einzig Auffällige waren höchstens seine aschblonden Haare, die schlecht geschnitten und eine Spur zu lang waren.

»Und, die du nicht Prinzessin genannt werden willst, wie geht es dir?«

Wallys Augen suchten den Marktplatz ab. Er wirkte irgendwie zerstreut auf Marlene.

»Nicht so leicht zu beantworten. Die Frage mochte ich übrigens auch noch nie leiden. Das ist so eine doofe, oberflächliche Floskel, und die meisten Leute interessiert eine ehrliche Antwort gar nicht.«

»Hach, was bist du kompliziert«, stöhnte Wally, und der alte Spötter aus Jugendtagen blitzte kurz hervor. »Ich weiß jedenfalls, dass du im Haus deiner Tante wohnst, zusammen mit deiner Partnerin, die wohl einen Unfall hatte.«

»Na so was. Und wer hat dir das alles erzählt?«

»Ich hab so meine Quellen. Recherche war schon immer meine Stärke.«

Ein Zahn fehlte oben links, fiel Marlene auf, als er sie breit anlächelte.

»Also, jetzt sag doch mal wirklich: Wie geht es dir?«

Mit wenigen Worten versuchte Marlene, einen Abriss

über ihre Situation zu geben. An Wallys Reaktionen erkannte sie den alten, verständnisvollen Freund von früher. Zwischendurch orderte er beim Kellner einen Caffé Corretto.

»Mit doppeltem Corretto, bitte.«

»Wat mutt, dat mutt«, meinte er achselzuckend und sah an Marlene vorbei, als die ihn aufmerksam musterte.

»Und du?«, fragte sie munter, »wir sind ja sozusagen Kollegen, hab ich gehört.«

»Hast du gehört? Ach ja, von wem denn?«

Misstrauen lag in seiner Stimme.

»Mirko hat es mir gesagt.«

»Na, da will ich lieber nicht wissen, was der Schwätzer noch so alles vertellt hat.«

Er stürzte den mit zwei Grappa verstärkten Espresso in einem Zug hinunter.

»Ich hab die Fesseln der Festanstellung von mir geworfen. Vor lauter Selbstzensur mit Rücksicht auf die Verlagslinie hab ich ja nicht mehr gesehen, worauf es wirklich ankam. Jetzt schreibe ich, was ich will, für wen ich will und wann ich will. Ich bin endlich frei!«

Den letzten Satz rief er mit weit ausgebreiteten Armen so laut, dass es über den ganzen Marktplatz schallte. Dann bestellte er beim Kellner noch einmal dasselbe. Marlene begann zu begreifen, dass Mirkos Schilderungen wohl doch nicht so weit hergeholt waren.

»Und triffst du denn noch welche von unseren Schulfreunden?«

»Wozu? Damit wir um die Wette protzen? Mein Haus, mein Auto, mein Boot? Womöglich noch: meine Frau? Nee«, Wally schüttelte abfällig den Kopf. »Mit diesen üblen Materialisten muss ich mich nicht gemeinmachen.«

»Na, na, übertreibst du nicht ein bisschen?«

»Die Damen und Herren verkehren hier mit den Spitzen der Gesellschaft, zumindest mit denen, die sich in unserem Kaff dafür halten. Sie drehen das ganz große Rad – bilden sie sich ein. Und wenn Mirko jetzt noch Abgeordneter wird …«

»Wart's doch erst mal ab, wie er sich als Politiker so macht.«

Doch Wally schnaubte verächtlich.

»Glaubst du, der wird Politiker, weil er so ein Idealist ist und unsere Gesellschaft für alle lebenswerter gestalten will?«

Wally schüttelte den Kopf und wurde immer aufgebrachter.

»Dat kannste doch nich mit ansehen! Diese Hohlköppe kriegen den Hals nicht voll. Gier, das ist das Leitmotiv ihres Lebens, ansonsten ist da nur eine große Leere. Ich hab dieses Rattenrennen lange genug mitgemacht. Ich weiß, wovon ich spreche, und du wirst hoffentlich auch noch merken, dass ich recht habe.«

Langsam wurden Marlene die wirren Schmähungen zu viel, die Wally immer lauter und mit finsterer Miene ausstieß. An den anderen Tischen sah man sich schon nach ihnen um. Der Frust über sein eigenes zerstörtes Leben machte Wally aggressiv, und die Schuld an seinem Scheitern schien er allen anderen zu geben, nur nicht sich selbst. Sie wollte diese unangenehme Unterhaltung lieber beenden. Doch er kam ihr zuvor. Schnell kippte er seinen zweiten Caffé Corretto und stand auf.

»War nett, mit dir geplaudert zu haben, Prinzessin. Bis bald mal wieder. Moin!«

Wally hatte immer schon einen Hang zum Zynismus

gehabt, doch die Bitterkeit, die jetzt aus seinen Einlassungen durchschimmerte, dazu seine abstrusen Ansichten – für Marlene war der Jugendfreund zu einer tragischen Figur geworden. Sie sah ihm nach, wie er mit großen, leicht unsicheren Schritten quer über den Platz verschwand, und blieb in einer Mischung aus Mitleid und Verärgerung über den einst so geschätzten Wally allein zurück.

»Na, wenn dat man keine Überraschung ist! Da sitzt die Marlene Deicke hier einfach so in Schwartau auf dem Markt rum!«

Eine Frau strahlte sie an. Ihre hellblonden gelockten Haare standen um das gerötete Gesicht herum, offensichtlich ohne den Anspruch auf eine Frisur zu erheben. Die massige Figur hatte sie in Jeans und T-Shirt gequetscht, sie trug einen geräumigen Rucksack, und die Füße steckten in bequemen Sandalen.

»Wie lange ist das jetzt her?«

Marlene lächelte etwas verunsichert.

»Ach, ich will's lieber nicht wissen. So alt sind wir doch noch gar nicht, oder?«, sagte die Blonde lachend, und während Marlene immer noch überlegte, wen sie da vor sich hatte, ergriff die andere ihre Hand.

»Ich bin's, Sandra, Sandra ehemals Klatt. Wir haben zusammen die Schulbank gedrückt.«

»Natürlich, Sandra! Entschuldige, dass ich dich nicht gleich erkannt habe, es ist wirklich ewig her ...«

Sie schüttelten sich die Hände, und mit einem beredten Blick auf ihre Figur meinte Sandra:

»Du brauchst dich nicht entschuldigen, Marlene. Ich weiß selbst, dass ich nicht mehr das zarte blonde Engelchen von damals bin. Darf ich?«

»Bitte! Aber ich hab leider nur noch wenig Zeit.«

Sandra nahm den Rucksack ab und ließ sich mit einem Seufzer auf den Kaffeehausstuhl fallen.

»Puh. Ich hab auch nicht viel Zeit. Aber wenn wir uns nach all den Jahren über den Weg laufen, da müssen wir doch mal schnacken! Bleibst du noch länger? Können wir uns mal sehen? Ich bin ja so neugierig, was aus dir geworden ist. Toll siehst du aus!«

Die stille Sandra, die Marlene immer so auf den Keks gegangen war, mit ihrer Neigung zu Kompromissen, dem Wunsch, nirgendwo anzuecken, und dem Zögern, sich irgendeiner Aktion gegen die Lehrer anzuschließen – wenn sie noch genauso langweilig wie früher war, sollte sie wirklich ihre Zeit mit ihr vergeuden? Andererseits konnte sie nach den vielen Abenden allein mit Sophie auch Abwechslung vertragen. Mit Mirko war es schließlich auch viel netter gewesen, als sie erwartet hätte.

»Ein Weilchen werden wir wohl noch hier sein, denke ich. Es kommt auch aufs Wetter an.«

»Machst du mit deiner Familie hier Urlaub?«

»So ungefähr«, antwortete Marlene, die keine Lust hatte, auf die Schnelle ihr Leben vor Sandra auszubreiten.

»Wir wohnen im Haus meiner Tante.«

»Ach ja, ich weiß, das ist da in Grootmühlen. Dann komm ich doch einfach abends mal zu dir rum.«

Sandra wühlte in dem riesigen Rucksack.

»Hier, meine Karte, kannst mich auch anrufen.«

»Ach, du arbeitest bei der Marmelade?«

»Schon seit fast zehn Jahren. Ich bin Lebensmittelingenieurin, geschieden und hab drei Kinder. Das ist schon fast mein ganzes aufregendes Leben. Und weil mein Ältester Probleme in der Schule hat, hab ich mir heute Vormittag freigenommen für so ein unangenehmes Gespräch mit seinem Klassenlehrer. Jou, dat war 'n Schiet. Jetzt muss ich leider los zur Arbeit. Wir sehen uns, ganz bestimmt, Marlene!«

»Na gut, bis bald!«

Sandra stemmte sich hoch, schulterte ihren Rucksack und stapfte davon. Marlene bezahlte die Rechnung, inklusive der beiden hochprozentigen Kaffees von Wally. Wer weiß, vielleicht wurde das ganz lustig mit Sandra. Nichts an ihr erinnerte mehr an das verdruckste Mädchen von früher, sie machte den Eindruck einer gestandenen Frau. Ein Blick auf die Uhr zeigte Marlene, dass die kurze Auszeit vorüber war, und sie beeilte sich, zur Logopädiepraxis zu kommen.

Sophie war recht guter Dinge, alberte zum Abschied sogar mit der Therapeutin herum. Natürlich war das nicht immer so, manchmal war Sophie ausgesprochen schlecht gelaunt, was Marlene ihr auch zugestand. Ihre Situation war wirklich nicht einfach, und schließlich hatte jeder mal einen schlechten Tag.

In der Klinik hatte man routinemäßig Psychopharmaka verordnet, ohne Sophie zu fragen. Diese hatte aber sofort gespürt, dass die Pillen, die man ihr täglich verabreichte, etwas mit ihr machten, das sie nicht kontrollieren konnte, und sie hatte die Medikamenteneinnahme konsequent verweigert. Als Marlene das mitbekam und für die Freundin Aufklärung verlangte, hieß es nur achselzuckend, dass eigentlich jeder Mensch in so einer Situation zu Depressionen neige, deshalb die vorbeugende Medikation. Doch Sophie ging es offensichtlich ohne die chemischen Stimmungsmacher besser. Marlene fand es immer aufs Neue bewundernswert, mit welcher Seelenstärke die Freundin ihr Schicksal ertrug, und wie hoch motiviert sie an sich arbeitete, um wieder ein einigermaßen selbstbestimmtes Leben führen zu können.

Als Sophie auf dem Weg nach draußen klar machte, dass sie Lust auf einen kleinen Bummel durchs Städtchen hatte – sogar im ungeliebten Rollstuhl – nahm Marlene die Anregung gerne auf. Über den Marktplatz schob sie die Freundin in Richtung Bürgerpark, wo sie am Großen Parksee eine kurze Pause einlegten.

»Aah«, machte Sophie und hielt ihr Gesicht der Sonne entgegen. Ein Lächeln umspielte ihren Mund. Marlene streichelte die Hand ihrer Freundin. Nur ein ganz leichter Wind strich über das Wasser, zarte Spinnwebfäden schwebten durch die Luft, und an den Bäumen begannen sich einzelne Blätter zu färben, ein erster Hauch von Herbst.

»Ja, ein traumhafter Tag, nicht wahr?«

Sophie nickte und atmete mit geschlossenen Augen tief ein.

»Nach diesem streckenweise ziemlich durchwachsenen Sommer haben wir uns das auch verdient: einen perfekten Altweibersommer. Ist doch genau passend für mich!«

Wieder nickte Sophie. Die Ironie in Marlenes Worten hatte sie wohl nicht mitbekommen.

Auf dem Weg zurück kamen sie an einigen leer stehenden Läden vorbei, viele davon offensichtlich schon länger verwaist. Auch das wohlhabende Bad Schwartau schien unter dem Problem verödender Innenstädte zu leiden. Neben ein paar Hässlichkeiten aus Beton, die das Missverständnis von Moderne in den 70er, 80er Jahren dokumentierten, fielen Marlene einige Billigläden und wenig einladende Imbissstuben auf. Verpackungsmüll lag häufchenweise vor den Hauswänden und machte die Ecken noch unattraktiver. Na ja, dachte sie ein wenig schadenfroh, sicherlich hat der kommende Landespolitiker Mirko bereits wegweisende Konzepte zur Erneuerung der städtischen Zentren in der Tasche.

»Mamma mia!«

Sophie rutschte plötzlich unruhig in ihrem Rollstuhl hin und her.

»Was ist los, mein Schatz?«

Marlene folgte Sophies lebhaften Armbewegungen, die auf etwas vor ihnen zu zeigen schienen.

»Möchtest du jetzt nach Hause? Wir gehen ja schon Richtung Auto!«

»Nein, nein!«

So energisch, wie sie den Kopf schüttelte, war ihre Willensäußerung eindeutig. Marlene schaute sich um und versuchte zu entdecken, was Sophies Aufmerksamkeit erregte. Gegenüber lag ein kleiner Asia Imbiss.

»Hast du Hunger?«

Ihre Freundin verneinte vehement, wollte aber trotzdem näher an den kleinen Laden heranfahren, wenn Marlene richtig verstand.

»Sollen wir uns vielleicht doch ein paar Nudeln holen?«

Nein, das war es nicht. Erneutes, heftiges Kopfschütteln. Sie schob Sophie trotzdem direkt vor das Verkaufsfenster, weil sie begriff, dass die ihr irgendwas mitteilen wollte, denn sie gestikulierte und brabbelte aufgeregt weiter.

»Also, du willst hier nichts essen?«

Der junge Mann, ein Vietnamese oder Thailänder vielleicht, der hinter dem Verkaufstresen stand, beobachtete sie aufmerksam. Die Unruhe vor seinem Lädchen schien ihn zu verunsichern. Natürlich verstand er nicht so recht, was zwischen den beiden auf der Straße vor sich ging.

»Wenn ich bloß verstehen würde, was du meinst. Soll ich heute für uns gebratene Chinanudeln machen?«

Sophie wiegte ihren Kopf hin und her und murmelte etwas, das Marlene nicht zu deuten wusste. Der Imbiss-Mann hatte die sonderbare Diskussion vor seinem Fenster mittlerweile auf eigene Weise interpretiert. Er rückte das blütenweiße Schiffchen auf seinem Kopf gerade, kam heraus, und mit einer kleinen Verbeugung reichte er Sophie einen Flyer mit seinem Speisenangebot und einen Glückskeks.

»Vielleicht nächstes Mal hier essen. Sehr schmackhaft! Danke, ja.«

Offensichtlich wollte er seine Ruhe vor den beiden aufgeregten Frauen haben. Er zog sich wieder hinter seine Woks zurück, während Sophie etwas ratlos auf die Sachen in ihrem Schoß schaute.

»Gestorben ist der Mann durch Strangulation, irgendwann in der Nacht von Sonnabend auf Sonntag, wahrscheinlich in den frühen Morgenstunden vom Sonntag, sagt die Rechtsmedizin. Er war ungefähr 1,70 groß, bei etwa 50 Kilo, also ziemlich schmal. Geschätztes Alter zwischen Mitte 40 und Mitte 50. An seiner Kleidung gab es keine speziellen Markenkennzeichen, alles wohl eher Billigware, gefertigt irgendwo in Asien.«

Anja-Lena Kruse sah in die Runde.

»Aber welche Kleidung wird heute nicht in Asien produziert? Kann dort, kann aber auch ebenso gut hier gekauft worden sein. Ein einziges besonderes Erkennungsmerkmal gibt es: An der rechten Hand fehlt das obere Glied des Mittelfingers.«

Sie fuhr mit einem Bleistift noch einmal an ihren Notizen entlang. Ihre Wangen waren leicht gerötet, und aus dem blonden Haar, welches sie zu einem dicken Zopf zusammengefasst hatte, lösten sich an manchen Stellen ein paar Strähnchen. Sie war nicht der Typ der makellos gestylten Klassefrau, die ja immer auch etwas Synthetisches ausstrahlten, sondern auf eigene Art schön in ihrer Natürlichkeit.

»Die Staatsanwaltschaft hat jedenfalls das Ermittlungsverfahren wegen Mordes eröffnet.«

Wie immer war Anja-Lena völlig auf ihre Arbeit konzentriert und erinnerte Angermüller an ein eifriges Schulkind. Er schätzte die freundliche, überlegte Art der jungen Kriminalhauptmeisterin und vor allem auch ihre soziale Kompetenz, die sich auf die Arbeit in dem ansonsten aus Männern bestehenden Team sehr positiv auswirkte.

»Das sind natürlich nicht gerade viele Anhaltspunkte. Wie sieht's aus mit der Möglichkeit einer Gesichtsrekonstruktion?«, wollte er von ihr wissen.

»Es gibt Aufnahmen im Profil, da die eine Gesichtsseite relativ gut erhalten ist. Außerdem hat Schmidt-Elm vorgeschlagen, diese zu spiegeln und auf die kleinen Seitenunterschiede zu verzichten. So bekäme man am ehesten ein einigermaßen aussagekräftiges Bild des Gesichts für die Identifizierung hin, hat er gesagt.«

»Gut, sollten wir gleich machen, damit wir was in der Hand haben, für die Vermisstendatei und wenn wir nach Zeugen suchen.«

»Die Ermittlung des Zahnstatus läuft bereits. Die Rechtsmedizin informiert uns, wenn es einen zutreffenden Hinweis gibt.«

»Dann gehen wir ab heute nur noch Asiapfanne essen, oder wat?«, warf Jansen in die Runde und klapperte mit zwei Bleistiften, als ob es Essstäbchen wären. Norbert Teschner und Thomas Niemann grinsten.

»Gute Idee«, meinte Angermüller, »schlechter als in der Kantine kann das auch nicht schmecken. Und, Anja-Lena, war's das?«

»Noch eine Kleinigkeit: Es gab einen einzigen Beifund.« Sie hob eine Klarsichthülle hoch, sodass alle sie sehen konnten.

»Die Taschen der Kleidung des Toten waren ja alle leer geräumt. Aber eines hat der Täter übersehen: Eine Jackentasche war kaputt, und da hat sich was ins Futter verirrt.«

Sie reichte die Klarsichthülle herum.

»Na, das is nich schlecht«, murmelte Niemann nach genauerem Hinsehen, »Eine Visitenkarte!«

»Vom Täter?«

»Das wünschst du dir, gell, Claus«, antwortete Angermüller und nahm interessiert die Hülle in die Hand.

»Tanja Klüver, Kundenberaterin bei der Nordsparbank in Schwartau. Schön, da haben wir wenigstens einen winzigen Anhaltspunkt.«

»Es steht auch noch etwas auf der Rückseite. Bitte mal umdrehen, Chef«, forderte Anja-Lena ihn auf. Obwohl der Kriminalhauptkommissar ihr vor einiger Zeit das Du angeboten hatte, wie es unter den meisten Kollegen hier üblich war, nannte ihn die junge Frau nach wie vor bevorzugt Chef und vermied die direkte Anrede.

»Oh, das kann ich aber nicht lesen«, bedauerte Angermüller.

»Ich bin mir ziemlich sicher, dass das chinesische Schriftzeichen sind.«

»Woher weißt du dat denn?«

Jansen sah erstaunt zu der jungen Kollegin.

»Ich mache seit Kurzem einen Chinesischkurs«, erklärte Anja-Lena, und ihre Wangen wurden noch röter.

»Chinesisch? Das muss doch verdammt schwierig sein«, meinte Thomas Niemann. »Find ich ja toll, dass du dir das zutraust!«

Auch Angermüller und Teschner zeigten sich beeindruckt. Jansen schwieg. Seine Miene war schwer zu deuten.

»Ach, ich bin noch ganz am Anfang«, wehrte Anja-Lena verlegen ab. »Man muss ziemlich fleißig sein, wenn man die Schriftzeichen lernen will. Mal sehen, wie weit ich komme. Ich finde das einfach interessant.«

»Weißt du denn, was diese Zeichen bedeuten?«, fragte Angermüller.

»Leider nicht. Aber ich werde meinen Kursleiter mal fragen.«

»Ist der Chinese?«

Sie bejahte.

»Gut. Kümmerst du dich bitte um das gespiegelte Porträt, Norbert? Dann haben wir wenigstens was in der Hand. Claus und ich klappern die in Schwartau gemeldeten Chinesen ab und besuchen diese Tanja Klüver in der Bank. Ich versuche, dem Chef noch seinen Praktikanten aus dem Kreuz zu leiern. Der soll mit unserem Nico die weitere Umgebung übernehmen, damit es sich nicht so lange hinzieht mit den Überprüfungen. Anja-Lena macht das mit der Übersetzung der Schriftzeichen, und Thomas, du fragst die Vermisstendatei mal ab und was es für Anknüpfungspunkte zu Asiaten in und um Reinfeld gibt. Das könnt ihr später gleich noch abarbeiten, Norbert und Anja-Lena. Alles klar?«

»Moment, ich wollte noch mal an was erinnern«, meldete sich Anja-Lena in den allgemeinen Aufbruch hinein, »ich werde morgen Einen ausgeben. Das ist meine verspätete Urlaubslage und zum Einweihen meiner neuen Wohnung. Ihr seid alle für morgen Abend zu einem kleinen Umtrunk mit Buffet einladen.«

»Sind wir dabei.«

»Klar, gerne!«, bedankten sich die Kollegen und Jansen fragte:

»Schinesisch etwa?«

Auch ohne besondere Vorkommnisse, einfach nur aufgrund des hohen Fahrzeugaufkommens, kam der Verkehr an diesem späten Vormittag in der Moislinger Allee immer wieder zum Erliegen. Ungeduldig trommelte Jansen auf das Lenkrad des Dienstwagens. Vor ihnen lag der Lindenplatz. Angermüller rutschte unbehaglich auf dem Beifahrersitz hin und her. Seine Augen gingen zu der Stelle, wo sich gestern die verhängnisvolle Begegnung zwischen Astrid und dem Bus abgespielt haben musste.

»Hier irgendwo isses passiert, oder?«

Der Kriminalhauptkommissar nickte nur, und sein Kollege fragte nicht weiter nach. Angermüller suchte die Straße nach Anzeichen des Unfallgeschehens ab, einer Bremsspur, einem Kreidemal, Blutresten auf dem Asphalt. Im Getriebe des Verkehrs konnte er jedoch nichts entdecken. Der Ort war ihm unheimlich. Die bloße Vorstellung, dass Astrid hier gestern gelegen hatte, allein, verletzt und bewusstlos, ließ ihn erschaudern.

Fast 20 Minuten benötigten sie nach Bad Schwartau. Ohne merkbaren Übergang schloss sich das staatlich anerkannte Jodsole- und Moorheilbad an Lübeck an. Angermüller erinnerte sich seiner Verwunderung, als er das erste Mal hierher gekommen war. Von der gepflegten Beschaulichkeit eines Badeortes hatte er eigentlich eine andere Vorstellung im Kopf gehabt. Aber inzwischen hatte er auch die ansprechenden Seiten der Stadt kennengelernt. Mit etwas Glück fanden sie einen Parkplatz gleich am Markt, wo sie den Passat direkt gegenüber der Nordsparbank abstellten.

Die junge Frau in der Bank war von distanzierter Freundlichkeit und schien eine sehr genaue Person zu sein. Jedenfalls nahm sich die Kundenberaterin viel Zeit beim Betrachten der Fotos des Toten vom Bahngleis.

»Ich kann mich wirklich nicht erinnern, diesen Mann hier schon einmal gesehen zu haben«, sagte Tanja Klüver schließlich, und ihre schlanke Hand mit den dezent lackierten Nägeln schob die Bilder beiseite.

»Was ist denn mit ihm? Er sieht irgendwie merkwürdig aus«, wandte sie sich an Angermüller.

»Der Mann ist tot.«

»Oh, mein Gott!«

Sie schlug sich erschrocken eine Hand vor den Mund, griff aber gleichzeitig noch einmal nach der Abbildung des gespiegelten Gesichtes.

»Deshalb sieht das so ... eigenartig aus, wie eine Maske. Ist ja irgendwie unheimlich, oder? Aber wieso fragen Sie ausgerechnet mich nach dem Mann?«

»Er trug diese Visitenkarte bei sich.«

Tanja Klüver nahm die Klarsichthülle mit dem Fundstück zur Hand und schaute ungläubig auf den Inhalt.

»Oh, mein Gott!«, entfuhr es ihr noch einmal, mit einer Betonung, die Angermüller sonst nur aus amerikanischen Filmen kannte. »Das ist ja meine Visitenkarte! Das kann ich mir jetzt aber wirklich nicht erklären!«

Sie schüttelte den Kopf. Die akkurat frisierten kinnlangen Haare schwangen sacht hin und her, ohne aus der Form zu geraten. Leichte Nervosität überlagerte die bisher gezeigte

Abgeklärtheit der Bankangestellten, und sie blickte voller Skepsis zu den beiden Beamten.

»Denken Sie bitte noch mal genau nach, vielleicht ist er ja doch schon hier bei Ihnen gewesen.«

Angermüllers freundlich vorgebrachte Worte bewirkten, dass sich die professionelle Verbindlichkeit Tanja Klüvers endgültig verflüchtigte.

»Entschuldigung, ich weiß wirklich nicht, wie der Mann an meine Visitenkarte gekommen ist. Vielleicht lag die von einem anderen Kunden hier in der Bank herum, oder jemand von den Kollegen hat ihm die versehentlich gegeben. Vielleicht hat er sie auch irgendwo gefunden.«

Sie verschränkte die Arme vor der Brust. »Ich jedenfalls hab den Mann noch nie gesehen. Tut mir leid.«

»Haben Sie denn auch Kunden mit asiatischer Herkunft hier in der Filiale?«

»Ja, sicher. Da gibt es einige.«

Sie stand von ihrem Schreibtischstuhl auf und richtete mit einer entschlossenen Bewegung den Sitz ihrer dunkelblauen Kostümjacke.

»Am besten wird es sein, Sie sprechen mit dem Filialleiter. Es ist ohnehin Herr Westhoff, der entscheiden muss, welche Informationen über unsere Kunden wir Ihnen zugänglich machen können. Kommen Sie bitte mit.«

Tanja Klüver führte sie an den größten Schreibtisch, der im Mittelpunkt des offenen Büros hinter dem Kundentresen stand. Dort saß der Filialleiter mit dem Rücken zu einem gläsernen Besprechungsraum. Die junge Bankangestellte erläuterte ihrem Chef mit gesenkter Stimme das Anliegen der Kommissare.

»Meine Herren, setzen Sie sich doch bitte. Wie kann ich Ihnen helfen?«, fragte der vielleicht 40-jährige gut aussehende Westhoff entgegenkommend. Nach eingehender Betrachtung der Fotos des Opfers musste aber auch er passen.

»Ich mag mich irren, aber dieser Herr zählt nicht zu unserer Kundschaft, denke ich. Und wie er an die Visitenkarte gekommen ist, erschließt sich mir ebenso wenig wie Frau Klüver.«

Seine Hände sind mit Sicherheit maniküurt, dachte Angermüller, als der Filialleiter die Klarsichthülle mit der Visitenkarte hin und her wendete. Der gleichzeitig ausgefallene wie unaufdringliche Stil seiner eleganten Kleidung und die lange Haarpracht des Mannes ließen den Kommissar eher an eine Hollywoodgröße denken als an einen Bankmenschen aus Bad Schwartau.

»Da steht ja etwas auf der Rückseite«, bemerkte Westhoff und besah sich die Schriftzeichen genauer. Dann reichte er die Hülle mit einem angedeuteten Lächeln an die Beamten zurück.

»Ich habe zwar einige Zeit in Shanghai gelebt, aber so weit reichen meine Chinesischkenntnisse denn doch nicht, dass ich Ihnen beim Übersetzen helfen könnte. Bedaure.«

»Immerhin erkennen Sie das als chinesische Zeichen, das ist doch schon eine Menge«, äußerte Angermüller. »Und von Shanghai sind Sie hierher nach Bad Schwartau gekommen? Das sind ja wirklich Welten. Wo gefällt's Ihnen denn besser?«

»Beides hat seine Vorzüge. Aber ich stamme von hier, insofern war der Kulturschock beim Zurückkommen nicht ganz so groß. Höchstens die südchinesische Küche, die vermisse ich manchmal hier oben.«

Trotz seiner jovialen Art konnte der Mann einen Anflug von Arroganz nicht verbergen, stellte Angermüller fest. In seiner Weltläufigkeit fühlte er sich hier bestimmt unterfordert. Von Shanghai nach Bad Schwartau, war das nun ein Auf- oder Abstieg?, überlegte der Kommissar, oder vielleicht ein Ausstieg, zurück in die Beschaulichkeit der Heimat?

»Gut, Herr Westhoff«, nickte er, »könnten Sie so freundlich sein, uns eine Liste der Kunden Ihrer Filiale zusammenstellen, die asiatischer Herkunft sind?«

»Wenn Sie glauben, dass Ihnen das weiterhilft, machen wir das natürlich gerne.«

»Ob es weiterhilft, weiß man vorher leider nie.«

»Wann möchten Sie die Aufstellung denn haben?«

»Wenn Sie mich so fragen: sofort.«

»Bitte, sehr gerne. Dauert ein paar Minuten.«

Die Beamten nahmen vor dem Kundentresen Platz, wo sie tief in den Polstern eines Ledersofas versanken. Anja-Lena meldete sich auf Angermüllers Handy und gab durch, dass es sich tatsächlich um chinesische Schriftzeichen auf der Visitenkarte handelte.

»Sie bedeuten soviel wie ›das kleine Haus‹, sagt Steven.«

»Steven? Ich dachte, dein Sprachlehrer ist Chinese.«

»Ist er auch. Aber das ist wohl modern dort, sich einen englischen Vornamen zu geben. Eigentlich heißt er Li Cheng, also Li mit Nachnamen.«

»Na gut, vielen Dank, Anja-Lena. Schaun wir mal, was wir mit den Schriftzeichen anfangen können.«

»Ich fahr jetzt gleich mit Norbert nach Reinfeld. Da gibt's auf jeden Fall schon mal zwei chinesische Restaurants. Und vielleicht ist ja eines davon in einem besonders kleinen Haus.«

KAPITEL IV

»Was für eine Sauerei!«

Mit spitzen Fingern sammelte Marlene die Scherben auf und ärgerte sich über sich selbst. Das kam davon, wenn man immer alles gleichzeitig machen wollte. Sie hatte eigentlich vorher gewusst, dass es nicht gut gehen konnte. Am rechten Arm baumelte ihre prall gefüllte Handtasche, links balancierte sie einen Karton mit Weinflaschen und hielt eine Tüte Brötchen in der Hand. Gleichzeitig schloss sie die Haustür auf. Als sie es endlich geschafft hatte und in die Diele trat, rutschte ihr der Karton aus dem Arm und knallte auf den Steinfußboden.

»Verdammter Mist!«

Kurz vor dem Markt hatte Marlene einen netten kleinen Weinladen entdeckt. Sie hatte ihre Lieblingssorten Nero d'Avola und Negroamaro probiert und einige Flaschen davon erstanden. Diese vollmundigen Italiener hatten einen fast blauschwarzen Farbton, liefen jetzt über den Terrazzoboden und zierten ihre weißen Turnschuhe und die helle Hose mit ein paar unschönen Spritzern, was ihre Laune nicht gerade besserte.

Sophie, momentan ohnehin sehr schreckhaft, hatte kurz aufgeschrien, als das Missgeschick passierte, und sich, ohne zu protestieren, von Marlene in den Rollstuhl setzen lassen. Dann war sie hinters Haus in den Garten gerollt. Es war zwar rührend und bewundernswert, wenn Sophie sich nützlich machen wollte, doch praktisch war es eher Hindernis als Hilfe.

»Ich muss jetzt erst einmal in Ruhe diesen Schweinkram hier beseitigen, mein Schatz. Wir essen sofort, wenn ich fertig bin, ja?«

Zwei von den sechs Flaschen waren heil geblieben, wenigstens eine von jeder Sorte, dachte Marlene ergeben. Endlich waren alle Spuren verschwunden, es roch nur noch wie in einem Weinkeller, und Marlene stellte auf einem Tablett einen kleinen Mittagsimbiss zusammen, damit sie draußen essen konnten. Das schöne Wetter sollten sie ausnutzen, wo sie heute am späten Nachmittag schon wieder in die Uniklinik nach Lübeck mussten und sicherlich Wartezeit in den wenig attraktiven Fluren abzusitzen hatten.

»Sophie! Es gibt Essen!«

Marlene rückte den Tisch etwas ab vom Haus, damit sie beide in der Sonne sitzen konnten.

»Sophie, wo bist du?«

Suchend sah sich Marlene um. Vielleicht hatte sie nicht mitbekommen, dass Sophie hinaus auf die Straße gefahren war? Gerade wollte sie den Garten verlassen, um dort nachzuschauen, da glaubte sie, jemanden ihren Namen rufen zu hören. War das etwa Sophies Stimme? Sie spähte in die Richtung, aus der das Rufen gekommen war. Und dann sah sie am Fuß des Hügels, den sich das Grundstück hinab zog, neben dem Gebüsch am Teich etwas in der Sonne blinken.

Marlene lief los, stolperte fast, als sie auf der Wiese in eine kleine Senke geriet. Was da unten in der Sonne glänzte, war ein Rad von Sophies Rollstuhl, das hinter dem Holunderbusch hervorstand. Das Gefährt war umgekippt, lag mit den Rädern nach oben direkt am Wasser!

»Sophie, Sophie! Ich komme!«

»Marlene!«, rief es wieder kläglich. Endlich hatte sie Sophie erreicht. Die lag auf dem Bauch und war mit den

Beinen unter dem Rollstuhl eingeklemmt. Marlenes Herz machte einen Satz, so erschreckend war der Anblick. Sophies Oberkörper befand sich im Wasser, aber zumindest hatte sie die Kraft, ihren Kopf zu heben, sodass die Gefahr des Ertrinkens nicht bestand. Mit fliegenden Fingern packte Marlene den Rolli und wuchtete ihn zur Seite. Dann fasste sie ihre Freundin unter den Achseln, zog sie seitlich aufs Trockene und drehte sie vorsichtig auf den Rücken.

»Wie konnte das denn bloß passieren, mein Schatz? Ich hatte ja keine Ahnung, dass das so gefährlich ist! Auf dem Rasen kann der Rollstuhl doch gar nicht so schnell werden, dachte ich immer.«

Mit geschlossenen Augen lag Sophie da, schwer atmend. Marlene kniete daneben und streichelte ihr sanft über das Gesicht. Es war sehr blass unter dem dunklen Haar.

»Hast du Schmerzen? Bitte zeig mir, ob dir irgendwas wehtut!«

Langsam normalisierte sich Sophies Atmung, aber es dauerte noch eine ganze Weile, bis sie die Augen aufschlug. Sie seufzte tief, griff nach Marlenes Hand und drückte sie.

»Marlene!«

Da erst fiel Marlene das Unglaubliche auf. Das erste Mal seit dem Unfall hatte sie Sophie wieder ihren Namen nennen hören. Sie hatte sich nicht getäuscht, sie hatte vorhin schon nach ihr gerufen! Wenn ihr auch der Schreck über den Rollstuhlunfall in den Knochen saß, Marlene freute sich wahnsinnig. Tränen traten ihr in die Augen.

»Oh mein Liebling, du hast *Marlene* gesagt! Ist das toll! Du glaubst nicht, wie mich das freut!«

Sie beugte sich über ihre Freundin und nahm sie in die Arme. Die ließ es geschehen, verstand aber wohl die Begeisterung nicht so ganz. Plötzlich war das laute Röhren eines

Wagens zu hören, ein hochdrehender Motor vielleicht oder ein kaputter Auspuff. Sophie fuhr zusammen. Auf der Straße, die auf der gegenüberliegenden Seite hinter dem Teich vorbeiführte, sah Marlene nur noch einen Schatten hinter der Kurve verschwinden.

»Das Geräusch eben war nur irgend so ein verrückter Rennfahrer. Doch jetzt sag, hast du dich irgendwo verletzt?«

Heftiges Kopfschütteln war die Antwort, aber etwas anderes schien Sophie umzutreiben. Aufgeregt deutete sie nach oben zum Haus, reihte ihre Silbenketten aneinander, mit denen Marlene rein gar nichts anfangen konnte.

Auch als sie schließlich beide in sauberen, trockenen Sachen beim Essen saßen, ließ Sophies Unruhe nicht nach. Es war nicht der Schreck über den Sturz aus dem Rollstuhl und dass der so ein gefährliches Gefährt sein konnte, wie Marlene erst gedacht hatte. Nein, genau wie schon am Sonnabend nach dem Treppensturz wirkte Sophie total furchtsam, reagierte auf jedes ungewohnte Geräusch und suchte mit den Augen ständig ihre Umgebung ab. Langsam stieg in Marlene eine Vermutung auf, eine nicht sehr angenehme Vermutung. Konnte das denn wirklich sein? Gab es solche niederträchtigen Menschen?

»Sophie, war da jemand? Hat dich irgendjemand da unten ins Wasser gekippt?«

»Mamma mia! Mamma mia!«

Marlene nahm Sophies Hand, die ziellos herumfuchtelte, und zwang sie mit sanftem Druck auf den Tisch.

»Ich weiß, dass es schlimm für dich ist, mein Schatz. Aber versuch bitte, ganz ruhig zu bleiben. Antworte mir einfach mit Ja oder Nein.«

Sofort wollte Sophie wieder aufgeregt losbrabbeln.

»Psst! Beruhige dich bitte und hör mir zu«, bat Marlene noch einmal eindringlich und legte einen Finger auf Sophies Lippen.

»Sag mal, vorhin, als ich in der Diele sauber gemacht habe und du allein mit dem Rollstuhl hinters Haus gefahren bist: Ist da jemand zu dir gekommen?«

Die Freundin schaute ernst und konzentriert. Sie presste die Lippen zusammen, als ob sie sich selbst den Mund verbieten wollte. Dann nickte sie heftig.

»Und dieser Jemand, der hat deinen Rollstuhl zum Wasser gefahren und umgekippt?«

Sophie nickte wieder.

»Ein Mann oder eine Frau?«

Jetzt schaute Sophie etwas verwirrt und schüttelte den Kopf. Marlene versuchte es anders, aber an der Fragestellung lag es nicht. Sophie hatte die Person wohl tatsächlich nicht gesehen.

»Wenn Mama aufwacht, dann sieht sie gleich unser Foto. Dann freut sie sich bestimmt, oder, Papa?«

Julia stellte die Aufnahme, die von vorletzten Weihnachten stammte, auf den Nachttisch neben Astrids Bett. Da strahlten sie zu viert vor dem Weihnachtsbaum in die Kamera, eine glückliche Familie.

»Ja, das ist bestimmt eine gute Idee«, stimmte Georg zu. Genau wie am Abend zuvor lag Astrid mit geschlossenen Augen und künstlich beatmet auf ihrem Bett. Die Mädchen hatten zum Glück schnell die Beklommenheit abgelegt, in die sie zu Anfang die Szenerie auf der Intensivstation versetzt hatte. Nach ein paar ziemlich stummen Minuten hatten sie angefangen, ihrer Mutter abwechselnd etwas zu erzählen, über ihren Besuch in Coburg, die

Schule, über ihre Freundinnen – und über ihren Geburtstag.

Georg, der sich im Hintergrund hielt, war etwas erschrocken. Sie hatten öfter mal ihren Geburtstag in den letzten Tagen erwähnt, und natürlich wusste er, dass der im September war, aber dass er schon in der nächsten Woche lag, war ihm so nicht präsent gewesen.

Es war meist Astrid, die sich um Geschenke kümmerte, in ihrer vernünftigen Art Kompromisse aus den Wünschen der Mädchen und dem, was sinnvoll war, in liebevoll verpackte Überraschungen umsetzte. Leider konnte er seine Frau nun nicht danach fragen, die sicherlich schon etwas vorbereitet hatte. Georg war stets für die Versorgung der kleinen und großen Gäste mit Essen und Trinken zuständig gewesen. Aus Kindertagen hatte sich erhalten, dass am Abend, wenn die Kinderparty vorbei war, auch noch Großeltern, Tanten und Onkel sowie ein paar Freunde der Familie vorbeikamen. Er würde mit den Mädels reden müssen, wie sie sich unter diesen besonderen Umständen ihren Geburtstag vorstellten.

Den Stationsarzt hatte Georg nicht zu fassen bekommen, bevor sie ans Krankenbett traten. Eine freundliche Schwester, die ab und an hereinkam, nach Astrid sah, die Geräte kontrollierte, sagte den Kindern, es gehe ihrer Mutter gut, sie ruhe sich einfach aus nach dem Unfall und würde bald auch wieder aufwachen – was *bald* auch immer bedeuten mochte. Georg war der Frau und ihren beruhigenden Erläuterungen auf jeden Fall dankbar. Für Julia und Judith war es bedrückend genug, Astrid in dieser Situation zu sehen, sie sollten sich nicht auch noch Sorgen machen.

Kurz darauf erschien die junge Ärztin vom Vorabend, und sofort lag Georg wieder ein Bündel Fragen auf der

Zunge. Doch sie drückte ihm nur einige Papiere in die Hand, mit der Bitte, sich diese in Ruhe durchzulesen, zu unterschreiben und im Schwesternzimmer abzugeben. Dann verschwand sie wieder. Er sah kurz in die Unterlagen, die auch der Patientenaufklärung dienen sollten. Es ging um Sonden, die bei Astrid gelegt werden sollten, in den Kopf für Untersuchungen des Gehirns und in den Magen für ihre Ernährung, um Risiken und Folgen. Wie unausweichlich war das alles? Gab es Alternativen dazu? Georg fielen immer mehr Fragen ein.

»Es ist prima, wenn ihr eure Mama besucht«, meinte die Schwester nach einer halben Stunde, »aber wie schon gesagt, sie muss sich ausruhen, damit sie möglichst schnell wieder gesund wird. Sie freut sich aber bestimmt, wenn ihr morgen wieder kommt.«

Nach diesem freundlichen Hinweis zogen sie sich aus Astrids Zimmer zurück, und Georg schickte seine Töchter mit dem Bus nach Hause. Bevor er sich auf den Weg zur Lagebesprechung in die Bezirkskriminalinspektion machte, wollte er noch seine Fragen zu den auszufüllenden Behandlungshinweisen und Einverständniserklärungen beantwortet haben. Im Schwesternzimmer riet man ihm, im Flur zu warten, da würde bestimmt demnächst einer der diensthabenden Ärzte auftauchen. Bewaffnet mit einem Automatenkaffee nahm Angermüller also auf einem der Plastikstühle Platz. Warten, das hatte er inzwischen gelernt, gehörte zu den unabdingbaren Tugenden im Krankenhaus.

Er holte sein Handy aus der Hosentasche. Von Jansen war eine SMS angekommen. Auch der Chef kündigte seine Teilnahme an ihrer Zusammenkunft an. Angermüller wunderte sich. So spektakulär war der Fall doch gar nicht, dass man damit große Presseauftritte inszenieren konnte: ein unbekannter Mann, wahrscheinlich aus dem fernen China, über den sie bisher gar nichts wussten, weder über seine Person noch über sein Leben oder sein Schicksal. Das waren nicht die Geschichten, die es brauchte, um das große Interesse der Öffentlichkeit zu wecken, geschweige denn, um von der Presse zu großen Aufmachern verarbeitet zu werden.

Auch über seine eigenen Reaktionen dachte der Kriminalhauptkommissar nach. Der Fall des Toten vom Bahngleis hatte ihn bisher seltsam unberührt gelassen. Sicherlich lag es auch an seiner privaten Situation, dass sein Reservoir an Mitgefühl momentan einfach seine Grenzen hatte. Doch ein wenig war es wohl auch der Anonymität des Opfers geschuldet, dass es ihm schwerfiel, ein emotionales Interesse an der Aufklärung des Falles zu entwickeln. Umso mehr erhoffte er sich neue Erkenntnisse aus ihrer Lagebesprechung, denn eigentlich war seine Maxime, dass jeder Tote die volle Aufmerksamkeit bei den Ermittlungen verdiente.

»Ich weiß, ich weiß, du hast genug von Krankenhäusern. Aber ohne die wärest du vielleicht gar nicht mehr hier ...«

Jedes Mal, wenn sie mit Sophie ins Klinikum zu den Nachuntersuchungen fuhr, musste sie die Freundin bei Laune halten, die seit ihren langen Krankenhausaufenthalten diesen Orten eine tiefe Abneigung entgegenbrachte. Marlene konnte das verstehen. Es musste ein grässliches Gefühl sein, hilflos und allein mit den intimsten Bedürfnissen abhängig von Fremden zu sein, auch wenn es unter Ärzten und Pflegepersonal einige gegeben hatte, die sehr zugewandt waren und mehr als nur ihre Pflicht taten. Dieses Ausgeliefertsein, verstärkt durch Sophies Unfähigkeit, sich zu äußern, konnte sich jemand, der es nicht am eigenen Leib erfahren hatte, wahrscheinlich gar nicht vorstellen. Jedes Mal, wenn sie Sophie nach ihren Besuchen allein in der Klinik zurücklassen musste, hatte es Marlene deshalb fast das Herz gebrochen.

»Ja, Sophie, du hasst diese Termine, auch das weiß ich. Aber die Untersuchungen sind einfach wahnsinnig wichtig, um Veränderungen zu beobachten, um die Heilungsfortschritte seit deinem Fahrradunfall zu sehen, verstehst du? Damit kann man überprüfen, ob auch das Richtige getan wird, damit du wieder ganz gesund wirst. Und das willst du doch auch, oder?«

Der bereits im Klinikflur wartende Mann, der sich gerade seiner Lederjacke entledigte, war ihrer einseitigen Diskussion interessiert gefolgt. Endlich hatte sich Sophie gefügt, und während nun mal wieder ein MRT bei ihr durchgeführt wurde, saß Marlene hier und ärgerte sich, dass sie nichts zum Lesen mitgenommen hatte. Noch mehr allerdings ärgerte sie sich, wenn sie an den Besuch bei der Polizeidienststelle in Bad Schwartau dachte.

Seit dem Vorfall am Teich war Sophie völlig verschreckt, und Marlene spürte, dass sich auch in ihr Angst breitzumachen begann. Wer weiß, vielleicht gab es einen Irren, der es auf hilflose Menschen abgesehen hatte, der womöglich schon am Sonnabend versucht hatte, sich Sophie zu nähern. Konnte doch alles sein. Auch Rechtsradikale jagten gerne Menschen außerhalb der Norm, und sie beide als Frauenpaar, eine davon behindert, boten sogar doppelten Anlass als Hassobjekte dieser Idioten. Es gab jedenfalls genug Gründe, bei der Polizei Hilfe zu suchen.

Nicht, dass der junge Beamte unfreundlich gewesen wäre. Er hörte sich brav Marlenes Geschichte an, kommentierte des Öfteren beeindruckt mit ›Oha‹, hatte aber offensichtlich keinen Schimmer, wie er damit umgehen sollte. Vor allem, wenn Sophie anfing ihre aufgeregten Silbenketten zu stammeln, war er völlig verunsichert und wusste gar nicht, wo er seinen Blick lassen sollte. Im Hintergrund hing ein anderer Uniformierter am Telefon und hob nicht einmal den Blick von seinem Schreibtisch. Als ein älterer Kollege mit einem Kuchenpaket hereinkam, welches er schnell hinter Aktenordnern verschwinden ließ, sobald er die beiden Besucherinnen bemerkte, übergab der Jüngere diesem erleichtert die Angelegenheit. Er selbst verließ schnell mit einer Kaffeekanne den Raum. Noch einmal berichtete Marlene so eindringlich wie möglich von den beiden Vorfällen. Schon währenddessen bemerkte sie die Ratlosigkeit, die sich auf dem Gesicht des Beamten ausbreitete.

»Jou, und wat sollen wir jetzt dabei machen?«

»Ja, keine Ahnung. Dafür sorgen, dass uns so etwas nicht wieder passiert. Sie sind doch die Polizei!«

Der Mann nickte.

»Tscha. Dann nehmen wir wohl am besten erst mal eine Anzeige auf. Also, Sie heißen?«

Marlene konnte gar nicht hinsehen, wie der Mann sich ständig vertippte, wieder von vorne anfing, die richtigen Tasten suchte. Auch er ging nicht gerade souverän mit Sophies Defiziten um.

»Wie war noch mal der Name von dem Chinarestaurant?«

»›Bambushaus‹«, wiederholte Marlene und verdrehte die Augen. Endlich hatte er alle Angaben in den Computer eingegeben und reichte ihr erleichtert einen Ausdruck, den sie lesen und unterschreiben musste. Damit betrachtete er Marlenes Anliegen als erledigt.

»Ja, und was unternehmen Sie jetzt?«

»Das geht jetzt erst ma ahlns seinen Gang«, brummte er. Es sollte beruhigend klingen, bewirkte aber bei Marlene genau das Gegenteil.

»Wie, seinen Gang? Sie tippen eine Anzeige, und das war es jetzt?«

Als Antwort erhielt sie nur ein unsicheres Schulterzucken.

»Sie stellen keine Ermittlungen an und nichts? Das darf doch wohl nicht wahr sein!«

Sie stieß empört die Luft aus. Dem bisher sehr gleichmütigen Beamten schien langsam auch die Geduld auszugehen.

»Entschuldigung, meine Dame, aber es ist ja nichts passiert, oder?«, wehrte er sich. »Gegen wen sollen wir denn ermitteln?«

»Nichts passiert! Und wenn der Typ wieder so, so …«, ihr fiel in ihrem Zorn nicht gleich das richtige Wort ein, »so einen Anschlag verübt?«

Das Diskutieren führte überhaupt nicht weiter. Am Schluss hatte sie wütend die Dienststelle verlassen, nachdem sie den beiden Polizisten noch ein paar wenig freundliche Dinge an den Kopf geworfen hatte. Es hatte eine ganze Weile gedauert, bis sie wieder ruhig geworden war.

Sie pustete und streckte Arme und Beine von sich. Der Typ, der immer noch zwei Stühle neben ihr saß, hob den Kopf mit den dunklen gelockten Haaren. Die ganze Zeit über hatte er immer wieder in seinen Papieren geblättert und sich ungeduldig über den Dreitagebart gestrichen.

»Hier braucht man vor allem Geduld, gell?«, bemerkte er freundlich lächelnd. Marlene nickte nur. Auf irgendein belangloses Gespräch war sie jetzt gerade gar nicht scharf.

»Entschuldigen Sie, wenn ich einfach so danach frage, weil ich das vorhin gehört habe: Ihre Freundin hatte einen Unfall mit dem Fahrrad?«

»Ja, hatte sie«, gab Marlene etwas patzig zurück, die den Frager am liebsten ignoriert hätte.

»Pardon, ich wollte Ihnen nicht zu nahe treten.«

Nun war Marlene ihr abweisendes Verhalten doch peinlich.

»Sie brauchen sich nicht zu entschuldigen. Ich hab mich nur grade furchtbar über so ein paar verschnarchte Polizisten ärgern müssen, die scheinbar mehr an Kaffee und Kuchen als an Hilfe suchenden Bürgern interessiert sind.«

»Ach ja, wo denn?«

»Na, hier um die Ecke, in Bad Schwartau. Wissen Sie, meine Freundin und ich wohnen etwas abgeschieden, in Grootmühlen, in einem allein stehenden Haus auf dem Lande. Seit ein paar Tagen haben wir das Gefühl, jemand bedroht uns. Nicht einfach so! Es gibt konkrete Vorfälle. Und diese Beamtenseelen haben eine Anzeige aufgenommen und das war's. Keine Nachforschungen, keine Observation, nichts!«

Der Mann nickte verständnisvoll. Marlene war schon etwas ruhiger, nachdem sie ihren Ärger herausgelassen hatte.

»Aber Sie fragten mich nach dem Fahrradunfall.«

»Ja, weil meine Frau, die hier liegt, nämlich gestern auch einen hatte«, seufzte er. »Und jetzt soll ich alles Mögliche unterschreiben für irgendwelche Eingriffe. Vorher würd ich halt gern mit einem Arzt sprechen, ob das alles sein muss, wie riskant das ist und so weiter. Denn wenn man liest, was da so drin steht …« Er wiegte sorgenvoll seinen Kopf.

»Ja, das kann ich nachvollziehen. Die Probleme hatte ich auch«, bestätigte Marlene nun ein wenig zugänglicher. Sie hatte sich sofort an ihre Situation erinnert, als das mit Sophie gerade passiert war, und der Mann tat ihr leid.

»Letztendlich werden Sie unterschreiben. Es bleibt einem

gar nichts anderes übrig, dafür kennt man sich viel zu wenig mit dieser hoch komplizierten medizinischen Materie aus.«

»So wird es wohl sein, da haben Sie recht. Wahrscheinlich braucht es nur die Bestätigung durch die Autorität eines Arztes, damit man sich traut, diese Entscheidungen zu treffen. Astrid kann das leider nicht selbst tun.«

»Wie geht es Ihrer Frau denn?«

»Sie hat schwere Kopfverletzungen und liegt im künstlichen Koma.«

»So war das bei Sophie auch.«

»Wie lange hielt man sie im Koma?«

»Fast zwei Wochen dauerte das.«

Marlene berichtete noch ein wenig über ihre Erfahrungen mit Krankenhaus- und Rehaklinik-Aufenthalt, und dann erschien Sophie auch schon wieder, nicht besser gelaunt als vor der Untersuchung. Der Pfleger, der den Rollstuhl schob, erklärte, dass irgendetwas nicht geklappt hatte. Gleich darauf tauchte auch der zuständige Arzt auf und bestätigte, dass Sophie sich morgen nochmals zum MRT einfinden müsste. Als Marlene mit ihrer missgelaunten Freundin davonzog, stand ihr Sitznachbar auf und nickte ihr zum Abschied zu. Seine Größe war bemerkenswert, bestimmt über 1,90. Und eigentlich war er ganz sympathisch gewesen. Sie sah noch, wie er sich sofort auf den Arzt stürzte, um endlich seine Fragen loszuwerden.

Als Angermüller bei den Uniformierten am Eingang der Bezirkskriminalinspektion vorbeikam, fiel ihm die Beschwerde ein, die er vorhin über die Kollegen in Bad Schwartau gehört hatte. Es war leider oft so, dass die Leute einfach zu viel von der Polizei erwarteten, und nur aufgrund eines vagen Verdachts konnte man halt nicht tätig werden. Wie es der Zufall so wollte, waren sie heute Nachmittag ebenfalls in der Dienststelle in Bad Schwartau gewesen und, ohne etwas erreicht zu haben, wieder abgezogen. Auch ihnen waren voll beladene Kuchentabletts, allerdings bei den Kollegen von der Kripo, aufgefallen. Vielleicht hatte ja jemand Geburtstag.

Im siebten Stock sprang er aus dem Fahrstuhl und eilte durch den Flur. Er war der Letzte, der sich im Besprechungsraum zu ihrer Lage einfand, wenn man einmal von Harald Appels, ihrem obersten Chef, absah. Aber der pflegte grundsätzlich immer erst aufzutauchen, wenn alle längst versammelt waren.

»Alles okay?«, fragte Jansen. So wie alle Kollegen den Kriminalhauptkommissar anschauten, waren sie von Jansen über Astrids Unfall offensichtlich ins Bild gesetzt worden. Angermüller gab nur ein beruhigendes Nicken zur Antwort. Was sollte er auch dazu sagen? Astrid lebte, es bestand wohl in der Hinsicht auch keine Gefahr mehr. Aber welche Folgen von dem Unfall bleiben würden, das stellte sich erst heraus, wenn sie aus dem Dauertiefschlaf geweckt würde.

Er dachte an die junge Frau, die im Rollstuhl saß, die Freundin der Polizeikritikerin. Deren Unfall lag schon ein Dreivierteljahr zurück, und sie war eisern dabei, zu trainieren, um ihr altes Leben wieder aufnehmen zu können. Körperlich war sie auf einem guten Weg, hatte ihre Freundin erzählt, aber durch die schweren Kopfverletzungen war auch ihr Sprachzentrum betroffen, und sie musste nun das Sprechen von Grund auf neu erlernen. Angermüller konnte sich diese Problematik gar nicht so richtig vorstellen, obwohl die Frau sie ihm ausführlich geschildert hatte. Aber ihrer Aussage nach schien es mehr als mühsam zu sein und vor allem sehr, sehr langwierig. Was erwartete Astrid wohl noch alles? Und was bedeutete das für sein eigenes Leben? Er schob diese beklemmenden Gedanken beiseite und atmete einmal tief durch.

»So, was haben wir, liebe Kollegin, liebe Kollegen?«

Als Erster meldete sich Thomas Niemann zu Wort. Er koordinierte gewöhnlich die Ermittlungen als Aktenführer, übernahm die Recherche am Computer, arbeitete eng mit der Datenstation des LKA Kiel zusammen, kämmte INPOL-Dateien durch und fügte seine und die Erkenntnisse der anderen im Team zusammen.

»In der Vermi/Utot-Datei gibt es ungefähr zwei Dutzend Männer asiatischer Herkunft, aber keinerlei Personenbeschreibungen, die auf unseren gepasst hätten.«

Vermi/Utot – hinter dieser merkwürdigen Abkürzung verbarg sich die Datei über Vermisste, unbekannte Tote und unbekannte hilflose Personen, die zentral beim Bayerischen Landeskriminalamt geführt wurde und allen Landeskriminalämtern zugänglich war.

»Es vermisst ihn offenbar keiner. Die Anfrage zum Zahnstatus läuft. Da können wir nur abwarten.«

Niemanns Hang zu Akribie und eine gute Portion Sturheit kamen ihm bei seinem Job genauso zugute wie sein fast fotografisches Gedächtnis.

»Neben erfolglosen Kontakten, zum Beispiel zu einer Spezialistin für ayurvedische Thaimassage und einem vietnamesischen Blumenhändler, haben Norbert und ich tatsächlich ein paar echte Chinesen in Reinfeld gefunden, ein Rentnerehepaar, das schon seit den 70ern hier lebt, aber so gut wie kein Deutsch spricht. Nachbarn haben uns erzählt, sie hatten mal ein Restaurant, das der hier geborene Sohn aber nicht weiterführen wollte. Er wohnt in Travemünde, wo er als Bootsbauer auf einer Werft arbeitet. Die Alten haben nur gelacht und mit den Köpfen gewackelt, als wir ihnen die Fotos von dem Toten gezeigt haben«, berichtete Anja-Lena ziemlich frustriert.

»Und zu Mittag haben wir eine furchtbar schlechte Asiapfanne gegessen«, ergänzte ihr Kollege mit angeekelter Miene. »Ansonsten war nicht viel in Reinfeld. Aber Anja, warum erzählst du nicht ...«

»Die Dame, die Herren, guten Tag zusammen, ich grüße Sie!«

Bestens gelaunt federte Harald Appels herein. Dem Kriminalhauptkommissar schwante nichts Gutes.

»Bitte, ich wollte nicht stören. Macht ruhig weiter.«

Der Leitende Kriminaldirektor legte sein iPad auf den Tisch und nahm mit erwartungsvoll verschränkten Armen in einer Ecke Platz. Normalerweise nutzte er ein volkstümliches »ihr«, wenn er mit den Kollegen sprach, mit Angermüller und anderen langjährigen Kollegen duzte er sich ohnehin, aber seit Anja-Lena zum Team gehörte, lavierte er oft etwas umständlich zwischen Duzen und Siezen hin und her, was die anderen mit leisem Spott zur Kenntnis nahmen.

»Was wolltest du gerade sagen, Norbert?«, fragte Angermüller nach.

»Nein, ich wollte eigentlich, dass Anja was sagt. Erzähl doch mal von der Dame aus dem Teeladen.«

»Ach so, das meinst du.«

Die junge Frau schien ein bisschen zögerlich.

»Ich erzähl das jetzt mal ohne Gewähr, ob das wirklich wichtig ist. In Reinfeld waren wir in einem Teeladen, der einem Chinesen gehört. Der war aber nicht da, sondern nur seine Frau, eine Deutsche, und die gemeinsame Tochter, eine 13-Jährige, die kam auch noch dazu. Die Frau hat sich das Foto von dem Toten erst sehr genau angeschaut und Fragen dazu gestellt. Aber dann hat sie gesagt, sie kenne den Mann nicht. Komischerweise hatten wir beide das Gefühl, dass sie ihn vielleicht doch erkannt hat. Und auch das Mädchen hat sich merkwürdig verhalten. Sie hat nichts gesagt, aber uns Erwachsene irgendwie misstrauisch beobachtet. Tja, ich weiß auch nicht …«, beendete Anja-Lena mit einem Schulterzucken ihre Schilderung.

»Also, ihr denkt aber nicht, unsere Leiche ist der abwesende Ehemann der Frau?«, fragte Angermüller.

»Das haben wir sofort nachgeprüft. Nein, der ist tatsächlich am Sonntag nach China geflogen.«

»Ihr könnt den Teeladen ja für alle Fälle mal im Hinterkopf behalten. Vielleicht hat der Mann doch irgendwas mit der Geschichte zu tun und sich deshalb schnell abgesetzt. Gut. Weiter im Text.«

Als Nächster war Nico Timm dran, der mit einem Kollegen die weitere Umgebung abgeklappert hatte, auf der Suche nach einem Hinweis auf den Toten vom Bahndamm. Nico war schon fast zwei Jahre beim K1, ein gut aussehender Blonder, der demnächst vom Anwärter zum Kriminalkommissar aufsteigen würde. Doch immer noch kämpfte er mit seiner Schüchternheit, wenn er sich vor den anderen äußern sollte. Mit vielen »Ähs« und ziemlich stockend teilte er schließlich mit, dass ihre Bemühungen leider ergebnislos geblieben waren.

»Ja, also wir hatten eine leckere Asiapfanne zu Mittag«, grinste Jansen, »aber ermittlungstechnisch war unser Tag auch nich doll. Wir haben in zwei Chinarestaurants und einem Asia-Imbiss das Foto unserer Leiche gezeigt. Die haben alle abgewunken und ansonsten nich viel geschnackt. Auch so eine Truppe, die allen möglichen Billigkram auf Märkten verkauft, haben wir besucht, die haben nur mit dem Kopf geschüttelt. Die meisten von denen sprechen so gut wie kein Deutsch.«

»Während der Mann vom Zentrum für TCM recht gut deutsch sprach, vor allem sehr schnell.«

»Was ist TCM, Georg?«, hakte Teschner nach.

»Traditionelle Chinesische Medizin. Wir wissen jetzt fast alles über Acht Schätze Tee oder Ginseng Ling Zhi Tee und wie wichtig das Verhältnis von Yin und Yang für unseren Körper ist, nur im Fall des Toten vom Bahngleis hilft uns das leider nicht weiter.«

Jansen übernahm wieder, berichtete von den Gesprächen in der Bank und von der bisher wenig ergiebigen Liste asiatischer Kunden, die man ihnen dort zusammengestellt hatte. Appels scharrte mit den Füßen und schien nur auf einen günstigen Moment zu warten, um selbst einzugreifen.

»Wir haben dann noch in der Schwartauer Dienststelle vorbeigeschaut. Die haben das da schön ruhig und gemütlich, saßen bei Kaffee und Kuchen. Aber diese Marmeladenkocher kannst du echt vergessen«, meckerte Jansen abschließend und übergab an den Behördenchef.

»Ja, ich habe mir mal die Berichte der KT und der Rechtsmedizin ein bisschen genauer angeschaut ...«

Appels nahm sein iPad zur Hand und ließ das Display aufleuchten. Das Gerät war sein privates und er stellte es immer mal wieder gerne zur Schau, schien aber nicht so richtig damit klarzukommen.

»Und meine erste Frage ist ...«

Auch jetzt kam sein Redefluss ins Stocken, und er wischte nervös auf der Oberfläche herum, bis er das Gerät schließlich zur Seite legte.

»Also, ich sage nur: Triaden.«

Durch seine Brillengläser, die seit Neuestem in einem

dicken schwarzen Gestell saßen, blickte er erwartungsvoll in die Runde. Das war es also! Der Chef wollte wieder eine ganz große Nummer abziehen. Natürlich hatten sie angesichts des fehlenden Fingergliedes auch diese Möglichkeit sofort ins Auge gefasst.

»Schließlich ist der Mann höchstwahrscheinlich Chinese, und er trägt ein typisches Erkennungsmerkmal: das abgeschnittene obere Glied des Mittelfingers. Da klingeln bei mir doch sämtliche Alarmglocken!«

»Thomas recherchiert bereits über entsprechende Aktivitäten des betreffenden Personenkreises in der Region«, erwiderte Angermüller.

Niemann bestätigte das.

»Bisher bin ich noch auf keine direkte Verbindung zu diesen Vereinen gestoßen. Allerdings wissen wir ja auch alle, wie diskret chinesische Restaurantbesitzer mit den allgemein üblichen Schutzgeldzahlungen an ihre Landsleute umgehen. Uns würden sie darüber nie ins Bild setzen. Und was das Opfer betrifft: Es hat keine dieser typischen Drachentätowierungen.«

Doch so leicht war Appels nicht von seiner Einschätzung abzubringen.

»Aber der Mann wurde erdrosselt«, lächelte er eisern, »und das ist eine beliebte Methode bei der chinesischen Mafia, unliebsame Gefährten aus dem Weg zu räumen, soweit ich weiß. Also ich sehe da schon konkrete Ansatzpunkte!«

Jetzt meldete sich auch Ameise zu Wort. Der Kriminaltechniker war ein ebenso verbissener wie erfolgreicher Spurensucher am Tatort und im Labor, wo er in Ruhe vor sich hinpuzzeln konnte. Theoretische Erörterungen mit den Kollegen waren seine Sache nicht. Üblicherweise lieferte er seinen Bericht, ließ die anderen diskutieren und verabschiedete sich, sobald es die Situation zuließ.

»Der Mann hatte deutliche Strangulierungsmerkmale am Hals. Und unser Doktorchen aus der Rechtsmedizin hat das ja auch als Todesursache genannt. Aber was mir für so einen echten Triadenmord fehlt, sind ordentlich ausgeprägte Foltermerkmale. Die machen das nämlich normalerweise hübsch fantasievoll.«

Mit dem Thema kannte sich Ameise offensichtlich hervorragend aus. Eigentlich war sein Name Andreas Meise, doch da er ziemlich klein geraten war und auf seinem Türschild A. Meise stand, hatte man ihm diesen Spitznamen verpasst. Natürlich auch, weil er an Tatorten gerne auf dem Boden herumrutschte und jeden Quadratzentimeter akribisch nach Hinweisen absuchte.

»Da wird zum Beispiel bei dem auf dem Bauch liegenden Opfer der Draht am Hals mit den angewinkelten Beinen verbunden, und wenn man dann müde wird, zieht sich die Schlinge langsam zu. Uaah«, demonstrierte er mit heraushängender Zunge. »Oder sie hängen einen so knapp über dem Boden auf und ...«

»Danke, aber das führt jetzt nicht so recht weiter, Andreas«, schnitt Angermüller dem Kriminaltechniker das Wort ab. So sehr er dessen Sachkenntnis schätzte, hatte er persönlich von Anfang an seine Probleme mit ihm gehabt. Wie anzüglich sich Ameise Zeuginnen, Kolleginnen, eigentlich allen Frauen gegenüber äußerte, war mehr als ärgerlich. Außerdem war er nicht in der Lage, den Rechtsmediziner ohne einen affigen Tonfall zu erwähnen, was den Kriminalhauptkommissar immer von Neuem aufbrachte. Abgesehen davon, dass Steffen von Schmidt-Elm zu seinen engen Freunden zählte, war er auf seinem Gebiet eine Kapazität, und das war es, worauf es hier im Job ankam. Dass Steffen schwul war und mit einem Mann zusammenlebte, ging niemanden etwas an.

»Also, Harald, wir beziehen auch die Triadenidee in unsere Überlegungen mit ein. Momentan ermitteln wir wirklich in alle Richtungen. Aber solange es keine konkreteren Hinweise gibt, behandeln wir diese Spur als eine unter vielen.«

Harald Appels war nicht zufrieden mit Angermüllers Auskünften. Unwillig schüttelte er seinen Bürstenschnitt. »Aber die Presse ...«

»Harald! So weit sind wir noch lange nicht«, rief der Kriminalhauptkommissar ziemlich laut, sodass alle die Köpfe hoben. Neugierige Presseleute waren das, was sie zu diesem Zeitpunkt der Ermittlungen schon gar nicht brauchen konnten. Außerdem gab es ja auch gar nichts zu berichten. Nur die wildesten Spekulationen würden ins Kraut schießen und ihnen die Arbeit erschweren.

»Aber wir haben ja das Foto mit dem gespiegelten Gesicht des Toten. Thomas hat es schon an alle Dienststellen weitergeleitet. Wenn wir, sagen wir, bis übermorgen die Identität des Mannes nicht klären konnten, sollten wir es zu Fahndungszwecken an die Presse geben. Wie siehst du das?«

Der Behördenchef wand sich und war nicht bereit, seine Sichtweise sofort aufzugeben.

»Ich wollte gerade vorschlagen, Kontakt mit den OK Fachleuten beim LKA aufzunehmen. Mit denen könnte man doch in einer SOKO zusammenarbeiten.«

»Tut mir leid, Harald, aber das gibt die Erkenntnislage wirklich nicht her. Sobald wir Hinweise in Richtung Organisierte Kriminalität haben, ist die SOKO natürlich eine Option. Aber zum jetzigen Zeitpunkt noch nicht«, widersprach Angermüller energisch, der die unrealistischen Einschätzungen seines Chefs mittlerweile fürchten gelernt hatte. Appels vertrat die Behörde nach außen, war häufig unterwegs zu Fachtagungen und Konferenzen, machte diese Art Job hervorragend, aber der Mann war einfach kein Praktiker.

»Bloß nich diese Schnacker aus Kiel«, meinte Jansen halblaut, »dat fehlt mir noch.«

Der Leitende Kriminaldirektor griff sein iPad und stand auf.

»Gut, auf jeden Fall halten wir uns die Option mit dem LKA offen, auch wenn der Herr Jansen damit seine Probleme zu haben scheint. Ich muss mich leider verabschieden, ein offizieller Termin beim Senator. Wünsche gute Arbeit weiterhin und freue mich über zügige Aufklärung. Schönen Abend!«

»Oh Mann, wat fürn Gesabbel, *zügige Aufklärung*«, stöhnte Jansen nach Appels Abgang, »ich kann dat nich mehr hören!«

»Da bist du nicht der Einzige! Aber da kannst wohl erst mal nichts gegen machen«, bedauerte Niemann.

Nachdem die Aufgaben für den nächsten Tag verteilt waren, löste Angermüller das Treffen auf und wünschte seinen Leuten einen schönen Feierabend.

KAPITEL V

Angermüller nahm Jansens Angebot an, ihn im Wagen mitzunehmen, denn ihm war eingefallen, er sollte in seiner Wohnung ein paar Sachen zusammenpacken, da er im Haus bei den Zwillingen wohnen würde, solange Astrid nicht da war.

»Ist dir eigentlich heute an unserer Kollegin was aufgefallen?«, fragte Jansen, als sie an der ersten roten Ampel warten mussten.

»Inwiefern? Ist irgendwas anders an ihr? Neue Frisur? Ich muss gestehen, ich hab für so was nicht so richtig einen Blick.«

»Das mein ich nicht.«

Das Verkehrslicht sprang auf Grün, und Jansen legte einen ziemlich beeindruckenden Start mit dem Passat hin.

»Die hat plötzlich so ein Lächeln, so ein inneres Lächeln. Das ist mir sofort aufgefallen, als ich sie heute nach ihren drei Urlaubswochen wiedergesehen hab.«

Was Jansen alles so wahrnahm, und dann diese fast poetische Sprache, ein *inneres Lächeln*! Der Kriminalhauptkommissar musste sich wundern.

»Wahrscheinlich hat ihr der Urlaub einfach gut getan. Deshalb strahlt unsere Anja-Lena so.«

»Nee«, Jansen schüttelte den Kopf, »dat isses nich. Die Deern hat sich verknallt. Da wett ich drauf!«

Angermüller sah zu seinem Kollegen, der den Wagen ebenso lässig wie zügig durch die verkehrsreichen Lübecker Straßen manövrierte. Er konnte einen manchmal wirklich in Erstaunen versetzen, der Claus Jansen.

Zu Hause packte er ein paar Klamotten und Waschzeug

in eine Reisetasche. Er konnte jetzt nur von Tag zu Tag denken, langfristige Planungen waren eh nicht möglich. Erst einmal musste man sehen, wie sich Astrids Genesung entwickelte. Gedanken an die fernere Zukunft schob er weg, die beunruhigten ihn nur. Gerade wollte er aus der Wohnung, da fiel ihm etwas ein. Endlich fand er den Helm ganz unten im Kleiderschrank.

Er schwang sich aufs Fahrrad, um auf dem Weg nach Sankt Jürgens Norden noch etwas fürs Abendessen zu besorgen. Nudeln mit Blumenkohl in Currysahne, entschied er, die waren schnell gemacht und auch bei den Kindern beliebt.

Als sich der Duft der Knoblauchzehe, die er in Butter goldgelb röstete, in der Küche verbreitete, merkte er, wie sich seine verspannten Schultern langsam lösten. Es war ein verrückter Tag gewesen, der tote Chinese, die ganzen Telefonate mit der Familie, der Besuch im Krankenhaus, der Chef mit seiner Triaden-Idee – wie schön, dass er all das erst einmal vergessen konnte. Hier am Herd zählten nur Düfte, Farben, Konsistenzen und Geschmack. Er goss die Sahne dazu, kochte sie kurz auf und schmeckte mit einer Prise Salz und reichlich Curry ab. Die Spezialmischung, die aus einer kleinen Manufaktur stammte, war von fruchtiger Schärfe und einem leuchtenden Goldton. Dann pflückte er den Blumenkohl hinein und gab die Nudeln dazu, beides bissfest gekocht. Vor dem Servieren würzte er auf dem Teller noch kräftig mit frisch gemahlenem schwarzem Pfeffer und streute reichlich geriebenen Parmesan darüber. Ein wirklich einfaches Rezept, aber ein echter Genuss, auf den er sich jetzt freute. Gerade in Zeiten wie diesen konnte er beim Kochen und Essen endlich einmal innehalten, sich ganz auf sich selbst konzentrieren. Er liebte diese Momente am Abend, sie waren ihm ein unersetzlicher Quell der Entspannung.

»Papa, das ist okay. Wirklich! Schließlich werden wir nächste Woche 15«, meinte Judith energisch und nahm sich noch eine Portion von den Nudeln.

»Mmh, die sind wirklich wahnsinnig gut!«

Georg hatte seine Bedenken geäußert, dass er sich nicht so um sie kümmern könne, wie sie das vielleicht von ihrer Mutter gewohnt waren.

»Mama ist wirklich lieb und kümmert sich ganz viel um uns. Aber manchmal ist das eigentlich gar nicht nötig. Wir kriegen das meiste auch allein hin, stimmt's, Julia?«

Ihre Schwester stimmte zu.

»Und Papa, du hast es ja sogar geschafft, heute Abend noch was Leckeres für uns zu kochen. Das klappt schon, wenn wir alle zusammen helfen.«

»Ja, wir machen ja auch bei Mama immer mit. Wir können Wäsche waschen, auch mal was kochen, die Küche in Ordnung halten, und einmal die Woche kommt ja sowieso Frau Hille zum Putzen.«

Georg war beeindruckt von dem zupackenden Familiensinn, der seinen Töchtern ganz selbstverständlich war, wie sie ihn unterstützten und ihre Hilfe anboten.

»Und natürlich besuchen wir Mama jeden Tag im Krankenhaus mit dir. Und wenn du mal dienstlich verhindert bist, gehen wir eben alleine hin.«

»Mädels, ihr seid klasse! Ja, wir drei schaffen das. Jetzt müssen wir aber mal über euren großen Tag reden. Habt ihr euch schon was für euer Geburtstagsfest überlegt?«

»Wir wollen gerne am nächsten Wochenende mit unseren Freundinnen ins Kino und anschließend in eine Bar.«

»In eine Bar?«, fragte Georg erstaunt.

»Eine Saftbar, Papa! Da kann man auch vegane Burger essen und so was.«

»Und an eurem eigentlichen Geburtstag? Was ist mit Oma und Opa, der ganzen Familie?«

»Wir können ja sehen, was nächste Woche ist. Wie's Mama geht, ob du Zeit hast, was zum Essen dafür zu machen und so. Wir drei können ja vielleicht auch einfach nur essen gehen.«

»Das kriegen wir schon hin, macht euch keine Sorgen. Es wird ein schöner Geburtstag, wie immer, das versprech ich euch.«

»Nur, dass Mama fehlen wird, ist doof.«

Für einen kurzen Moment waren die Ängste und die Niedergeschlagenheit zu spüren, von denen die Kinder natürlich nicht frei waren. Sie hatten sich an Astrids Krankenbett hervorragend gehalten. Ihre Mutter so hilflos zu sehen, war sicherlich nicht einfach für sie.

»Das ist doof, das stimmt, Julia. Aber es wird ihr bald wieder gut gehen, da bin ich mir sicher. Ihr habt ja gesehen, wie intensiv man sich um sie kümmert. Ich vertraue den Leuten im Krankenhaus voll und ganz.«

Ich wollte, es wäre so, dachte Georg bei sich, den manchmal ganz plötzlich Zweifel und Ängste befielen, wenn er überlegte, wie sich wohl alles noch entwickeln würde.

»Dann lasst uns mal den Tisch abräumen.«

Schon bei der gemeinsamen Küchenarbeit zeigten sich Julia und Judith wieder fröhlich und unbeschwert. Sie zogen sich nach oben zurück, und Georg richtete sich im Schlafzimmer ein. Hier war alles so wie vor seinem Auszug geblieben. Er bezog seine angestammte Seite des Doppelbetts. Ein merkwürdiges Gefühl.

Bis gestern war alles so klar gewesen. Die Trennung hatten Astrid und er gleichermaßen befürwortet, ja, die Initiative hatte sogar sie ergriffen, wenn er sich recht erinnerte. Natürlich war dieser Prozess noch nicht vollständig abgeschlossen. Es verband ihn einfach zu viel mit der Frau, deretwegen er hier in Lübeck gelandet war, mit der Mutter seiner Kinder, mit der er für lange Zeit sein Leben geteilt hatte.

Aber gerade in den letzten Monaten hatte er begonnen, eine neue Perspektive für sich zu entwickeln. Nach einer ganz reizvollen, aber letztendlich unbedeutenden Gelegenheitsbeziehung, nach Monaten emotionaler Unsicherheit war er gerade dabei, sich von der Unverbindlichkeit zu verabschieden. Und nun musste er erfahren, wie von einer Sekunde zur andern das Leben aus der Kurve fliegen konnte, Astrids Leben – und das seine gleich mit.

Sein Handy meldete sich.

»Derya! Entschuldige, ich hätte dich auch gleich noch angerufen. Und ich schwöre: Gerade hab ich an dich gedacht.«

»Du sprichst schon wie diese türkischen Jungs. Ey, Alter, ich schwöre!«, lachte Derya. »Aber ich glaube dir. Jetzt sag doch mal, wie geht's euch?«

Mit Freude beobachtete Marlene, wie ihre Partnerin sich mit großem Appetit an das Abendessen machte. Mittlerweile benutzte Sophie auch die lädierte rechte Hand, um den Teller am Wegrutschen zu hindern, was einen echten Fortschritt ihrer wieder erlernten körperlichen Fertigkeiten markierte. Als sie den Blick ihrer Freundin bemerkte, verzog Sophie verzückt das Gesicht.

»Das freut mich, dass es dir schmeckt, mein Schatz! Hab ja auch extra dein geliebtes Süßkartoffelmus gemacht.«

»Mmmh!«, machte Sophie und schloss genussvoll die Augen.

Ja, es war wirklich ein köstliches Abendessen, das aromatische Dorschfilet mit brauner Butter, dazu die Süßkartoffel-Möhrenmischung und der knackig-frische Salat mit herzhaftem Senfdressing.

Sie saßen in der Abendsonne hinterm Haus, und Marlene war dankbar für diesen Augenblick der Ruhe und Harmonie. Vielleicht konnte sie ja Sophie motivieren, nach dem Essen ein wenig zu lesen, statt sich vor den Fernseher zu setzen. Vor ihrem Unfall hatte Sophie kaum ferngesehen. Gerne hätte Marlene den Abend gemeinsam mit der Freundin im Freien verbracht. Wer weiß, wie lange dieses milde Septemberwetter noch anhalten würde.

Gerade hatte sie ihren letzten Bissen Dorschfilet verspeist, da meldete sich Marlenes Handy.

»Wie geht's? Habt ihr die Feier gestern gut überstanden?«

»Ach, Mirko, hallo! Na ja, wir haben uns ja zurückgehalten, nicht zuviel getrunken und waren relativ früh im Bett. Aber es war nett bei euch, vielen Dank noch einmal für den schönen Abend!«, übertrieb Marlene schamlos.

»Das freut mich! Und sonst alles okay?«

Da Sophie mit großen Ohren daneben saß, und auch weil es ihr in diesem entspannten Moment plötzlich übertrieben vorkam, vermied es Marlene, über den Vorfall mit Sophies Rollstuhl am Weiher zu berichten. Sie sagte nur:

»Stell dir vor, Sophie hat heute meinen Namen gesagt! Das erste Mal seit Monaten! Ich hab mich wahnsinnig gefreut.«

»Das kann ich mir vorstellen. Das ist wirklich schön.«

»Ja, es bewegt sich was! Das ist doch ein Anfang. Bald wird Sophie wieder sabbeln, was das Zeug hält.«

Als sie das hörte, verdrehte Sophie genervt die Augen,

schüttelte den Kopf und murmelte leise »Mamma mia«. Sie hatte es verständlicherweise gar nicht gern, wenn über sie gesprochen wurde.

»Und stell dir vor: Auf dem Markt hab ich heute Wally getroffen.«

»Ach, wirklich? Und wie war er drauf?«

»Nicht so gut. Ich fand ihn total verbittert. Er hat zwei Grappa mit Kaffee getrunken, auf meine Rechnung, wurde immer aggressiver, hat nur noch rumgeschimpft und ist dann ganz schnell abgehauen.«

»Was hat er denn so geschimpft?«

»Keine Ahnung. Über Bad Schwartau, die bessere Gesellschaft, womit auch du gemeint bist, übrigens.«

»Was der schon weiß, der Idiot«, ärgerte sich Mirko, entschuldigte sich aber sogleich dafür.

»Du brauchst dich nicht entschuldigen, ich hab ja mitgekriegt, was er für krankes Zeugs quatscht. Ich glaube, das ist einfach nur der Frust über seine eigene miese Lage.«

»Kann schon sein. Er ist ja wirklich verdammt arm dran.«

»Und kaum war er weg, tauchte plötzlich Sandra in dem Café auf.«

»Wirklich? Ich hab Sandra schon ewig nicht gesehen. Einerseits ist Schwartau so klein und überschaubar, andererseits gibt es Leute, die begegnen mir nie, so wie Sandra.«

Marlene und Mirko wechselten noch ein paar Worte, und zum Schluss versprach er, demnächst mal wieder vorbeizukommen. Und natürlich bot er seine Unterstützung an, wenn sie gebraucht würde. Legte sie eigentlich Wert darauf, die alte Bekanntschaft zu Mirko zu intensivieren, fragte sich Marlene, nachdem sie aufgelegt hatte? Na ja, so lange blieben sie ja nicht mehr hier oben, und es war doch wirklich ganz nett und unterhaltsam mit ihm. Sie stand auf und griff sich die leer gegessenen Teller.

»So, dann geh ich jetzt mal was zum Nachtisch holen für uns zwei Süßen.«

Gestern hatte sie ihre Höhenangst überwunden und sich auf die große Leiter gestellt, um die letzten Früchte vom Baum zu holen, bevor die Vögel sich daran dick und rund fraßen. Der Lohn war eine große Schüssel süßer Genuss, ausreichend für mehrere Tage. Marlene füllte für jede etwas Reineclaudenkompott in die Dessertschälchen und stellte einen Krug Vanillesauce mit aufs Tablett. Wo war überhaupt die Leiter geblieben, die sie, an den Reineclaudenbaum gestützt, zurückgelassen hatte? Plötzlich hörte sie Sophie aufschreien. Fast setzte Marlenes Herz aus vor Schreck. Sie ließ das Tablett auf dem Tisch stehen und rannte zum Hinterausgang.

»Da, da, da!«, jammerte Sophie, die so weit unversehrt wirkte, und zeigte um die Hausecke. Unbewaffnet wollte Marlene diesem gestörten Attentäter keinesfalls gegenübertreten. Kurz entschlossen griff sie sich den Strohbesen, der an der Wand lehnte, und stürmte Richtung Eingang.

»Ach du bist das!«

Erleichtert ließ sie den Besen sinken, als sie die Frau in Jeans und bunter Bluse vor der Haustür entdeckte.

»Komm ich ungelegen? Ich geh auch freiwillig wieder«, meinte Sandra und sah belustigt auf den Besen.

»Ach Quatsch! Hallo, Sandra, schön, dass du da bist.«

»Hallo! Hier, die Blumen sind für dich, alle aus meinem Garten. Und jetzt muss ich dich mal drücken, nach all den Jahren!«

»Ich danke dir. Wunderschön!«

»Ich hab mir gedacht, dass ihr bei dem schönen Wetter

draußen seid, und wollte euch nicht extra nach vorne klingeln. Aber ich hab die junge Frau wohl ziemlich erschreckt, als ich so plötzlich um die Ecke gebraust kam.«
»Halb so schlimm. Komm mit.«

Es ging auf zehn. In Decken gehüllt saßen die drei Frauen zusammen hinter dem Haus, erzählten, lachten, und der warme Schein der Windlichter auf dem Tisch spiegelte sich in ihren Gesichtern wider. Sandra erzählte gerade mit großer Offenheit und viel Humor, wie sich ihr Leben so ganz anders als erträumt entwickelt hatte.

Mit Anfang 20, während des Studiums, war sie schwanger geworden von Hinnerk, der in die gleiche Schule drei Klassen über ihnen gegangen war. Marlene erinnerte sich an einen großen, kräftigen Jungen, der in der Schulmannschaft Basketball spielte und nicht sehr gesprächig war. Sandra und er hatten geheiratet, ihren Sohn bekommen, und Sandra hatte ihrem Mann den Rücken frei gehalten, der als frisch niedergelassener Steuerberater beinahe rund um die Uhr arbeitete. Bald war das zweite Kind, eine Tochter, geboren worden, und Sandra hatte ihre Ausbildung im Fernstudium wieder aufgenommen – gegen Hinnerks Willen. Seine Frau sollte es nicht nötig haben, zu arbeiten. Die Steuerberater-Praxis lief immer besser, und bald bauten sie sich ein Eigenheim, mit Garten, Grillplatz und Carport – für mindestens zwei Autos.

Alles so, wie es sich gehörte für den vorgezeichneten Verlauf eines beschaulichen, ordentlichen Daseins in der Provinz. Bis Sandra feststellte, dass sie einen notorischen Fremdgeher zum Ehemann hatte. Ob Sekretärin, Mandantin oder Babysitterin, Hinnerk nutzte jede Gelegenheit für seine außerehelichen Abenteuer. Es kam zur großen Krise.

Sandra stellte ihm ein Ultimatum, er gelobte Besserung, sie versöhnten sich, so entstand der jüngste Sohn, und noch während der Schwangerschaft traf sich Hinnerk mit Sandras bester Freundin im Hotel. Da endlich warf sie ihn raus.

»Es folgte die Scheidung. Und dann lief es genauso, wie ich es oft schon gehört, aber nie geglaubt hatte, dass ausgerechnet mir das passieren könnte. Er wollte keinen Unterhalt zahlen, log über seine Vermögensverhältnisse, dass sich die Balken bogen, war angeblich arm wie eine Kirchenmaus. Ich meine, es sind doch auch seine Kinder!«

Immer noch schien es Sandra unbegreiflich zu sein, wie ihr Mann sich so hatte verhalten können.

»Wenigstens hatte ich das Haus. Meine Eltern haben mir viel geholfen bei der Kinderbetreuung, und mit einer guten Anwältin bin ich schließlich auch zu dem uns zustehenden Unterhalt gekommen. Zum Glück hatte ich ja mein Diplom als Lebensmittelingenieurin gemacht, und als dann der Jüngste in die Schule kam, hab ich angefangen zu arbeiten.«

Sandra hatte wirklich nichts mehr mit dem schüchternen Wesen aus der Schulzeit gemein, das nie eine eigene Meinung hatte und bei jeder Gelegenheit schamhaft errötete. Das Leben hatte sie zu einer selbstbewussten Persönlichkeit geformt, wie Marlene feststellte, zu einer sympathischen, warmherzigen Frau. Sandra griff nach ihrem Weinglas.

»Es war ganz schön hart manchmal in den ersten Jahren nach der Trennung, aber meine Kids und ich, wir sind ein starkes Team. Das Thema Männer ist bei mir jedenfalls durch. Prost!«

»Prost, da haben wir was gemeinsam«, grinste Marlene. Sie stießen an, auch Sophie mit ihrer Apfelschorle.

»Ich freu mich für dich, Marlene, dass du und Sophie euch gefunden habt. Es ist nicht gut, dass der Mensch allein ist.«

»Und du? Du willst allein bleiben?«

»Na ja, gegen einen netten Typen ab und zu hab ich ja nichts«, bekannte Sandra nun doch leicht verlegen. »Zusammen ausgehen, vielleicht gemeinsam verreisen, auch Sex, wenn's passt – aber in mein Leben lass ich so schnell keinen mehr.«

»Keine Angst, hier will dir niemand was verbieten! Von mir aus kann jeder nach seiner Façon selig werden.«

»Nach meiner sowieso!«, bekräftigte Sandra. Dann legte sie Sophie ihre Hand auf den Arm.

»Und dir wünsche ich, dass du weiter so gute Fortschritte machst, damit du bald wieder 100 Prozent fit bist!«

Sophie nickte mit großem Ernst. Sandra gegenüber hatte sie die Scheu vor Fremden, die sie seit dem Unfall beherrschte, fast ganz abgelegt, aufmerksam den Gesprächen gelauscht, mitgelacht und sich sogar hin und wieder mit ihrer Brabbelsprache eingemischt, was bedeutete, dass sie sich wohl und sicher fühlte. Jetzt allerdings deutete sie an, dass sie müde war, ließ sich von Sandra zum Abschied umarmen und zog sich ins Haus zurück.

»Und hast du denn schon andere Leute von früher in Schwartau getroffen, Marlene? Hier läuft man sich doch ganz automatisch immer mal wieder über den Weg.«

»Komischerweise ist mir in den ganzen Wochen hier niemand begegnet, bis zum letzten Sonnabend. Da ist auf einmal Mirko bei uns aufgetaucht. Er hatte von irgendjemandem gehört, dass ich hier bin. Er hat übrigens vorhin angerufen, kurz bevor du kamst, und ich hab ihm erzählt, dass ich dich getroffen habe.«

»Alte Liebe rostet nicht! Der war damals ja schwer in dich verliebt!«, lachte Sandra.

»Ach Quatsch! Wir sind doch außerdem beide in festen Händen. Gleich am nächsten Abend waren wir übrigens bei ihm zum Geburtstagsfest von der schönen Susann eingeladen.«

Sandra verzog das Gesicht.

»Da hast du ja gleich die wichtigen«, Sandra schrieb mit den Händen Gänsefüßchen in die Luft, »Leute aus Bad Schwartau kennengelernt. Sind nicht so ganz meine Kreise.«

»Dass ich Leute kennengelernt habe, kann man so nicht sagen. Das Interesse, sich näherzukommen, hielt sich auf beiden Seiten in Grenzen. Susann gab die formvollendete Gastgeberin. Sie hat sich ja wirklich gut gehalten. Der Einzige, den ich da noch kannte, war Alex Fettsack. Grad auf den hätte ich gut verzichten können.«

»Das kann ich mir vorstellen. Ein unangenehmer Typ, schon immer. Was Mirko an dem findet, weiß ich auch nicht.«

»So weit ich weiß, ist er vor allem sein Zahnarzt.«

»Also ich dachte immer, die wären dicke Kumpels, Mirko und Alex. Vielleicht war es Mirko dir gegenüber auch nur peinlich. Der weiß doch, dass du Fettsack noch nie leiden konntest. Sven ist bei der Truppe übrigens auch dabei. Ich gebe allerdings zu, ich hab die alle ewig nicht gesehen.«

»Den schicken Sven meinst du, der damals immer schon im Jackett zur Schule kam?«

»Genau den! Krawatte haben wir den immer genannt, weißt du noch?«

»Stimmt. Er sah ja nicht mal schlecht aus, aber er war so ein Lackaffe! Und was macht Sven jetzt so?«

»Den seh ich immer, wenn ich meine Millionen umschaufle. Der ist Banker.«

»Das passt irgendwie!«

»Na ja, wie man's nimmt. Vor der Bankenkrise soll er einer von den großen Zockern gewesen sein, irgendwo im Ausland, und jetzt ist er Filialleiter in Bad Schwartau. Das ist nicht grade sexy, eher so eine Art Abstellgleis, würde ich sagen.«

»Da hast du natürlich recht.«

»Aber die Freundin von Sven, die solltest du mal sehen! Die hat er sich wohl mitgebracht. Die ist Model, 'ne Chinesin oder so. Wenn die durch die Stadt geht, drehen sich alle nach ihr um. Aber oft ist die nicht hier, wohl immer unterwegs zwischen London, Paris oder New York.«

Sandra leerte ihr Weinglas.

»Na jedenfalls waren Sven, Alex und Mirko früher in der Schule schon immer viel zusammen. Das Kleeblatt haben wir gesagt, weißt du nicht mehr? Damals gehörte allerdings noch Wally dazu.«

»Wally! Der ist mir heute über den Weg gelaufen. Der ist ziemlich übel dran, glaube ich.«

»Das kannst du laut sagen. Der hat so einen richtig bilderbuchmäßigen Absturz hingelegt.«

»Tja, schade um ihn. Ich mochte ihn früher eigentlich ganz gern.«

»Der Alkohol hat den völlig verändert, und ich glaube, er ist total allein. Seine Exfrau versucht zu verhindern, dass er Kontakt zu den Kindern hat, was ich auch irgendwie verstehen kann. Auch sein Bruder und seine Schwester wollen nichts mehr mit ihm zu tun haben, und mit Mirko, Sven und Alex ist er schon lange verkracht. Keine Ahnung, warum. Wirklich traurig, aber dem ist nicht mehr zu helfen, fürchte ich.«

Marlene nickte und goss noch einmal von dem Negroamaro nach.

»Auf die Gesundheit«, hob Sandra ihr Glas. »Aber nun erzähl doch mal, wie geht es dir eigentlich selbst, Marlene? Das ist bestimmt nicht immer einfach für dich mit Sophie, oder?«

»Ist es nicht. Aber zum einen macht sie ständig Fortschritte, sie kann schon wieder super laufen und ihren Arm gebrauchen, und mit der Sprache das dauert halt. Aber stell dir vor, heute hat sie zum ersten Mal wieder meinen Namen gesagt! Nach Monaten!«

Einen Moment hielt Marlene inne.

»Ich hab fast geheult, das kannst du dir nicht vorstellen. Und der andere Grund, dass ich das aushalte, ist ganz einfach: Ich liebe Sophie.«

Verständnisvoll streichelte Sandra über Marlenes Hand, die vor lauter Kloß im Hals plötzlich nicht sprechen konnte.

»Der ist wirklich gut, der Wein«, meinte Sandra anerkennend und verscheuchte damit die Wehmut, die sich über Marlene senken wollte.

»Hab ich heute zusammen mit einem Nero d'Avola in dem tollen Weinladen beim Markt gekauft. Leider hab ich im Flur den Karton fallen gelassen und nur eine Flasche von jeder Sorte übrig behalten. Und während ich mit Saubermachen beschäftigt war, ist so eine komische Sache mit Sophie passiert.«

»Wieso, was war?«

Ausführlich schilderte Marlene, was sich heute Mittag am Weiher zugetragen hatte, erzählte auch über den Treppensturz von Sophie und ihre diesbezüglichen Vermutungen. Natürlich erkundigte sich Sandra sofort, ob sie denn nicht die Polizei eingeschaltet hätte. Gerade wollte Marlene ihrem Frust über die Schwartauer Beamten freien Lauf lassen, da hörten sie Sophies aufgeregtes Rufen.

»Marlene! Marlene! Mamma mia!«

Fast gleichzeitig stürzten sie ins Haus und rannten die Treppe hinauf.

Hektisch gestikulierend stand die junge Frau im Zimmer. Zwischendurch blickte sie immer wieder ängstlich zum Fenster.

»Mamma mia! Mamma mia!«

»Was ist los? Ist dir was passiert, mein Schatz?«

»Jetzt sind wir ja da, Sophie. Du brauchst keine Angst haben«, ergänzte Sandra mitfühlend, doch die Angesprochene war nicht so leicht zu beschwichtigen, fasste Marlene am Arm und zog sie in Richtung Fenster.

»Da! Da! Mamma mia!«

Draußen hinter der Scheibe herrschte schwarze Nacht, nur ihre Spiegelbilder wurden zurückgeworfen.

»Machst du mal bitte das Licht aus, Sandra.«

Die Auffahrt war leer, nichts und niemand zu sehen. Marlene zog das Fenster auf, dessen Flügel nur angelehnt waren, und lehnte sich nach draußen. Wolken bedeckten den Himmel, nur die roten Laternen des ›Bambushauses‹ auf der anderen Straßenseite warfen ein schwaches Licht in die Dunkelheit. Als Marlene nach unten sah, fuhr ihr ein Schreck in die Glieder. Das gab es doch nicht! Die Leiter, die sie vorhin schon vermisst hatte, lehnte genau unter Sophies Fenster. Sie atmete tief durch.

»War da jemand, Sophie? Hast du jemanden gesehen?«, fragte sie so ruhig wie möglich, um ihre Freundin nicht noch mehr zu verschrecken. Natürlich bekam sie nur die übliche, aufgeregte Mamma mia Antwort, die alles und nichts bedeuten konnte.

»Was ist denn da?«, fragte Sandra neugierig und reckte sich Richtung Fenster.

»Ach, nichts weiter«, sagte Marlene leichthin, »meine Tante hat so einen älteren Mann, der das Grundstück in Ordnung hält, und der hat wahrscheinlich die Leiter draußen stehen lassen. Hilfst du mir bitte, sie wegzustellen? Und das Fenster machen wir besser erst mal zu. Wir sind gleich wieder da, Schatz!«

»Du wolltest Sophie keine Angst machen, nicht wahr? Aber du glaubst nicht wirklich, dass der Hiwi deiner Tante die Leiter da unters Fenster gestellt hat?«

Marlene und Sandra nahmen das Teil von der Hauswand und schleppten es in den Geräteschuppen, der sich ein ganzes Stück vom Haus entfernt an der Grundstücksgrenze befand.

»Natürlich nicht. Ich hatte die Leiter gestern da drüben an der Reineclaude stehen lassen und mich vorhin schon gewundert, weil sie nicht mehr da war. Keine Ahnung, ob jemand ins Haus einbrechen wollte, oder ob das auch so eine Art Anschlag war. Sophie hält sich viel in dem Zimmer da oben auf und lässt das Fenster meistens offen stehen, auch wenn wir nicht da sind. Hörst du das?«, unterbrach sich Marlene auf einmal und lauschte in die Nacht.

»Was meinst du, diesen lauten Motor?«

»Ja, den. Genau so einen haben wir heute Mittag gehört, als Sophie unten im Weiher lag.«

Ungläubig sah Sandra sich um.

»Na, das ist jetzt aber schon irgendwie gruselig! Wenn das wahr ist, dann muss sich ja jemand hier ganz in der Nähe rumgetrieben und uns beobachtet haben ...«

KAPITEL VI

Stunden voll ruhiger, konzentrierter Arbeit im Büro lagen hinter Angermüller. Er und die Kollegen hatten sämtliche Hinweise durchgesehen und überprüft, die von anderen Dienststellen aufgrund des Fotos mit dem gespiegelten Gesicht des Opfers eingegangen waren. Der Leitende Kriminaldirektor hatte Angermüller mehrmals telefonisch aufgeschreckt und versucht, ihn zur Kontaktaufnahme mit dem LKA zu drängen. Beim dritten Mal hatte ihn der Kommissar an Niemann verwiesen, der dem Chef anhand seiner intensiven Recherchen noch einmal detailliert auseinandersetzte, weshalb ein derartiges Unternehmen beim jetzigen Stand der Ermittlungen reine Zeitverschwendung wäre, und warum sie sich bei den Kollegen vom LKA damit auch ganz schön blamieren könnten. Niemann meinte, vor allem das letzte Argument hätte Wirkung gezeigt, und zumindest für ein paar Tage würde Appels wohl erst einmal stillhalten.

Während wieder ein Team draußen unterwegs war, in Asialäden, bei chinesischen Musikstudenten, in Chinarestaurants, überall da, wo Chinesen arbeiteten oder gemeldet waren, hatten sie nach dem Ausschlussverfahren die bisherigen Ergebnisse durchforstet. Es war fast nichts von Substanz übrig geblieben. Da war die Nähe zu Reinfeld, die Visitenkarte der Schwartauer Bank und die chinesische Notiz auf der Rückseite über das ›kleine Haus‹. Und Anja-Lenas Bauchgefühl, die Frau des Teeladenbesitzers aus Reinfeld betreffend. Ansonsten aber nach wie vor keinerlei Hinweise auf die Identität des Toten vom Bahndamm.

Am frühen Nachmittag schwang sich Angermüller aufs Fahrrad, machte einen kleinen Umweg über die Hüxstraße, wo er sich in einem Fischfeinkostladen geräucherten Heilbutt auf ein knuspriges Brötchen legen ließ. Dann fuhr er zu seinem früheren Domizil in der Nähe der Wakenitz. Hier verzehrte er seinen köstlichen Mittagsimbiss und tauschte das Fahrrad gegen den Volvo, um die Zwillinge von ihrer Schule für den Besuch bei Astrid abzuholen.

Astrids Anblick glich dem vom Vortag, nur dass sie vielleicht noch mehr Kabel am Kopf umgaben. Ein dicker Schlauch führte aus ihrem Mund, und an der Hand blinkte ein Fühler zur Sauerstoffmessung im Blut. Das Beatmungsgerät hob und senkte ihren Brustkorb in gleichmäßigem Rhythmus. Sie schien tief und ruhig zu schlafen, ganz weit weg zu sein. Zum Glück ließen sich Julia und Judith nicht von dem wenig ansprechenden Ambiente beeindrucken, erzählten abwechselnd drauf los, streichelten die Hand ihrer Mutter und benahmen sich fast so normal wie immer. Doch Angermüller spürte sehr wohl ihre Irritation und dass die beiden einige Anstrengung aufwendeten, sich nichts anmerken zu lassen. Tapfere Mädchen, seine Töchter! Nach einer guten halben Stunde signalisierte ihnen die Krankenschwester, dass es genug wäre für heute, und sie verabschiedeten sich von Astrid mit dem Versprechen, am nächsten Tag wieder zu kommen.

Auf dem Flur kamen ihnen die beiden Frauen von gestern entgegen, und Angermüller grüßte freundlich.

»Wie geht es Ihrer Frau?«, fragte die Ältere, die den Rollstuhl ihrer Freundin schob.

»Den Umständen entsprechend wohl ganz gut. Die Ärztin sagte mir vorhin, man sei zufrieden mit ihr.«

Julia und Judith hörten aufmerksam zu.

»Das ist doch schon mal was. Ich habe damals bei Sophie länger auf solche ermutigenden Auskünfte warten müssen. Ich drücke Ihnen jedenfalls die Daumen, dass es weiter aufwärtsgeht.«

»Und bei Ihnen alles in Ordnung?«

»Ja, irgendwie schon«, entgegnete die blonde Frau achselzuckend und sah dabei resigniert auf ihre Freundin. So ganz ehrlich erschien Angermüller die Antwort nicht.

»Wir holen uns jetzt noch irgendwo leckeren Kuchen und dann fahren wir nach Grootmühlen und trinken Kaffee im Garten, nicht Sophie?«

Die junge Frau mit den kurzen dunklen Haaren, die im Rollstuhl saß, nickte.

»Das schöne Wetter müssen wir ja ausnutzen.«

Bereits zum dritten Mal spürte Angermüller sein Diensthandy in der Hosentasche vibrieren und wandte sich entschuldigend von seiner Gesprächspartnerin ab. Im Krankenzimmer hatte er nicht telefonieren wollen, wahrscheinlich war es ohnehin hier im Klinikum verboten. Doch jetzt nahm er den Anruf an. Es war Anja-Lena, die ihn schon mehrfach zu erreichen versucht hatte, und deshalb bestimmt wichtig.

»Chef, die Frau aus Reinfeld hat sich bei uns gemeldet«, Anja-Lenas Stimme vibrierte vor Aufregung und wahrscheinlich auch ein bisschen vor Stolz, »und sie glaubt, unser Toter ist ein Geschäftspartner ihres Mannes.«

»Prima, Anja-Lena, da hast du ja die richtige Nase gehabt. Machen wir die Vernehmung in Reinfeld, oder kommt sie zu uns?«

»Es wäre ihr lieber in Reinfeld.«

»Okay, ich bring noch meine Töchter nach Hause und fahr dann mit Jansen hin. Vielleicht ist es ganz gut, wenn du auch mitkommst, weil die Zeugin dich schon kennt.«

Als er sein Telefon wieder einsteckte, wandte sich die Frau, die den Rollstuhl schob, an ihn.

»Entschuldigung, ich hätte mal eine Frage an Sie.«

»Kein Problem, fragen Sie mich einfach.«

Er ahnte schon, was sie wissen wollte, und es war ihm ein bisschen unangenehm.

»Haben Sie vielleicht beruflich irgendwas mit der Polizei zu tun?«

»Ja, ich bin bei der Kripo in Lübeck.«

»Ach, das ist ja interessant«, erwiderte sie überrascht und warf Angermüller einen wenig freundlichen Blick zu. »Na dann einen schönen Tag noch.«

Sie drehte abrupt den Rollstuhl und ging mit ihrer Freundin in Richtung Fahrstuhl.

»Danke, Ihnen auch viel Spaß beim Kaffeetrinken!«

»Papa, ist die Frau sauer auf dich? Die war zum Schluss so komisch irgendwie«, wollte Julia wissen, die genau wie ihre Schwester die Begegnung auf dem Flur neugierig verfolgt hatte.

»Glaub ich nicht«, meinte Angermüller leichthin, dem natürlich klar war, dass sie verstimmt sein musste, nachdem sie sich gestern bei ihm so über die Schwartauer Kollegen beklagt hatte. Doch er hatte keine Notwendigkeit gesehen, sich als Polizist zu erkennen zu geben oder gar in Schwartauer Angelegenheiten einzugreifen.

»So, dann fahr ich euch beide jetzt nach Hause. Ich bin heute Abend noch zu einem dienstlichen Essen eingeladen und komm etwas später. Falls irgendwas ist, ihr habt ja meine Handynummer.«

Judith verdrehte die Augen.

»Papa, wir sind schon öfter mal abends allein gewesen.«

»Und was machen wir mit eurem Abendessen?«

Die Mädchen sahen sich an.

»Ich weiß, wir machen uns Milchreis mit Kirschen und Vanilleeis!«, strahlte Judith nach kurzer Überlegung.

»Au ja, lecker!«

Anja-Lena wies ihnen den Weg zum Teeladen von Herrn Guo. Mitten in Reinfeld lag das kleine Geschäft, zwischen einer Apotheke und einer Bäckerei. Die Auslage im Schaufenster war ein buntes Sammelsurium, ohne Anspruch auf ein ästhetisches Gesamtbild. Jemand schien den Ehrgeiz zu haben, auf kleinstem Raum das komplette Sortiment des Geschäftes abbilden zu wollen, von zig Teesorten über Kannen, Trinkgefäße und anderes Zubehör bis zu Seidenshirts und -blusen, kunsthandwerkliche Gegenstände wie bemalte Fächer, fein geschwungene Kalligrafien und vergoldete Buddha- und Drachenfiguren. Auch ein paar dieser hässlichen Winkekatzen, ursprünglich japanische Glücksbringer, inzwischen ›made in China‹, standen dazwischen herum. Ein Schild im Fenster wies den Laden als Spezialhandlung für Grünen und Oolong Tee aus.

Drinnen war es nicht sehr hell und roch intensiv nach aromatisiertem Tee und Mottenkugeln. Angermüller fragte sich, wonach wohl die Tees schmeckten, die man hier kaufen sollte. In einer abgetrennten Kammer im Hintergrund, deren Tür offen stand, erhob sich eine Frau von ihrem Stuhl.

»Ach, die Polizei schon. Das ging ja schnell«, stellte sie beim Anblick der Beamten statt einer Begrüßung fest.

»Einen Sitzplatz kann ich Ihnen allen leider nicht anbieten, ich hab nur den einen Stuhl im Büro. Aber es wird ja nicht lange dauern.«

Sie warf einen fragenden Blick zu Anja-Lena.

»Das kommt ganz darauf an, was Sie uns alles erzählen

wollen. Sie sind Frau Guo, nehme ich an?«, ergriff Angermüller das Wort.

»Heidi Knaake-Guo. Und wer sind Sie?«

Die kleine Frau mit dem breiten, etwas grob geschnittenen Gesicht ließ sich von dem geballten Kriminaleraufgebot nicht im Geringsten beeindrucken. Ihr Alter konnte Angermüller schwer einschätzen. Sie konnte Mitte 30 oder Mitte 50 sein. In dem schwachen Licht jedenfalls erschien ihre Haut faltenlos, und den dunklen Pagenkopf durchzog keine silberne Strähne.

»Kriminalhauptkommissar Angermüller, mein Kollege Kommissar Jansen. Frau Kruse kennen Sie ja schon. Also, Sie haben uns angerufen, Frau Knaake-Guo. Sie haben die Person auf den Fotos erkannt, die Ihnen meine Kollegin gestern gezeigt hat? Hier, schaun Sie bitte noch mal.«

Er hielt ihr die Bilder des Opfers hin.

»Ich glaube, sie erkannt zu haben«, korrigierte die Zeugin, sah nur flüchtig auf das Foto und reichte es an Angermüller zurück. In der hellen Stehkragenbluse, der schwarzen Hose und den ebenfalls schwarzen Riemchenballerinas aus Samt sah sie genauso aus, wie man sich hierzulande immer noch eine typische Chinesin vorstellte.

»Gut. Wen also glauben Sie erkannt zu haben?«

»Einen Geschäftspartner meines Mannes.«

Jansen konnte nicht stillhalten. Er bewegte sich fortwährend durch den engen Laden, inspizierte neugierig die Regale, nahm Dinge heraus, stellte sie zurück, wahrscheinlich nur, um sich abzulenken, weil ihm mal wieder alles zu langsam ging. Besonders angetan hatte es ihm ein kleiner, lächelnder Buddha mit Solarbetrieb, der ständig mit dem Kopf nickte und über seinem dicken Bauch emsig einen Fächer schwang.

»Woran haben Sie ihn denn erkannt?«

»Ja, wie? An seinem Gesicht natürlich.«

»Und wie heißt der Geschäftspartner?«, fragte Angermüller nach.

»Zheng Zhong.«

»Tsching, Tschang, Tschong«, echote Jansen leise, aber nicht leise genug für Frau Knaake-Guo.

»Könnte Ihr Kollege diese dummen Scherze vielleicht lassen? Wir sind doch nicht im Kindergarten!«

Angermüller sandte Jansen einen warnenden Blick. Der zuckte nur mit den Schultern und zog eine Grimasse.

»Erinnern Sie sich vielleicht an irgendeine körperliche Besonderheit bei Herrn Zheng, eine Narbe, ein Muttermal oder so? Sagt man das eigentlich so, Herr Zheng?«, vergewisserte sich der Kriminalhauptkommissar noch einmal.

»Herr Zheng, ja, so ist es korrekt. Aber ich kann Ihnen keine weiteren Erkennungsmerkmale von ihm nennen. Ich habe ihn vielleicht drei- oder viermal gesehen, da trug er immer Anzug, sah sehr gepflegt aus. Tätowierungen oder so was hab ich nicht bemerkt.«

»Können Sie uns sagen, wo Herr Zheng wohnt, Frau Knaake-Guo? Und welche Art von Geschäften machte er mit Ihrem Mann? Wann haben sich die beiden Ihres Wissens nach das letzte Mal getroffen?«

Sie wusste nur, dass der Mann in Hamburg wohnen musste. Seine genaue Adresse war ihr nicht bekannt. Vielleicht hielt er sich auch nur zeitweise in Deutschland auf.

»Jianguo und er haben manchmal gemeinsam Sachen aus China importiert, auch um Frachtkosten zu sparen.«

»Hat Ihr Mann denn noch andere Geschäfte gemacht, außer mit diesem Laden hier?«

»Ich denke nicht, aber so genau weiß ich darüber nicht Bescheid. Ich vertrete ihn hier nur, wenn er abwesend ist. Eigentlich habe ich eine eigene Keramikwerkstatt.«

Sie wies auf ein Regal voller Kannen, Tassen und Becher, die Angermüller entfernt an seine unförmigen Werke aus den Plastizier-Abenden an der Waldorfschule seiner Töchter erinnerten.

»Ich weiß nur, dass Zheng kein angenehmer Partner war. Man muss ihm immer auf die Finger schauen, sagte mein Mann. Er sei nicht ehrlich. Außerdem war er wohl sehr streitsüchtig und wurde auch mal handgreiflich. Der schreckt vor nichts zurück, meinte Jianguo. Zum letzten Mal getroffen haben sie sich kurz vor der Abreise meines Mannes, Freitag oder Sonnabend.«

Bei dieser Angabe wurde Angermüller sofort hellhörig, auch Jansen und Anja-Lena schauten aufmerksam zu der Frau.

»Genauer können Sie das nicht sagen?«

Frau Knaake-Guo schüttelte den Kopf.

»Nein, kann ich nicht. Aber ich weiß, dass es mal wieder Ärger gab zwischen den beiden und mein Mann ziemlich sauer auf Zheng war.«

Sie erzählte all dies, ohne eine Miene zu verziehen. Irgendwie wirkte sie so auf Angermüller, wie man sich im Vorurteil Asiaten vorstellte, verschlossen, emotionslos und nicht durchschaubar. Dabei war sie eigentlich nur mit einem Asiaten verheiratet und stammte dem Namen und der Sprache nach zu urteilen aus dem deutschen Norden.

»Das ist jetzt nur eine Frage, bitte verstehen Sie mich nicht falsch: Glauben Sie, Ihr Mann könnte etwas mit Zhengs Tod zu tun haben?«, forschte der Kommissar vorsichtig nach. Frau Knaake-Guos Reaktion – sie machte eine unschlüssige Kopfbewegung und sah zu Boden – war, nun ja, eben undurchsichtig, wie er fand.

»Wann erwarten Sie Ihren Mann denn zurück?«

»Wenn er seine Geschäfte drüben abgeschlossen hat. Er hat noch keinen Rückflug gebucht. Das macht er immer erst von dort.«

Angermüller versuchte noch eine Weile, mehr Details über die Beziehung der beiden Männer zu erfahren, aber die Mühe war vergebens.

»Dann vielen Dank, Frau Knaake-Guo. Frau Kruse wird noch Ihre Personalien aufnehmen, und falls wir noch mehr Informationen brauchen, melden wir uns bei Ihnen.«

Kaum sichtbar nickte die Frau mit dem Kopf. Anja-Lena notierte ihre Daten. Plötzlich wurde die Ladentür geöffnet. Ein zierliches, hübsches Mädchen mit deutlich chinesischen Zügen sprang herein. Als sie die Beamten sah, stutzte sie.

»Ist das wieder die Polizei, Mama?«

Ihre Mutter bestätigte stumm.

»Doch nicht wegen Papa?«

Als Frau Knaake-Guo der Tochter keine Antwort gab, schüttelte die verzweifelt den Kopf, dass die glatten schwarzen Haare flogen, und schien kurz davor, in Tränen auszubrechen. Dann machte sie auf dem Absatz kehrt und war wieder verschwunden.

»Gut, wir machen uns auf den Weg, Frau Knaake-Guo«, verabschiedete sich der Kriminalhauptkommissar. »Und kümmern Sie sich um Ihre Tochter. Sie scheint etwas durcheinander wegen unseres Besuches.«

»Ist die Polizei jetzt auch für erzieherische Ratschläge zuständig?«

Frau Knaake-Guo ging mit unbewegtem Gesicht zur Tür und hielt diese den Beamten auf.

»Wiedersehen.«

Es war fast so etwas wie ein eleganter Rausschmiss.

»Merkwürdige Person«, brummte Angermüller, als sie sich wieder auf der Straße befanden.

»Jou«, bestätigte Jansen knapp. Anja-Lena nickte.

»Gestern hat sie ja gar nicht viel gesagt. Sie hat sich nur immer wieder die Fotos von dem Toten angesehen. Das mit dem fehlenden Fingerglied hab ich gar nicht erwähnt. Ich dachte, wenn ihr das aufgefallen ist bei dem Geschäftspartner ihres Mannes, wird sie es schon von selbst sagen.«

»Da hast du völlig richtig gehandelt«, bestätigte der Kriminalhauptkommissar. »Also gut, wir können nur ihre Angaben überprüfen. Das ist ein Job für Thomas. Und wir werden sehen, was dabei rauskommt. Ob es sich wirklich um diesen Herrn handelt, wie hieß er noch, Anja-Lena?«

»Zheng Zhong«

»Tsching, Tschang, Tschong«, feixte Jansen wieder.

»Ach Claus, kannst du das bitte lassen? Du fändest es bestimmt auch nicht witzig, wenn ein Chinese sich ständig über deinen Namen lustig machen würde.«

Offensichtlich verärgert stieß Anja-Lena ihren Kollegen mit dem Ellbogen an. Der wirkte etwas überrascht und grinste nur als Antwort.

»Kannst du mich bitte gleich bei mir zu Hause rumfahren? Ich muss noch einiges für mein Einweihungsfest vorbereiten«, bat sie ihn kurz darauf, als sie wieder in Richtung Lübeck unterwegs waren.

»Klar, kein Problem, Kollegin.«

»Ach, ich hatte gar nicht mitbekommen, dass Anja-Lena uns zu sich nach Hause eingeladen hat. Ich dachte, wir setzen uns im Büro zusammen«, meinte Angermüller zu Jansen, nachdem sie Anja-Lena in einer ruhigen Wohnstraße in Stockelsdorf abgesetzt hatten.

»Die will uns doch stolz ihre neue Hütte vorführen. Und ich wette, sie wird uns auch jemanden vorstellen.«

Es klang seltsam verdrossen, wie Jansen das herausließ.

»Ich kann mir sogar denken, wen.«

»Aha.«

Wieder einmal hatte der Kriminalhauptkommissar Anlass, einen verdutzten Blick auf seinen Kollegen zu werfen.

»Hat Anja-Lena dir was Derartiges erzählt?«

»Nöö.«

Jansen gab unvermittelt Gas, obwohl der Verkehr in Richtung Holsten Tor ziemlich dicht war. Dann bremste er abrupt.

»Tsching, Tschang, Tschong«, sagte er zum dritten Mal an diesem Nachmittag.

»Hach, diese Viecher sind lästig!«, ärgerte sich Marlene angesichts von zwei Wespen, die ständig über den süßen Spuren auf den leer gegessenen Kuchentellern tanzten.

»Können die nicht bei den Matschbirnen dort unter dem Baum bleiben?«

Sie versuchte, die Tiere mit dem Tortenmesser, das sie wie ein Florett hielt, zu verscheuchen.

»Ja, ich weiß, du denkst, ich soll die in Ruhe lassen«, argumentierte sie gereizt in Sophies Richtung, die ihren Unwillen über Marlenes Abwehrkampf äußerte.

»Mamma mia! Marlene! Mamma mia!«

»Du glaubst, wenn wir ihnen nichts tun, tun sie uns auch nichts. Ich weiß. Aber das stimmt nicht! Die setzen sich gierig irgendwo hin, du siehst sie nicht, nimmst die Tasse hoch, und zack, haben sie dich gestochen. Also, das muss ich nicht haben! Ich räum jetzt den Tisch ab.«

Aus einem Traditionscafé vor dem Lübecker Burgtor hatten sie sich drei verschiedene Tortenkreationen mitgebracht und schwesterlich geteilt. Vor allem die Kirsch-Charlotte mit zartbitterer Schokoladencreme und einer dicken Schicht Marzipan darüber hatte es ihnen beiden angetan.

Als sie aus Lübeck zurückgekommen waren, hatte Marlene erst einmal unauffällig nachgesehen, ob die Leiter noch an ihrem Platz im Schuppen stand, und kontrolliert, ob sich sonst irgendwo jemand am Haus oder auf dem Grundstück zu schaffen gemacht hatte. Es schien aber alles unberührt, und sie war zumindest einigermaßen beruhigt. Sie wollte sich auch nicht verrückt machen. Außerdem wusste Marlene, dass Sandra sofort zur Stelle wäre, wenn sie Hilfe bräuchten, denn die hatte sowohl gestern Abend noch von daheim wie auch heute am frühen Morgen eine SMS geschickt, ob bei ihnen alles in Ordnung wäre. Und dass sie Mirko jederzeit anrufen konnte, der immer wieder seine Unterstützung anbot, davon ging sie ohnehin aus.

Marlene räumte den Tisch ab und brachte für Sophie ein paar Zeitschriften mit nach draußen, während sie es sich mit ihrem Buch im Liegestuhl in der milden Sonne des frühen Abends bequem machte. Einen nicht zu unterschätzenden Vorteil hatte dieser unvorhergesehene Landaufenthalt jedenfalls: Sie hatte in den vergangenen Wochen schon einen ganzen Stapel Bücher durchgelesen. In Berlin fehlte ihr meist die Muße dazu. Sie hatte dort in den letzten Monaten vor dem Einschlafen meist nur wenige Seiten geschafft, bevor ihr die Augen zufielen.

Nach Sophies Untersuchungstermin in der Klinik war der Nachmittag ganz angenehm verlaufen. Sophie schien ihre bösen Erlebnisse der letzten Tage zumindest verdrängt zu haben und wirkte seit langer Zeit wieder einmal entspannt und fröhlich. Angesichts des schönen Wetters bekam Marlene Lust, am Abend noch etwas zu unternehmen.

»Sag mal, wollen wir ans Meer fahren, ein bisschen spazieren gehen und irgendwo was essen? Auch ohne Rollstuhl, wenn dir das lieber ist.«

Im Gegensatz zu früher besuchte Sophie, seit sie ihre Sprache verloren hatte, gerne Orte, wo etwas los war. Also schob Marlene den Rollstuhl, den Sophie nun doch hatte benutzen wollen, über die erst vor Kurzem angelegte mehrere Kilometer lange Dünenpromenade in Scharbeutz. Hier gab es ein reges Treiben, das man beobachten konnte, und Sophie, hinter ihrer Sonnenbrille, tat das mit Hingabe. Ab und zu machte sie Marlene auf ihre Beobachtungen aufmerksam, denn beobachten konnte Sophie sehr genau, und auf diese Weise war zumindest für nonverbale Kommunikation zwischen ihnen gesorgt.

Marlene hätte einen ruhigeren Ort vorgezogen, doch sie tat Sophie den Gefallen, die in Scharbeutz reichlich Futter für die Augen fand: Strand, Meer, sportliche Aktivitäten, Cafés, Lounges, Restaurants, in denen auch an diesem Dienstagabend erstaunlich viel los war. Nach einer sehr durchwachsenen Saison bescherte der sonnenreiche September der Lübecker Bucht in diesem Jahr noch einen verspäteten Sommer. Die Lage direkt oberhalb des Strandes, auf dem die Strandkörbe akkurat zur Sonne ausgerichtet standen, der Weg dekorativ vom Dünengras gerahmt, machte die Flaniermeile zu einem attraktiven Anziehungspunkt für Jung und Alt.

Händchen haltende Urlauberpärchen, jugendlich gestylte

ältere Damen, oft mit zu blonden Haaren und zu braunem Teint, entspannte Rentner im maritim-sportlichen Einheitslook, Leute in Badekleidung und Flipflops bevölkerten die Terrassen der angesagten Strandbars und Cafés, räkelten sich auf den Loungesofas, tranken Hugo und Aperol Sprizz. An Stehtischen beugten sich Männer in Yachtkleidung mit wettergegerbten Gesichtern über ihr Bier und feuerten Lachsalven über die Promenade. Andere Leute aßen Fisch und Scampi am Ableger einer deutschlandweit verbreiteten Edel-Fischbude, saßen in dem Café, wo man sehen und gesehen werden wollte, und alle genossen das Gefühl, es mindestens so schick wie auf Sylt zu haben.

Auch Sophie und Marlene nahmen in einer Beach Bar Platz, wo sie zwei alkoholfreie Hugos orderten. Während Marlene den Blick über die Lübecker Bucht schweifen ließ, wo am Horizont eine Fähre vorüberzog, davor vereinzelte Segelyachten kreuzten und Motorboote ihre Runden drehten, genoss Sophie die bunte Betriebsamkeit der Dünenmeile.

»Was magst du essen, Schatz? Hast du auf was Bestimmtes Appetit?«

Marlene zählte einige der Möglichkeiten auf, doch Sophie war unentschlossen. Die große Auswahl überforderte sie. Marlene war eher skeptisch, was die Qualität des bunten Gastronomieangebots anbetraf. Also zogen sie nach ihrem Cocktail langsam die Promenade entlang und Marlene studierte die Speisekarten. In Höhe einer Bierbar hörte sie plötzlich eine unverwechselbare Lache und dann sah sie ihn auch schon. Weiße Hose, weißes Hemd über dem mächtigen Bauch – Alex war wohl direkt aus seiner Praxis in den Feierabend gestartet. Es war zu spät, ihm aus dem Weg zu gehen. Er stutzte kurz, dann winkte er lebhaft, sagte etwas zu seinem Gegenüber und kam direkt auf sie zu.

»Moin! Wat dat nich ahlns givvt: Wir haben grade von dir gesprochen!«

»Hallo Alex! Wer *wir*?«, fragte Marlene nicht sehr begeistert.

»Komm mit. Ich glaube, du kennst ihn.«

Nur einen flüchtigen Seitenblick hatte Alex für Sophie in ihrem Rollstuhl übrig, wie Marlene verärgert registrierte. Er sprach auch nur sie allein an. Es mochte ja sein, dass es Unsicherheit im Umgang mit Sophies Behinderung war, aber Verständnis hatte Marlene dafür nicht.

»Hallo, Marlene, was für eine Überraschung!«

Der große, schlanke Mann in den edlen Klamotten, der von seinem Barhocker aufstand, war unverkennbar Sven. Er sah noch besser aus als früher, mit dem markanten Gesicht, dem vollen Haar, das er ein wenig länger als üblich trug, und trotzdem hatte seine Eleganz immer noch einen leichten Dreh ins Geckenhafte, fand Marlene. Sie gaben sich die Hand. Er drückte sie genauso schlaff wie früher. Auch Sophie, die ihn unentwegt durch ihre Sonnenbrille anstarrte, reichte er seine Rechte, welche diese nach kurzem Zögern ergriff.

»Grad hab ich dir vertellt, dat wir uns auf der Party bei Mirko getroffen haben, und nu isse hier, die Marlene! Sieht doch noch ziemlich knackig aus, oder?«

Alex haute ihr auf die Schulter und lachte dröhnend.

»Mädels, was wollt ihr trinken?«

»Danke, wir haben grad schon unseren Aperitif gehabt«, lehnte Marlene ab, die nicht die geringste Lust auf die Gesellschaft der beiden hatte. Sie wechselte mit Sven ein paar Worte, beantwortete seine Fragen nach ihrem Werdegang und ihrem Leben in Berlin, erkundigte sich der Höflichkeit halber, was er so machte und wie es ihm erging in Bad Schwartau. Natürlich erwähnte er seine Jahre in Shanghai, aber wie nicht anders zu erwarten, war auch jetzt alles prima. Und er machte deutlich, dass er eigentlich ein anderes Leben gewohnt war und seine provinzielle Umgebung mit einem Augenzwinkern ertrug.

»Ab und zu muss man mal ein paar Tage raus hier. London, New York, Shanghai. Dann geht's wieder.«

Und warum bist du dann hier?, lag es Marlene auf der Zunge. Was für ein prätentiöser Idiot! Doch sie wollte so schnell wie möglich weg aus dieser Runde. Auch Sophie fühlte sich mit den beiden nicht wohl, das spürte Marlene ganz deutlich. Deshalb sah sie auf die Uhr und log etwas von einer Einladung bei der Tante vor.

»Schade! Aber wir holen das nach!«, verkündete Alex, und Sven nickte eifrig.

»Alles klar, das machen wir! Dann einen schönen Abend noch für euch«, wünschte Marlene und schob, so schnell es in der Menge der Flaneure möglich war, mit Sophies Rollstuhl davon. Als sie sich ein Stück von Sven und Alex entfernt hatten, begann Sophie plötzlich wieder unruhig zu brabbeln und fahrige Gesten zu machen.

»Schatz, das hat keinen Sinn! Ich versteh so überhaupt nichts! Lass uns ein ungestörtes Plätzchen suchen, wo wir vielleicht auch zu Abend essen können, und du erklärst mir dann in Ruhe, was du mir unbedingt sagen möchtest.«

Marlene, die froh war, der Gesellschaft der beiden Männer und ihrem hohlen Geschwätz so schnell entronnen zu sein, fühlte sich auf der Stelle wieder gestresst von der Aussicht, nun rätseln zu müssen, was Sophie auf dem Herzen hatte. Natürlich wollte sie verstehen, was ihre Freundin derart umtrieb, wollte herausbekommen, was ihr Angst machte, auch zu ihrer eigenen Beruhigung, doch es kostete verdammt viel Kraft und Nerven.

Was weder sie noch Sophie bemerkten, war der Mann, der aus der Bierbar kam, als sie Alex und Sven verlassen hatten. Er klimperte mit einem Autoschlüssel und sah ihnen lange nach. Das glatte schwarze Haar trug er im Nacken zusammengebunden. Er war Chinese.

KAPITEL VII

»Alles Gute im neuen Heim«, formulierte Angermüller ein wenig altbacken und überreichte einen Topf mit einer weißen Orchidee.

»Vielen Dank! Die ist ja schön!«, bewunderte Anja-Lena die üppig blühende Pflanze. Der Kriminalhauptkommissar freute sich, dass sein in letzter Minute besorgtes Geschenk so gut ankam. Als er Derya angerufen hatte, um ihr zerknirscht mitzuteilen, dass sie sich am heutigen Abend wieder nicht sehen könnten, hatte sie ihn sofort gefragt, was er denn der Kollegin als kleine Aufmerksamkeit zum Einzug mitzubringen gedachte, und ihn damit an das erinnert, was er sich zwar vorgenommen, aber längst wieder vergessen hatte. Wo andere verschnupft auf seine Absage reagiert hätten, nahm sich Derya lieber seiner Angelegenheiten an. Sie gab sich sogleich geschäftig, war mit guten Tipps und Ratschlägen zur Stelle.

Mittlerweile kannte er dieses Verhalten schon. So machte sie es immer, wenn sie sich eine Enttäuschung nicht anmerken lassen wollte. Einerseits fand Angermüller die Art sehr sympathisch, wie sie ihre Frustration in Fürsorge umwandelte, andererseits fragte er sich, ob Derya auf die Dauer nicht zu viel hinnahm, ob nicht bei jedem Menschen das Reservoir an Duldsamkeit irgendwann erschöpft wäre.

Er musste an Astrid denken. Ihrer beider Probleme hatten einmal damit begonnen, dass er sie ihrer Meinung nach zu spät in Kenntnis setzte, wenn er unvorhersehbar abwesend sein musste, der Dienst in seine Freizeit ausuferte und er wieder einmal seinen familiären Pflichten nicht nachkommen konnte. Schließlich hatte sie angefangen, seine Zuverlässigkeit stets und grundsätzlich in Zweifel zu ziehen. Auch wenn seine Beziehung zu Derya in mancher Hinsicht unkomplizierter war, sollte er ihre Toleranz nicht überstrapazieren. Auf keinen Fall sollte sie das Gefühl haben, sich stets nach seinen Bedingungen richten zu müssen.

»Hier! Für die neue Bude.«

Jansen drückte Anja-Lena eine Flasche Prosecco in die Hand und schielte sogleich neugierig in den Flur der Wohnung, die sich unter dem Dach eines relativ modernen, geräumigen Einfamilienhauses befand. Das Parterre und den ersten Stock bewohnte eine Familie mit mehreren Kindern, wie die umfangreiche Schuhsammlung vor deren Eingangstür belegte. Anja-Lena führte ihre Kollegen stolz durch die neue Behausung, und Angermüller äußerte gebührende Bewunderung, während Jansen skeptische Blicke warf. Hell und freundlich war die Mansarde eingerichtet, die teils schrägen Wände verliehen ihr eine gemütliche Note. Es gab ein kleines Arbeitszimmer, ein etwas größeres Schlafzimmer und ein hochmodernes Bad. Aus dem Wohnraum, der einen Zugang auf einen recht geräumigen Balkon bot, winkten die Kollegen Thomas Niemann und Norbert Teschner. Auch Mehmet Grempel, der Kriminaltechniker vom K6, saß schon mit einem Bier auf dem Sofa und neben ihm Nico Timm, der leicht errötete, als Angermüller ihm freundlich zuwinkte. Aus der offenen Küche, die sich direkt anschloss, kam ein intensiver Duft nach exotischen Gewürzen und heißem Öl gezogen. Hinter dem mittig angebrachten Herd, auf dem zwei Woks dampften, wirbelte emsig ein junger Mann. Er war Chinese.

»Dann sind wir jetzt vollzählig. Ameise hat ja abgesagt.«

»Der hat heute wahrscheinlich keinen Ausgang«, spottete Niemann. Die anderen grienten, und Anja-Lena bat alle an den großen runden Tisch in der Mitte des Zimmers.

»Jetzt gibt's gleich Essen. Ich möchte euch aber zuerst noch Li Cheng vorstellen, genannt Steven. Er kommt aus Peking, ist mein Chinesischlehrer und ein ganz toller Koch. Er hat mir heute bei den Vorbereitungen geholfen. Also eigentlich hat er gekocht, und ich hab ihm nur zugearbeitet, denn es gibt natürlich chinesische Küche, wie du schon vermutet hast, Claus.«

Jansen setzte seine undurchdringliche Miene auf und gab sich gleichgültig, während Steven hinter dem Herd von einem Ohr zum andern lächelte und sich höflich verbeugte.

»Zuvor sollten wir aber auf deinen Einzug anstoßen, liebe Anja-Lena«, meinte Angermüller und hob seine Bierflasche. »Auf eine glückliche Zeit in den neuen vier Wänden!«

Hier tranken alle das Bier aus der Flasche, Jansen seine Cola, also tat Angermüller es ihnen nach, obwohl er normalerweise ein Glas vorgezogen hätte.

»Prost, Kollegin!«

»Viel Glück mit der neuen Wohnung!«

Anja-Lenas Einladung zur Wohnungseinweihung zu folgen, war für Angermüller selbstverständlich gewesen, obwohl er gerne den Abend mit Derya verbracht hätte. Schon seit dem Vorabend seines Wochenendtrips nach Oberfranken hatten sie sich nicht getroffen, sah man von der nicht ganz so geglückten Überraschung bei seiner Rückkehr einmal ab. Aber als Kollege und Chef betrachtete er es als seine Pflicht, solche Termine bei seinen Leuten wahrzunehmen. Sie waren schließlich ein Team, von dessen gutem Zusammenspiel so einiges abhing, vom Erfolg ihrer Fahndungsarbeit bis hin zur körperlichen Unversehrtheit in manchen Fällen. Und wenn jemand in seine Privatwohnung bat, fand er das umso anerkennenswerter. Er war also aus Überzeugung und gerne zu diesem Abend gekommen.

Womit er nicht unbedingt gerechnet hatte, war, gerade hier eine neue kulinarische Welt zu entdecken. Fasziniert beobachtete er Steven, der weiter unermüdlich am Wok werkelte und ein gefährlich aussehendes Küchenbeil für die unterschiedlichsten Arbeiten benutzte. Er hackte damit blitzschnell das Gemüse, schnitt das Fleisch in perfekte Würfel, zerquetschte den Knoblauch und presste den Saft aus der Ingwerknolle. Ein paar Platten und Schüsseln mit unterschiedlichen Gerichten hatte er bereits in die Mitte des Tisches gestellt. An jedem Platz wartete ein kleines Tellerchen, auf dem Stäbchen und Serviette lagen.

»Ja, also in China ist das so, hab ich gelernt: Alle Gerichte werden in die Mitte gestellt und jeder kann sich von jedem bedienen ...«

»Wat? Mit den Dingern hier?«

Argwöhnisch betrachtete Jansen das ungewohnte Essbesteck.

»Meist gibt es mindestens so viele unterschiedliche Gerichte wie Personen am Tisch sitzen«, fuhr Anja-Lena fort, ohne sich von ihrem Kollegen stören zu lassen, »manchmal auch mehr. Wir sind heute acht Leute, und ihr bekommt zumindest acht verschiedene Gerichte zu kosten. Leider hab ich nicht so eine drehbare Platte für den Tisch und ihr müsst die Schüsseln bitte herumreichen. Guten Appetit jedenfalls!«

Endlich hatte der Koch sein Werk vollendet und brachte die letzte Platte mit dampfenden Köstlichkeiten zu Tisch.

Erwartungsvoll musterte Angermüller die bunte Vielfalt. Seit seinem Heilbuttbrötchen am Mittag hatte er nichts mehr zu sich genommen und jetzt spürte er, wie hungrig er war.

»Kannst du vielleicht ein bisschen was zu den Gerichten sagen, Steven?«, bat Anja-Lena. Der junge Chinese nickte bereitwillig.

»Als Erstes haben wir hier gebratene Erdnüsse, ist kein richtiges Gericht, eher Snack. Einfach Erdnüsse mit schwarzem Essig und bisschen Sojasauce, pikant, ja. Und dann hier Di san xian, heißt ›Drei Schätze‹ Gemüse. Einfach Aubergine, Kartoffel, Paprika, wie sagt man, herzhaft, ja? Bisschen mehr scharf aus der Sichuan Küche ist Hühnchen Kung Pao …«

»Vielleicht fangen wir einfach an und Steven erklärt uns dabei, was für Gerichte das sonst noch sind, sonst wird ja alles kalt«, lud Anja-Lena ihre Gäste ein.

Alle griffen sich die Stäbchen und bedienten sich ihrer mit unterschiedlicher Geschicklichkeit. Thomas Niemann schien den Umgang damit gewohnt, er hatte schon des Öfteren Urlaub in Asien gemacht. Auch Nico war sehr geübt damit und erzählte, dass er asiatische Küche sowieso am liebsten mochte. Angermüller versuchte sich gleich am schwierigsten Teil, nämlich welche von den Erdnüssen zu angeln, was ihm nach einigen Versuchen auch gelang. Sie waren warm und schmeckten sehr würzig, ein ungewohnter Snack. Als Nächstes griff er nach einer Mischung aus Glasnudeln und einem Gemüse, das sich als fein geschnittener Chinakohl erwies, scharf gewürzt mit Chili und Ingwer und gleichzeitig leicht süßlich.

»Und hier haben wir Mapo Tofu, auch Spezialität aus Südchina, bisschen scharf auch, mit Sichuan Pfeffer.«

Gewissenhaft kostete sich der Kriminalhauptkommissar durch die vielfältige Speisenpalette, und mit jedem Bissen wuchs seine Begeisterung. Keines der Gerichte schmeckte wie das andere. Jedes hatte seinen ganz eigenen Charakter. Mit den nicht sehr charaktervollen Fleisch-Gemüse-Mischungen in qualliger Einheitssauce, die man meist in deutschen Chinarestaurants mit einem Berg Reis vorgesetzt bekam, hatte diese knackige, frische Küche rein gar nichts zu tun. Sichuan Pfeffer, warum hatte er dieses intensive, faszinierende Gewürz bislang noch nie benutzt? Neue Geschmacksrichtungen zu entdecken, war die Leidenschaft des Kommissars, und der konnte er hier nachgehen wie schon lange nicht mehr.

Angermüller warf einen beglückten Blick zu Jansen, der ihm gegenübersaß. Doch der Kollege pickte nur unlustig in den Schüsseln herum. Auch schien er mit dem ungewohnten Essbesteck seine Schwierigkeiten zu haben.

»Steven, kannst du Claus bitte mal zeigen, wie man die Stäbchen richtig hält? Der Kollege soll doch nicht hungrig nach Hause gehen«, meinte Anja-Lena leicht belustigt und erntete dafür von Jansen einen grimmigen Blick.

»Danke, danke, geht schon. Hab sowieso kaum Hunger.«

Vor allem war ihm auf dieser Tafel wahrscheinlich alles zu fremd und unbekannt, dachte Angermüller. Er wusste um Jansens Essgewohnheiten, die sich zwischen Hausmannskost, die er immer sonntags bei seiner Mutter vorgesetzt bekam, Fast Food und Fertigpizza bewegten und zu Anfang ihrer Zusammenarbeit stets Schwierigkeiten bereitet hatten, wenn sie unterwegs gemeinsam etwas zu sich nehmen wollten. Aber heute erschien dem Kriminalhauptkommissar der junge Kollege besonders kritisch.

»Gibt's eigentlich gar keinen Reis?«, fragte der jetzt. »Ich dachte, in China essen die jeden Tag Reis.«

Er fuhrwerkte mit den Stäbchen auf der Platte mit Kung Pao Hühnchen herum und bekam eine ansehnliche Portion zu fassen.

»Und wat is dat überhaupt fürn Fleisch?«

»Sach ma, bist du immer so krüsch?«, fragte Niemann kopfschüttelnd, »du gehst doch sonst am liebsten bei McDoof essen! Nimmst du da immer für Vegetarier?«

Norbert Teschner witzelte: »Ich habe gehört, Hund soll heute im Angebot sein ...«

»Jaja, immer dieselben Sprüche! Die Chinesen essen alles, was vier Beine hat, wenn's kein Tisch ist«, entgegnete Anja-Lena leicht genervt. Steven lachte sich kringelig über ihren Spruch, und Claus Jansens Miene wurde immer finsterer.

»China früher sehr arme Land, deshalb Menschen fast alles essen«, erklärte er dann, »und China sehr große Land. Gibt Provinzen im Süden, wo Hund beliebt. Aber ist Spezialität, gibt nur in bestimmten Restaurants, genau wie Skorpion, Ratte oder Schlange. Und ist auch teuer. Hier heute nur Huhn- und Schweinfleisch und viel Gemüse. Ganz bestimmt, Herr Claus«, versicherte der Koch dem zweiflerischen Jansen fröhlich, der weiterhin jeden Bissen erst einmal genau begutachtete.

»Probier doch mal die hier, Claus«, empfahl Angermüller und griff sich selbst noch ein Exemplar der halbmondförmigen Teigtaschen mit seinen Stäbchen, »die schmecken unglaublich gut, besonders wenn du sie vorher in diese Essig-Chili-Mischung tauchst.«

»In Nordchina ist Nudel zu Hause, in vielen Formen. Traditionell wir essen dort kaum Reis. Nudel wurde in China erfunden, nicht in Italien!«, erklärte Steven nicht ohne Stolz. »Was Chef so gut schmeckt ist Jao Zi, Teigtaschenspezialität aus Beijing, meine Heimat.«

Während Jansen bald seine Stäbchen beiseitelegte und kaum etwas zu sich genommen hatte, war Angermüller in seinem Element und naschte begeistert bald von diesem, bald von jenem Gericht. Grüne Bohnen-Salat in Ingwersaft Dressing, säuerlich und scharf zugleich, war ihm auch eine neue Entdeckung, ganz einfach, aber ganz anders als gewohnt.

Irgendwann stellte sich auch bei Angermüller das Gefühl ein, jetzt genug gegessen zu haben. Er war angenehm gesättigt, ohne sich gestopft und voll zu fühlen, denn letztendlich waren die Gerichte alle ziemlich leicht. Schüsseln und Platten waren geleert, die Raucher zogen sich auf den Balkon zurück, und die anderen ließen sich auf Sofa und Sesseln nieder. Steven machte Ordnung in der Küche, unterstützt von Anja-Lena und Angermüller.

»Das war wirklich fantastisch, was Sie da für uns gekocht haben. Sind Sie Profi?«, wollte der von dem jungen Mann wissen.

»Nein, nein! Ist nur Hobby. Ich liebe Kochen.«

»Dann sind Sie wirklich ein Naturtalent, Steven.«

»Oh, danke schön! Habe ich bei meiner Mutter viel gelernt.«

»Ist sie Köchin?«

»Nicht Köchin. Aber meine Mutter hat Kochschule für Touristen in Beijing. Noch kleiner Junge, habe ich schon geholfen. Hat Spaß gemacht!«

»Es hat ganz wunderbar geschmeckt. Sagen Sie, ich habe gehört, in China kocht man nicht ohne Glutamat? Stimmt das?«

»Wird viel Glutamat genommen, das ja. In Supermarkt kann man große Kilopakete kaufen. Und gibt niemand mit Allergie dagegen. Sonst meiste Chinesen immer Kopfschmerzen, ja?«, lachend schüttelte Steven den Kopf, »aber meine Mutter kocht nur mit natürliche, gute Zutaten. Touristen haben Angst vor Glutamat und würden auch nicht kommen in ihre Kochschule.«

»Ja, das glaub ich«, nickte Angermüller, »und darf ich fragen, was Sie nach Deutschland geführt hat?«

Der junge Mann seufzte. Angermüller fand ihn recht groß für einen Chinesen. Sein tiefschwarzes Haar hatte er zu einem Zopf gebunden, und auf seiner Nase saß eines dieser dicken schwarzen Brillenungetüme, wie sie viele junge Leute heute trugen.

»Eigentlich für Studieren.«

»Und welches Fach?«

»Ich hatte Zusage für medizinische Ingenieurwissenschaften, aber lieber will ich Psychologie studieren. Ist nicht ganz einfach mit Wechsel.«

»Ah ja. Und in der Zwischenzeit geben Sie Chinesischunterricht an der Volkshochschule, das ist doch eine gute Lösung.«

»Ja, ist schön, Deutschland«, nickte Steven und lächelte Anja-Lena an, während er ihr eine gespülte Schüssel zum Abtrocknen reichte, »ich möchte gerne hier weiter lernen.«

Steven war ein gut aussehender Mann. Es war schwer einzuschätzen, wie alt er wohl war. Er konnte Anfang 20, aber auch zehn Jahre älter sein, überlegte Angermüller. Im Gegensatz zu manchen Chinesen, mit denen er beruflich schon zu tun gehabt hatte – auch im aktuellen Fall – und die ihm sehr verschlossen und mürrisch vorgekommen waren, fand der Kommissar diesen Steven ausgesprochen offen, humorvoll und freundlich. Nun ja, so richtig kennengelernt hatte er eigentlich noch nie jemanden aus China, gestand sich Angermüller dann selbst ein. Es war das erste Mal, dass er sich privat mit einem Chinesen unterhielt.

Schon eine ganze Weile lehnte Jansen mit seiner Cola in der Hand am Kühlschrank und hörte aufmerksam zu. Als er Angermüllers Aufmerksamkeit bemerkte, der ihn gerne in die Unterhaltung mit eingebunden hätte, wandte er sich ab und ging zurück zu den anderen. Irgendwas stimmte nicht mit dem Kollegen, dachte Angermüller, und nur an dem ungewohnten Essen konnte es eigentlich nicht liegen. Gewöhnlich benahm sich Jansen nicht so ungesellig.

»Und ich hoffe«, mischte Anja-Lena sich ein, »du bleibst noch ein bisschen an der Volkshochschule, damit ich meinen Kurs zu Ende machen kann!«

»Sie sprechen übrigens hervorragend Deutsch, Steven. Haben Sie das in der Schule gelernt?«

»Ich haben schon in Beijing Kurs gemacht. Hatte ich Glück und Platz in Goethe Institut bekommen. Und hier dann weiter gelernt.«

»Sehr gut, wirklich! Ach, sagen Sie, könnten Sie wohl so nett sein, mir ein paar Rezepte von den Gerichten aufschreiben, die Sie heute für uns gekochte haben? Ich würde die gern selbst mal ausprobieren.«

»Das ist kein Problem. Welche denn?«

Sie fachsimpelten noch eine Weile. Steven erklärte Angermüller, was für ein Universalgerät das beilförmige Messer in seiner Heimat darstellte, dass man damit Knoblauch quetschte, Fleisch schnitt und Kräuter und Gemüse hackte.

»Soll immer sehr scharf sein. Muss man gut auf Finger aufpassen!«

Ausführlich erläuterte er Angermüller einige Besonderheiten der chinesischen Küche, gab ihm Tipps, worauf er beim Einkauf von Sojasauce und Essig zu achten hatte und welches Öl er verwenden sollte. Zwischen den beiden Männern herrschte sogleich eine vertraute Atmosphäre, kein Wunder, da auch Steven mit Leib und Seele beim Kochen dabei war.

Später setzte sich Angermüller zu seinen Kollegen, und natürlich dauerte es nicht lange und Dienstliches wurde zum Thema.

»Hat sich unser Leitender eigentlich wieder gemeldet?«, wollte Norbert Teschner wissen, »ich meine wegen seiner SoKo zur organisierten Kriminalität mit den Kielern. War ihm ja eine echte Herzensangelegenheit.«

»Harald hat mich heute Morgen angerufen, ja«, bestätigte Angermüller. »Beim dritten Mal hab ich ihn an den kompetenten Kollegen Niemann weitergegeben. Der hat ihm klipp und klar gesagt, dass wir uns zum jetzigen Zeitpunkt beim LKA damit lächerlich machen würden, und das hat Harald dann wohl auch so gesehen.«

»Hast du schon was rausgefunden, Thomas, über den Chinesen, den uns die Frau aus dem Teeladen in Reinfeld genannt hat?«, mischte sich Anja ein.

»Auf jeden Fall hat man diesem Zheng Zhong vor acht Wochen in der deutschen Botschaft in Peking ein Visum ausgestellt. Wann und wo er damit eingereist ist, hab ich noch nicht erfahren. Die Anfrage läuft noch.«

Jansen, der auf der Sofakante saß und unruhig mit einem Bein wippte, beteiligte sich nicht an der Unterhaltung, bis er plötzlich etwas brüsk verlangte:

»Könnt ihr das Thema jetzt vielleicht mal beenden? Das können wir doch auch morgen im Büro besprechen.«

Alle sahen ihn erstaunt an.

Als Norbert Teschner ihn aufforderte: »Dann erzähl uns doch mal was Lustiges, Claus!«, stand der auf und verließ die Gesellschaft ohne ein Wort.

»Wat is mit dem denn los?«

Niemann schüttelte den Kopf, und auch die andern waren völlig verdutzt.

»Irgendwas hat schon den ganzen Abend nicht mit ihm gestimmt«, meinte Angermüller nachdenklich. »Na, ich werd ihn morgen mal fragen, was los war.«

Die Angst in Sophies Blick war wieder da. Hatte Marlene gedacht, diese Hürde sei vielleicht genommen, so wurde sie jetzt eines Besseren belehrt. In einer ruhigen Ecke am Ende der Promenade ließ sie sich auf einer Bank nieder, Sophie saß ihr im Rollstuhl gegenüber. Marlene umfasste die Hände der Freundin, die unablässig mit eindringlichen, aber nutzlosen Gesten durch die Luft fahren wollten.

»Mamma mia! Mamma mia! Marlene!«

»Wenn ich nur wüsste, wovon du sprichst, mein Schatz! Du glaubst nicht, wie gern ich dich verstehen möchte …«

Marlene spürte Verzweiflung in sich aufsteigen. Es war wirklich ein grausamer Streich, den das Gehirn ihrer Liebsten spielte, die genau wusste, was sie sagen wollte, aber von niemandem verstanden wurde. Sophie befreite ihre gesunde Hand aus Marlenes Griff und kramte zunehmend nervös in ihren Taschen herum, erst in denen der Hose, dann in den Jackentaschen. Schließlich hatte sie gefunden, was sie suchte, und beförderte das kleine bunte Päckchen heraus, welches ihr der Mann vom Asia Imbiss am Vortag geschenkt hatte.

»Da! Marlene!«

»Du willst chinesisch essen gehen?«, fragte Marlene spontan und wusste zugleich, dass diese Assoziation völlig dumm war. Natürlich regte Sophie sich sofort auf.

»Nein! Marlene! Nein!«

Bleib wenigstens du ruhig, ermahnte Marlene sich selbst, überleg lieber, was diesen neuen Angstschub bei Sophie ausgelöst haben könnte. Im Grunde ging es los, nachdem wir Sven und Alex hier getroffen haben. Alex, den hatte Sophie ja schon am Sonntag bei Mirko gesehen. Da hatte sie keinerlei außergewöhnliche Reaktion gezeigt. Also blieb nur Sven, aber den kannte sie ja gar nicht. Das konnte es also auch nicht sein.

»Hör mir zu, Sophie: Gerade haben wir ja zwei ehemalige Mitschüler von mir getroffen. Alex, das ist der große Dicke, den kennst du ja schon. Und Sven, der andere Mann …«

»Mann!«, bestätigte Sophie, nickte ungestüm und hielt den Glückskeks in die Höhe.

»Ja, Marlene! Mann, ja!«, wiederholte sie aufgeregt.

»Aha«, machte Marlene, »ich verstehe. Das meinst du also …«

In Wahrheit verstand sie überhaupt nichts, konnte Sophies Puzzle einfach nicht zusammenkriegen. Was hatte Sophie nun wieder mit diesem dämlichen Glückskeks? In Marlenes Kopf drehten sich die Gedanken. Deshalb dauerte es auch einen Moment, bis ihr etwas anderes auffiel.

»Sophie! Du hast schon wieder ein neues Wort gesagt! Du hast gesagt: Mann! Das ist doch toll!«

»Ja, Mann«, wiederholte Sophie ungerührt, die Marlenes Begeisterung wohl nicht so richtig nachvollziehen konnte.

»Es hat lange gedauert, aber jetzt fängst du wieder an zu sprechen, Sophie! Langsam, Wort für Wort, aber es kommt. Ich freu mich so! Wollen wir jetzt erst mal was essen gehen, ja, Schatz?«

Ihre Freundin nickte, aber an ihrem aufmerksamen Blick erkannte Marlene, dass diese nicht zufrieden war. Sophie ahnte natürlich, dass Marlene immer noch nicht verstanden hatte, was sie ihr so eindringlich zu erklären versucht hatte.

Nachdem sie sich doch gegen ein Abendessen auf der belebten Dünenmeile entschieden hatten, waren sie nach Haffkrug gefahren. Mit etwas Glück fanden sie dort noch einen Tisch auf der windgeschützten Terrasse eines für seine feine Fischküche bekannten Restaurants. Marlenes Appetit hielt sich in Grenzen angesichts des nach wie vor ungelösten Rätsels zwischen ihnen beiden, und sie bestellte nur eine Vorspeise. Das Heringscarpaccio mit Honig-Dillmarinade und Rote Bete-Salat schmeckte köstlich, und auch Sophie, die eine kleine Portion gebackene Stinte mit Kartoffel-Apfel-Salat gewählt hatte, schien sehr zufrieden. Für eine kurze Zeit herrschte harmonische Ruhe, die Freundinnen genossen das Essen, den milden Abend und den Blick auf die Ostsee.

Wieder in Grootmühlen angekommen, drehte Marlene ihre mittlerweile schon routinemäßige Kontrollrunde ums Haus, ohne irgendwelche Unregelmäßigkeiten festzustellen. Sophie war zwar unruhig, schien aber nicht weiter mit Marlene an ihrem Problem knobeln zu wollen und zog sich nach drinnen vor den Fernseher zurück.

»Hallo, Mirko! Sag mal, hättest du vielleicht Lust, heute Abend noch auf ein Glas bei uns vorbeizuschauen?«

Es war Marlene zwar irgendwie peinlich, Mirko zu sich zu bitten, doch sie kannte sonst niemanden, den sie hätte nach Sven fragen können. Zumindest früher waren die beiden Männer wohl mal befreundet gewesen, wie Sandra erzählt hatte. Außerdem bot ihr Mirko bei jeder Gelegenheit seine Unterstützung an, warum sollte sie diese also nicht annehmen?

»Gern, Marlene! Ich muss noch kurz ein paar Mails schreiben, dann bin ich da.«

»Bier, Weißwein, Rotwein? Was darf's sein?«

»Am liebsten ein alkoholfreies Bier, wenn du hast.«

Marlene legte das Handy beiseite und spürte, dass sie sich auf Mirkos Besuch richtig freute. Nicht direkt wegen Mirko, aber einfach wegen der Möglichkeit, einmal all das herauszulassen, den ganzen Ballast der letzten Tage, über den sie mit Sophie nicht sprechen konnte.

Keine halbe Stunde dauerte es, und Mirko saß ihr gegenüber am Tisch hinterm Haus. Unter der Lederjacke trug er heute ein blau-weiß gestreiftes Hemd zu schwarzen Designerjeans, dessen Blauton genau zu seinen Augen passte. Ob Susann ihm immer die Klamotten kaufte? Er sah jedenfalls wieder gut darin aus.

»Und was habt ihr heute so gemacht, ihr Urlauberinnen?«

»Nun übertreib mal nicht so schamlos! Ganz einfach in den Tag hinein leben ist bei uns ja auch nicht angesagt. Heute Nachmittag durften wir das Klinikum in Lübeck besuchen. So prickelnd find ich das auch nicht! Sophie hatte schon wieder einen MRT Termin, weil gestern irgendwas bei der Untersuchung nicht geklappt hatte. Und je zweimal die Woche geht's zur Logopädie, zur Ergotherapie und zur Krankengymnastik nach Bad Schwartau, und ich bin die Chauffeuse.«

»Hauptsache, ihr könnt auch ein bisschen die Umgebung genießen. Wir haben doch wirklich viel unberührte Natur hier. Und an der Küste hat sich auch viel getan. Gibt doch inzwischen eine Menge neuer schöner Plätzchen in deiner alten Heimat, oder nicht?«

»Ah, da spricht der zukünftige Landespolitiker! Welche Projekte versprichst du denn anzuschieben?«

»Hast du grade was gesagt?«

Mirko grinste und trank von seinem Alsterwasser, das

Marlene ihm in Ermangelung eines alkoholfreien Bieres gemischt hatte.

»Von wegen Küste: Wir waren heute am frühen Abend in Scharbeutz. Da war ganz schön was los auf dieser Dünenmeile.«

»Ja, finde ich echt gelungen, die Mischung aus Natur und behutsamer Bebauung. Handel und Gastronomie sind jedenfalls sehr froh über die Entwicklung, und die Gemeinde natürlich auch. Wie gefällt es dir dort?«

»Ich weiß nicht so recht. Klar, es sieht ganz gut aus, der Küstenschutz wurde wohl auch berücksichtigt, aber mir ist das ein bisschen zu rummelig da.«

»Das ist es aber, was viele Urlauber hier suchen.«

Marlene wiegte ihren Kopf.

»Meins ist es nicht. Aber stell dir vor, wen wir vor einer Bierbar getroffen haben: Alex und Sven. Die haben dort zusammen ihr Feierabendbier getrunken.«

»Und haben die zwei euch wenigstens auch gleich dazu eingeladen?«

»Ach nee, da hatte ich ehrlich gesagt nicht so richtig Lust drauf. Du weißt ja, mit Sophie ist das nicht ganz so einfach, und Alex, der beachtet sie eh überhaupt nicht. Außerdem wollten wir was essen gehen und sind nach Haffkrug in dieses Fischrestaurant gefahren. Aber etwas war komisch ...«

Sie erzählte von Sophies Verhalten nach der Begegnung mit Alex und Sven.

»Irgendwas wollte sie mir zu Sven sagen – glaube ich. Das sind alles nur Vermutungen, aber ihre Unruhe fing an, nachdem wir die beiden getroffen hatten. Und Alex, den hatte sie ja schon am Sonntag bei dir gesehen. Aber ich bin nicht dahintergekommen, was sie meint. Und dann noch dieser Glückskeks, den sie mir dauernd zeigt …«, Marlene hielt kurz inne, als sie sich bewusst wurde, wie verworren das alles für ihn klingen musste.

»Doch stell dir vor, sie hat schon wieder ein neues Wort gesagt: Mann!«

Mirko schien ihre Begeisterung darüber nicht ganz teilen zu können, aber beglückwünschte Marlene trotzdem zu dem Fortschritt.

»Du scheinst das jetzt nicht so weltbewegend zu finden, aber monatelang hat Sophie höchstens Mamma mia und da oder ja und so was gesagt, und jetzt Marlene und Mann. An zwei Tagen hintereinander zwei neue Worte! Ich bin gespannt, was ihre Logopädin morgen dazu meint. Ich glaube, das ist der Durchbruch!«

»Na hoffentlich. Ich drück jedenfalls die Daumen.«

»Danke. Aber ich muss dir noch was anderes erzählen.«

Marlene schilderte ihm die anderen Merkwürdigkeiten der letzten beiden Tage, den Rollstuhlsturz am Teich und die Leiter am Haus. Als sie seinen zweifelnden Blick sah, kamen ihr die Ängste, die sie entwickelt hatte, selbst etwas übertrieben vor.

»Na ja, vielleicht bin ich auch nur hysterisch aufgrund meiner ohnehin angespannten Seelenlage. Die Polizei hat mich ja auch tatenlos wieder weggeschickt.«

»Du warst tatsächlich bei der Polizei?«

Mirko war überrascht.

»Ja, gestern nach dem Rollstuhlunfall. Ich hab auch das von Sophies Treppensturz erzählt. Aber die haben das alles nur aufgenommen und meinten ansonsten, es sei ja nichts weiter passiert«, schloss Marlene, schon wieder leicht erbost.

»Na, in gewisser Weise haben sie ja sogar recht. Und Polizeibeamte sind auch nur Menschen. Die versuchen angesichts ihres nicht einfachen Jobs halt, zwischen unbedingt nötig und eigentlich unwichtig zu unterscheiden.«

»Du sprichst schon wie so ein richtiger Politiker! Ein bisschen einfühlen in die Probleme der Leute sollten sich aber auch Polizisten können.«

»Das können die doch auch, sei nicht ungerecht.«

»Na ja«, machte Marlene unzufrieden, »ich kontrollier jetzt jedenfalls selbst jedes Mal, ob alles in Ordnung ist oder ob wieder irgend so ein Bekloppter ums Haus geschlichen ist, während wir weg gewesen sind.«

»Fühlst du dich denn noch wohl hier?«

Marlene machte eine unschlüssige Bewegung.

»Und wie lange wollt ihr noch bleiben?«

»Das hast du mich schon am Samstagabend gefragt. Eigentlich wollten wir mindestens bis Ende des Monats bleiben, bei schönem Wetter auch länger. Aber jetzt...«

Mirko sah sie besorgt an.

»Tja, das musst du dir natürlich gut überlegen, ob ihr noch was davon habt, mit diesem ständigen Gefühl der Unsicherheit hier. Auch wenn ich mir eigentlich nicht vorstellen kann, dass ihr wirklich in Gefahr seid.«

Nachdenklich starrte Marlene in das leise flackernde Windlicht auf dem Tisch.

»Was macht Sven eigentlich so? Ich weiß von Sandra, dass er Filialleiter bei einer Bank hier ist und eine ausgesprochen schöne Freundin hat.«

»Von Sandra? Was die alles weiß.«

»Sie hat uns gestern Abend besucht. Ist ja eine starke Frau geworden, war richtig nett mit ihr!«, stellte Marlene fest.

»Natürlich haben wir über die Leute von früher gesprochen. Sie hat gesagt, dass ihr mal ganz gut befreundet wart, du, Alex und Sven und früher wohl auch Wally.«

»Gut informiert, die Sandra!«, staunte Mirko. »Das stimmt, wir haben uns eine Zeitlang regelmäßig getroffen. Ist aber schon sehr lange her.«

»Ah ja?«, machte Marlene abwartend.

»Ja, in den ersten Jahren nach der Schule, da waren wir viel zusammen. Aber dann ist Sven nach Shanghai gegangen, und als er zurückkam, da hatte ich eine Familie und bald auch die Politik. Man wird älter und verändert sich. Alex ist immer noch der Feiertyp von früher, und Sven hängt seinem Traum von der großen, weiten Welt nach. Vielleicht hat er deshalb die exotische Freundin. Wir leben einfach in verschiedenen Welten inzwischen.«

Einen Augenblick schwiegen sie. Marlene strich sich über die Arme. Es hatte sich merklich abgekühlt, sie fröstelte unter der dünnen Bluse.

»Hast du trotzdem eine Idee, was Sophies Reaktion auf Sven bedeuten kann?«

Ratlos schüttelte Mirko den Kopf. Leise meldete sich sein Handy.

»Sorry.«

Er stand auf und entfernte sich ein paar Meter. Bruchstücke der Unterhaltung drangen zu Marlene herüber. Sie verstand nur, dass er sich entschuldigte und ankündigte, auch bald zu kommen. Na ja, das hätte sie sich denken können, dass Susann nicht begeistert darüber war, dass Mirko seine Zeit ausgerechnet mit ihr verbrachte. Als er wieder an den Tisch zurückkehrte, hatte er eine etwas schuldbewusste Miene, wie Marlene schien.

»Ist schon okay, Mirko. Danke, dass du gekommen bist. Fahr nach Hause zu Susann«, sagte sie und es gelang ihr sogar, dabei nicht spöttisch zu klingen. Als Antwort zuckte Mirko nur verlegen mit den Schultern.

KAPITEL VIII

Schon kurz nach halb zehn hatte sich die Runde bei Anja-Lena aufgelöst. Angermüller war zu seiner Wohnung in der Nähe vom Brink geradelt, um sich frische Wäsche und ein paar Hemden für die nächsten Tage zu holen. Gerade als er aus der Tür wollte, hörte er das Telefon klingeln.

»Guten Abend, Schorsch, hier ist Steffen. Sag mal, du bist selten zu Hause, oder? Ich habe schon gestern Abend vergeblich versucht, dich zu erreichen.«

»Es ist immer einfacher, mich über mein Handy zu kriegen. Ich bin viel unterwegs.«

»Ach, ich wollte dich nicht irgendwo ungelegen stören. Es ist schließlich privat und da will ich ruhig und entspannt mit dir plaudern.«

Ob es sich um Kleidung, Wohnungseinrichtung oder den Kontakt mit Freunden handelte, der kultivierte Steffen pflegte seinen ganz eigenen Stil. Er zog einen Brief oder ein Telefonat einer Email vor, war dabei ausnehmend höflich und zuvorkommend im Umgang, hatte einen feinen Humor und in manchen Dingen war er aus Überzeugung einfach liebenswert altmodisch.

»Tja, ich fürchte, du hast mich trotzdem zwischen Tür und Angel erwischt. Ich wollte mich gerade auf den Weg zu Julia und Judith machen.«

»Nanu, musst du bei den Mädels babysitten?«

»Na ja, so ähnlich. Du weißt ja noch gar nicht, was passiert ist ...«

Natürlich war Steffens Betroffenheit groß, als Georg ihm

ihren Fahrradunfall schilderte und in welchem Zustand sich Astrid derzeit befand.

»Deshalb habe ich dich also nie zu Hause erreicht! Wie böse! Ach, die Arme! Ist es sinnvoll, Astrid zu besuchen?«

»Im Moment eher nicht. Die Schwestern schicken die Kinder und mich jedes Mal nach einer halben Stunde wieder weg. Wir haben bisher auch allen aus der Familie gesagt, sie sollen mit einem Besuch abwarten. Astrid braucht viel Ruhe.«

»Das ist völlig richtig bei einem schweren Schädel-Hirn-Trauma«, stimmte Steffen zu. »Aber dann hast du wahrscheinlich auch keinen Nerv für unser monatliches Kochen morgen Abend, nehme ich an? Das war nämlich der Grund meines Anrufs.«

»Das würde ich so nicht sagen. Ich glaube, die Mädchen sind ganz froh, dass ich öfter abends abwesend bin. Sie finden ohnehin, ihre Mutter behütet und umsorgt sie zu sehr. Sie fühlen sich halt schon total erwachsen. Schließlich werden sie nächste Woche schon 15.«

»Ach, wie traumhaft jung! Aber heißt das, es bleibt bei unserer Verabredung morgen Abend? Wir würden uns freuen. David ist auch im Lande.«

»Ja, ich denke, das klappt. Dann sorge ich für Vor- und Nachspeise und ihr für den Rest.«

»Wunderbar! Und übrigens, wenn du unsere ausnehmend nette Nachbarin dazu bitten magst, ist sie selbstverständlich willkommen.«

Die nette Nachbarin, das war Derya, die im Haus neben seinen Freunden wohnte. Georg hatte ohnehin fragen wollen, ob er sie mitbringen könnte. Durch Steffen und David hatte er Derya im letzten Jahr kennengelernt, und die beiden fühlten sich ein wenig als die Schutzherren der noch recht frischen Liebe.

»Das wäre schön. Ich werde Derya fragen.«
»Gut, dann bis morgen. Ich freu mich.«
»Ja, bis morgen. Freu mich auch.«

Georg schwang sich vorm Haus aufs Rad, da meldete sich sein Handy. Es war Sigrid, eine seiner Schwägerinnen, die sich bitter beschwerte, dass er ihr noch nicht persönlich Bericht über Astrids Befinden erstattet hatte. Er sah keinen Grund, sich dafür zu entschuldigen. Am Nachmittag hatte er einen Anruf gleichen Tenors von Gudrun erhalten. Das war typisch. Keine der beiden konnte ihm erzählen, dass sie aus Mitgefühl anrief oder in großer Sorge um die jüngste Schwester war. Empathie lag Sigrid und Gudrun eher fern. Sie fühlten sich einfach nicht so beachtet, wie sie es ihrer Meinung nach verdient hatten. Georg blieb gerade noch höflich, gab sich aber Sigrid gegenüber sehr kurz und einsilbig.

Zu keiner der beiden Schwestern hatte er je ein enges oder freundschaftliches Verhältnis aufbauen können. Doch das lag nicht nur an ihm, die nicht vorhandene Zuneigung war gegenseitig, abgesehen davon, dass auch Astrids Bindung an die beiden nicht sehr eng war. Wenn sich auch manches an seiner Frau im Lauf der Zeit verändert hatte, war sie in vielerlei Hinsicht sehr verschieden von ihren großen Schwestern, sonst wäre Georg wohl auch niemals mit ihr verheiratet gewesen.

Seit der Trennung von Astrid wurde er bei den Schwägerinnen nicht mehr eingeladen, was er keineswegs als Verlust empfand. Nie hatte er Wert darauf gelegt, Gudrun und Sigrid bei großen Familientreffen über den Weg zu laufen. Auch ihre Ehemänner waren ihm stets fremd geblieben. Zuweilen befiel Georg der Eindruck, sie lebten auf unterschiedlichen Planeten. Man hatte sich einfach nichts zu sagen.

Seine Töchter nahmen kaum Notiz von ihm, als Georg nach Hause kam. Judith telefonierte, und Julia saß noch an einer Arbeit für die Schule.

»Und wie war dein dienstliches Essen?«, fragte Julia, eher höflich als wirklich interessiert.

»Ganz klasse. Es gab original chinesische Küche. Das hätte euch sicher auch geschmeckt. Und wie war's bei euch? Wie war euer Milchreis?«

»Ja, türkischen Milchreis hatten wir zum Nachtisch, der war gut. Aber vorher hatten wir Lahmacun, die haben wir mit Salat gefüllt und so zusammengerollt aus der Hand gegessen. War echt lecker!«

»Habt ihr euch was geholt?«

»Nein, deine Freundin ist doch gekommen und hat uns was vorbeigebracht. Weißt du das denn gar nicht?«

»Derya war hier? Nein, ich hab sie seit gestern nicht gesprochen.«

Mittlerweile hatte Judith ihr Telefonat beendet und stand in der Tür des Zimmers ihrer Schwester.

»Ja, Derya, die ist echt nett! Wir haben zusammen noch ein Stück von unserem Lieblings-Bollywoodfilm angeschaut, und dann musste sie los, weil sie noch was arbeiten wollte.«

Georg zeigte nicht, wie überrascht er von diesen Neuigkeiten war und vor allem, wie erfreut. Nach dem unglücklichen Zusammentreffen in seiner Wohnung am Sonntagabend, als seine Töchter ihre zickige Seite hervorgekehrt hatten, wäre er nicht im Traum darauf gekommen, dass Derya von sich aus Kontakt zu den Mädchen suchen würde. Aber bestimmt war das die absolut richtige Idee gewesen, so wie Derya oft aus dem Bauch heraus ganz weise handelte. Seine Anwesenheit hätte die Annäherung zwischen den dreien wahrscheinlich eher verkompliziert.

»Dann bin ich ja beruhigt. Ihr habt gegessen, euern Lieblingsfilm geschaut, also auch ohne mich einen schönen Abend gehabt.«

»Ja, klar!«, bestätigte Judith. »Und wenn Derya mal Zeit hat, bringt sie uns den Original Bollywood Bauchtanz bei. Die kann das ganz super!«

Derya! Aus dem Bauch heraus, genau, dachte Georg und musste schmunzeln.

»Übrigens, morgen …«, begann er dann und kündigte behutsam an, dass er beabsichtigte, auch am nächsten Abend nicht daheim, sondern bei Steffen zum Essen zu sein.

»Also Papa, ich finde, das ist deine Sache, wie du deine Freizeit verbringst. Ich meine, selbst wenn du jeden Abend hier wärest, würden wir vielleicht zusammen essen, bisschen quatschen, ist ja auch schön. Aber dann macht doch eh jeder was für sich. Und wenn du mal zwei Abende hintereinander nicht da bist, das überstehen wir schon. Stimmt's, Julia?«

»Na klar«, nickte die.

Nach einer kurzen Pause fügte sie leise an: »Mama müssen wir ja nichts davon sagen.«

An dem Ernst, mit dem Julia das äußerte, merkte Angermüller, wie sehr die beiden Mädchen ihre Mutter schätzten und achteten. Sie fanden zwar deren Fürsorge manchmal übertrieben, aber wollten sie eben auch nicht kränken oder beunruhigen.

»Na gut, dann müsst ihr morgen Abend wieder für euch selbst sorgen. Das können wir ja noch beim Frühstück besprechen. Und jetzt ist Zeit zum Schlafengehen, oder?«

Als im Haus Ruhe eingekehrt war, griff Georg zum Telefon.

»Nein, es ist nicht zu spät, um mich anzurufen. Ich sitze schon die ganze Zeit neben dem Telefon und warte darauf, dass du dich meldest«, antwortete Derya mit kleiner Stimme auf seine Entschuldigung für die späte Stunde.

»Es tut mir leid, ich hab's nicht früher geschafft. Du weißt ja, das Essen mit den Kollegen und ...«

Ein lautes Lachen drang an sein Ohr.

»Diesen Quatsch glaubst du wohl nicht! Mann, ich Bekloppte steh hier immer noch in der Küche und bereite ein Buffet für 20 Personen für morgen vor. Hoffen wir mal, dass meine Kunden das auch zu schätzen wissen. Gerade habe ich ungefähr 5000 Wurzeln geschrappt für einen orientalischen Karottensalat, den ich gleich noch fertig machen will. Ich will heute so viel wie möglich vorbereiten, damit ich morgen nicht so in Stress komme. Und ...«

»Wenn ich auch mal was sagen darf ...«

»Na klar, sag doch einfach!«, rief Derya vergnügt.

»Danke!«

»Wofür? Ach so, du meinst das Catering bei deinen Töchtern. Du, da nich für. Es war mir ein Vergnügen. Das sind ja wirklich zwei unglaublich reizende Mädels!«

»Das war ein genialer Einfall von dir, einfach so spontan aufzutauchen. Ich hatte nach Sonntagabend wirklich gedacht, das wird noch eine ganze Weile dauern, bis sie sich dran gewöhnen, dass ihr Vater eine Freundin hat. Und es auch akzeptieren!«

»Ach, weißt du, Männer machen alles so kompliziert. Wenn wir Frauen unter uns sind ...«

»Na, jedenfalls freut mich das.«

»Das ist schön. Ja, wie es ihrer Mutter geht, haben mir Julia und Judith ja schon erzählt, dass es zumindest keine schlechten Nachrichten gibt. Und wie war dein Tag sonst so?«

Georg erzählte, und schließlich lud er Derya für Mittwochabend zu Steffen und David ein.

»Ah schön, da komme ich gerne! Muss doch kosten, was ihr Männer so zusammenkocht! Wird aber später werden, wegen des Buffets. Eigentlich will ich es nur abliefern, aber manchmal wollen die Kunden dann doch noch dies und das. Aber ich freu mich, wenn ich mich anschließend an einen gedeckten Tisch setzen kann.«

Georg lag schon im Bett, da rief Martin an. Er war sehr besorgt um Astrid, und auch er wollte hören, ob es ihr besser ging.

»Ihr Zustand ist unverändert, aber stabil. Und was mir die Ärzte immer wieder sagen: Sie braucht viel Ruhe und wir brauchen viel Geduld, denn die Genesung wird dauern. Aber wenn du möchtest, sage ich im Krankenhaus Bescheid, damit du sie auch einmal besuchen kannst. Man darf zwar höchstens eine halbe Stunde zu ihr, aber dann kannst du sie wenigstens mal sehen.«

Doch Martin lehnte dankend ab, ja, wies den Gedanken weit von sich. Fast ängstlich wirkte er dabei. So nah schien er Astrid nicht kommen zu wollen. Martin – Kollege, Segelpartner und bester Freund von Astrid – nicht mehr und nicht weniger? Darüber hatte Georg sich früher so oft den Kopf zerbrochen. Jetzt versetzte ihn Martins Reaktion in Verwunderung. Er hätte etwas anderes von diesem Menschen erwartet, der für Astrid in den letzten zwei Jahren scheinbar so wichtig geworden war.

Am nächsten Morgen fühlte Georg sich zum ersten Mal seit Astrids Unfall wieder gut ausgeruht. Er hatte seinen Töchtern die Pausenbrote gemacht und das Abendessen besprochen – sie wollten sich süße Eierpfannkuchen backen. Dann hatte er sie in die Schule geschickt und war zum Dienst aufgebrochen. Für den Nachmittag waren sie wieder bei Astrid im Krankenhaus verabredet. Unter einem sanftblauen Himmel genoss er den frischen Septembermorgen, während er mit dem Fahrrad in Richtung Possehlstraße unterwegs war.

»Moin«, begrüßte ihn Jansen, der, mit dem linken Bein wippend, in seinem Büro am Schreibtisch saß. Gespannt starrte er auf seinen Computerbildschirm und machte sich Notizen auf einen Zettel. Mehrere der Papiere bildeten bereits einen bunten Haufen.

»Morgen, Claus. Du bist ja schon schwer in Aktion. Gibt's was Neues?«

»Ja, irgendwie schon.«

»Aha, hast du was rausgefunden?«

»Tsching Tschang Tschong«, war die kryptische Antwort. »Ich mach jetzt erst mal Kaffee.«

Wenig später kam Thomas Niemann ins Büro. Kurz sprachen er und Angermüller über den Abend und das Essen bei Anja-Lena, von dem sie sehr angetan waren. Jansen, der herangeschlendert war und nun auf der Kante von Angermüllers Schreibtisch saß, hob nur die Brauen, als sie seine Meinung hören wollten. Die Überprüfung des chinesischen Geschäftsmannes hatte ergeben, dass dieser vor zwei Wochen über den Flughafen Frankfurt in Deutschland eingereist und nach Hamburg weitergeflogen war. Dort hatte er drei Tage in einem Hotel in Altona verbracht, und dann verlor sich seine Spur.

»Können wir ein Foto von dem Mann kriegen?«

»Da bin ich dran. Ich hab bei der deutschen Botschaft eine Kopie des Visumantrags angefordert. Da müsste ein Foto von ihm drauf sein.«

»Das klingt doch gar nicht so schlecht. Zumindest gibt es diesen Herrn Zheng«, kommentierte Angermüller erleichtert, »ehrlich gesagt, war ich mir da nämlich nicht so sicher. Es hätte genauso gut sein können, dass uns die Frau aus dem

Teeladen irgendeine Fantasiegeschichte aufgetischt hat. Sonst noch was Neues?«

Es gab nichts weiter zu berichten, und Niemann verschwand wieder in sein Büro.

»Sag mal, Claus, gestern Abend, was war da los? Irgendwie warst du nicht gut drauf, oder?«

Fragend schaute Angermüller seinen Kollegen an.

»Ach ja?«

»War es wegen des Essens? War das nicht so dein Ding?«

Wortlos stand Jansen von Angermüllers Schreibtisch auf, ging in den kleinen Raum zwischen ihren Büros und schloss die Tür zum Flur, die meistens offen stand.

»So.«

»War meine Frage so heikel, dass du nur hinter verschlossenen Türen darauf antworten willst?«, erkundigte sich Angermüller etwas verdutzt.

»Nö, dat nich«, entgegnete Jansen achselzuckend und holte ein paar Papiere aus seinem Büro, »also, der Typ, der gestern bei Anja-Lena gekocht hat ...«

»Steven?«

Jansen sah auf seine Notizen.

»Li Cheng heißt der Mann offiziell und er is ja wohl Chinese. Und ich hab mich gefragt, ob den eigentlich schon einer von meinen netten Kollegen überprüft hat?«

»Ich denke eher nicht. Aber stimmt natürlich, Steven ist Chinese, einer von weit mehr als einer Milliarde übrigens. Und du hast natürlich recht, Claus, dass wir ihn genauso wie alle anderen seiner Landsleute überprüfen müssen, die sich hier aufhalten.«

»Genau. Und da sich scheinbar sonst niemand darum gekümmert hat, hab ich dat mal gemacht.«

»Und was hast du herausgefunden?«

»Tscha, also …«

Jansen nahm einen seiner Notizzettel zur Hand.

»Der hat ja gestern erzählt, dat er zum Studieren hierher gekommen ist. Das stimmt aber nur eingeschränkt. Er hat inzwischen die Zulassung zum Psychologiestudium beantragt, das ja. Aber hier nach Deutschland ist er aus einem anderen Grund gekommen.«

Im Türrahmen lehnend machte Angermüller eine ungeduldige Handbewegung.

»Und bist du so nett und lässt mich wissen, aus welchem?«

»Ganz sutsche. Bin ja schon dabei. Li Cheng hat hier einen Onkel, der heißt Jiang Wenzhong oder so«, Jansen stöhnte, »also diese Namen, dat is echt ma… Der ist jedenfalls der Bruder von seiner Mutter und hat hier ein Restaurant. Ein Chinarestaurant natürlich.«

»Aha, und weiter?«

»Dort sollte der Li eigentlich arbeiten. Dafür hat er das Visum bekommen, als Koch.«

»Und warum tut er das nicht?«

»Tscha, dat müssen wir ihn ma fragen. Und wir müssen ihm natürlich das Foto von unserem Toten zeigen.«

»Wo hat denn der Onkel das Restaurant?«

»Dat is in so einem Kaff hinter Schwartau. Moment …«, Jansen kramte einen weiteren Zettel hervor, »Grootmühlen heißt das. Hab ich noch nie gehört.«

»Grootmühlen, Grootmühlen«, grübelte Angermüller, »doch, kommt mir irgendwie bekannt vor. Ist das schon von uns überprüft worden?«

»Ja, hat unser hübscher Nico gemacht. Da war nix, sacht er. Er hat nur den Besitzer angetroffen. Dat is ein alter Mann, der unglaublich schwerhörig ist und ein grottenschlechtes Deutsch spricht. Der hat irgendwie gar nicht reagiert, als

Nico ihm das Bild von unserem Opfer vorgelegt hat. Is ja man büschen schüchtern, unser Nico.«

Nach einem kurzen Klopfen steckte Anja-Lena den Kopf durch die nur halb geöffnete Bürotür.

»Moin, Chef, will ja nicht stören.«

Neugierig musterte sie Jansen und Angermüller. Sie wirkte etwas erstaunt.

»Aber ich fürchte, es ist wichtig.«

»Guten Morgen! Komm doch rein! Ist kein Problem, wir waren doch sowieso grade fertig, oder, Claus?«

Der Angesprochene blieb die Antwort schuldig und zuckte nur mit den Schultern.

»Moin, Claus.«

»Moin.«

Angermüller konnte die frostige Stimmung zwischen seinen Kollegen förmlich spüren. Vielleicht war Anja-Lena sauer, weil Jansen am gestrigen Abend so offensichtlich das Essen nicht geschmeckt hatte und er außerdem ziemlich früh und ohne ein Wort einfach abgehauen war? Bisher hatte Angermüller das harmonische Verhältnis seines Teams untereinander immer als Normalzustand betrachtet. Ernsthafte Konflikte hatte es in dieser Truppe noch nie gegeben und das würde hoffentlich so bleiben. Sich auch noch um die Seelenlage der Mitarbeiter kümmern zu müssen, war der Arbeit an einem Fall sicherlich nicht sehr zuträglich.

»Also, was gibt's, Anja-Lena?«

»Ich habe überraschenden Besuch bekommen. Bei mir im Büro sitzt die kleine Jenny aus Reinfeld, die Tochter der Teeladenbesitzerin. Bis jetzt hat sie nur geheult. Aber sie ist eigentlich gekommen, weil sie uns ihrer Meinung nach was ganz Wichtiges zu sagen hat.«

»So, Jenny, meine zwei Kollegen hier hast du gestern ja zumindest kurz gesehen. Das ist Kommissar Angermüller und der da heißt Jansen. Sag, musst du nicht eigentlich in der Schule sein um diese Uhrzeit?«

Zumindest die Tränen waren zum Stillstand gekommen. Das Kind schniefte und nickte nur.

»Möchtest du vielleicht was trinken?«, fragte Angermüller fürsorglich, »Limo, Cola? Es gibt auch Kakao, aber den würd ich dir nicht empfehlen, der schmeckt hier immer wie Abwaschwasser.«

»Cola bitte«, sagte Jenny leise. Ohne Aufforderung lief Jansen los, das Getränk zu besorgen, was Angermüller wieder etwas beruhigte bezüglich der gerade zutage getretenen Unstimmigkeiten zwischen den beiden Kollegen.

Das Mädchen bedankte sich artig und nahm ein paar kleine Schlucke aus dem Pappbecher.

»Na, geht's wieder?«

Der glänzend schwarze Pagenkopf wippte bestätigend.

»Du heißt also Jenny Guo und bist 13 Jahre alt, wie du mir vorhin erzählt hast«, begann Anja-Lena.

»Eigentlich heiße ich Chen mit Vornamen. Aber schon seit dem Kindergarten sagen hier alle nur Jenny zu mir.«

»Also Jenny, wenn du sogar die Schule ausfallen lässt, um uns hier zu besuchen, dann muss es ja wirklich wichtig sein, was du uns erzählen willst.«

Die hübschen mandelförmigen Augen schauten aufmerksam, und mit zusammengepressten Lippen bejahte Jenny stumm. Keiner der Beamten sagte etwas, alle warteten gespannt. Dann schien sich die Kleine ein Herz zu fassen.

»Also, Mama und Papa haben sich in letzter Zeit oft gestritten. Meistens wegen Geld. Ich glaube, wir haben wenig davon. Mama hat Papa geschimpft, wegen dem Laden und so. Sie findet nicht gut, was er macht. Und Papa hat gesagt, er geht weg. Also, zu Mama hat er das gesagt.«

Auffallend war die große Ernsthaftigkeit, mit der Jenny für ein Kind ihres Alters erzählte.

»Dein Papa hat gesagt, er verlässt euch?«, fragte Angermüller nach.

»Nein. Er wollte nur weg von Mama. Mich würde er nie allein lassen, hat er gesagt«, antwortete Jenny mit großer Überzeugung.

»Und jetzt ist er erst einmal verreist?«

»Ja. Für Geschäfte ist er in China. Da ist er öfter. Aber ich glaube, Mama denkt, er kommt nicht zurück. Doch ich weiß, dass er zurückkommt. Er hat es mir ja versprochen.«

»Bestimmt, wenn er es dir extra versprochen hat«, bestärkte Anja-Lena das Mädchen.

»Mama hat auch gesagt, Papa hätte in China eine neue Frau, und dass er uns verlassen will. Das glaube ich aber nicht! Wir sind doch seine Familie!«

Eine kleine Pause trat ein. Anja-Lena machte ein ganz betretenes Gesicht und sah zu Angermüller.

»Du, Jenny, sag mal, warum bist du zu uns gekommen?«, fragte sie dann vorsichtig.

Es dauerte einen Moment, bis sie eine Antwort erhielt.

»Vorgestern, als Sie Mama das Foto von dem toten Mann gezeigt haben, da war Mama so komisch. Und danach hat sie zu mir gesagt, dass mein Papa sich noch wundern würde. Dabei hat sie so richtig böse ausgesehen.«

Langsam gewann die Verzweiflung die Oberhand bei Jenny und sie presste wieder die Lippen zusammen, wohl um das Weinen zu unterdrücken. Dann nahm das tapfere Mädchen einen letzten Anlauf.

»Ich weiß, sie hat Ihnen bestimmt so schlimme Sachen

über meinen Papa erzählt. Aber die sind ganz sicher nicht wahr! Das macht Mama nur, weil sie traurig ist.«

Ein paar Mal bat das Mädchen darum, ihrer Mutter nichts von ihrem Besuch bei der Polizei zu erzählen, und die Beamten versprachen es ihr. Anja-Lena sorgte dafür, dass Jenny in ihre Schule gefahren wurde. Armes Kind, dachte Angermüller, hin und her gerissen in ihrer Loyalität zwischen Mutter und Vater. So war das eben, wenn Beziehungen auseinandergingen. Der größte Schaden blieb oft bei den Kindern hängen. Doch dass zwei Menschen manchmal auch wieder getrennte Wege gingen, war nun mal nicht zu vermeiden. Wer wüsste das besser als er. Wenigstens schien es ihm und Astrid geglückt zu sein, die Auswirkungen ihrer Trennung für Julia und Judith in einem erträglichen Maß zu halten.

»Abgesehen davon, dass diese Frau Knaake-Guo ja gar keine konkreten Anschuldigungen erhoben hat«, meinte Angermüller zu Jansen und Anja-Lena, »warten wir jetzt erst einmal ab, bis wir von der Botschaft das Foto von dem Geschäftsfreund ihres Mannes erhalten. Das wird uns vielleicht etwas mehr Klarheit bringen.«

»Okay, dann geh ich wieder zurück an meinen Schreibtisch.«

Ein schwer zu deutender Blick streifte Claus Jansen aus Anja-Lenas blauen Augen.

»Und ihr könnt jetzt ja eure Geheimkonferenz von vorhin fortsetzen.«

Mit etwas mehr Kraft als nötig zog sie geräuschvoll die Tür von draußen zu.

»Nanu?«

Der Kollege überhörte Angermüllers informelle Aufforderung, sich über die schräge Stimmung zwischen ihm und Anja-Lena auszutauschen.

»So ganz durch waren wir ja noch nicht mit unserem Thema.«

»Ja, Claus?«

»Na ja, wir müssen mit diesem Li Cheng oder Steven oder wat mal sprechen. Und vorher sollte man natürlich abklären, was er von unserer Kollegin schon über den Fall erfahren hat ...«

»Sophie! Kommst du? Wir müssen los! Heute ist wieder Logopädie, weißt du doch!«

Ungeduldig sah Marlene zur Uhr. Gerade wenn es schnell gehen sollte, neigte Sophie zum Trödeln, und drängeln ließ sie sich schon gar nicht. Marlene schob den Rollstuhl in den Renault Van und schloss die Heckklappe.

»Jaja, Mamma mia, Marlene!«

Endlich kam die Freundin aus dem Haus. Sie hatte sich ein anderes T-Shirt angezogen, welches ihr offensichtlich besser gefiel als das, welches Marlene ihr morgens hingelegt hatte. Eigentlich fand Marlene es ja gut, dass Sophie wieder wichtig war, wie sie aussah, nur musste das immer auf die letzte Minute sein? Sie half ihr beim Einsteigen, was Sophie für vollkommen überflüssig hielt, wie sie protestierend kundtat, und dann endlich startete Marlene den Wagen.

Die lange Auffahrt neigte sich den Hang hinab, sie rollten über das weiße Brückchen, und als Marlene bei der Einmündung zur Straße den Wagen vorschriftsmäßig stoppen wollte, trat ihr Fuß ins Leere.

»Scheiße, was ist das denn?«, rief sie entsetzt, als sie haarscharf vor einem Trecker quer über die Fahrbahn rollten. Der Trecker hupte laut, Sophie schrie vor Schreck kurz auf. Marlene steuerte in die Einfahrt gegenüber und griff geistesgegenwärtig zur Handbremse. Kurz vor einem parkenden LKW brachte sie den Wagen zum Stehen. Ihr Herz klopfte wie wild.

»Das gibt's doch nicht! Der Wagen war doch erst vor ein paar Wochen in der Inspektion!«

In ihrem Kopf überschlugen sich die verrücktesten Gedanken. Sie sah Sophies erschrockenen Blick und riss sich zusammen.

»Also, heute doch keine Logopädie, meine Dame! Jetzt ruf ich erstmal den Pannendienst und dann sag ich deiner Logopädin ab.«

Eine halbe Stunde später stand Marlene mit einem großen, kräftigen Mann in einer gelben Warnweste auf dem Parkplatz. Zur Begrüßung hatte er ihr mit seiner Pranke ganz nebenbei die Hand geschüttelt, und sie nicht einmal angesehen, während sie ihm ihr Problem schilderte. Als er dann ihren betagten Renault entdeckte, der aus den 90ern stammte, warf er ihr einen wissenden Seitenblick zu. Er war der Typ, dem niemand etwas vormachen konnte, wenn es um Autos ging, und der gelernt hatte, auch zu Frauen hinter dem Steuer freundlich und höflich zu sein. Im Grunde aber hielt er sie dort wahrscheinlich für völlig fehl am Platz.

»Dat kriegen wir ahlns in Griff, meine Dame, keine Panik«, brummte er mit seinem sonoren Bass, ohne dass Marlene etwas gesagt noch getan hätte, das zu einer derartigen Äußerung Anlass gegeben hätte. Sie schluckte eine Entgegnung hinunter und beschloss, erst einmal abzuwarten, was jetzt kam. Bevor er den Schaden auch nur in Augenschein genommen hatte, gab er schon eine erste Diagnose.

»Dat is nu zwar büschen ungewöhnlich, so kalt wird das nachts ja noch nich, aber dat wird bestimmt son Marder gewesen sein. Bei so einem Modell, da schmecken denen die Teile noch gut. Und Sie sagen ja, dass Sie den Wagen erst vor Kurzem zur Inspektion hatten. Eine gute Werkstatt hätte dat ja wohl bemerkt, wenn da wat mit den Bremsen nich stimmt. Und Marder, die ham wir hier öfter.«

Gelangweilt hob er die Motorhaube von Marlenes Wagen an, eben wie jemand, der das schon tausendmal getan hat und versenkte den Kopf im Motorraum.

»Der is schon mal leer!«

Mit der gleichgültigen Miene dessen, dem alles auf dieser Welt schon begegnet war, deutete er auf einen Behälter aus weißem Kunststoff, als er wieder aufgetaucht war, und klappte die Motorhaube wieder zu.

»Das heißt also, dass die Bremsflüssigkeit irgendwo rausgelaufen sein muss«, überlegte Marlene. Ohne auf ihre Feststellung zu reagieren, holte der Fachmann ein Rollbrett aus seinem Pannenhelferwagen, ließ sich für seine Körpergröße recht behände darauf nieder und schob sich unter den Renault.

Irgendein Murmeln tönte sogleich von dort unten herauf, aber Marlene verstand kein Wort. Mit einem Schwung kam er nach einer Weile wieder hervor.

»Jou.«

Er stemmte sich von dem Brett hoch und kraulte nachdenklich seinen grau-schwarzen Bart.

»Dat sieht nich gut aus. Die sind ganz glatt gekappt, und dann gleich zwei Bremsschläuche. Dat macht kein Marder so perfekt.«

Zum ersten Mal sah der Pannenhelfer Marlene direkt ins Gesicht.

»Da hat Ihnen wohl jemand einen bösen Streich gespielt, meine Dame.«

Nachdem der Mann vom Pannendienst einen Abschleppwagen gerufen hatte, brachte er die beiden Frauen in seinem Auto zur Werkstatt, wo man Marlene einen Leihwagen zur Verfügung stellte.

»Und was machen wir jetzt mit dem angebrochenen Vormittag, mein Schatz? Ich hab keine Lust, nach Hause zu fahren. Wie wär's mit einem Ausflug nach Eutin? Letztes Mal hat es dort plötzlich angefangen zu regnen, und wir sind gleich wieder ins Auto und zurückgefahren.«

Sophie war zwar nicht gerade begeistert, aber zumindest einverstanden.

Eine gute halbe Stunde später schob Marlene die Freundin im Rollstuhl durch den Schlossgarten. Sachte bewegte der Wind die Zweige der großen alten Bäume, die malerisch in Gruppen zusammenstanden. Auf einer Bank ließen sie sich von der immer noch außergewöhnlich warmen Sonne bescheinen und bewunderten den Blick auf den Großen Eutiner See, der sich friedlich und glatt zu ihren Füßen erstreckte. Ihr wohliges Seufzen zeigte, dass Sophie sich ausgesprochen behaglich fühlte. Marlene streichelte ihr lächelnd den Arm, doch so ruhig, wie sie selbst sich gab, sah es überhaupt nicht in ihr aus. Die ganze Zeit hatte sie überlegt, wie sie mit dem erneuten Attentat – als solches musste man die kaputten Bremsschläuche ja wohl bewerten nach Aussage des Mannes von Pannendienst – umgehen sollte. Sollte sie sich wieder über diese ignoranten Polizisten ärgern, so wie am Montag, nach dem Zwischenfall mit Sophies Rollstuhl? Nein, sie hatte eine bessere Idee.

»Hallo, Mirko, ich bin's! Entschuldige, dass ich dich schon wieder belästige ...«

»Aber Marlene, ich freu mich doch immer, wenn du anrufst! Was gibt's denn?«

»Also, ich hab da ein Problem mit meinem Wagen. Die Bremsen, weißt du …«

Sie stand auf und entfernte sich ein Stück von ihrer Freundin, um offen sprechen zu können.

»Also, da hat wohl jemand an den Bremsschläuchen manipuliert.«

»Was?«, rief Mirko ins Telefon, »ist euch was passiert?«

»Nein, Glück gehabt.«

»Na, Gott sei Dank! Aber bist du dir sicher, dass es nicht einfach ein technischer Defekt war?«

»Der Mann vom Pannendienst hat gesagt, nein. Aber ich dachte, vielleicht könntest du mit der Polizei sprechen, ob die sich das Auto mal angucken können.«

»Bist du denn noch nicht bei der Polizei gewesen?«

»Nee«, gestand Marlene, »diese Beamten haben doch neulich so bescheuert reagiert. Aber ich würde schon gerne wissen, ob das wirklich ein Attentat auf uns war. Und dich kennt man in Schwartau, da dachte ich …«

»Okay, ich kümmer mich drum! In welcher Werkstatt steht er denn?«

Marlene gab ihm die Adresse.

»Danke, das ist total lieb von dir, Mirko! Ich habe denen gesagt, die sollen erstmal nichts daran machen, bis ich grünes Licht gebe. Sagst du mir Bescheid, wenn du was erreicht hast?«

»Auf jeden Fall. Jetzt musst du mich entschuldigen, ich habe gerade eine Besprechung. Ich melde mich spätestens heute Abend, ja?«

»Ja, bis dann, noch mal vielen Dank!«

Marlene steckte das Handy weg und atmete erleichtert auf. Sie hatte gewusst, dass Mirko der Richtige war, den sie um Hilfe bitten musste.

»Mamma mia, Marlene?«

»Ach, Mirko kommt uns heute Abend wahrscheinlich wieder besuchen«, beantwortete sie Sophies Frage und fügte mehr zu sich selbst an, »hoffentlich kriegt er keinen Ärger mit Susann deswegen.«

Sie setzte sich auf die Bank und streckte sich.

»Irgendwie hab ich jetzt Hunger. Wollen wir in dem netten Restaurant im Schlosshof was essen?«

KAPITEL IX

»Also wirklich Chef ...«

Geräuschvoll pustete Anja-Lena die Luft aus den Backen, deren Röte nach Angermüllers Frage sichtbar zugenommen hatte.

»Ich kann sehr gut zwischen privat und dienstlich unterscheiden! Noch nie hab ich was Dienstliches rumerzählt. Und schon gar nicht hab ich irgendwas über einen aktuellen Fall ausgeplaudert!«

Ihre Stimme schwankte vor Aufregung oder Wut oder beidem, und sie versuchte vergeblich, die wie üblich sich lösenden Strähnen in der weißblonden Haarfülle glatt zu streichen.

»So war meine Frage doch gar nicht gemeint, Anja-Lena.«

Der Kriminalhauptkommissar hatte geahnt, dass dies ein heikles Gespräch werden würde und deshalb extra abgewartet, bis er mit Anja-Lena allein im Zimmer war.

»Aber dein Sprachlehrer ist Chinese, und da liegt es doch nahe, dass wir auch ihn überprüfen müssen. Deshalb meine Frage, was du über ihn weißt und ob du vielleicht ihm gegenüber mal etwas von unserem Fall erwähnt hast. Das heißt doch keineswegs, dass ich deine Zuverlässigkeit anzweifle.«

Noch zwei, drei Mal atmete die junge Frau heftig ein und aus. Dann wurde sie langsam wieder ruhiger.

»Über unseren Fall hab ich nicht mit ihm gesprochen. Natürlich nicht. Ich weiß, dass er aus Peking stammt, wo er mit seiner Mutter gelebt hat. Sein Vater ist schon lange tot, und Steven ist das einzige Kind. Nach Deutschland ist er zum Studieren gekommen – vor einem halben Jahr etwa – aber das hat er dir gestern Abend ja alles selbst erzählt.«

»Hat er dir gegenüber mal was über einen Onkel gesagt, der in Deutschland lebt?«

»Über einen Onkel? Nein«, antwortete Anja-Lena, die plötzlich ziemlich irritiert schien.

»Wie kommst du da jetzt drauf?«

»Claus hat da was recherchiert ...«

»Ach so, Claus, ich verstehe.«

Die eben erst eingetretene Entspannung zwischen den beiden verflüchtigte sich wieder. Angermüller bemühte sich umso mehr um einen unbefangenen Ton.

»Steven hat vor ein paar Wochen die Zulassung zum Psychologiestudium beantragt, das stimmt. Doch den Antrag für sein Visum hatte er anders begründet. Danach wollte er hierher kommen, um bei seinem Onkel zu arbeiten, der hier ein Chinarestaurant betreibt.«

Keine Sekunde zweifelte Angermüller, dass die junge Kollegin die Wahrheit sagte, so betroffen reagierte sie auf seine Mitteilung.

»Das wusste ich nicht. Davon hat Steven mir nichts erzählt«, sagte sie leise und schaute auf den Boden.

»Okay, kein Problem. Aber der Sache müssen wir natürlich nachgehen, das verstehst du.«

»Klar, Chef, logisch.«

Der wippende blonde Zopf an Anja-Lenas Hinterkopf signalisierte deutliche Zustimmung.

»Wenn ihr jetzt gleich mit ihm reden wollt, erreicht ihr ihn bestimmt noch bei mir zu Hause.«

Das Rot ihrer Wangen färbte sich um ein paar Töne dunkler.

»Er wollte noch die restlichen Sachen abwaschen und aufräumen.«

»Okay.«

Angermüller erhob sich. Zwar hatte er gehofft, die junge Frau wäre über den Umstand mit seinem Onkel bereits von Steven selbst aufgeklärt worden, andererseits war es noch viel zu früh, die Tatsache, dass er das nicht getan hatte, nun gegen ihn auszulegen.

»Gut, dann hätten wir das ja geklärt, Anja-Lena. Ich halte dich auf dem Laufenden.«

Ungeduldig mit einem Bein wippend saß Jansen nur halb auf seinem Stuhl und klickte sich durch irgendwelche Daten. Geduldiges Warten war noch nie sein Ding gewesen.

»Dann können wir ja endlich los!«

Kaum, dass Angermüller ihr Büro wieder betreten hatte, stand Jansen schon, die verwaschene, alte Jeansjacke über der Schulter und den Schlüssel für den Dienstwagen in der Hand.

»Was ist denn mit dir los? Du bist ja *dodal bremsig*, wie meine Mutter sagen würde!«

»Wat soll dat denn heißen?«

»Positiv ausgedrückt: So engagiert hab ich dich ja schon lange nicht erlebt, Claus.«

Der ging auf Angermüllers lustig gemeinten Spruch überhaupt nicht ein.

»Die Adresse hab ich auch schon rausgesucht. Märkische Straße. Dat is irgendwo drüben in St. Lorenz Süd.«

Der Kriminalhauptkommissar winkte ab.

»Wir fahren nach Stockelsdorf, Anja-Lenas Adresse. Steven beseitigt da noch die Spuren des gestrigen Abends.«

Sollte ihn diese Mitteilung überrascht haben, so ließ Jansen sich nichts davon anmerken.

»Ach nee, so wat macht der, ja?«, fragte er nur und verzog dabei verächtlich den Mund.

Steven wiederum konnte sein Erstaunen nicht verbergen, als plötzlich die beiden Polizisten vor ihm standen. Allerdings sah er für Angermüllers Dafürhalten auch ein wenig schuldbewusst drein.

»Ah, guten Morgen! Anja-Lena nicht zu Hause. Alles in Ordnung?«, fragte er gleichzeitig so freundlich wie besorgt.

»Es ist alles in Ordnung, Steven. Wir haben nur ein paar kurze Fragen an Sie. Dürfen wir reinkommen?«

Ohne die Antwort auf Angermüllers höfliche Frage abzuwarten, drängelte sich Jansen wortlos an dem jungen Chinesen vorbei in die Wohnung.

»Kommen Sie, ja, bitte kommen Sie!«

Sie nahmen an dem großen Tisch vom Vorabend Platz, auf dem zwei Vasen mit Herbstblumen standen, Angermüllers Orchideentopf, Jansens und noch zwei weitere Prosecco Flaschen sowie eine Packung Pralinen. Der Couchtisch, die Sofaecke, die Küche – alles war perfekt aufgeräumt und sauber. Aufrecht saß Steven auf seinem Stuhl und musterte durch seine große Brille sehr aufmerksam die Beamten.

»Also, Herr Li, oder Steven, im Rahmen einer Ermittlung müssen wir Ihnen ein paar Fragen stellen. Aus welchem Grund sind Sie nach Deutschland gekommen?«

»Für Studieren.«

»Und was war das noch mal, was Sie studieren wollten?«

»Medizinische Ingenieurwissenschaften.«

Seine Stimme war fest, doch der schnelle Lidschlag des jungen Mannes verriet seine Nervosität.

»Für dieses Fach sind Sie also speziell hierher nach Lübeck gekommen?«

»Hatte ich schnell Studienplatz bekommen, aber lieber wollte ich Psychologie studieren.«

»Psychologie, ja, das haben Sie uns schon gestern Abend erzählt«, fuhr Jansen gereizt dazwischen.

»Jetzt bekomme ich Platz für Psychologie, ist besser für mich.«

»Das kann ja sein. Aber den Antrag für Ihr Visum haben Sie ganz anders begründet.«

»Visum? Ich verstehe nicht …«

Jetzt wirkte Steven ziemlich verunsichert.

»Stellen Sie sich doch nicht dümmer, als Sie sind!«

Kommissar Jansen war jetzt sehr unfreundlich, und Angermüller fand es an der Zeit, sich wieder einzumischen.

»Sie möchten gerne in Deutschland studieren, das verstehe ich. Aber wie mein Kollege schon sagte, haben Sie im Antrag für Ihr Visum einen ganz anderen Grund angegeben.«

»Ja, das stimmt«, antwortete Steven und senkte den Blick.

»Also bitte sagen Sie es uns, wofür haben Sie Ihr Visum erhalten?«

»Ich sollte bei meinem Onkel in der Küche arbeiten. Onkel hat Restaurant nicht so weit von hier.«

»Ja und?«, blaffte Jansen.

»Nicht so einfache Geschichte«, wand sich Steven, dem die ganze Situation höchst peinlich zu sein schien.

»Erzählen Sie sie uns. Wir haben Zeit«, forderte Jansen ihn auf. Seine auf den Tisch trommelnden Finger sagten allerdings etwas anderes.

»Onkel Wenzhong ist älterer Bruder von meiner Mutter. Viel älter als sie. Ist schon ganz lange in Deutschland, 30, 40 Jahre, weiß nicht genau, mit Restaurant. Er hat meiner Mutter geschrieben. Seine Frau ist gestorben, sein Sohn weg. Onkel ist alt und krank und allein. Er braucht Hilfe bei Restaurant.«

Der junge Chinese seufzte.

»Ich kenne ihn gar nicht. Meine Mutter hat gesagt, wir müssen altem Onkel helfen. Nach Tod meines Vaters ging es uns nicht sehr gut. Meine Mutter hat vergessen, dass Onkel uns da nicht geholfen hat.«

Steven unterbrach sich und schüttelte den Kopf.

»Hat gar nicht geholfen! Aber ich wollte immer studieren, gerne im Ausland. Vielleicht ich kann beides machen, habe ich gedacht. Für Onkel arbeiten und studieren. Aber das ›Bambushaus‹ ...«

Fragend schaute ihn Angermüller an.

»So heißt Restaurant. Ist schon ganz alt. Ich wollte Onkel wirklich helfen, habe gesagt, was muss neu und anders. Onkel versteht nicht mehr, vergisst alles. Ich hatte keine Lust, schlechtes Essen zu kochen in schlechtem Restaurant. Aber Onkel sagt immer Nein. Ist hart wie Stein.«

Wieder seufzte er und hob hilflos die Schultern.

»Ich habe ein paar Wochen probiert. Jeden Tag in dunkle Küche, in dunklem Restaurant. Mittag und Abend. Ich habe geputzt, gekocht, alles gemacht aus den Sachen, die Onkel eingekauft hat. War gar nix los da. Ich hab Vorschlag gemacht, nur abends öffnen, bessere Gerichte, nicht ›All you can eat‹ für 5 Euro mit nur schlechte Sachen. Onkel hat gesagt Nein.«

»Und da sind Sie dort wieder weggegangen?«, wollte der Kriminalhauptkommissar wissen.

»Ja. Onkel wollte auch nicht für meine Arbeit bezahlen. Hat mich rausgeschmissen, als ich für Lohn gefragt habe.«

Die Geschichte klang plausibel für Angermüller und er verstand nicht, warum Steven erst nicht hatte darüber reden wollen. Vielleicht hatte er Angst, sofort ausreisen zu müssen, wenn er nicht den Job im Restaurant machte, wie ursprünglich in seinem Antrag angegeben. Jansen hatte offensichtlich das Gleiche gedacht.

»Und warum erzählen Sie niemandem, dass Sie hergekommen sind, um im Restaurant Ihres Onkels zu arbeiten? Auch Frau Kruse weiß darüber ja scheinbar nicht Bescheid.«

Ratlos sah der Chinese zu den Beamten und hob seine Schultern.

»Was sagt eigentlich Ihre Familie dazu, dass Sie jetzt so lange von zu Hause weg sind?«

Angermüller, der gerade das Foto mit dem gespiegelten Gesicht des Toten vom Bahndamm hervorholen wollte, verstand nicht ganz, worauf Jansen mit seiner Frage hinaus wollte. Aber irgendwie schien Steven immer mehr in sich zusammenzusinken, als ob sich seine ganze Energie in Nichts auflöste. Mit hängendem Kopf saß er am Tisch und blieb stumm.

»Ihre Mutter vermisst Sie doch bestimmt?«

Er nickte.

»Und Ihre Frau und Ihre kleine Tochter sind sicher überhaupt nicht begeistert, so lange auf Sie verzichten zu müssen«, stellte Jansen fest. In seinem Gesicht stand satte Genugtuung, wie Angermüller mit Erstaunen bemerkte.

»Nein, sind nicht sehr glücklich darüber«, sagte Steven leise. »Ich will Geld sparen für nach Beijing fliegen erste Semesterferien.«

Entspannt lehnte sich Jansen zurück. Er schien erfahren zu haben, was er hatte erfahren wollen. Um der Routine Genüge zu tun, legte Angermüller, dem langsam etwas schwante, dem jungen Mann das Foto des Opfers vor. Der beugte sich lange darüber, besah es sich sehr gewissenhaft und wiegte dann seinen Kopf.

»Könnte vielleicht sein, könnte nicht sein.«

»Aber Sie glauben, ihn vielleicht schon mal gesehen zu haben?«, vergewisserte sich Angermüller, der von Stevens Antwort ziemlich verblüfft war.

»Ich weiß nicht sicher. Mann sieht komisch aus.«

Angermüller bedeckte die eine Gesichtshälfte mit einer Hand.

»Und so? Erkennen Sie da die Person vielleicht besser?«

»Bisschen besser«, nickte Steven, »ja, kann sein, ich habe einmal gesehen.«

»Und wo war das? Und wann?«

Der Kriminalhauptkommissar konnte es gar nicht fassen und sah erfreut zu seinem Kollegen, der sich in eine Zuschauerrolle zurückgezogen hatte.

»War in ›Bambushaus‹, ganz am Anfang ich hier gekommen.«

»Also vor einem halben Jahr ungefähr«, sinnierte Angermüller zufrieden. »Und was machte der Mann da?«

»Ich glaube Besuch. Ist direkt in Büro zu Onkel. Aber ich war nicht dabei. Ist bald wieder gegangen. Wahrscheinlich, weil Onkel nicht viel hört und nicht viel spricht.«

»Gratuliere, Claus! Da hattest du ja den richtigen Riecher!«

»Mmh«, war die einsilbige Reaktion.

»Was ist los, du freust dich ja gar nicht?«

»Nu wart doch ma ab. Erst ma sehen, ob dat stimmt, wat der uns erzählt hat. Du hast ja mitgekriegt, dass der nicht immer alles sagt.«

»Aber wirklich, ich bin total beeindruckt! Wie du so zielsicher auf diese Verbindung gekommen bist. Unglaublich!«

Jansen sagte nichts, warf nur einen skeptischen Seitenblick auf Angermüller. Dem bereitete es richtig Vergnügen, dem Kollegen auf den Zahn zu fühlen.

»Also, ich meine, dass der verheiratet ist und ein Kind hat und Anja-Lena nichts davon erzählt, das ist ja wirklich ein Ding.«

Voller Ingrimm schaltete Jansen einen Gang höher und gab Gas.

»Dat kannst du laut sagen.«

Schnurgerade verlief die Pohnsdorfer Landstraße, rechts und links Wiesen in üppigem Grün, dazwischen abgeerntete Felder, erste Vogelschwärme darüber, die aufgeregte Pirouetten drehten, bevor sie sich auf den langen Flug nach Süden machten. Angermüller rätselte immer noch über das wahre Motiv für Jansens eifrige Nachforschungen zu Stevens persönlichen Verhältnissen. Hatte er ihn intuitiv gleich mit dem Toten vom Bahndamm in Verbindung gebracht, war es einfach nur eine Abneigung gegen den jungen Chinesen oder steckte etwas ganz anderes, sehr Persönliches dahinter?

»Das ist sehr kollegial von dir, wie du dich um unsere Anja-Lena sorgst, finde ich.«

Es gab keine Antwort für Angermüller.

»Und, hast du dir schon überlegt, wie du ihr das beibringen wirst?«

»Nee.«

Mehr sagte Jansen dazu nicht, setzte den Blinker und nahm rasant die 90 Grad Kurve nach rechts in Richtung Klein Parin.

»Na ja, egal wie. Wenn du nicht so hartnäckig gewesen wärst, hätten wir jetzt auch keinen neuen Ansatzpunkt in unserem Fall.«

Es gelang Angermüller nicht, seinem Nebenmann auch

nur ein weiteres Wort zu entlocken, bis sie den Parkplatz vor dem ›Bambushaus‹ erreicht hatten, doch er war überzeugt, dass bei seinem Kollegen so etwas wie Eifersucht im Spiel sein musste. Als er seine fast zwei Meter aus dem Dienstwagen gehievt hatte, sah der Kriminalhauptkommissar in der Auffahrt gegenüber eine große blonde Frau eine Person im Rollstuhl in Richtung der kleinen Villa schieben, die dort auf einem Hügel stand. Da fiel es ihm wieder ein, wo er den Namen Grootmühlen schon einmal gehört hatte.

Am unteren Rand des Daches drehte sich eine Reihe roter Lampions mit gelben Troddeln im Wind. Vier Fenster gingen zur Straße, über jedem ein Schild mit chinesischen Schriftzeichen und dann übersetzt ›Restaurant Bambushaus‹, darunter ein schon ziemlich verblasstes Plakat ›Chinesisches Buffet – All you can eat – 5 Euro‹. Zwei riesige goldfarbene Löwenfiguren wachten zu beiden Seiten des Eingangs in den historischen Flachbau. Außerdem wurde die Tür zum Restaurant von einem Baldachin aus gekreuzten Bambushölzern beschirmt.

Innen dominierten die Farben Rot und Schwarz, überall lange, kräftige Bambusstäbe als Raumteiler, Stühle aus Bambusrohr, Bambuspflanzen als Dekoration, die wahrscheinlich künstlich waren, wie Angermüller angesichts der schwachen, indirekten Beleuchtung unter der niedrigen Decke mutmaßte. Schwach glänzte der Lack des Mobiliars, und zwischen den Wasserpflanzen eines trüben Aquariums schwamm kein einziger Fisch. Dieser Ort hatte seine besten Zeiten lange hinter sich.

An einem Tisch ganz hinten an der Wand verloren sich zwei Gäste, sonst herrschte gähnende Leere. Als Angermüller sich nach einer Bedienung umsah, löste sich eine

Gestalt aus dem Dunkel, und eine auffallend kleine Chinesin kam auf ihn und Jansen zu. Die dauergewellten Haare waren schwarzgrau meliert, und sicherlich befand sie sich längst im Rentenalter.

»Guten Tag, bitte schön. Guten Tag, bitte schön«, wiederholte sie gleichförmig und wedelte mit zwei riesigen, schwarz-roten Mappen, die wohl die Speisekarten enthielten.

»Danke, wir brauchen keine Speisekarte«, lehnte Angermüller freundlich ab.

»Buffet da drüben bitte, fünf Euro. Was trinken?«

Hatte sie vorher ziemlich gleichgültig geklungen, so war ihr Ton jetzt fast unfreundlich zu nennen. Sie wies in eine Ecke, wo auf einer Anrichte ein paar wenige Schüsseln und Platten mit irgendwelchen Speisen lieblos um einen Reiskocher gruppiert waren. Es sah eher nach Resteverwertung als nach üppigem Büffet aus.

»Was trinken?«, insistierte sie ungeduldig.

»Vielen Dank. Wir würden gern den Chef, Herrn Jiang, sprechen.«

Angermüller und Jansen zeigten ihre Dienstausweise, worauf die Alte sich wortlos umdrehte und wieder im Dunkel des Flurs verschwand, der aus dem Gastraum ins Nirgendwo zu führen schien.

»Mit mir kommen«, befahl sie, als sie wieder aufgetaucht war. Die beiden Kommissare folgten ihr durch den Gang, in dem sich synthetischer Toilettensteinduft mit Küchengerüchen mischte, und fanden sich in einem ebenfalls nicht sehr hellen, mit Akten und Papieren vollgestopften Büro wieder, wo hinter einem riesigen Schreibtisch ein alter Mann fast verschwand. In seiner Hand hielt er eine Zigarettenspitze mit brennender Zigarette, die Luft in dem kleinen

Raum war erfüllt von Tabakqualm. Ganz langsam hob er seinen Kopf, als die fremden Besucher vor ihm standen. Die Bedienung trat nah an ihn heran und sagte ihm laut etwas auf Chinesisch ins Ohr, worauf er mit letzter Kraft ein Nicken zustande zu bringen schien.

»Entschuldigung, spricht der Chef Deutsch?«, fragte Angermüller etwas unsicher die Kellnerin.

»Ja, spricht. Aber muss laut sprechen.«

»Alles klar, danke. Lassen Sie uns dann bitte allein?«

Die Frau drehte sich abrupt um und wieselte mit einem verächtlichen Schnauben durch den langen, dunklen Flur davon. Angermüller erklärte Jiang, wer sie waren, und war sich nicht sicher, ob der das überhaupt begriff. Das Unternehmen, von dem alten Restaurantbesitzer verwertbare Antworten auf ihre Fragen zu bekommen, stellte sich als fast undurchführbar heraus. Die meiste Zeit ging sein Blick irgendwo ins Leere, Hals und Kopf schienen im Hemdkragen verschwinden zu wollen. Ab und zu saugte er an seiner Zigarettenspitze und blies den Rauch durch Mund und Nase wieder aus. Mit der runzligen Haut und den tief hängenden Lidern erinnerte der Mann den Kriminalhauptkommissar an eine Schildkröte. Den geforderten Ausweis erhielten die Beamten auch nach dreimaligem Nachfragen nicht, nur eine abgegriffene Visitenkarte des ›Bambushauses‹ wurde Jansen in die Hand gedrückt.

»Is ja auch schietegal«, murmelte der, seufzte und gab das Teil an seinen Kollegen weiter.

»Also, Sie sind Herr Jiang Wenzhong«, bemühte sich Angermüller nach einem Blick auf den Namen um verständliche Aussprache und hob seine Stimme, sodass er sicherlich auch vorne im Gastraum zu vernehmen war. »Wir haben hier ein Foto. Erkennen Sie den Mann?«

Der alte Chinese starrte auf die gedoppelte Abbildung vom Gesicht des Toten, scheinbar ohne zu verstehen, was die beiden Männer überhaupt von ihm wollten.

»Verstehen Sie mich? Ich möchte von Ihnen wissen, ob Sie diese Person kennen.«

Der Kopf, der kurz zum Betrachten des Bildes ein Stück weit hervorgekommen war, zog sich wieder zurück. Auf eine Reaktion warteten die Kommissare jedoch vergeblich. Stattdessen ließ er den Zigarettenstummel in einen übervollen Aschenbecher vor sich fallen und drückte ihn mit seinen dürren Fingern aus.

»Versuchen wir es doch einmal so«, nahm Angermüller einen neuen Anlauf, »vor ein paar Monaten kam Ihr Neffe hierher, Li Cheng, der sollte bei Ihnen in der Küche arbeiten …«

Plötzlich kam Leben in den greisenhaften Herrn, der faltige Hals reckte sich und der Kopf schob sich wieder aus dem Kragen.

»Li Cheng, Neffe, pah!«, knurrte er böse. »Nix taugt. Fauler Junge. Meine Schwester hat schlecht erzogen.«

Er machte eine verächtliche Handbewegung.

»Ist weg. Kommt nicht wieder.«

»Ihr Neffe hat uns jedenfalls gesagt, dass dieser Mann hier auf dem Foto damals bei Ihnen im Büro gewesen ist, Sie besucht hat. Erinnern Sie sich daran, Herr Jiang? Stimmt das?«

Doch da war der Mann schon wieder in seinen lethargischen Zustand zurückgefallen, nahm überhaupt keine Notiz mehr von der vor ihm liegenden Abbildung und sah Angermüller nur unverwandt an. Der wiederum hob die Schultern und suchte ratlos Jansens Blick. Ein leises Grummeln ertönte im selben Moment.

»Ich glaub, das war mein Magen«, entschuldigte sich der Kriminalhauptkommissar leise, »so langsam müsst ich mal was essen.«

»Ich auch. Aber lass uns bloß hier abhaun. Auch wenn ich vor Hunger dod umfallen würde, in dem Schuppen ess ich nichts.«

Claus Jansen schüttelte sich. Plötzlich rappelte sich der Alte aus seinem hölzernen Lehnstuhl hoch, den kunstvolle Drachenschnitzereien zierten, und streckte Angermüller und Jansen die Hand entgegen. Er war ein recht großer Mann, was im Sitzen so gar nicht zu erkennen gewesen war.

»Auf Wiedersehen, meine Herren! Hoffentlich zufrieden gewesen mit Speisen in ›Bambushaus‹«, sagte er laut und vernehmlich, lächelte maskenhaft, machte eine höfliche Verbeugung und wies ihnen den Weg hinaus.

»Also mit Nicos Schüchternheit hat das aber nichts zu tun gehabt, dass der hier nichts erreicht hat. Ich denke, der alte Herr ist nicht nur schwerhörig, sondern auch schon ganz schön dement. Ziemlich traurig, wie der hier so allein vegetiert«, stellte Angermüller fest, als sie den finsteren Flur in Richtung Gastraum gingen.

»Das war also nichts, aber einen Versuch haben wir noch mit der charmanten Bedienung, und in der Küche muss es ja auch jemanden geben.«

Die einzigen Gäste waren inzwischen schon wieder verschwunden. Die Kellnerin hieß Wen Lüdcke. Sie hatte in ihrer Jugend in Shanghai einen deutschen Seemann kennengelernt, der sie geheiratet und nach Deutschland gebracht hatte. Er war weiter zur See gefahren, und nach drei Jahren hatte sie nie wieder von ihm gehört. Aber sie war in Deutschland geblieben.

Aus der Tasche ihrer strahlend weißen Schürze fummelte

Wen Lüdcke ihre Brille, putzte sie mit einem Schürzenzipfel, was nicht viel bewirkte und schaute neugierig durch die trüben Gläser auf das gespiegelte Gesicht. Mit dem Finger fuhr sie die Konturen von Nase und Wange entlang. Sie ließ sich viel Zeit. Dann schaute sie auf.

»Gibt Belohnung?«

Die obere Zahnreihe, die bei ihrem erwartungsvollen Grinsen sichtbar wurde, war zwar vollständig, aber die vielen Zähne schienen nicht genügend Platz im Kiefer zu haben und standen kreuz und quer.

Als Jansen sie abschlägig beschied, verschlossen sich ihre Lippen wieder und sie schaute so mürrisch wie zuvor.

»Kennen Sie denn den Mann?«

Unwillig zuckten die schmalen Schultern.

»Weiß nicht.«

»Das hilft nicht so richtig weiter, Frau Lüdcke. Ja oder nein?«, hakte Angermüller geduldig nach.

»Vielleicht ja.«

Das linke Bein des Kollegen Jansen begann wieder einmal bedrohlich zu wippen, und er stieß vernehmlich die Luft aus.

»Wollen wir jetzt ma büschen Klartext reden, oder wat?«, bollerte er los. »Wir ham nämlich nich ewig Zeit. Erkennen Sie die Person auf dem Foto, ja oder nein?«

Offensichtlich machte seine Attacke keinen Eindruck auf die Frau. Sie kniff die Lippen zusammen und schickte Jansen nur einen schiefen Blick. Mit einem Stoß gegen das Bein des Kollegen forderte ihn Angermüller zum Schweigen auf und machte einen letzten freundlichen Versuch.

»Frau Lüdcke, Sie würden uns wirklich sehr helfen. Machen Sie ganz in Ruhe, sehen Sie sich die Abbildung noch einmal ganz genau an. Was meinen Sie?«

Es dauerte eine gefühlte Ewigkeit, bis die Kellnerin wieder den Mund aufmachte.

»Ist Koch gewesen in ›Bambushaus‹. Sehr lange her.«

»Wann, Frau Lüdcke, wann ist das gewesen?«, fragte der Kriminalhauptkommissar erwartungsvoll, der sein Glück kaum fassen konnte.

»Ist länger als 20 Jahre. War auch nur Hilfskoch. Aber schlechte Koch. Mit Küchenbeil sein Finger – zack.«

Sie machte eine eindeutige Handbewegung.

»War vielleicht eine Jahr hier, nicht länger, dann weggegangen.«

»Wissen Sie noch seinen Namen?«

»Herr Wu, Wu Hongjun ist der Name.«

»Können Sie mir sagen, wie man das schreibt?«

Angermüller bemühte sich, nach ihren Angaben mitzuschreiben, und ließ sie das Ergebnis korrigieren.

»War Herr Wu danach denn mal wieder hier?«

»Ist ein paar Mal wieder gekommen, für Arbeit fragen. Aber Chef wollte ihn nicht mehr.«

Eine Art Lächeln erhellte plötzlich ihre verdrießliche Miene und legte ihre schiefen Zähne frei.

»War lustiger Mann, dieser Herr Wu. Aber sehr faul. Kam alle paar Jahre mal für Besuch vorbei.«

»Und wann haben Sie ihn das letzte Mal gesehen?«

Frau Lüdcke schüttelte den ergrauten Kopf.

»Letzte Jahr, diese Jahr? Weiß nicht mehr.«

»Wie lange arbeiten Sie eigentlich schon hier?«

»25 Jahre.«

Die alte Frau schien diejenige, die den Laden noch irgendwie am Laufen hielt. Sie kümmerte sich auch persönlich um ihren Chef, da er sonst niemanden hatte.

»Frau tot, Sohn weg, kommt zweimal im Jahr vielleicht,

und Neffe rausgeschmissen. Keine Familie mehr«, sie stieß abfällig die Luft aus. Dann bleckte sie ihr missgebildetes Gebiss und zeigte ein stolzes Lächeln. »Wen macht alles.«

In der Küche gab es nur einen Chinesen aus Malaysia, der seine Heimat aus Furcht vor Repressalien gegen Homosexuelle verlassen hatte, der kein Deutsch und nur wenig Englisch sprach. Er war erst nach Stevens Rausschmiss ins ›Bambushaus‹ gekommen und konnte mit Wu Hongjuns gespiegeltem Konterfei überhaupt nichts anfangen.

Beim Einsteigen in den Dienstwagen fiel Angermüllers Blick wieder auf das Haus gegenüber auf dem Hügel. Er erinnerte sich des Ärgers der Blonden über die Schwartauer Kollegen. Sie hatte etwas über irgendwelche Bedrohungen erzählt, um welche sich die Beamten ihrer Meinung nach nicht angemessen gekümmert hatten. Die Villa stand wirklich sehr einsam in der Gegend. Vielleicht sollte er der Sache mal nachgehen, wenn der aktuelle Fall gelöst wäre. Und so lange konnte das nicht mehr dauern, sie waren ja auf einem guten Weg, ein Anfang war gemacht. Unwillkürlich rieb er sich die Hände, als er neben Jansen im Wagen saß.

»Wat is mit dir denn los?«

Gut gelaunt stieß Angermüller seinen Kollegen in die Seite.

»Nun tu mal nicht so abgebrüht, Claus! Es hat angefangen, wir sind im Spiel!«

Zwei Stunden lang hatten sie im Garten gesessen und ›Memory‹ gespielt. Auf Rat der Therapeuten hatte Marlene einige Gesellschaftsspiele angeschafft, welche die Denkfähigkeit trainieren und einen positiven Einfluss auf Sophies Sprachentwicklung haben sollten. Das stimmte sicherlich auch. Leider waren sie beide nie die Spiel-Typen gewesen und betrieben das Ganze eher pflichtbewusst denn wirklich aus Leidenschaft.

»Ich glaube, das reicht jetzt«, meinte Marlene, »oder möchtest du noch eine Runde spielen?«

»Phh«, machte Sophie nur und wandte genervt den Blick ab.

»Okay, dann mach ich jetzt mal einen Kaffee, was meinst du? Wir haben auch noch welche von den leckeren Keksen, die Tante Birgit gebacken hat.«

»Gute Idee.«

Verblüfft sah Marlene ihre Partnerin an.

»Sophie! Weißt du, was du gerade gesagt hast? Du hast ›Gute Idee‹ gesagt, schon wieder ein neues Wort! Boah, find ich das toll, mein Schatz!«

Sie umarmte Sophie, die auch aufgestanden war.

Was soll die Aufregung? Ist doch kein Ding, schien deren Mimik zu sagen, während sie sich losmachte und lässig in Richtung Geräteschuppen humpelte. Es war so, wie die Logopädin gesagt hatte: Wenn erst einmal der Durchbruch geschafft war, überhaupt wieder Wörter zu verwenden, dann würde das Sprachverständnis anfangen, stetig wieder zu wachsen. Glücklich schaute Marlene ihrer Freundin nach. Sophies Geduld und ihre Willensstärke waren wirklich bewundernswert. Ach ja, sie hatte eine tolle Frau! Auch bewegen konnte sich Sophie von Tag zu Tag besser, bald würde sie den Rollstuhl überhaupt nicht mehr brauchen. Es tat so gut, nach Wochen des Stillstands diese deutlichen Fortschritte erleben zu dürfen und Hoffnung zu schöpfen, dass irgendwann wieder ein ziemlich uneingeschränktes Leben für sie beide möglich sein würde.

Auf einem Tablett stellte Marlene in der Küche Kaffeetassen und Kekse bereit. Da es in Tante Birgits Haushalt keine Espressomaschine gab, nur eine normale Maschine für Filterkaffee, hatte sie es sich angewöhnt, den Kaffee mit einem alten Handfilter zu brauen, und zunehmend Gefallen am Ergebnis gefunden. Vor allem mit frischer Sahne schmeckte diese Zubereitung richtig gut.

»Marlene! Mamma mia! Marlene!«

Sie spürte den Schreck eiskalt in ihre Glieder fahren, ließ sofort alles stehen und liegen und eilte nach draußen. Jedes Mal dieses jähe Entsetzen, wenn sie Sophie so rufen hörte. Doch ihre Freundin war nicht gestürzt, sie lag nicht hilflos am Boden. Sie stand in der geöffneten Tür des Schuppens und deutete mit verstörtem Blick auf einen großen Kanister, der gleich rechts hinter der Holztür stand. Den hatte Marlene vorhin nicht wahrgenommen, als sie bei der Rückkehr aus Eutin ihren Kontrollgang gemacht hatte. Sie hatte hinter der Tür allerdings gar nicht nachgeschaut, fiel ihr ein. Aber auch an den Tagen zuvor war ihr der schwarze Kanister dort im Schuppen nie aufgefallen. Als sie seinen Deckel abschraubte, entströmte dem Gefäß intensiver Benzingeruch.

»Ach, den hat wohl Tante Birgits Gartenpfleger hier eingestellt. Du weißt schon, der ältere Mann, der neulich mal den Rasen gemäht und die Bäume beschnitten hat«, erklärte Marlene. »Ja, der Kanister ist bestimmt für den Rasenmäher«, setzte sie voller Überzeugung hinzu.

»Jetzt komm, Sophie, der Kaffee ist fertig.«

Sie fasste entschlossen die Klinke und zog die Tür des Schuppens zu. Da Sophie bereits schwankend in Richtung Kaffeetisch unterwegs war, entging ihr Marlenes entgeistertes Kopfschütteln. Der war gerade aufgefallen, dass Tante Birgits Rasenmäher ein ziemlich neues Modell mit Elektroantrieb war.

KAPITEL X

Nachdem Georg heute zum dritten Mal Astrid zusammen mit den Mädchen besucht hatte, stellte sich langsam so etwas wie Routine ein, zählte der Termin am Nachmittag schon zu seinen alltäglichen Verrichtungen. Die zweckorientierten Gebäude, die langen, gleichförmigen Gänge und der technisch hochgerüstete Raum auf der Intensivstation verloren langsam ihre übermächtige, einschüchternde Wirkung.

Astrids sichtbare Verfassung unterschied sich zwar nicht von der bei den Besuchen zuvor, doch die Aussagen der Ärzte schienen von Tag zu Tag an vorsichtigem Optimismus zu gewinnen. Auch wenn noch nicht klar war, wann Astrid aus dem künstlichen Tiefschlaf geholt und wie ihr Zustand nach dem Aufwachen sein würde, ob und welche Schäden vielleicht zu befürchten waren, sah Georg schon zunehmend beruhigt in die Zukunft.

Auch Julia und Judith wirkten nicht mehr ganz so verunsichert, ob aus Gewöhnung oder Überzeugung, konnte er nicht beurteilen, doch war er froh, wenn die für die beiden bestimmt nicht einfache Situation etwas von ihrer Bedrohlichkeit verlor. Sie hatten sich für den heutigen Abend zwei Schulfreundinnen zum Übernachten nach Hause eingeladen, mit denen sie gemeinsam die Pfannkuchen backen wollten. Georg fand es entlastend, dass auch in ihren Alltag wieder so etwas wie Normalität einkehrte, dass sie am Abend für Gesellschaft sorgten und nicht allein waren.

Angermüller stand am Fenster des Besprechungsraums, wo sich seine Leute zum Austausch über die neuesten

Ergebnisse und Entwicklungen in ihrem Fall versammelten und die Gestaltung des nächsten Tages besprechen wollten, bevor sie in den Feierabend gingen. Von Westen näherten sich Wolkenberge dem immer noch mattblauen Himmel. Die lange Folge ruhiger, lichter Septembertage neigte sich wohl ihrem Ende entgegen. Wind war aufgekommen und malte unruhige Linien auf das Wasser der Kanal-Trave.

»Dann fang ich doch mal an«, verkündete Thomas Niemann, als sie alle vollzählig um den Tisch versammelt waren, und nahm ein paar Computerausdrucke zur Hand.

»Also, zu meiner Anfrage nach dem Foto von dem chinesischen Geschäftspartner des Teeladenbesitzers aus Reinfeld haben wir leider noch kein Ergebnis.«

»Warum dauert das denn so lange?«, fragte Anja-Lena ebenso verwundert wie unzufrieden. Angermüller beobachtete sie mit mehr Aufmerksamkeit als sonst, ob sie sich irgendwie anders benahm, ob ihr die Erkenntnisse über Stevens Familienstand bereits zu Ohren gekommen waren. Aber außer, dass sie jeglichen Blickkontakt mit Claus Jansen zu vermeiden suchte, fiel dem Kriminalhauptkommissar nichts weiter auf.

»Keine Ahnung. Vielleicht macht die Botschaft in Peking gerade Betriebsausflug.«

»Die feiern im September auch das Mittherbstfest in China und haben da ein paar Feiertage. Aber das ist, glaube ich, erst nächste Woche«, erklärte Anja-Lena. Aufmerksam registrierte Angermüller den schrägen Seitenblick, den sie dafür von Jansen erntete.

»Aber«, Niemann machte eine geheimnisvolle Miene, »die Anfrage wegen des Geschäftsmannes hat sich in gewisser Hinsicht ohnehin erledigt. Denn wir wissen inzwischen, um wen es sich bei unserem Opfer handelt.«

»Ach?«

Anja-Lena war genauso überrascht wie die anderen, die noch nichts von der Recherche ihrer Kollegen im ›Bambushaus‹ wussten.

»Wem haben wir die Erkenntnis denn zu verdanken?« Kollege Teschner schaute sich neugierig um.

Angermüller wollte Jansen den Vortritt lassen, sich den Beifall für seine Ermittlungsinitiative – auch wenn diese auf einem ganz anderen Erkenntnisinteresse fußte – abzuholen, doch der verschränkte die Arme vor der Brust und sah konzentriert auf die Kappen seiner Sportschuhe. Es war klar, er wollte nicht der Überbringer der schlechten Nachrichten über Steven sein. Aber auch Angermüller verspürte keine Lust darauf, jetzt den jungen Chinesen als Tippgeber zu nennen und Anja-Lenas Fragen beantworten zu müssen. Deshalb formulierte er ganz neutral: »Also, wir haben einen Hinweis bekommen auf ein Chinarestaurant mitten auf dem Lande kurz hinter Bad Schwartau. In Grootmühlen ist das, und der Laden heißt ›Bambushaus‹.«

»Aber da sind wir doch Montag schon gewesen«, kam es erstaunt von Nico Timm, der sofort errötete. »Wir haben da nur einen sehr alten, sehr schwerhörigen Chinesen getroffen, der auch ziemlich schlecht Deutsch sprach. Also ich glaube jedenfalls, der sprach kaum Deutsch, denn er hat auf so gut wie keine unserer Fragen geantwortet.«

Die Stimme des jungen Kommissaranwärters schwankte aufgeregt. Wahrscheinlich fürchtete er, die anderen würden ihm nun unkorrekte Ermittlungsarbeit vorwerfen.

»Ihr könnt nichts dafür«, beruhigte ihn der Kriminalhauptkommissar, »wir haben aus dem alten Herrn auch nichts rausgekriegt. Aber es gab da heute eine Kellnerin, die hat das Opfer auf dem gespiegelten Foto tatsächlich erkannt.«

»Montag war da nur der alte Mann.«

»Ich weiß, Nico. Montag hat das Restaurant ja auch Ruhetag.«

»Gut. Damit wir alle auf dem gleichen Informationsstand sind, geb ich euch mal einen kurzen Überblick ...«, fing Thomas Niemann wieder an.

Die Tür wurde leise geöffnet, und der Kriminaldirektor mühte sich, so unauffällig wie möglich in der Runde Platz zu nehmen. Er gestikulierte umständlich, dass er um Gottes willen nicht unterbrechen wollte, und hob auffordernd die Hand in Niemanns Richtung, mit seinem Vortrag fortzufahren.

»Also, Name Wu Hongjun, Alter 46 Jahre, stammt aus Qingdao, einer großen Hafenstadt 600, 700 Kilometer südlich von Peking ...«

»Tsingtao hieß das früher. War mal deutsche Kolonie, deshalb gibt es dort auch das einzig ordentliche chinesische Bier«, flocht der Behördenchef lächelnd ein, »nur so nebenbei. War da mal auf Dienstreise.«

Wozu machte Harald Appels eine Dienstreise nach China, fragte sich Angermüller, was kostete das und wer zahlte es? Sie hatten nicht mal genügend im Etat, um jeden Dienstwagen mit einem Navi auszustatten, und ordentliche Einsatzblousons wurden ihnen als Zivilkräften auch nicht zugestanden. Paradox, wie so manches im Behördenalltag. Ohne auf chinesisches Bier einzugehen, verfolgte Thomas Niemann weiter seinen Text.

»Dieser Wu lebt schon seit mehr als 25 Jahren in Europa, überwiegend in Deutschland, aber auch schon in Dänemark, Holland und Österreich. Beruf Koch, und zwar einer, der scheinbar in jedem Chinarestaurant in Schleswig-Holstein und Hamburg schon mal tätig gewesen ist, meist als Hilfskoch oder Aushilfe. Lange war er allerdings nirgendwo, und seit ein paar Jahren ist er kaum noch seinem erlernten Beruf nachgegangen, weswegen sich wohl auch kaum jemand an sein Gesicht erinnert hat.«

»Die Identität ist bestätigt?«, wollte Kriminaldirektor Harald Appels wissen.

»Wir haben am frühen Nachmittag zum zweiten Mal unsere Anfrage nach dem Zahnstatus rumgeschickt, die Zahnärztliche Vereinigung hat ihn nochmals mit besonderer Dringlichkeit eingestellt, und eine halbe Stunde später hatten wir eine Bestätigung von einem Zahnarzt aus Hamburg.«

»Gute Arbeit, Niemann!«

»Glück gehabt«, antwortete der unbeeindruckt. »Der Zahnarzt war bis gestern verreist, deshalb hatte er sich auf unseren ersten Versuch hin nicht gemeldet. Sonst hätten wir das schon vorgestern wissen können. Aber was richtig interessant ist, das ist die Karriere, die der Herr Wu neben beziehungsweise nach seiner Tätigkeit am Herd gemacht hat. Er war äußerst umtriebig. Wettbetrug, Scheckbetrug, Hehlerei, illegales Glücksspiel, Betrug mit gefälschten asiatischen Antiquitäten und so weiter und so weiter. Das alles hat der auf dem Kerbholz. Der war kein richtig schlimmer Finger, nicht gewalttätig oder gemeingefährlich, aber äußerst fantasievoll, um ohne große Mühe und Risiko immer wieder an genug Geld zum Überleben zu kommen. Hinweise, dass er etwas mit irgendwelchen Banden oder organisierter Kriminalität zu tun hatte, gibt es allerdings nirgendwo in den Akten.«

Niemann machte eine kurze Pause. Alle schauten, neugierig auf seine Reaktion, zum Leitenden Kriminaldirektor, doch der sah nicht hoch, sondern war mal wieder intensiv mit seinem iPad beschäftigt.

»Wu Hongjun arbeitete selbstständig. Er war ein typischer Kleinkrimineller, ein notorischer Betrüger«, fügte Niemann noch hinzu.

»Und wo war er hauptsächlich tätig?«, fragte Angermüller.

»Es gibt keinen lokalen Schwerpunkt, immer da, wo er sich gerade aufhielt.«

»Da er sich jetzt in unserer Gegend herumgetrieben hat, ist anzunehmen, dass er hier auch versucht hat, auf die Weise zu Geld zu kommen«, stellte Nico Timm fest und errötete schon wieder, so wie eigentlich jedes Mal, wenn er sich zu Wort meldete.

»Und da ist er vielleicht an den Falschen geraten«, führte Angermüller den Gedanken weiter.

»Okay, jetzt wo wir wenigstens wissen, wer der Tote ist: Morgen also wieder Klinken putzen und Befragungen. Mit dem Namen und einem Foto unseres noch lebenden Opfers aus der Kartei der Hamburger Kollegen können potenzielle Zeugen sicherlich mehr anfangen als mit der etwas merkwürdigen Gesichtsdoppelung.«

»Na wunderbar, das sind doch gute Nachrichten!«
Harald Appels erhob sich.

»Ich verabschiede mich, meine Dame, meine Herren, ich muss gleich noch zu einem wichtigen Termin. Einen schönen Abend für Sie alle und weiter so!«

Niemanns Papiere wehten vom Tisch, so voller Elan schloss Appels die Tür hinter sich.

»Ich möchte einmal erleben, dat der keinen wichtigen Termin hat«, grummelte Jansen dem Behördenchef hinterher.

»Und Anja, auch wenn das jetzt wahrscheinlich nicht mehr von Bedeutung für unseren Fall ist: Sobald die Botschaft sich gemeldet hat, fühlst du bitte noch mal der Frau aus Reinfeld auf den Zahn. Die muss begreifen, dass man uns nicht für seinen Privatkrieg benutzen kann.«

»Okay, Chef.«

»Und im Übrigen hab ich auch noch einen wichtigen Termin, ich muss nämlich einkaufen«, erklärte der Kriminalhauptkommissar schließlich. »Ich nehme an, ihr alle habt noch große Verpflichtungen. Also, wir sehen uns morgen!«

Langsam färbten sich die feinen Zwiebelwürfel in der Butter-Ölmischung goldgelb, und ein angenehmer Duft begann die Küche zu erfüllen. Marlene fügte den in feine Streifen geschnittenen Radicchio bei und dünstete ihn, bis er seine rotviolette Farbe verlor. Dann gab sie den Carnaroli Reis in den Topf, röstete ihn unter ständigem Rühren an, löschte mit etwas Brühe und Weißwein ab, reduzierte die Hitze und rührte emsig weiter. Für ein gelungenes Risotto brauchte es vor allem Geduld und Ausdauer im Rühren, hatte sie gelernt. Während sie gewissenhaft ihrer Tätigkeit nachging, immer Flüssigkeit nachgoss, sobald der Reis alles aufgesogen hatte, überkam sie wieder die Unruhe, die sie den ganzen Nachmittag nicht losgelassen hatte.

Als Sophie sich nach dem Kaffee auf der Wiese in einen Liegstuhl in die Sonne gelegt hatte, einen Stapel Zeitschriften zum Lesen dabei, war Marlene, von ihrer Freundin unbemerkt, hinüber zum Schuppen gegangen. Ratlos hatte sie da gestanden und den schwarzen Kanister betrachtet. Was hatte das zu bedeuten? War das wirklich die Vorbereitung eines Anschlags? War das nur ihre überbordende Fantasie, oder existierten die brutalen Nazischläger, die außer Ausländern gerne auch Homosexuelle oder Behinderte überfielen, tatsächlich? Natürlich war diese Vorstellung ziemlich beängstigend, deshalb suchte Marlene lieber nach einer vernünftigen Erklärung für das Auftauchen des Benzinkanisters. Da fiel ihr Blick auf eine schmuddelige Plastiktüte, die gleich dahinter lag. Sie war vollgestopft mit alten Klamotten. Ihren Schrecken spürte Marlene bis in die Fußsohlen.

Oh Gott, wenn sie wenigstens mit Sophie über alles hätte sprechen können! Das war das Schlimmste, dass sie ihrer geliebten Partnerin schon seit Tagen Theater vorspielte, um diese ganzen bedrohlichen Merkwürdigkeiten von ihr fernzuhalten. Zum einen, um sie nicht zu beunruhigen, zum anderen aber auch, weil die Kommunikation mit Sophie so unglaublich kompliziert und anstrengend war. Es war so absolut unzuverlässig, ob sie wirklich das Richtige aus Sophies Gebrabbel verstanden oder besser erraten hatte, sodass Marlene dabei regelmäßig an ihre Grenzen geriet und ihr schnell die Geduld ausging. Und sie war mittlerweile so dünnhäutig, dass sie dann stets die schiere Verzweiflung packte, angesichts ihrer beider Sprachlosigkeit. Denn auch ihr selbst fehlten irgendwann die Worte, wenn sie Sophie etwas erklären wollte, das diese partout nicht verstand. Marlene suchte andere Ausdrücke, neue Formulierungen, kam nicht weiter und wiederholte und wiederholte das Gesagte schließlich nur noch, bis es ihr wie ein inhaltsloses Gestammel erschien, ihr Kopf leer und sie völlig erschöpft war.

Nach dem Fund der Tüte mit den Lumpen hatte Marlene erst einmal Sandra angerufen.

»Was?«, rief diese nur fassungslos ins Telefon, als ihr Marlene erst über den Vorfall mit dem Bremsschlauch und dann vom Benzinkanister erzählte.

»Bist du denn noch mal bei der Polizei gewesen? Jetzt müssen die doch was unternehmen!«

»Mirko hat das mit dem Auto übernommen. Er hat ganz gute Verbindungen zur Polizei, und die nutze ich einfach mal schamlos aus. Von dem Benzinkanister weiß er noch gar nichts. Ich hab ihn noch nicht wieder erreicht, aber er kommt heute Abend vorbei.«

Sandra hatte nicht so viel Zeit, da sie noch bei der Arbeit war, beschwor aber Marlene, das mit dem Kanister nicht auf die leichte Schulter zu nehmen.

»Ich weiß wirklich nicht, ob ich in eurer einsamen Villa noch bleiben würde, nach all dem …«, sprach Sandra aus, was auch Marlene schon durch den Kopf gegangen war. Ganz kurz erzählte sie noch von Sophies Fortschritten. Sandra war begeistert, beglückwünschte sie überschwänglich und versprach, sich später noch einmal zu melden.

Ja, es gab Hoffnung, wiederholte Marlene wie ein Mantra, hatte Sophie doch in kürzester Zeit vier neue Wörter gelernt. Positiv denken! Der Glaube daran, dass Sophie erst ganz am Anfang ihrer Wiederherstellung war, war der einzige Weg, diese dunkle, schwere Zeit zu überstehen. Und vier neue Wörter, das war doch wirklich ein unglaublicher Fortschritt!

Der Wind begann in den Bäumen vorm Küchenfenster zu rauschen, hin und wieder klopfte ein Ast gegen die Scheibe. Wolken zogen hinter dem Hügel auf, das Wetter schien umzuschlagen. Mit dem Wind schien auch ihre Nervosität zuzunehmen. Und nicht zuletzt, weil auch Sandra es vorhin erwähnt hatte, fasste Marlene plötzlich einen Entschluss: Sie würden abreisen, nicht Hals über Kopf, aber ganz in Ruhe. Vielleicht morgen mit dem Packen beginnen und alles vorbereiten. Das meiste musste sie ohnehin allein machen. Das dauerte ein paar Tage. Die Reparatur des Autos wäre ja hoffentlich auch bald erledigt. Der Gedanke, vor etwas weggelaufen zu sein, hätte Marlene nicht behagt, aber wenn das herrliche Landleben im Freien angesichts des Wetters nun sowieso vorbei war? Sogleich fühlte sie sich wie von einer schweren Last befreit.

Sie gab die Sahne und den frisch geriebenen Parmesan zum Risotto, das jetzt wunderbar cremig und zwischen den Zähnen trotzdem noch knackig war, und schaltete den Herd aus. Ehe sie Sophie zum Essen rief, die sich nach oben in ihr Zimmer zurückgezogen hatte, versuchte sie noch einmal Mirko zu erreichen. Wie schon die Male zuvor meldete sich nur die Mobilbox, aber sie wollte Mirko persönlich sprechen. Doch bei ihm zu Hause würde Marlene auf keinen Fall anrufen. Womöglich müsste sie dann noch mit seiner Frau Nettigkeiten tauschen. Susann war wahrscheinlich sowieso nicht gut auf sie zu sprechen, da Mirko so viel Zeit bei ihnen in Grootmühlen zubrachte. Vorhin hatte sie ihm noch die Geschichte von dem unheimlichen Kanister erzählen wollen, jetzt wollte sie ihm nur schnell ihren Entschluss mitteilen, den sie schon längst hätte fassen sollen. Bestimmt würde er ihr beipflichten und wahrscheinlich war auch er erleichtert. Dann hatte ihr ritterlicher Beschützer wieder eine Sorge weniger.

Sophie schien heute Abend keinen großen Appetit zu haben. Marlene war ein bisschen enttäuscht. Sie selbst aß mit Genuss und fand das Radicchio Risotto phänomenal. Aber wenn Sophie auch eine Sprachstörung hatte, ihre Antennen für atmosphärische Stimmungen waren davon nicht betroffen, und Marlenes Unruhe war ihr natürlich nicht verborgen geblieben. Zu lange waren sie schon zusammen und zu gut kannten sie einander. Sophie mühte sich ab, sich in ihrer Stammelsprache verständlich zu machen, schien wissen zu wollen, was los war. Doch es war schon Herausforderung genug, die rätselhaften Vorfälle und was sie vielleicht bedeuten konnten, einem Sprachfähigen zu erklären. Sophie würde durch diese Überlegungen womöglich völlig verunsichert, befürchtete Marlene. Also ging sie nicht weiter darauf ein und erzählte Sophie stattdessen von ihrer Idee, spätestens zum Wochenende nach Berlin zurückzukehren.

»Ich glaube, das Wetter kippt sowieso um. Und bevor wir hier in der Pampa im Regen sitzen, gehen wir lieber zurück nach Berlin. Da gibt es 1000 Möglichkeiten, auch bei schlechtem Wetter was zu unternehmen.«

Es dauerte einen Moment, bis Sophie verstand. Doch dann war ihr die Freude deutlich anzusehen. Aufgeregt stimmte sie zu.

»Na schön. Morgen fangen wir an zu packen.«

Sie stießen mit Rotwein und Apfelschorle an, und Marlene fragte sich, warum sie sich nicht schon früher zur Abreise entschlossen hatte. Es klingelte an der Haustür.

»Ah, das wird Mirko sein. Aber schon so früh? Na ja, bin gespannt, der wollte sich doch um unser Auto kümmern. Ich geh mal öffnen.«

Marlene eilte in den Flur und zog die Tür auf.

»Moin, Prinzessin!«

Verwirrt starrte sie den Besucher an.

»Wenn es im Spätsommer so richtig schöne, reife Tomaten gibt, dann koch ich daraus meine eigene Tomatensauce. Die hält sich gut über den Winter, und jede gekaufte sieht dagegen alt aus. Probier doch mal.«

Steffen kostete.

»Ja stimmt, die schmeckt wirklich wunderbar! Süß und fruchtig, der Geschmack des Sommers in Gläsern!«

»So.«

Angebratene Auberginen, wenig Tomatensauce, reichlich dünne Mozzarellascheiben und geriebenen Parmesan – Schicht um Schicht hatte Georg sorgsam übereinander in die Auflaufform gepackt.

»Sieht sehr schön aus«, lobte Steffen den Freund.

»Und schmeckt! Parmigiana di Melanzane nach einem Rezept von Toni aus Kellenhusen. Jetzt ab in den heißen Ofen, und in ungefähr einer halben Stunde ist sie servierbereit. Inzwischen kann ich schnell noch was für das Dessert vorbereiten.«

»Moment! Jetzt nehmen wir erst einmal einen Appetizer.«

David betrat mit einem Tablett, auf dem drei Gläser standen, die traumhafte Küche der großzügigen Villa. Seit fast zwei Jahren waren der gut aussehende Engländer mit dem roten Haar und Steffen offiziell verpartnert. Georg war neben Davids Schwester Elizabeth, einer sehr attraktiven, interessanten Frau, die ihn nachhaltig beeindruckt hatte, einer der Trauzeugen gewesen. Zu Steffens Leidwesen war sein Mann als gefragter Restaurator für Kirchenmalereien häufig unterwegs. Umso intensiver lebten sie die gemeinsamen Aufenthalte in ihrem stilvollen Domizil.

»Der Sommer geht wohl endgültig zu Ende.«

David zeigte zur Terrassentür, vor der sich in großen Terracottakübeln zwei Oleanderbüsche in den Wind neigten. Gerade begannen erste Tropfen gegen die Scheibe zu klopfen.

»Trinken wir noch einmal diesen prächtigen Crémant Rosé von der Loire, bevor es endgültig zu kalt dafür ist. Cheers!«

»Schön, wieder mal bei euch zu sein«, stellte Georg fest und stieß mit den beiden Männern an.

»Ganz unsererseits! Schön, dass du hier bist«, antwortete Steffen gewohnt charmant, und David nickte zustimmend.

Seit Georg im Mai des vergangenen Jahres ein paar Wochen in der Wohnung der Freunde gelebt hatte, als diese ihre ausgedehnte Hochzeitsreise in die Karibik unternahmen, fühlte er sich hier fast wie zu Hause. Damals hatten er und Astrid gedacht, eine Trennung auf Zeit könnte sich heilsam auf ihre Beziehungsschwierigkeiten auswirken. Eine große Erwartung, die sich so nicht erfüllen sollte.

»Tja, wie schnell sich doch das Leben drehen kann. Als wir vor vier Wochen hier zusammen gekocht haben, da war die Welt noch in Ordnung ...«, meinte Georg nachdenklich.

»Wie recht du hast. Man muss sich dessen eigentlich immer bewusst sein, bei allem, was man macht, bei allen Nichtigkeiten, über die man sich aufregt, bei all dem Kleinkram, um den man streitet – nicht, mein Schatz?«

Steffen warf David über seine Lesebrille einen schelmischen Blick zu. Der tat ahnungslos und grinste nur.

»Warst du heute wieder bei Astrid? Wie geht's ihr?«

»Die Mädchen und ich, wir treffen uns jeden Nachmittag bei ihr im Krankenhaus. Äußerlich ist alles unverändert an Astrid, und leider kann sie uns ja keine Auskunft geben. Aber ich habe das Gefühl, die Ärzte sind ganz zufrieden mit ihrem Genesungsprozess. Es dauert halt. Man muss Geduld haben, das hab ich in diesen paar Tagen als Erstes gelernt.«

»Das wird wohl so sein«, nickte Steffen.

»Ja, und was einen natürlich am meisten umtreibt, ist die Frage, in welchem Zustand wird sie sein, wenn sie aufwacht? Wird sie gehen können? Wird sie sprechen? Wird sie bleibende Schäden zurückbehalten?«

Mitfühlend sah Steffen seinen Freund an.

»Das kann ich gut verstehen. Ganz schön belastend ist

das. Und dazu noch eure Situation, getrennt, aber nicht geschieden …«

»Ach, weißt du, das spielt eigentlich gar keine so große Rolle. Selbst wenn wir schon geschieden wären, das würde, glaube ich, nichts ändern. Es ist ja nicht so, dass mir meine langjährige Partnerin durch die Trennung plötzlich egal ist. Und die Verantwortung ist ja trotzdem da.«

Sichtlich bewegt strich Steffen über Georgs Schulter.

»Ja, so bist du.«

»Ich halte das für selbstverständlich.«

»Zumindest solange niemand anders deine Stelle eingenommen hat, oder?«

»Dann würde ich mich wohl immer noch kümmern, nur dass ich das dann nicht allein tragen müsste. Das macht es so schwer. Meiner Schwiegermutter mag ich nichts aufbürden, die ist mit dem kranken Mann schon genug belastet. Und Astrids Schwestern, na ja, du kennst ja die beiden. Die sind schon gar nicht hilfreich.«

Steffen winkte ab.

»Was ist denn mit Martin?«

Georg schüttelte den Kopf.

»Das hab ich mich auch schon gefragt. Er hat bisher nicht das Bedürfnis geäußert, Astrid zu sehen. Ich habe das Gefühl, er hat da irgendwelche Berührungsängste. Merkwürdig. Ich dachte auch, er wäre der Erste, der zu ihr will.«

»Du weißt nicht, ob die beiden ein Paar sind?«

»Ich habe nie gefragt, und Astrid hat nichts darüber gesagt. Ich denke aber, eher nicht. Vor allem nach dieser Erfahrung jetzt.«

Für einen kurzen Moment waren die drei still.

»Aber lasst uns von was anderem sprechen, ich will nicht wieder mit der Grübelei anfangen, was wohl werden wird.

Ich muss es eh nehmen, wie es kommt. Jetzt schau ich erst mal nach der Parmigiana«, schlug Georg vor.

»Wann kommt eigentlich Derya?«

»Das konnte sie nicht genau sagen, sie hat ja einen großen Auftrag heute Abend. Wir sollen auf jeden Fall ohne sie anfangen.«

»Sophie, wir haben Besuch. Das ist Wally, der war auch in meiner Klasse damals. Und das ist Sophie, meine Lebenspartnerin«, stellte sie die beiden einander vor. Sophie hatte aufgehört zu essen und musterte den großen, dünnen Mann mit offener Neugier.

»Ich bin der Wally, ja«, sagte der zu ihr und hielt ihr seine Rechte hin. Automatisch wollte Sophie sie mit ihrer gesunden linken Hand ergreifen.

»Halt, junge Frau! Ich habe gehört, du trainierst so eisern. Also gib dem Onkel das schöne Händchen!«, grinste er Sophie an und deutete zu ihrer rechten Seite. Erstaunlicherweise tat die junge Frau, was er wollte, hob ganz langsam, mit großer Anstrengung, den rechten Arm und legte ihre Hand in seine.

»Und jetzt feste!«

Mit zusammengebissenen Zähnen mühte sich Sophie, die Kraft in ihre kranke Hand zu schicken.

»Mensch, toll! Du kannst ja richtig fest zudrücken!«, begeisterte sich Wally. »Bestimmt wirst du bald wieder fit sein. Du hast ja jetzt schon wieder so viel Kraft.«

Ein stolzes Lächeln glitt über Sophies Gesicht. Mit Menschen hatte Wally immer gut gekonnt, jedenfalls früher, erinnerte sich Marlene. Zunächst hatte er sich ein wenig gesträubt, hereinzukommen. Marlene war auch nicht unbedingt scharf darauf gewesen, ihn zu überreden, nach dem zum Schluss doch recht unerfreulichen Zusammentreffen im Café vor zwei Tagen. Aber irgendwas wollte Wally, das spürte Marlene deutlich, weshalb er dann nämlich doch eingetreten war. Als sie ihn in Richtung Küche gelotst hatte, war ihr sein nicht stark wahrnehmbarer, aber ziemlich unangenehmer Geruch aufgefallen. Sein Haar schien er in der Zwischenzeit nicht gewaschen zu haben und die Kleidung hatte er auch nicht gewechselt.

»Magst du was mitessen? Es ist noch genug da vom Risotto«, bot Marlene ihm an.

»Danke, ich habe keinen Hunger. Hast du was zum Trinken da?«

»Was möchtest du? Wasser, Apfelsaft, Wein …«

»Wein.«

Das hätte ich mir ja denken können, ging es Marlene durch den Kopf, während sie ihm eingoss, hoffentlich wird er jetzt nicht gleich wieder so unangenehm, wie neulich nach den Grappas im Café.

»Hat dir Marlene denn nichts über mich erzählt?«, fragte er Sophie, nachdem er mit einem Zug das Weinglas halb geleert hatte, »dass wir Montag in Bad Schwartau gemütlich zusammen Kaffee getrunken haben?«

Sophie schüttelte den Kopf und sah ihn ernst an.

»Na ja, über mich gibt's auch nicht viel zu erzählen, ich bin so der typische Verlierer. Ich komm hier nicht klar unter diesen Spießern in der Provinz. Sei froh, dass du in Berlin wohnst.«

Er ließ ein bitteres Lachen hören.

»Prost, darauf nehm ich noch einen!«

In zwei, drei großen Zügen goss er den restlichen Wein in sich hinein. Marlene, welche die Flasche extra außerhalb seiner Reichweite gestellt hatte, schwor sich, von sich aus sein Glas nicht wieder zu füllen, jedenfalls nicht mit Wein. Sie schob ihren noch nicht ganz geleerten Teller beiseite. Ihr Appetit war verschwunden. Auch Sophie legte ihre Gabel weg und nahm die Serviette ab. Sie schien fasziniert von Wally, durchaus im positiven Sinne, und ließ ihn nicht aus den Augen.

»Ihr entschuldigt mich.«

Marlene ging mit ihrem Handy in den Flur, um das Gespräch anzunehmen. Es war Sandra.

»Ich wäre sehr gerne noch bei euch vorbeigekommen, aber ich schaff das nicht. Ich hab völlig verdrängt, dass heute schon wieder ein Elternabend ist, von der Klasse meiner Tochter. Und, ist Mirko bei euch?«

»Noch nicht. Aber Wally ist hier.«

»Wally? Na, ob der euch so richtig beschützen kann …«

»Das tun wir doch selbst, wir sind doch starke Frauen«, scherzte Marlene.

»Das bezweifle ich nicht, aber in dieser Situation?«

»Ich habe ohnehin beschlossen, dass wir demnächst nach Berlin zurückkehren. Bei euerm Schietwetter hier oben!«

»Das mit dem Schietwetter ist ungerecht. Es war doch traumhaft hier die letzten Wochen! Aber du hast den richtigen Entschluss gefasst«, stimmte Sandra zu, »da müssen wir uns vorher aber unbedingt noch einmal sehen!«

»Das machen wir. Ich ruf dich an, wenn ich genau weiß, wann und wie.«

»Tschüss, Marlene, schöne Grüße an Sophie und natürlich an Wally!«

»Wir warten noch ein wenig mit dem Nachtisch, oder, Sophie? Ich hab einen leckeren Apfel-Streusel-Kuchen gebacken. Vielleicht mag Wally davon ja später auch was ab haben«, bot Marlene an, als sie wieder zurück in die Küche kam.

Der hob abwehrend die Hände und betrachtete nachdenklich sein leeres Weinglas. Er wirkte erschöpft.

»Ich soll euch übrigens schön grüßen von Sandra, die hat gerade angerufen.«

»Sandra, die alte Plaudertasche? Wat hast du denn mit der zu schaffen?«

Nett gemeint war diese Bemerkung nicht.

»Ich weiß wirklich nicht, was du hast, Wally.«

Ihre Verärgerung war Marlene deutlich anzuhören.

»An keinem unserer alten Schulfreunde lässt du ein gutes Haar. Sandra ist eine klasse Frau. Die hat es auch nicht leicht, allein mit drei Kindern, voll berufstätig, und trotzdem packt sie ihr Leben ganz toll.«

Er überhörte ihren Hinweis auf seine eigene Situation.

»Bleibt ihr eigentlich noch lange?«, wollte er stattdessen übergangslos wissen.

Diese Frage überraschte Marlene.

»Warum?«

»Nur so.«

Er zuckte unschlüssig mit den Schultern, nahm seine Nickelbrille ab und putzte sie umständlich mit einem Zipfel seines Hemdes. Es schien das gleiche wie vor zwei Tagen zu sein.

»Ihr seid doch schon ganz schön lange hier, und für zwei so Großstadtmädels wie euch ist die Provinz doch sicher ziemlich öde. Jetzt wird auch noch das Wetter schlechter. Fühlt ihr euch da wirklich wohl hier auf dem platten Land?«

Irgendwie fand Marlene Wallys Fragen merkwürdig.

»Ist doch eine echte Einöde hier, das Haus so ganz allein, keine direkten Nachbarn …«, fügte er noch an.

Wusste er irgendwas? Als ehemaliger Lokaljournalist war Wally wahrscheinlich gut informiert über alles, was hier in der Gegend so lief.

»Das Wetter ist eine Sache. Was ich viel unangenehmer finde, ist das Gefühl, bei bestimmten Leuten hier nicht willkommen zu sein«, ließ sie einfach einen Versuchsballon steigen.

Die ganze Zeit über hatte Wally den direkten Blickkontakt vermieden. Jetzt setzte er die Brille wieder auf und hob deutlich irritiert den Kopf.

»Wie meinst du das denn?«

»Du als Meisterrechercheur bist doch immer gut informiert, wie du mir neulich sagtest. Habt ihr hier nicht auch die Freunde vom rechten Rand, die alles, was anders ist, ausmerzen wollen?«

Marlene konnte sehen, wie es in seinem Kopf arbeitete.

»Nazis meinst du?«

Sie nickte. Er antwortete nicht sofort.

»Schon«, sagte er dann gedehnt, seine Augen hatte er wieder abgewandt. »Wollen die was von euch?«

»Könnte sein.«

Marlene blieb vage, nicht zuletzt wegen Sophie, die ohnehin mit großen Augen und noch größeren Ohren der Unterhaltung folgte. Was sie davon mitbekam, würde Marlene erst erfahren, wenn sie wieder allein waren, wenn Sophie ihre beharrlichen Fragen stellte.

»Also, klar gibt's hier welche. Und die sind nicht ohne. Wenn du da einen konkreten Verdacht hast … Ich kann nicht sagen, inwieweit auf unsere Polizei Verlass ist.«

Das hörte sich überhaupt nicht beruhigend an. Wally angelte sich die Weinflasche und füllte sein Glas bis knapp unter den Rand.

»Wollt ihr denn noch länger hier bleiben?«

Es klang wie »Wollt ihr das etwa?«, und die Beantwortung dieser Frage schien für Wally von größter Bedeutung. Marlene aber schwieg und beobachtete, wie er das Glas hob und rote Tropfen auf den Küchentisch fielen, da seine Hand sichtbar zitterte.

»Wie auch immer, ihr solltet jedenfalls auf euch aufpassen«, kam es etwas überraschend, »und ansonsten entschuldige ich mich in aller Form. Es tut mir alles sehr leid ...«

»Was erzählst du denn fürn dumm Tüch? Wofür entschuldigst du dich?«

Kopfschüttelnd sah ihn Marlene an.

»Nun sag doch mal!«

Aber Wally sah nicht hoch und blieb stumm. Dann stürzte er seinen Wein einfach so hinunter und malte mit dem Finger unentwegt Kreise auf die Tischplatte. Seine Gesichtshaut war großporig und hatte einen ungesunden Grauton. So schlecht hatte er vor zwei Tagen noch nicht ausgesehen, fand Marlene, die sich plötzlich richtig elend fühlte. Keiner sagte etwas. Als plötzlich jemand ans Küchenfenster klopfte, zuckten alle drei erschrocken zusammen.

»Ich muss jetzt gehen, bin schon viel zu lange hier«, abrupt stand Wally auf, »außerdem ist die Luft hier drin plötzlich so schlecht.«

Fast hätte Marlene laut aufgelacht. Es war ihr selbstverständlich klar, wie Wallys Bemerkung gemeint war. Doch seitdem sie mit Mirko von draußen in die Küche zurückgekommen war, nahm sie den Geruch nach ungewaschenen Kleidern und altem Schweiß noch viel intensiver wahr als zuvor.

»Mensch, Wally, ich wollte dich nicht vertreiben. Bleib doch noch«, forderte Mirko ihn freundlich auf.

Der Angesprochene würdigte ihn keines Blickes und schlug Mirkos Arm, der ihn zurückhalten wollte, grob zur Seite. Mit einer Mischung aus Neugier und Erstaunen folgte Sophie dem Geschehen. Wally winkte ihr zu.

»Tschüss, Sophie, war schön, dich kennenzulernen!«

»Tschüss«, sagte Sophie und schenkte ihm ein nettes Lächeln.

Sein, wie ihr vorkam, trauriger Blick streifte Marlene, dann war Wally an der Tür.

»Tschüss, Prinzessin, ich find allein raus.«

»Tschüss, Wally.«

Kopfschüttelnd sah Mirko dem früheren Freund hinterher.

»Armes Schwein.«

»Ja wirklich«, stimmte Marlene zu. »Er war heute ja noch schlechter drauf als am Montag.« Alarmiert hob sie den Kopf, als draußen laut ein Motor dröhnte.

»Das ist nur Wally mit seiner alten Kiste«, erklärte Mirko.

Gleich darauf hörte man jemanden mit quietschenden Reifen vom Grundstück fahren. Das röhrende Motorengeräusch war Marlene unangenehm bekannt vorgekommen, aber sie sagte nichts. Stattdessen ging sie und öffnete das Fenster.

»Entschuldige, aber ich muss erst einmal lüften. Wally scheint sich auch nicht mehr regelmäßig zu waschen.«

»Da kannst du recht haben. Gestern ist er nämlich tatsächlich endgültig aus seiner Wohnung geflogen, hab ich gehört. Er lebt jetzt wohl in seinem kleinen Fiat.«

»Oh Gott, das ist ja schrecklich!«

»Aber er lehnt jede Hilfe ab, hast du ja eben mitbekommen.«

»Mit dir scheint er sowieso ein spezielles Ding am Laufen zu haben. Warum eigentlich?«

»Denkst du das? Ich glaube, der hat mit allen, die er mal kannte und denen es besser geht als ihm, ein Problem.«

»Zu uns war er eigentlich ganz nett. Gut, seine Sprüche neulich auf dem Markt, die waren schon ziemlich schräg. Aber immerhin ist er uns heute besuchen gekommen.«

»Hatte er was Bestimmtes gewollt?«

»Weiß nicht. Ich hatte fast das Gefühl, er wollte mich warnen, wovor auch immer, und dass es ihm lieb wäre, wenn wir baldigst abreisen. Er war sehr komisch«, meinte Marlene nachdenklich. »Er hat sich bei mir entschuldigt. Keine Ahnung wofür. Irgendwas hatte er auf dem Herzen. Aber er ist nicht damit herausgerückt.«

»Und dann bin ich gekommen und hab ihn vertrieben. Das tut mir leid. Und jetzt?«

Mirko schaute echt betroffen. So war er schon immer gewesen, stets hilfsbereit, hatte sich immer um andere gekümmert, so wie auch um sie und Sophie, so wie ihm jetzt auch Wallys Schicksal offensichtlich nicht gleichgültig war. Vielleicht würde er ja gar kein so schlechter Politiker sein, wenn es ihm gelang, sich seine Empathie zu bewahren.

»Mach dir keine Gedanken, Mirko. Wenn es Wally wirklich wichtig war, dann wird er noch mal wieder herkommen.«

KAPITEL XI

Immer noch brauste ein starker Wind durch die Bäume am Haus und trieb Wolken über den Nachthimmel, sodass es schien, als ob der Vollmond auf Wanderschaft war. Marlene konnte nicht schlafen. Sie wälzte sich hin und her, ihr wurde heiß, sie schlug die Decke zurück, dann begann sie zu frieren und als sie sich bis zum Hals wieder in das Federbett gekuschelt hatte, verspürte sie mit einem Mal unbändigen Durst. Aber das alles waren nur Symptome. Ihr eigentliches Problem lag woanders. Ständig ging ihr der heutige Abend im Kopf herum.

Nach Wallys plötzlichem Aufbruch hatten sie erst noch zu dritt in der Küche gesessen und von dem Apfelstreuselkuchen gekostet, den sie nach einem Rezept ihrer Cousine Edith gebacken hatte. Marlenes Appetit war zurückgekehrt, und der lauwarme saftig-fruchtige Kuchen schmeckte einfach köstlich!

Mirko hatte sich um alles gekümmert bei ihrem Wagen. Er hatte einen Bekannten bei der Polizei gebeten, sich den Renault einmal anzusehen, was der gleich erledigt hatte. Allerdings schätzte der Mann die Aussichten, den oder die Täter ausfindig zu machen, wohl eher gering ein. Anschließend hatte Mirko der Werkstatt den Reparaturauftrag erteilt, und spätestens Freitag sollte das Auto wieder fahrbereit sein.

»Mensch, Mirko, das ist echt klasse! Dann können wir ja am Wochenende nach Hause fahren. Hast du das gehört, Sophie?«

Als Antwort strahlte Sophie glücklich übers ganze Gesicht.
»Ach, ihr wollt zurück nach Berlin?«

Das klang überrascht und auch ein bisschen enttäuscht, wie Marlene schien.

»Ich hatte doch gesagt, dass es aufs Wetter ankommt, wie lange wir bleiben. Und du siehst ja ...«

Im Lichtschein, der aus dem Küchenfenster in den Garten fiel, bewegten sich die vom Regen nassen Blätter eines Haselstrauches im Wind.

»Es hat doch schon wieder aufgehört zu regnen!«, lächelte Mirko.

»Na ja, das Wetter allein ist es nicht. Das weißt du ja. Es gibt übrigens schon wieder was Neues.«

Als Mirko erstaunt aufschaute und dazu etwas bemerken wollte, bedeutete ihm Marlene mit einem Seitenblick auf Sophie, jetzt lieber ruhig zu sein. Es sollte ohnehin nicht lange dauern, und die Freundin zog sich ins obere Stockwerk zurück.

»Ehrlich, ein Benzinkanister?«

Mirko stieß die Luft aus.

»Echt böse.«

»Das find ich allerdings auch.«

»Steht der immer noch da?«

»Ich nehm's mal an.«

»Der sollte da aber nicht bleiben.«

Ein kurzes Tonsignal erklang.

»Entschuldige!«

Mirko las eine SMS und steckte sein Handy wieder ein.

»Okay, du musst nach Hause ...«, meinte Marlene und versuchte, nicht enttäuscht zu klingen. Das Letzte, was sie wollte, war, dass Mirko ihretwegen Probleme mit Susann bekam.

»Ja, so langsam«, lächelte er. Etwas verlegen sah er dabei aus, fand Marlene.

Er nahm einen Schluck Wein.

»Aber du kommst auf jeden Fall noch einmal vorbei, bevor wir abreisen, ja?«

»Ich hab eine bessere Idee, Marlene: Was hältst du davon, wenn wir am Freitag bei uns ein Abendessen machen? Susann würde sich bestimmt auch freuen.«

»Ich werde Sophie fragen, und du fragst deine Frau, ob es ihr passt. Seit ihrem Unfall geht Sophie nicht so gern zu anderen Leuten. Ist ja klar, das ist immer eine ungeheure Anstrengung für sie, aufzupassen und den Gesprächen zu folgen. Hier, in unseren eigenen vier Wänden, kann sie sich einfach in ihr Zimmer zurückziehen, wenn sie genug hat. Ach übrigens, Sophie macht große Fortschritte beim Sprechen. Sie hat schon wieder neue Wörter gesprochen!«

»Ach ja? Was denn?«

Mirko sah Marlene skeptisch an.

»Du warst dabei: Sie hat ›tschüss‹ zu Wally gesagt. Und mit ›gute Idee‹ hat sie mich heute auch schon gelobt. Findest du das nicht auch toll? Das kann jetzt ganz schnell gehen, dass die Sprache zurückkommt!«

Er nickte nur abwesend. Irgendwie konnte sie ihn mit ihrer Begeisterung nicht anstecken.

»Gut, Marlene. Wir telefonieren. Dann mach ich mich jetzt auf den Weg. Ach ja, aber du kommst noch mit raus und zeigst mir diesen ominösen Kanister?«

Marlene konnte es nicht fassen. Das Teil war verschwunden. Auch die Tüte mit den Lumpen – alles wie vom Erdboden verschluckt. Mirko zeigte sich genauso schockiert wie sie selbst.

»Meinst du denn, du kannst ruhig schlafen? Oder soll ich heute Nacht lieber bei euch im Haus bleiben?«

»Vielen Dank, Mirko, aber das ist wirklich nicht nötig! Jetzt, wo der Benzinkanister weg ist, kann ja keiner mehr damit Dummheiten machen«, beschwichtigte ihn Marlene in leichtem Tonfall.

Gemeinsam drehten sie noch eine Kontrollrunde um den Schuppen und das Haus, ohne dabei etwas Ungewöhnliches zu entdecken. Mit ernstem Gesicht nahm Mirko ihr das Versprechen ab, ihr Handy immer nah bei sich zu behalten und sich gleich am nächsten Morgen bei ihm zu melden. Als sie sich schließlich verabschiedeten, war seine Umarmung viel inniger als sonst, hatte Marlene den Eindruck.

Ganz in Gedanken kehrte sie in die Küche zurück. Gerade fing sie an aufzuräumen, da hörte sie Sophie aufgeregt rufen.

»Marlene! Mamma mia! Marlene!«

Sie eilte die Treppe hinauf und stürzte in Sophies Zimmer. Als sie das Licht einschalten wollte, protestierte Sophie heftig, sodass sie es sofort wieder löschte.

»Da! Marlene! Mamma mia!«, raunte Sophie, die im dunklen Zimmer am Fenster stand. Mit dem Zeigefinger wies sie nach draußen ins Dunkel. Im ersten Moment erkannte Marlene nur schemenhaft zwei Gestalten. Erst als der Wind die Wolken vertrieb, sah sie im weißen Vollmondlicht Mirko drüben vor dem Restaurant stehen und neben ihm noch einen Mann. Er war fast genauso groß wie Mirko und hatte sein dunkles Haar im Nacken zusammengebunden. Die beiden redeten. Irgendwie kam ihr der Mann bekannt vor, grübelte Marlene. Jetzt klopfte er Mirko auf die Schulter, und die beiden gingen auseinander.

Sophie zupfte Marlene am Ärmel und zog sie in den erleuchteten Flur. Aus den Tiefen ihrer Blousontasche förderte sie den Glückskeks zutage und hielt ihn Marlene vors Gesicht.

»Mann! Mamma mia! Mann!«, flüsterte sie aufgeregt.

»Schmeckt fantastisch, dein Kaninchen, Steffen!«
»Ja, nicht wahr! Lapin au Cidre. Das ist ein Rezept der Wirtin vom Floric. Du erinnerst dich? Sie ist halbe Bretonin.«
»Ach ja, das Restaurant am Steilufer. Anna Floric, eine fantastische Köchin. Ich bin seit damals nicht mehr dort gewesen. Das hier ist jedenfalls köstlich!«

Das zarte helle Fleisch war mit Zwiebel- und Apfelscheiben geschmort, mit Cidre aufgegossen, mit Dijonsenf und Honig gewürzt und mit Crème fraîche verfeinert. Dazu passten wunderbar die goldbraun gerösteten Kartoffelscheiben und ein zarter grüner Blattsalat mit leichtem Dressing.

»Früher war Kaninchen ja ein Arme-Leute-Essen. Ich weiß nicht, ob es deshalb heute ein wirklich völlig unterschätztes Fleisch ist, oder woran es noch liegen könnte. Dabei ist es so gesund, fettfrei und sehr eiweißreich.«
»Ich weiß. Meine Oma sagte etwas abfällig Stallhase dazu, obwohl es in meiner Kindheit bei ihr auch immer einen Kaninchenstall gab.«
»Dieses Tier jedenfalls ist Bioqualität aus Freilandhaltung. Und, schmeckt es dir auch, mein Schatz?«
»It's absolutely delicious, above all with this honey, my honey!«, flötete David mit blasierter Attitüde.

Der frische Muscadet sur lie mit seinem ganz leichten Prickeln, den er zum Hauptgang ausgewählt hatte, war der perfekte Begleiter zum Kaninchen. Georg spürte, wie er vollkommen im Genießen aufging und sich sämtliche dunkle Gedanken einer nach dem anderen verflüchtigten.

»Wie sieht es eigentlich aus mit dem Fall dieses unseligen Menschen vom Bahndamm?«, wollte Steffen wissen, als die Teller geleert waren.

»Wir sind heute ein ganzes Stück weiter gekommen: Wir wissen endlich, um wen es sich handelt. Der Mann lebt schon lange in Deutschland, scheint Koch von Beruf zu sein. Hat jedenfalls eine Zeitlang in diversen Restaurants hier im Norden gearbeitet. Allerdings hatte er sein Geld schon lange anders verdient: mit kleineren Delikten, Betrügereien, Hehlerei und so weiter.«

»Das ist interessant. Ich hatte schon bei der Obduktion überlegt, ob das fehlende obere Glied des Mittelfingers auf einen Arbeitsunfall zurückgehen könnte …«

»Ja, und da hast du völlig richtig gelegen, im Gegensatz zu unserem obersten Chef, der gleich eine Zugehörigkeit zur chinesischen Mafia dahinter vermutete. Der war schon ganz wild darauf, die Spezialisten für organisierte Kriminalität anzufordern.«

»Das ist mal wieder typisch für euern Herrn Appels! Drängt mit aller Macht ins Licht der Öffentlichkeit, auch auf die Gefahr hin, sich dabei zu blamieren.«

Steffen musste lachen.

»Aber diese chinesischen Küchenbeile sind ungeheuer vielseitige Instrumente, dabei unglaublich scharf. Um damit so richtig schnell zu arbeiten, ohne sich zu verletzen, braucht es schon einige Übung.«

Jemand klopfte an die Scheibe der Terrassentür.

»Hello, Derya, schön, dich zu sehen!«, begrüßte David, der aufgestanden war, um zu öffnen, die Nachbarin.

»Hallo, Jungs! Vielen Dank für die Einladung! Entschuldigt, dass ich so spät bin. Man wollte mich nicht weglassen. Aber der Kunde geht vor.«

Sie schüttelte den Regen aus ihren dunkelbraunen Locken.

»Der Sommer ist jetzt wohl endgültig vorbei. Hier, ich habe was Wärmendes für nach dem Essen mitgebracht. Leider nicht selbst gemacht, aber auch gut.«

David wurde mit zwei Wangenküsschen bedacht und bekam eine Flasche Rakı und eine Schale Helva mit Pistazien in die Hand gedrückt.

»Ihr glaubt nicht, wie hungrig ich bin! Den ganzen Tag und den ganzen Abend hab ich nur für andere Leute gesorgt und kaum einen Happen gegessen!«

Derya begrüßte Steffen mit einer Umarmung, schließlich Georg und ließ sich dann auf dem Stuhl neben ihm nieder.

»Magst du noch einen Aperitif, Derya?«, fragte David, der für die Getränke zuständig war, da er das Kochen mangels Begabung lieber seinem Partner überließ.

»Ich nehme alles. Das hab ich mir verdient. Außerdem sehe ich endlich mal wieder meinen Liebsten, das muss gefeiert werden!«

»Ja stimmt, wir sehen uns kaum noch«, meinte Georg zerknirscht, »das tut mir wirklich leid, für dich und für mich!«

»Nicht sooo schlimm«, Derya zwinkerte ihm zu und hob ihr Glas, »wat mutt dat mutt, sagen wir Norddeutschen, es kommen auch wieder andere Zeiten.«

»Das stimmt«, bekräftigte Georg, »darauf trinke ich!«

Sie ließen die Gläser klingen.

»So, und jetzt ess ich alles, was ihr mir serviert. Bitte schön, meine Herren! Ich werde gerne auch einmal bedient.«

Marlene schlug die Decke zurück und kroch aus dem Bett. Es hatte keinen Sinn, sie konnte jetzt nicht schlafen. Sophie neben ihr atmete ruhig weiter, ab und zu schnarchte sie leise. Seit dem Unfall schlief sie wie ein Stein. Die Ärzte sagten, sie brauche das auch, das sei ausgesprochen positiv nach einer derart schweren Kopfverletzung, ihr Gehirn sei immer noch sehr erholungsbedürftig.

Marlene zog den Frotteemantel über, ging ins Nebenzimmer und setzte sich mit einer Decke in den großen Ohrensessel, ohne das Licht einzuschalten. Vielleicht sollte sie sich etwas zum Lesen holen, es war ja gerade mal elf. In Berlin war sie um diese Zeit selten schon im Bett, aber hier hatten sie sich beide angewöhnt, den Tag früh zu beginnen und in der Regel gegen zehn schlafen zu gehen.

Was war das vorhin wieder eine Aufregung mit Sophie gewesen! Einen starken Willen hatte die Freundin schon immer besessen, und ihrem Dickschädel hatte selbst der Unfall nichts anhaben können, dachte Marlene in wehmütiger Ironie. Aber das war ein Glück, denn sonst würde Sophie auch nicht so hartnäckig an ihrer Wiederherstellung arbeiten. Sie hatte sich einfach nicht beruhigen wollen. Marlene hatte aus Sophies hübschen grünen Augen immer wieder wütende Blicke kassiert, weil sie nichts von dem wilden Silbensalat verstand, den die Freundin herausbrabbelte. Dazu hatte Sophie hektisch mit den Händen gefuchtelt und ihr immer wieder diesen verdammten Glückskeks vor die Nase gehalten.

»Chinarestaurant?«, tippte Marlene.

Sophies Antwort war nicht eindeutig, aber irgendein Ereignis verband sie mit dem ›Bambushaus‹ gegenüber, davon war Marlene inzwischen überzeugt. Und da immer wieder das Wort ›Mann‹ fiel, hatte es womöglich mit dem Mann zu tun, der sich vorhin da draußen mit Mirko unterhalten hatte. Aber das eindeutig herauszufinden, hatte Marlene nicht geschafft. Tröstend hatte sie der verzweifelten Sophie übers kurze Haar gestrichen.

Inzwischen wusste Marlene allerdings, an wen sie der Typ mit dem Zopf erinnerte, den sie drüben hatte stehen sehen. Er war ziemlich groß, genau wie Tao, ihr ehemaliger Mitschüler. Aber der hatte den Kopf damals meist raspelkurz geschoren. An langes Haar konnte sie sich bei Tao nicht erinnern, und so eine Frisur veränderte natürlich das Aussehen ziemlich stark. Außerdem waren die mehr als 20 Jahre, die zwischen ihrer letzten Begegnung und heute lagen, wahrscheinlich auch an Tao nicht spurlos vorübergegangen. Aber wenn sie ihm von Angesicht zu Angesicht gegenüberstünde, würde sie ihn schon erkennen können, glaubte Marlene. Sie würde morgen einfach einmal im Restaurant nach dem Mann fragen. Als sie Sophie ihr Vorhaben vortrug, hatte diese vehement abgewunken. Marlene hatte nicht verstanden, was ihre Freundin dagegen hatte, doch schließlich eingelenkt und ihr gegenüber davon Abstand genommen. Trotzdem wollte sie es morgen versuchen. Ganz gleich, ob es tatsächlich Tao war oder nicht, der Mann konnte ihr bestimmt bei der Lösung von Sophies Rätsel behilflich sein, denn irgendwas hatte er damit zu tun.

Marlene drehte den Kopf und sah nach draußen. Immer noch zogen Wolken über den Himmel, aber es hatte nicht wieder angefangen zu regnen. Von der anderen Seite des Tales, dort, wo die Straße eine scharfe Kurve nach Bad Schwartau machte und neben der, auf einem Plateau, von Bäumen und Gebüsch gesäumt, ein kleiner Parkplatz lag, sah sie den Rand eines hellen Scheins. Es sah aus, als ob ein riesiger Scheinwerfer von dort strahlte. Der sandte allerdings ein ziemlich unruhiges Licht aus. Machte da jemand ein Lagerfeuer? Um diese Zeit, bei diesem Wetter? Das war ja eher ungewöhnlich. Neugierig stand sie auf und ging ans Fenster.

»Oh Gott!«

Meterhoch schlugen Flammen in die Dunkelheit und schufen ein gespenstisches rötliches Leuchten. Da oben brannte ein Auto. Ob jemand aus der Kurve geflogen war? Mit weichen Knien eilte Marlene zu ihrem Handy, das sie auf dem Nachttisch liegen hatte, und rief die Feuerwehr.

»Und gestern haben sich auch endlich Derya und die Kinder ein bisschen besser kennengelernt.«

»Hast du die Damen groß ausgeführt und einen günstigen Moment abgewartet, Schorsch?«, zog Steffen den Freund auf und zu Derya gewandt fügte er an: »Ich weiß ja, dass ihm dieser Schritt bevorstand. Vor seinen Töchtern hat er nämlich mächtig Respekt ...«

»Der war doch gar nicht dabei«, erklärte Derya, »und das war auch besser so. Männer machen immer alles so kompliziert. Nein, ich hab den armen Kindern was zum Essen vorbei gebracht, da Papa ja dienstlich eingeladen war, und dann hab ich ihnen ein bisschen gezeigt, wie Bollywood Tanz so geht.«

Derya ließ Kopf und Hals zwischen ihren Schultern hin und her schweben, als ob sie nicht zum restlichen Körper gehörten, und machte anmutige Handbewegungen dazu. David klatschte begeistert Beifall.

»Du machst das perfekt, das ist toll!«

»Danke! Den Mädchen hat's auch gefallen. Und die beiden sind wirklich nett, es macht Spaß mit ihnen.«

»Es war ein richtig genialer Einfall von Derya. Wahrscheinlich hätt ich noch lange gebraucht und mir viel zu viel überlegt, wie ich das am besten anstelle mit dem gegenseitigen Kennenlernen. Da fehlt mir wohl tatsächlich ein bisschen von deiner Spontaneität«, gab Georg zu.

»Die wirst du noch lernen, wenn du länger mit mir zusammen bist, das färbt ab, ich garantiere!«

Derya gab ihm einen lauten Kuss auf die Wange.

»Okay, dann kümmer ich mich jetzt mal ganz spontan um den Nachtisch!«

Georg sprang auf und machte sich an der Anrichte zu schaffen, während die anderen weiter lachten und plauderten. Kurz darauf brachte er ein Tablett mit gefüllten Dessertellern zum Tisch.

»Das ging ja schnell! Was ist das?«, fragte Derya und betrachtete neugierig die weiße Creme, die mit braunen Zuckerkristallen bestreut war.

»Probieren!«

»Mmh, delicious!«, machte David, und auch die anderen beiden äußerten beifällige Kommentare.

»Meine Lieblingsdessertfrüchte Himbeeren, in diesem Fall gefrorene, mit Baiserkrümeln bedeckt und darüber eine Mischung aus Vanillejoghurt und geschlagener Sahne, auf die ich noch ein wenig braunen Zucker gestreut habe.«

»Das is ja einfach!«, meinte Derya und betrachtete interessiert ihren vollgeladenen Löffel, bevor sie ihn genussvoll im Mund verschwinden ließ.

»Und das schmeckt!«

»Eben. Genau das Richtige für einen Menschen mit wenig Zeit, der lieben Freunden einen köstlichen Nachtisch servieren will.«

»Himbeeren verwende ich auch sehr gern. Ob frisch oder gefroren, die besitzen ein unvergleichliches Aroma, und damit wird jedes Dessert, ob Trifle, Savarin oder eine einfache Quarkspeise zum Genuss«, schwärmte Steffen.

Noch eine ganze Zeit tauschten sich Georg, Derya und Steffen zum Thema Dessert aus. Derya liebte Kuchen oder Torte als Abschluss eines Essens, auch weil sie so gut vorzubereiten waren, für Georg durfte es gerne eine Creme oder Halbgefrorenes sein, und Steffen mochte gerne die Mischung aus heiß und kalt, Eis mit warmer Zabaione oder Hot Lava Cake.

»Also ihr Kochmenschen seid bizarre Wesen!«, wunderte sich David, »wir sind alle rund und satt gegessen, und ihr redet über nichts anderes als das Essen …«

»Ja gibt es denn interessantere Themen?«, fragte Georg und sah die anderen verwundert an. Derya und Steffen verneinten. David seufzte und stand auf.

»Das hätte ich mir ja denken können. Möchte jemand einen Espresso?«

Nach dem Kaffee probierten sie noch Deryas Rakı und naschten dazu von dem süßen Helva mit Pistazien, was eine ungewohnte, aber ganz vorzügliche Geschmackskombination ergab. Steffen erzählte, dass er und David planten, Anfang Oktober eine Reise mit der Transsibirischen Eisenbahn zu unternehmen.

»Moskau, Sibirien, wir lernen den Baikalsee kennen, zu Lande und zu Wasser, haben einen Aufenthalt in der Mongolei mit Übernachtung in einer Jurte, und zum Schluss sind wir noch ein paar Tage in Peking.«

»Das hört sich interessant an, ist sicher ein einmaliges Erlebnis«, meinte Georg.

»Ach ja, ich bin wirklich schon ganz aufgeregt! Aber ich hab ja einen Begleiter, der ständig allein in der Weltgeschichte rumgondelt und auf mich aufpassen wird, nicht David?«

»Aber natürlich, Darling«

»Wir haben ja auch darüber nachgedacht, bald einmal zusammen Urlaub zu machen«, erzählte Derya, »ich möchte Georg Istanbul zeigen. Er muss doch meine tolle Geburtsstadt mal kennenlernen!«

»Und deine Eltern«, schlug Steffen vor.

»Ups! Also das weiß ich nicht.«

Derya verschluckte sich fast an ihrem Rakı. Eigentlich konnte man bei ihr nicht gerade von Schüchternheit sprechen, aber Georg schien es, als ob Derya bei Steffens Vorschlag ein bisschen errötet war, was er sehr liebenswert fand.

»An meine Eltern hab ich dabei nicht gedacht. Bei uns Türken ist das mit der Familie ja immer ein bisschen kompliziert.«

»Bei uns Deutschen auch, täusch dich da nicht«, warf Steffen ein, und Georg nickte.

»Georg soll den Bosporus sehen, die Altstadt, das Goldene Horn, den Bazar, die Zisterne, unsere Parks, die Prinzen Inseln – ach, es gibt so vieles, was ich ihm zeigen möchte. Vielleicht wage ich ja auch einen Besuch bei meinen Eltern mit ihm. Aber nun müssen wir erst mal sehen …«

»Ja, das stimmt«, Georg fasste nach ihrer Hand. »In der jetzigen Situation kann ich leider überhaupt nichts planen.«

»Aber das läuft uns ja nicht weg. Irgendwann wird es klappen!«

Als es fast elf war, hoben sie die Tafel auf. David hatte eine Woche frei, bevor er zu einem größeren Auftrag nach Italien aufbrach, aber Steffen musste am nächsten Morgen wieder früh im Institut sein.

»Na, kommst du noch auf einen Kaffee mit rein?«, fragte Derya und gab Georg einen Kuss, als sie vorm Nachbarhaus standen, in dem ihre Wohnung lag.

»Wenn du mir dann auch deine Briefmarkensammlung zeigst, gerne!«

»Mach ich. Koray ist nicht da, ich hab sturmfreie Bude ...«

Koray war Deryas Sohn, ein hübscher, sympathischer Junge. Seinem Auszug nach dem Abitur im nächsten Jahr sah Derya mit gemischten Gefühlen entgegen, denn er war ein ausgesprochen hilfsbereiter, lieber Typ, und die beiden hatten ein sehr gutes Verhältnis. Andererseits aber war er furchtbar unordentlich, und über seine Freizeitgestaltung mit Nächten vorm Computer und bis nachmittags im Bett regte Derya sich immer aufs Neue furchtbar auf. Doch Koray war im Frühjahr 18 geworden, und sie versuchte, sich so wenig wie möglich in sein Leben zu mischen, wie sie Georg erzählt hatte.

»Es hat sowieso keinen Sinn. Ich hab ja auch immer nur gemacht, was ich wollte, und Koray hat meinen Dickkopf geerbt.«

»Ach ja, ich würde wirklich gerne bis morgen früh bei dir bleiben.« Georg gab Derya noch einen Kuss, schwang sich aus dem Bett und streifte seine Kleidungsstücke über. »Aber meine Elternpflicht ruft. Morgen muss ich vier jungen Damen das Frühstück machen!«

»Ach, du ziehst vier junge Mädels meiner Wenigkeit vor! Ich verstehe.«

Es war inzwischen nach Mitternacht.

»Ich bring dich noch zur Tür.«

Derya schlüpfte in ihren Morgenmantel. Ein Handyton erklang.

»Oh, oh! Jetzt musst du aber ganz schnell nach Hause!«

»Angermüller.«

»Wo?«

Gespannt folgte Derya dem einseitigen Gespräch.

»Okay, Claus soll mich in fünf Minuten zu Hause abholen. Ja, gleich hinterm Brink.«

»Arbeit, Herr Kommissar?«, meinte Derya mitfühlend und küsste Georg zum Abschied.

»Ja, ich muss mich beeilen. Mein Kollege holt mich gleich an meiner Wohnung ab. Ade, mein Schatz, wir telefonieren.«

KAPITEL XII

Keine fünf Minuten hatte es gedauert, bis Marlene Blaulicht durch die Nacht hatte zucken sehen. Bei dem Anblick erinnerte sie sich, dass das neue Gebäude der Freiwilligen Feuerwehr Techau tatsächlich weniger als einen Kilometer von hier entfernt lag. Wenigstens das war ein beruhigender Gedanke angesichts der unheimlichen Geschichte mit dem plötzlich verschwundenen Benzinkanister im Schuppen. Nur schemenhaft hatte sie die lebhaften Aktivitäten der Feuerwehrleute zur Eindämmung des Brandes auf dem Hügel gegenüber erkennen können, bis schließlich das Feuer ganz erloschen war.

Eine halbe Stunde später hatte die Polizei an der Haustür geklingelt. Die beiden Beamten hatten ihre Personalien aufgenommen und sie alles Mögliche zur Entdeckung des brennenden Autos gefragt. Sie schienen enttäuscht, als sie nichts beisteuern konnte, außer dass sie es plötzlich hatte brennen sehen und daraufhin die Feuerwehr alarmiert hatte.

»Dann vielen Dank, Frau Deicke. Wir sind nur die Vorhut. Es könnte sein, dass sich andere Kollegen von der Kripo sogar heute Nacht noch bei Ihnen melden. Vielleicht legen Sie sich so lange noch mal aufs Ohr.«

Sie hatte versucht, den beiden ein paar Details zum Geschehen zu entlocken, doch entweder wussten sie nichts oder sie wollten nichts dazu sagen, sodass Marlene keine Ahnung hatte, was genau auf dem Hügel passiert war. Und die ganze Zeit über hatte Sophie, aufgeschreckt durch das Klingeln, still oben an der Treppe gestanden, zugehört und versucht zu verstehen, was hier unten vor sich ging. Kaum dass Marlene hinter den Polizisten die Tür geschlossen hatte, wollte die Freundin natürlich genau wissen, was es mit der Unruhe mitten in der Nacht auf sich hatte. Geduldig hatte Marlene ihr alles erklärt, so wenig spektakulär wie möglich, und es tatsächlich geschafft, dass Sophie sich wieder schlafen legte.

Sie selbst war viel zu aufgewühlt, um an Schlaf auch nur zu denken. Und die Aussicht, binnen Kurzem möglicherweise durch erneuten Polizeibesuch aufgestört zu werden, ließ das Vorhaben, sich ins Bett zu begeben, ohnehin sinnlos erscheinen. Also hatte Marlene sich angekleidet und, damit Sophie nicht wieder wach würde, einen Zettel an die Haustür geklebt, mit der Bitte, leise anzuklopfen.

In der Küche brühte sie eine Kanne Kräutertee und brauchte nicht lange auf den nächsten Besuch zu warten.

»Sie?«

Das war eine echte Überraschung. Der Mann nickte, während der Jüngere mit dem Galgenvogelgesicht nur erstaunt schaute.

»Ja, ich bin Hauptkommissar Angermüller, das ist Kommissar Jansen. Dürfen wir reinkommen?«

Sie bat die beiden Männer in die Küche, wo sie zunächst noch einmal das Gleiche erzählen durfte wie beim Besuch der ersten Abordnung.

»Es ist also mehr oder minder Zufall, dass sie den brennenden Wagen entdeckt haben?«

Der, dessen Frau im Krankenhaus lag, führte die Unterhaltung. Sein Kollege, schmaler und etwas kleiner, in Jeans und so eine Jacke mit tausend Taschen gekleidet, saß stumm mit dem Diktiergerät daneben, fuhr sich immer wieder mit einer Hand durch sein kurzes Haar und sah ziemlich müde aus.

»Ja, nur weil ich nicht schlafen konnte, habe ich mich oben in das Zimmer gesetzt, von dem man auf den Hügel gegenüber sehen kann.«

»Frau Deicke, sagt Ihnen der Name Walter Bosse etwas?«

»Ja natürlich. Das ist Wally. Wir waren zusammen auf der Schule. Er war heute Abend hier.«

Irritiert schaute Marlene die Beamten an. »Was hat Wally denn damit zu tun?«

»Wissen Sie zufällig, was für ein Auto Herr Bosse fährt?«

»Gesehen hab ich es nicht, aber es soll irgendein kleiner Fiat sein …«

Die Kommissare wechselten einen Blick, unauffällig zwar, aber er entging Marlene nicht.

»Sagen Sie schon, ist irgendwas mit Wally?«

Der große Dunkle räusperte sich.

»Es tut mir leid. In dem betroffenen Fahrzeug saß mit an Sicherheit grenzender Wahrscheinlichkeit Walter Bosse, und er hat den Brand nicht überlebt.«

Marlene schlug sich die Hand vor den Mund. Ihr blieb die Luft weg. Es dauerte einen Moment, bis sie wieder sprechen konnte.

»Wie ist das passiert? Hatte er einen Unfall? Ist er von der Straße abgekommen?«

»Ein Unfall ist es wohl nicht gewesen, soweit wir das bisher beurteilen können«, antwortete der Kommissar zögernd. Tausend Gedanken rasten durch Marlenes Kopf. Die Mitteilung, dass es Wallys Auto war, das sie da oben hatte brennen sehen, und er auch noch darin gesessen hatte, war so unvorstellbar, so grausam, dass plötzlich ihr Magen zu rebellieren begann.

»Entschuldigung.«

Marlene rappelte sich hoch und taumelte ins Bad, wo sie

ein heftiger Würgereiz packte. Sie hielt sich am Wasserhahn fest, weil ihr die Beine wegzurutschen drohten. Der Kommissar, der Angermüller hieß, war ihr gefolgt und stützte sie, während sie ins Waschbecken spuckte. Langsam ließen die Krämpfe nach. Als sie sich aufrichtete und in den Spiegel sah, erkannte sie sich kaum. Das blonde Haar wirr, dunkle Ringe um die Augen, das Gesicht mit Schweißperlen bedeckt und weiß wie die Wand. Ihr ramponiertes Äußeres, der fremde Mann – es war ihr alles egal. Er half ihr, sich das Gesicht und die Hände zu waschen, und begleitete sie hinüber an den Küchentisch, wo der andere Beamte saß und gerade mühsam ein Gähnen unterdrückte. Ganz allmählich kehrten Marlenes Kräfte zurück, und ihre Gedanken begannen sich zu ordnen

»Geht's wieder?«, fragte dieser Angermüller freundlich, der unverkennbar einen süddeutschen Akzent hatte, und hielt ihr eine Tasse Tee hin.

»Danke, ist schon etwas besser.«

Die Frau tat Angermüller leid. Mit beiden Händen hielt sie die Teetasse, als ob diese ihr Halt geben könnte, ihr Blick wanderte durch den Raum, und ab und zu schüttelte sie leicht den Kopf, als ob sie nicht glauben könne, dass diese Situation Realität war.

»Ich würde Ihnen jetzt gerne noch ein paar Fragen stellen. Meinen Sie, das schaffen Sie?«

Sie hob zögernd die Schultern.

»Versuchen Sie es.«

»Sie sagen, Walter Bosse war heute Abend hier. Wann?«

Die Zeugin versuchte, sich zu erinnern, und erzählte, dass dieser Wally aufgetaucht war, als sie noch beim Abendessen waren.

»Es wird so nach sieben gewesen sein. Ich hab ihm auch was zum Essen angeboten, aber er wollte nichts. Ihm hat es gereicht, nur Wein zu trinken. Wally ist ... war Alkoholiker, so wie ich das mitbekommen habe.«

»Sie waren befreundet?«

»Ich hab Ihnen ja gesagt, dass wir in Berlin wohnen und nur vorübergehend hier oben sind, damit meine Partnerin sich nach ihrem schweren Unfall erholen kann. Ich stamme aus Bad Schwartau, und Wally und ich sind ein paar Jahre zusammen in die Schule gegangen. Am Montag ist er mir das erste Mal seit der Schulzeit wieder begegnet, zufällig, auf dem Markt. Und heute kam er plötzlich hier bei uns an.«

»Gab es einen bestimmten Anlass?«

»Das kann ich nicht so genau sagen. Ich wusste, dass er in einer misslichen Lage ist, keinen Job hat, seine Familie sich von ihm getrennt hat, das haben mir andere Bekannte aus Bad Schwartau erzählt. Und ich hatte das Gefühl, dass er mit mir reden wollte heute Abend. Erst dachte ich, vielleicht über seine eigene, verfahrene Situation. Aber dann ...«, sie hielt inne und hing einen Moment ihren Gedanken nach.

»Dann wollte er wissen, ob wir noch lange hier bleiben wollen. Keine Ahnung. Fast hatte ich den Eindruck, er machte sich Sorgen, ob wir zwei Frauen allein in diesem einsamen Haus sicher sind. Vielleicht meinte er aber was ganz anderes, ich weiß es nicht. Außerdem hat er sich entschuldigt, vielleicht für sein teils ruppiges Benehmen. Ich hab's nicht verstanden. Aber ich konnte ihn auch nicht genauer fragen, weil Wally Hals über Kopf abgehauen ist, als Mirko, ein anderer Schulfreund, hier auftauchte. Der hat mir dann erzählt, dass Wally am Dienstag aus seiner Wohnung geflogen ist und nun in seinem alten Fiat lebt.«

Marlene Deicke schlug die Hände vor die Augen.

»Oh Gott, ich mache mir solche Vorwürfe. Wir hätten ihn nicht gehen lassen dürfen. Er war sicher total verzweifelt. Wahrscheinlich hat er den ganzen Abend noch weitergetrunken. Sie sagen ja, es war kein Unfall ...«

Sie schien erst jetzt zu realisieren, was das bedeuten konnte, und fragte beklommen:

»Aber wenn es kein Unfall war, was heißt denn das?«

Erschrocken schaute sie von einem zum anderen.

»War es etwa Selbstmord?«

»Wir stecken mitten in den Ermittlungen, Frau Deicke, und können leider keine detaillierten Auskünfte geben. Nur eines scheint sicher: kein Selbstmord. Es liegt Fremdverschulden vor.«

»Fremdverschulden? Soll das heißen ...?«

Die Zeugin wagte kaum, den Gedanken auszusprechen.

»Das kann ich mir gar nicht vorstellen. Wally, der war doch völlig harmlos. Ein armer Kerl, der sowieso schon alles verloren hatte. Wer tut denn so was?«, fragte sie stattdessen völlig kraftlos und kämpfte offensichtlich mit den Tränen.

»Wer war denn der andere Besucher, der heute Abend hier gewesen ist?«, leitete Angermüller schnell zum nächsten Thema über.

»Das war Mirko, Mirko Möller. Wie gesagt, auch ein früherer Mitschüler.«

»Und warum ist Walter Bosse gegangen, als dieser Möller hier ankam?«

»Ach, Wally war auf alle anderen, die wir von früher her kannten, irgendwie schlecht zu sprechen. Ich habe angenommen, aufgrund seiner eigenen desolaten Situation. Er hielt sie alle für Spießer, Angeber, geldgeile Materialisten. Mir gegenüber hat er sich zurückgehalten, wahrscheinlich, weil ich nicht mehr hier lebe, nicht zu den Spitzen der Schwartauer Gesellschaft gehöre, wie er das nannte. Auf die hatte er nämlich einen besonderen Hass.«

»Und dieser Mirko Möller gehört dazu?«

»Das hat zumindest Wally so gesehen. Ich denke schon, dass es Mirko vergleichsweise gut geht. Er und seine Frau haben so ein Badezimmerstudio, das größte hier in der Gegend, glaub ich. Und Mirko ist in der Politik aktiv. Er bewirbt sich um ein Landtagsmandat. Sagen Sie …«

Marlene Deicke presste ihre Handflächen aufeinander.

»Glauben Sie, dass vielleicht die rechte Szene irgendwas mit der Sache zu tun hat?«

»Wie kommen Sie darauf?«

»Immerhin war Wally Journalist und jedenfalls früher auch mal aktiv gegen die rechte Szene. Und er als Alkoholiker und seit Neuestem obdachlos gehört für diese Leute ja auch zum Abschaum, den sie ausmerzen wollen. Genau wie Ausländer und Homosexuelle.«

»Wie gesagt, Frau Deicke, wir stehen ganz am Anfang der Ermittlungen. Aber wir werden auch diesen Hinweis verfolgen, vielen Dank. Ist Ihnen heute sonst noch irgendetwas aufgefallen, das vielleicht für uns von Belang sein könnte?«

»Mann, Mann, Mann! Die kann ja schnacken. Und wat die ahlns verteilt hat …«

Ein lautes Gähnen hinderte Jansen am Weiterreden, während er sich den Sicherheitsgurt umlegte.

»Ach Claus, du musst dich mal in ihre Lage versetzen. Die Frau hat so einiges mitgemacht heute. Ich finde, dafür hat sie sich richtig gut zusammengerissen«, entgegnete Angermüller, der im Gegensatz zu seinem Kollegen hellwach war. »Und zumindest die Sache mit dem Kanister halte ich für unsere Ermittlungen von großer Wichtigkeit.«

»Ahs du meinst, Berta.«

Sich in andere Menschen hineinzuversetzen, war nicht gerade Jansens Stärke.

»Aber sach ma, du kennst die Frau?«

»Kennen wäre übertrieben. Wir sind uns im Klinikum schon zweimal begegnet.«

Jansen war offensichtlich hundemüde, gähnte in einem fort. Schon auf dem Hinweg hatte er sich bitter beschwert, dass ausgerechnet ihr Team zu diesem nächtlichen Einsatz beordert worden war. Es war wohl niemand anders frei oder erreichbar gewesen.

»Wer weiß, wozu es gut ist, Claus«, hatte Angermüller nur kommentiert, was dem Kollegen kein echter Trost war. Er selbst fügte sich einfach in die Situation, so unangenehm es auch sein mochte, mitten in der Nacht zu einem Tatort auszurücken. Mit Beginn der Ermittlungsarbeit wurde er wach, die Konzentration stellte sich ein und die verlorene Nachtruhe war vergessen.

Was Marlene Deicke auf seine Frage nach Dingen, die ihr vielleicht heute aufgefallen waren, aufzählte, hatte auch den Kriminalhauptkommissar in Erstaunen versetzt. Immer wieder hatte sie dabei in einem Anflug von Panik gemutmaßt, dass rechte Gewalttäter hinter all dem stecken könnten. Der in dem Auto gestorbene Journalist hätte ihr am selben Abend, also kurz vor seinem Tod, bestätigt, dass eine derartige Szene hier ziemlich aktiv wäre. Auch für Angermüller war diese Überlegung durchaus plausibel.

Die Geschichte mit dem verschwundenen Benzinkanister konnte zusätzlich in diese Richtung weisen und mit ihrem Fall in Zusammenhang stehen. Vor Ort hatte die Kriminaltechnik bereits festgestellt, dass ein Brandbeschleuniger benutzt worden war, den jemand teils pur, teils in Form von damit getränkten Lumpen rund um und über den Wagen verteilt hatte. Außerdem hatten sich Reste verbrannten schwarzen Plastiks auf dem Wrack gefunden, was noch nichts heißen musste, denn schwarze Kanister gab es sicherlich häufiger. Trotzdem ein Ansatzpunkt, dachte Angermüller.

In jedem Fall war es ein unglaublich heimtückisches Verbrechen, mit dem sie es hier zu tun hatten. Der Insasse des Autos, dafür sprachen zwei leere Flaschen Korn, die sich im Fußraum gefunden hatten, schien mehr als volltrunken gewesen zu sein. Die Untersuchung zur Blutalkoholbestimmung lief bereits, und sie würden das Ergebnis am nächsten Tag erhalten. Der nächste Tag ist allerdings heute, ging es Angermüller bei einem Blick auf die Uhr durch den Kopf. Die Zeiger näherten sich halb drei.

Jemand hatte also den dreitürigen Wagen in Brand gesetzt und die Fahrertür mit starken Ästen so blockiert, dass sie sich nicht von innen öffnen lassen konnte. Der Innenraum des Fahrzeugs war mit dem Hab und Gut des Opfers teils bis zur Decke voll gestapelt, so auch der Beifahrersitz, sodass auch zu dieser Seite kein Entkommen war. Der oder die Täter waren mit menschenverachtender Kaltblütigkeit vorgegangen. Der Mann im Auto hatte keine Chance gehabt. Wenigstens hatte er wahrscheinlich nicht leiden müssen. Sollten die beiden geleerten Schnapsflaschen tatsächlich allein auf sein Konto gehen, musste er sich in einem Zustand nahe der Bewusstlosigkeit befunden haben. Höchstwahrscheinlich war er in seinem Rausch einer Kohlenmonoxidvergiftung erlegen, bevor er das Feuer überhaupt bemerkt hatte, wie Ameise aufgrund der krebsroten Totenflecken sogleich gemutmaßt hatte.

Wer macht so was, hatte die Zeugin gefragt? Genau das würden sie herausfinden, schwor sich der Kriminalhauptkommissar, während sie über die leere A1 flogen. Was für ein Motiv steckte hinter dieser niederträchtigen Tat? Wer konnte ein Interesse daran haben, eine bereits gescheiterte Existenz wie diesen Wally gänzlich zu zerstören?

Ganz zum Schluss hatte die Zeugin noch kurz erwähnt, dass sie drüben beim Restaurant heute einen weiteren ehemaligen Mitschüler gesehen zu haben glaubte. Sie war sich nicht sicher, ob es wirklich Tao gewesen war, mit dem die letzte Begegnung über 20 Jahre zurücklag. Er war der Sohn des dementen alten Mannes, wie sich herausstellte, von dem die Kellnerin gesagt hatte, dass er höchstens zweimal im Jahr auftauche.

Eine seltsame Gleichzeitigkeit, ging es dem Kommissar durch den Kopf, seltsam wie so manches, das der heutige Tag gebracht hatte. Ob es einfach nur ein Zufall war, dass in Grootmühlen ein Mensch in seinem Auto verbrannte? Ausgerechnet in Grootmühlen, diesem Kaff, von dem der Kommissar bis vor Kurzem noch nie gehört hatte, und das jetzt plötzlich in zwei Ermittlungsverfahren eine Rolle spielte? Manchmal schien das Leben voller merkwürdiger Parallelen zu sein.

Und es gab darüber hinaus ja noch eine weitere Begebenheit in Grootmühlen, welche die Polizei bereits beschäftigte, wie Angermüller einfiel: die durchgeschnittenen Bremsschläuche von Marlene Deickes Auto. Vorsorglich hatte er sich die Adresse der Reparaturwerkstatt notiert. Einen Zusammenhang mit dem Fahrzeugbrand konnte er zwar vorerst nicht erkennen, trotzdem wollte er die Angelegenheit im Auge behalten und sich bei den Schwartauer Kollegen nach dem Ergebnis der Untersuchung erkundigen, die der Bekannte der Zeugin in Auftrag gegeben hatte.

»Frühstück!«

Fröhliches Geschrei, Gelächter, vielfüßiges Gepolter auf der Treppe, und die jungen Damen erschienen in der Küche. Julia, Judith und ihre beiden Freundinnen, Luise und Maike, hatten scheinbar eine gute Zeit gehabt, und niemand hatte Georg vermisst. Draußen war es so grau und trüb, dass sie in der Küche das Licht einschalten mussten, doch die vier waren bester Laune und stürzten sich begeistert auf Brötchen, Joghurt, Obst und Cerealien.

»Wann bist du eigentlich nach Hause gekommen, Papa? War es gut gestern bei Steffen?«, fragte Julia mit dem Mund voll Cornflakes.

»Gegen drei bin ich hier gewesen …«

»Was? So lange habt ihr gefeiert?«

»Leider nicht. Ich wurde heute Nacht noch zu einem Einsatz gerufen.«

»Zu einem Mord?«, fragte Luise mit großen Augen, und auch Maike sah Georg erwartungsvoll an.

»Laufende Ermittlungen. Ich darf dazu gar nichts sagen.«

»Logisch, ein Mord«, meinte Judith achselzuckend und griff sich noch ein Brötchen, »er ist doch bei der Mordkommission.«

Die Übernachtungsgäste erschauerten und tauschten vielsagende Blicke, während Angermüllers Töchter sich völlig kaltblütig gaben. Ihr Vater wusste, dass es sie im Grunde natürlich genauso berührte wie ihre Freundinnen.

Wie mittlerweile jeden Tag verabredete er sich mit Julia und Judith im Klinikum und schickte die Truppe, mit Schulbroten versorgt, pünktlich auf den Weg. Wenig später holte ihn Jansen mit dem Dienstwagen ab.

»Guten Morgen, Schorsch. Damit hab ich nun nicht gerechnet, dass wir uns so schnell wieder sehen«, begrüßte Steffen von Schmidt-Elm seinen Freund in den Räumen des Instituts für Rechtsmedizin.

»Morgen, Steffen, ich genauso wenig. Zu Hause bei dir finde ich's allerdings wesentlich netter.«

Seine Abneigung gegen diese geflieste Kälte mit ihren Edelstahlwannen, dem Kunstlicht, den Waagen und Kühlfächern, eine Kreuzung aus Operationssaal und Fleischerfachgeschäft, würde Angermüller wohl sein Lebtag nicht verlieren.

»Ich darf Ihnen allen den Kollegen Manfred Eberle vorstellen«, wandte sich Steffen an die Runde, die sich im Sektionssaal eingefunden hatte. Zu den Kriminalbeamten war inzwischen noch Staatsanwalt Lüthge gestoßen, während im Hintergrund ein Erkennungsdienstler und der Institutsfotograf ihrer Arbeit nachgingen.

»Herr Eberle ist der Nachfolger von Frau Dr. Ruckdäschl, die uns ja leider vor einigen Monaten verlassen hat, um in die Staaten zu gehen. Er wird hier auch an seiner Dissertation weiter arbeiten. Wie war das Thema noch?«

»Vergleichende Analyse der Leichenschau in Deutschland am Beispiel Schleswig-Holstein und Baden Württemberg. Ich bin sehr gespannt auf die Erkenntnisse, die ich mir hier bei Ihnen erhoffe. Die föderale Struktur der Bundesrepublik Deutschland bringt ja zum Teil erstaunliche Unterschiede in der Behandlung ...«

»Gut, gut, Herr Kollege«, unterbrach Schmidt-Elm den Auskunftsfreudigen. »Leider haben wir jetzt nicht die Zeit, dieser interessanten Fragestellung intensiver nachzugehen. In jedem Fall sehe ich unserer Zusammenarbeit mit Interesse entgegen.«

Er reichte dem stämmigen Mann, dessen dunkles Haupthaar sich bereits leicht lichtete, obwohl er bestimmt erst Anfang 30 war, die Hand.

»Vielen Dank für die freundliche Begrüßung. Ich freu mich auch, hier bei Ihnen arbeiten zu dürfen«, bedankte sich der mit unverkennbar süddeutscher Sprachmelodie.

»Wunderbar, Herr Eberle. Dann wollen wir uns doch gleich mal ans Werk machen.«

Die übliche Prozedur begann, mit sägen, schneiden, wiegen. Schlurfenden Schrittes trug eine Präparatorin auf Metallschalen die ausgeschälten Organe hin und her. Augenscheinlich stand die Frau kurz vor der Rente und erfüllte ohne großes Engagement ihre Pflicht. Im Magen des Opfers fand sich kaum Inhalt.

»Uii, da isch kaum noch Blut im Alkohol«, bemerkte der neue Kollege, während er sich schnuppernd über die eröffneten Körperhöhlen beugte und von Steffen einen rügenden Blick erntete. Nicht, dass Steffen humorlos gewesen wäre, aber Scherze auf Kosten seiner Patienten, wie er die Toten auf dem Tisch nannte, widersprachen einfach seiner Berufsethik.

Neue Erkenntnisse durch die Obduktion gab es erwartungsgemäß nicht. Die Beine des Opfers waren vom Feuer etwas in Mitleidenschaft gezogen worden. Die Kohlenmonoxid-Hämoglobinbestimmung im Labor bestätigte Ameises Annahme, dass der Mann an einer CO_2-Intoxikation gestorben war – mit 4,1 Promille Alkohol im Blut.

»Für viele Menschen wäre bereits diese Alkoholdosis tödlich gewesen. Auf jeden Fall wird sich der Mann in tiefer Bewusstlosigkeit befunden haben, als er erstickte«, resümierte Steffen.

Schon nach einer knappen Stunde konnten Angermüller und Jansen den Sektionssaal wieder verlassen.

»War ein völlig überflüssiger Termin«, knurrte Jansen, »und das auf nüchternen Magen.«

Das war die Art des Kollegen, mit seinem eigenen Missbehagen über diesen wenig angenehmen Ort umzugehen. Heute hatte er damit gar nicht so unrecht, dachte Angermüller, doch die Teilnahme an Obduktionen gehörte nun mal zu ihren Pflichten.

Im Büro angekommen, braute Jansen eine Kanne des starken, schwarzen Bitterstoffs, den er für Kaffee hielt, und verzehrte aus einer fettigen Bäckertüte drei Franzbrötchen dazu, die er auf dem Weg zur Possehlstraße besorgt hatte. Nebenbei klickte er sich durch die eingegangenen Nachrichten auf seinem PC.

»Ach, Niemann hat das Foto von dem chinesischen Geschäftsmann bekommen. Der sieht ja total anders aus als dieser Mister Wu!«

»Guten Morgen.«

Anja-Lena stand in der offenen Tür.

»Ja, der sieht wirklich völlig anders aus und ist quicklebendig vor zwei Wochen schon wieder nach China zurückgeflogen, wie wir inzwischen herausgefunden haben. Na ja, der Frau Knaake-Guo werd ich was erzählen … Vor allem tut mir das Mädchen leid.«

Angermüller tat seine Kollegin leid. Im harten Kunstlicht sah man ihr die Übermüdung deutlich an, die Augen waren gerötet, als ob sie geweint hätte, und ihre sonst so frische Gesichtsfarbe war ihr auch abhandengekommen.

»Anja-Lena, wie geht's? Alles in Ordnung?«, fragte Angermüller mitfühlend.

Sie nickte nur.

Jansen, der nicht aufgeschaut hatte, seit die Kollegin das Büro betreten hatte, hob jetzt zwar neugierig den Kopf, seine unbewegte Miene jedoch vermittelte Gleichgültigkeit. Angermüller aber war sich sicher, dass auch ihm klar war, was Anja-Lenas Zustand zu bedeuten hatte. Sie wusste die Wahrheit über Steven. Was sonst hätte es sein können, das die stets ausgeglichene junge Frau so aus der Bahn werfen konnte? So viel Anstand hatte er scheinbar besessen, Steven C. Li, ihr persönlich die Wahrheit über seine Familie in China zu erzählen, bevor sie es von ihren Kollegen erfuhr.

»Ja, Kollegin, es gibt viel zu tun, wie du vielleicht schon gehört hast«, meinte Angermüller geschäftig. Arbeit war die beste Ablenkung von privatem Ungemach, die Erfahrung hatte er selbst auch schon des Öfteren gemacht.

»Der Tote bei dem Fahrzeugbrand, ja.«

»Genau. In Grootmühlen.«

»Ja, verrückt! Gestern bekommt ihr von Steven den Hinweis auf das Restaurant dort, wo dieser Wu mal gearbeitet hat, und in der Nacht brennt nicht weit davon ein Auto.«

Der junge Mann hatte Anja-Lena also wirklich alles erzählt. Angermüller sagte nichts weiter dazu und nickte nur.

»Hab ich auch schon drüber nachgedacht. Gibt es denn schon Neuigkeiten in der Sache von Herrn Wu?«

»Ich habe vorhin mit Hamburg gesprochen. Wu ist ja dort gemeldet, lebte allein in einer kleinen Wohnung in St. Georg, in einer nicht sehr feinen Ecke hinterm Hauptbahnhof. Er ist keiner geregelten Arbeit nachgegangen, zumindest nicht offiziell, hat aber immer pünktlich seine Miete und alle sonstigen Kosten bezahlt. Laut Zeugen schien er in letzter Zeit keine finanziellen Sorgen zu haben und war viel unterwegs. Die Kollegen haben sich für uns in der

Wohnung umgesehen und eine interessante Entdeckung gemacht: Unter der Matratze steckte eine Plastiktüte mit fast 60 000 Euro.«

»Ja, da schau an«, staunte Angermüller.

»Die große Frage also, woher hat er das Geld?«

»Das könnte ja sogar für die These unseres Chefs sprechen«, überlegte Angermüller, »vielleicht ist er ja doch als Geldeintreiber für die Mafia getourt. Wäre zumindest eine Erklärung für seinen Lebenswandel.«

»Na, hoffentlich nich«, tönte Jansen, der sich bis dahin auffällig zurückgehalten hatte, aus seiner Ecke, »sach das bloß nich gleich dem Appels. Dann hast du in fünf Minuten die Heinis vom LKA am Hals. Das willst du nich wirklich!«

Die Panik seines Kollegen amüsierte den Kriminalhauptkommissar.

»Keine Sorge. Jetzt wo wir wissen, wer der Tote vom Bahndamm ist, versuchen wir es erst mal auf unsere Art.«

»Dann werd ich mich mit Teschner wieder in der Gegend von Reinfeld umsehen und den Zeugen auf den Zahn fühlen, die nach der ersten Runde nicht ausgeschieden sind. Okay?«, schlug Anja-Lena vor.

»Ja, einverstanden. Ich geb jetzt unserer Suchmaschine Niemann noch einen kleinen Auftrag, und dann suchen wir zuerst die Familie von Walter Bosse in Bad Schwartau auf. Und wenn wir schon mal da sind, nehmen wir uns auch noch einmal die chinesischen Landsleute dort vor. Und in der Nordsparbank sagen wir auch wieder Guten Tag. Fertig mit Frühstück, Claus?«

KAPITEL XIII

»Von der Polizei sind Sie? Und es geht um meinen Mann?«

Die Nachfrage der Frau klang etwas verunsichert, doch ihre Antwort kam klipp und klar:

»Wenn Sie von Walter Bosse sprechen: Das ist mein Ex-Mann. Für irgendwelche Beschwerden oder für Schäden, die er in volltrunkenem Zustand verursacht, sind Sie bei mir ganz bestimmt an der falschen Adresse. Außerdem hab ich gleich eine Kundin und gar keine Zeit.«

»Sie haben recht, es handelt sich um Ihren geschiedenen Mann. Er ist letzte Nacht beim Brand seines Fahrzeugs verstorben.«

Angermüller machte eine Pause, um ihre Reaktion abzuwarten, bevor er weitere Einzelheiten nannte. Sabrina Bosse, in einen helltürkisfarbenen Kasack zur weißen Hose gekleidet, strahlte eine irgendwie saubere Eleganz aus. Es war wohl ihre Berufsbekleidung, wie Angermüller aus dem Schild für die ›Beauty Lounge Sabrina‹ schloss, das neben der Haustür unter dem Namensschild angebracht war.

»Das ist traurig.«

Sie schluckte und blickte zu Boden, dann richtete sie sich wieder auf.

»Aber ich sage Ihnen ganz offen, dass ich schon lange mit dem Schlimmsten gerechnet habe. Wally ist offenen Auges in sein Unglück gelaufen. Wie ist das denn passiert? War es ein Unfall?«

»Es steht eindeutig fest, dass Fremdverschulden vorliegt.

Jemand hat den Wagen in Brand gesteckt und dafür gesorgt, dass er nicht mehr herauskommen konnte.«

»Oh Gott, das ist ja schrecklich! Das hat er wirklich nicht verdient.«

Entsetzen breitete sich auf ihrem ebenmäßigen, perfekt geschminkten Gesicht aus.

»Wissen Sie schon, wer das getan hat?«

Der Kriminalhauptkommissar verneinte.

»Können Sie uns Auskunft geben, mit wem Ihr früherer Mann Umgang pflegte? Freunde, Kollegen? Ob es Leute gab, mit denen er regelmäßig Kontakt hatte?«

»Tut mir leid, da sind Sie bei mir an der völlig falschen Adresse. Außer durch Zufall aus der Ferne hab ich Wally nach der Scheidung nicht mehr gesehen. Seit es mit seinem Alkoholismus immer schlimmer wurde, hatten auch die Kinder keinen Kontakt mehr zu ihm, dafür habe ich gesorgt. Seit Jahren habe ich ihn nicht gesprochen. Ich hab mir immer nur die Gerüchte von anderen anhören müssen, was er in seinem Suff wieder verzapft hatte, dass er vor einiger Zeit aus dem Job und inzwischen auch aus seiner Wohnung geflogen ist. Zum Glück habe ich mir mit meinem Kosmetikstudio eine eigene Existenz aufgebaut. Von seinen Unterhaltszahlungen konnte ich ja schon lange nur noch träumen!«

Ihre Betroffenheit war der Empörung darüber gewichen, was sie durch ihren Ex-Mann alles zu ertragen hatte.

»Wissen Sie, wie das ist, wenn Ihnen von den Leuten immer wieder mit hämischem Gesicht Schauergeschichten über Ihren Ex aufgetischt werden? Das ist überhaupt nicht schön, kann ich Ihnen sagen. Aber es gibt Leute in unserer kleinen Stadt, denen bereitet das ein höllisches Vergnügen.«

»Ja, dann lasse ich Ihnen einfach meine Karte hier, und sollte Ihnen doch noch etwas einfallen, das uns weiterhelfen könnte, melden Sie sich einfach.«

»Das wird sicher nicht passieren«, meinte Sabrina Bosse knapp, griff nach der Karte und setzte plötzlich ein charmantes Lächeln auf.

»Frau Schneider, guten Tag! Schön, Sie zu sehen«, begrüßte sie honigsüß eine ältere Dame, welche die Stufen zum Haus heraufkam, und komplimentierte sie ins Haus.

»Ja dann, meine Herren, Sie sehen, ich habe zu tun.«

»Der ist ja wirklich ein armer Hund gewesen, dieser Walter Bosse. Bruder und Schwester wollten nichts mehr mit ihm zu tun haben, seine Frau und die Kinder erst recht nicht«, stellte Angermüller fest, als sie vor ihrem Dienstwagen in der stillen Schwartauer Wohnstraße standen, »der war völlig allein. Die Kollegen haben uns erzählt, dass er den Kontakt zu ihnen angeblich von sich aus abgebrochen hat, Freunde scheint er auch keine mehr gehabt zu haben. Ein Leben in der selbst gewählten Isolation.«

Er sah sich um. Die Häuser hier waren keine Villen, aber geräumig, mit Carports und großen Gärten, und vermittelten durchaus den Eindruck von Wohlstand, von geordneten Verhältnissen. Hier wuchs keine Hecke wild, der Rasen war ordentlich geschoren und der Bordstein gefegt. Gepflegte Gegend, gepflegte Frau, gepflegte Kleinstadtgesellschaft – vielleicht hatte dieser Wally hier einfach auch nicht hergehört. Irgendeinen Grund wird sein Alkoholismus schon gehabt haben, dachte Angermüller.

»Jou, und die Nachbarn seiner letzten Wohnung haben ihn überhaupt nicht gekannt. Jedenfalls alle die, mit denen wir vorhin gesprochen haben«, stimmte Jansen zu und öffnete mit der Fernbedienung die Autotüren, »nur der Kööm war sein Freund.«

»Ach, fährst du jetzt bitte in Richtung Markt?«, bat Angermüller, als sie aus der Parkbucht rollten.

»Ich dachte, wir wollen zu dem Chinesenladen in der Nähe vom Bahnhof.«

»Ich möchte erst noch bei der Schwartauer Kripo-Außenstelle hier vorbei.«

»Wat willst du denn bei diesen Marmeladenkochern?«

»Ich will die nur was fragen. Das ist mir eben wieder eingefallen.«

Deutlich war Jansen anzusehen, dass er solche spontanen Einfälle seines Kollegen überhaupt nicht schätzte. Kraftvoller als nötig riss er das Steuer herum, um zu wenden, und stoppte den Dienstwagen mit einem harten Bremsen kurz vor dem Bürgersteig. Eine alte Frau, die gerade mit ihrem Einkaufstrolley dort entlang rollte, warf ihm einen bösen Blick zu.

»Wann soll das gewesen sein? Gestern?«

Der Schwartauer Kollege bedauerte.

»Ich war gestern den ganzen Tag hier und den Möller, den hab ich hier nich gesehen. Ich kenn den wohl. Seit der in die Politik eingestiegen ist, kommste an dem ja sowieso nich vorbei. Ständig is der in der Zeitung. Angerufen hat er aber auch nich, das müsste eigentlich hier im Bericht festgehalten sein. Aber ich frag besser nach. Jörg!«, rief er in ein Büro weiter hinten.

»Wat gibt's?«

»Du warst doch gestern auch hier und du kennst doch den Mirko Möller ganz gut?«

»Stimmt. Wir haben jahrelang zusammen Fußball gespielt.«

»Hast du den gestern gesehen, oder hat der hier angerufen?«

»Nö.«

»Da habt ihr's. Bei uns ist er jedenfalls nicht gewesen. Und eine Autowerkstatt hat sich auch nicht bei uns gemeldet.«

»Okay, dann ziehen wir mal weiter. Vielen Dank, Kollegen.«

»Da nich für«, antwortete der Schwartauer Polizist zufrieden und zog sich wieder an seinen Schreibtisch zurück, wo neben dem Kaffeepott eine aufgeschlagene Tageszeitung lag.

»Also, das interessiert mich jetzt aber wirklich«, ließ Angermüller seiner Gespanntheit freien Lauf, als sie draußen unter dem grauen Himmel standen, »lass uns gleich zu der Werkstatt fahren.«

Jansen fragte nicht nach, was bedeutete, dass ihm die Sache genauso wichtig war, auch wenn sie nicht direkt mit ihren Ermittlungen zusammenhing. Erwartungsvolle Konzentriertheit lag in den Gesichtern der Männer. Aus langjähriger Erfahrung wussten beide, dass man manchmal die Fäden aufnehmen musste, die auf dem Wege lagen, ohne zu wissen, wo sie einen hinführten.

Die Werkstatt hinter Ratekau, kurz vor der Autobahn, war ein kleiner Betrieb. Der Chef, ein vielleicht 50-jähriger zierlicher Mann, nahm sie persönlich in Empfang und führte sie auf den Hof zu einem Renault.

»Und das war eindeutig kein Marder oder ein anderes Tier, das die Bremsschläuche beschädigt hat?«, hakte Angermüller noch einmal nach.

»Nee. Das waren ganz saubere Schnitte, das schafft kein Marder. Tscha.«

Er kratzte sich am Kopf.

»Dat haben wir jetzt ja nu ahlns schon repariert. Die Dame wollte das Auto doch so schnell wie möglich wieder haben, da sie zurück nach Berlin fahren will.«

Er wischte sich immer wieder die Hände mit einem ölverschmierten Lappen. Wahrscheinlich nur eine Angewohnheit, denn sauberer wurden sie davon gewiss nicht.

»Das hat Ihnen die Besitzerin gesagt?«

»Nein. Das ging so hin und her. Die Dame kam, sich einen Leihwagen holen, und sagte, wir sollten erst mal zuwarten. Der Abschlepper, der die Kiste hierher brachte, sagte auch, erst mal nix machen, weil sich die Polizei das ansehen soll. Und dann, so am frühen Nachmittag, hat hier der Möller angerufen und gesagt, das mit der Polizei hätte sich erledigt und wir sollen das so schnell wie möglich reparieren, egal wie teuer, weil seine Bekannte den Wagen braucht.«

Der Mann stopfte den Lappen in die Tasche seines Blaumanns.

»Kundenwünsche sind uns heilig. Und da haben wir so schnell das ging die Ersatzteile besorgt und den Wagen heute Morgen als Ersten rangenommen. Der wird nur noch gewaschen und innen gesaugt und dann kann er wieder abgeholt werden. Bremst wie 'ne Eins!«

Amüsiert beobachtete Angermüller, wie Jansens Augen völlig hypnotisiert an der Frau mit dem dunklen halblangen Haar hingen, die sie im Traumbadstudio in Empfang genommen hatte. Sie war außergewöhnlich schön, das musste er zugeben, das Gesicht, die Figur, perfekt wie von einem Hollywoodstar. Für seine Begriffe vielleicht ein bisschen zu perfekt.

»Guten Tag. Kann ich Ihnen behilflich sein?«, begrüßte sie die Beamten mit einem zauberhaften Lächeln.

Angermüller stellte sich und Jansen vor und fragte nach Mirko Möller.

»Ich bin Susann Möller. Mein Mann ist momentan leider nicht hier«, entgegnete sie mit gleichbleibender Freundlichkeit, was nicht unbedingt der Regel entsprach, wenn Gesprächspartnern klar wurde, mit wem sie es bei Jansen und Angermüller zu tun hatten.

»Kann ich Ihnen vielleicht weiterhelfen?«

»Wir müssten ihn schon persönlich sprechen«, erklärte Angermüller.

»Mirko müsste eigentlich bald zurückkommen. Er wollte nur zur Post und zur Sparkasse. Wollen Sie dort drüben auf ihn warten?«

Sie zeigte auf eine edel eingerichtete Sitzecke mit viel Leder, Glas und Chrom, wo normalerweise die Kunden in aufwändigen Katalogen nach ihrem Traumbad blätterten.

»Ja, das machen wir gerne. Vielen Dank.«

Die beiden Polizisten ließen sich auf den schwarzen Polstern nieder und lehnten den sogleich angebotenen Kaffee dankend ab.

»Sagen Sie«, Susann Möllers ausdrucksvolle Lippen verzogen sich zu einem schüchternen Lächeln, »darf ich fragen, ob Sie wegen Wally Bosse hier sind?«

Der Kriminalhauptkommissar verbarg sein Erstaunen hinter einem Hüsteln.

»Wie kommen Sie darauf, Frau Möller?«

»Marlene Deicke, eine Schulfreundin meines Mannes, hat heute Morgen bei Mirko angerufen und die schreckliche Geschichte erzählt. Ich bin noch ganz erschüttert. Ich kannte Wally zwar kaum, aber so etwas Furchtbares habe ich noch nie gehört …«

»Was hat Ihr Mann mit Walter Bosses Tod zu tun?«

»Nichts natürlich«, sagte sie erschrocken, »ich dachte nur, weil er Wally ja gestern Abend bei Marlene begegnet ist. Sie befragen doch immer alle, die das Opfer, wie sagt man, *zuletzt lebend gesehen haben*«, wieder lächelte sie ebenso zaghaft wie reizend, »so kenne ich das zumindest aus dem ›Tatort‹.«

»Leider kann ich Ihnen keine Auskunft geben, wir müssten wirklich mit ihm selbst sprechen«, beschied Angermüller ihr ruhig.

Jansens Bein fing nervös an zu wippen. Ihm behagte die Situation offensichtlich gar nicht. Susann Möller aber hatte begriffen, dass sie hier nichts in Erfahrung bringen würde, entschuldigte sich und zog sich in den Hintergrund des weitläufigen Ausstellungsraumes zurück, wo sie mit einem jungen Mann ein neues Traumbadambiente arrangierte. Angermüller betrachtete staunend die ausgestellten Interieurs. Neben edelsten Materialien und ausgefallenem Design war es heute scheinbar vor allem die Größe der Bäder, so weiträumig wie mancher Leute Wohnzimmer, mit der die Hausherren renommieren wollten.

Der Rhythmus von Jansens Bein wurde immer schneller, und ab und zu pustete er hörbar die Luft aus, ein unverkennbares Zeichen, dass die Geduld des Kollegen mal wieder auf eine harte Probe gestellt wurde. Nach knapp zehn Minuten löste sich die schöne Frau Möller aus ihrer Ecke und lief zum Eingang.

Draußen hielt ein Mercedes, ein hochbeiniger silberner Offroader. Gehörte so ein dickes Auto hier zum Image des erfolgreichen Geschäftsmannes und zukünftigen Landespolitikers, überlegte Angermüller? Ein großer Mann, das Haupthaar schon etwas dünn, schick, aber durchaus leger gekleidet, sprang aus dem Wagen und eilte herein. Susann Möller wechselte leise ein paar Worte mit ihm, er nickte und schaute dabei unauffällig in die Richtung der wartenden Beamten.

»Guten Tag, ich bin Mirko Möller.«

Er drückte jedem der beiden kräftig die Hand und sah ihnen dabei fest in die Augen. Sympathisch, offen, einer, der Menschen für sich gewinnen kann, war Angermüllers erster Eindruck.

»Was kann ich für Sie tun?«

Angermüller stellte Jansen und sich selbst vor.

»Können wir uns irgendwo ungestört unterhalten?«

Susann Möller sah aufmerksam zu ihnen herüber. Ihr Mann bat Angermüller und Jansen in sein Büro, das erstaunlich einfach eingerichtet war und mit den vielen Papierstapeln und Aktenordnern nach reichlich Arbeit aussah.

»Bitte entschuldigen Sie die Unordnung.«

Er legte die große Geldtasche mit dem Logo der Sparkasse, die er die ganze Zeit in der Linken hatte, auf einem Sideboard ab, nahm einen Packen Kataloge von einem Stuhl und zog noch einen Hocker unter dem Schreibtisch hervor.

»Bitte nehmen Sie doch Platz. Es ist hier einfach zu eng für zwei völlig unterschiedliche Tätigkeitsfelder. Bis vor Kurzem habe ich mich aus diesem Kämmerchen um die Firma und um meine parteipolitischen Aufgaben gekümmert. Demnächst zieh ich hier aus, und meine Frau wird im Geschäft allein die Chefin sein. Und das kriegt sie ohne mich alles mindestens genauso gut hin, da bin ich mir sicher.«

Mirko Möller lächelte die Kommissare freundlich an, dann wurde er ernst.

»Entschuldigen Sie, wenn ich das jetzt so frage: Sind Sie wegen Wally hier, Walter Bosse? Marlene rief mich vorhin an. Das ist ja wirklich unaussprechlich grausam, was da passiert ist.«

Betroffen schüttelte er den Kopf. Als sein Handy sich meldete, drückte er das Gespräch weg, stellte das Gerät auf stumm und legte es vor sich auf den Tisch.

»Was können Sie uns zu dem Geschehen sagen?«, fragte Angermüller.

Der Mann machte eine ratlose Geste.

»Nicht viel, außer, dass ich Wally gestern Abend bei Marlene kurz begegnet bin. Wirklich sehr kurz, denn kaum hatte er mich gesehen, ist er überstürzt aufgebrochen.«

»Warum das?«

»Keine Ahnung. Sie werden ja schon gehört haben, dass er ein dickes Alkoholproblem hatte. Wir sind in dieselbe Klasse gegangen und waren mal ganz gut befreundet. Aber in den letzten Jahren ist es immer einsamer um ihn geworden, also, er hat von sich aus sämtliche Kontakte abgebrochen. Ich glaube, er hat eine Abneigung entwickelt gegen alle, denen es besser ging als ihm. Dabei war er mal ein begabter, erfolgreicher Journalist. Ein wirklich tragischer Fall.«

»Und nach dem Treffen bei Marlene Deicke haben Sie Walter Bosse nicht mehr gesehen?«

»So ist es.«

Nachdenklich wiegte Angermüller seinen Kopf und sah dem Zeugen ins Gesicht.

»Wir sind aber eigentlich aus einem anderen Grund hier, Herr Möller.«

»Ach ja? Weshalb denn?«

Zum ersten Mal meinte der Kriminalhauptkommissar, eine kleine Unsicherheit in dem so ausgeglichenen Wesen des Mannes wahrzunehmen.

»Sie wollten sich darum kümmern, dass Marlene Deickes Auto, dessen Bremsen scheinbar jemand in böser Absicht manipuliert hatte, von der Polizei untersucht wird. Das haben Sie aber nicht getan. Warum?«

Bevor er antwortete, entfuhr Mirko Möller ein albernes Lachen.

»Sind Sie wirklich deshalb hier?«

»Was finden Sie denn so lächerlich daran?«

»Also entschuldigen Sie, aber ich hab die ganze Geschichte nicht wirklich ernst genommen. Wer sollte denn einen Anschlag ausgerechnet auf Marlenes Auto verüben?«

Seine Miene war ein einziges ungläubiges Staunen.

»Aber sie hat Ihnen doch sicher erzählt, was der Mann vom Pannendienst gesagt hatte?«

»Diese Typen machen sich doch auch gerne mal wichtig, gerade vor weiblichen Kundinnen. Marlene hatte mich auf dem Handy angerufen, als ich mitten in einer wichtigen Besprechung war, und mich gebeten, mich um das Auto zu kümmern. So ganz wortwörtlich weiß ich deshalb nicht mehr, was sie alles erzählt hat. «

»Aber Sie haben ihr gesagt, Sie wollen Ihre guten Verbindungen zur örtlichen Polizei nutzen und den Fall untersuchen lassen.«

»Ja«, meinte er gedehnt, »das hab ich zu Marlene gesagt, um sie zu beruhigen. Aber das hatte ich doch nie vor.«

Er deutete ein komplizenhaftes Grinsen an.

»Sie war ein bisschen, na ja, hysterisch. Glaubte, aufgrund ihrer sexuellen Orientierung für rechtes Gesindel eine Zielscheibe zu sein. Und Sie wissen doch, wie Frauen sind, wenn sie sich wer weiß was Schlimmes einbilden. Ich hab ihr einfach gesagt, ich mach es so, wie du das willst, und gut war's.«

»Stattdessen haben Sie aber gleich bei der Werkstatt angerufen und die beauftragt, die sollen den Wagen so schnell wie möglich wieder fit machen, damit die Frauen nach Berlin zurückfahren können.«

»Genau. Und fragen Sie Frau Deicke: Die hat sich sehr darüber gefreut, dass sie den Wagen bald wieder bekommt, da sie spätestens an diesem Wochenende aufbrechen will.«

Zufrieden lehnte sich Mirko Möller auf seinem Bürostuhl zurück, verschränkte die Arme vor der Brust und wartete auf die Reaktion der Beamten. Als diese auf sich warten ließ, neigte er sich ihnen beflissen entgegen.

»Ist damit Ihre Frage beantwortet?«

»He lücht.«

»Wie bitte?«

Angermüller und Jansen standen auf dem weitläufigen Parkplatz des Traumbadstudios. Ein böiger Wind war aufgekommen und zerrte an den Fahnen mit dem Firmenlogo, sodass sie um die Masten tanzten und in ihren Halterungen ein metallisches Klingen ertönte.

»Na, dat der nich die Wahrheit sagt«, Jansen tippte auf seine Nase, »dat riech ich doch auf 100 Meter Entfernung! Warum hast du den nicht weiter in die Mangel genommen?«

Sein Kollege hob die Schultern.

»Glaub ich auch, dass der gelogen hat. Aber um aktiv zu werden, müssen wir erst einmal wissen, was noch hinter der Geschichte steckt, außer dass Möller ein machohafter Armleuchter ist. Und das wird er uns nicht auf dem Silbertablett präsentieren, so nett der auch tut. Das müssen wir selbst herausfinden.«

»Und wat machen wir jetzt?«

»Da weiter, wo wir vorhin unterbrochen haben. Wir wollten zu dem Chinesen beim Bahnhof.«

Sie verließen das Industriegebiet südlich der Pohnsdorfer Straße, in dem das Traumbadstudio residierte. Auf der Rantzauallee, vor der Einmündung in die Eutiner Straße, staute sich der Verkehr.

Jansen klopfte aufs Lenkrad, Angermüller sah gedankenverloren nach draußen, als er plötzlich alarmiert den Kopf wendete und auf die vorbeifahrenden Autos zeigte.

»Da! Schau mal, wer da fährt!«

Auch ohne weitere Erklärung seines Kollegen versuchte Jansen, als sie endlich in die Rantzauallee einbiegen konnten, dem silbernen Offroader zu folgen. Er führte sie in Richtung Markt, wo der Fahrer den Wagen abstellte und in der Nordsparbank verschwand.

»Eben erst kam der von der Sparkasse, die auch hier am Markt sitzt, jetzt rennt er in die Nordsparbank. Hat der so viel Geld zu verteilen?«, murmelte Angermüller. »Vielleicht sollten wir auch aussteigen …«

Sie hatten eine Parklücke gefunden und wollten gerade den Wagen verlassen, da hielt der Kriminalhauptkommissar seinen Kollegen zurück.

»Warte. Er kommt schon wieder raus.«

Mirko Möller kam schnellen Schrittes aus der Bank, ein anderer Mann folgte ihm. Die beiden entfernten sich vom Eingang und zogen sich an die nächste Ecke zurück, wo die Fußgängerzone begann. Dort blieben sie stehen und redeten miteinander. Höchst interessiert verfolgten die Kommissare das Geschehen.

»Na sach ma, dat is doch der Bankheini, dieser Westhoff. Sieht so aus, als hätten die ein Problem«, kommentierte Jansen die Unterhaltung, die ohne Ton vor ihnen ablief. Möller gestikulierte hektisch herum, Westhoff legte ihm beruhigend die Hand auf die Schulter, Möller redete erregt weiter, der andere schüttelte den Kopf. Für einen Moment standen sie sich dann gegenüber, ohne etwas zu sagen, bis es an Möller war, den Kopf zu schütteln, und er Westhoff, der jetzt auf ihn einredete, nach einer letzten abwehrenden Handbewegung einfach stehen ließ und zurück zu seinem Auto hastete. Westhoff sah ihm noch einen Moment nach und kehrte dann mit gesenktem Kopf in die Bank zurück.

»Wat nu machen? Sollen wir gleich mal mit dem Banker reden?«

»Moment.«

Angermüller holte sein Handy aus der Hosentasche.

»Thomas, was gibt's?«

Aufmerksam lauschte er dem Anrufer, nickte versunken, ließ ab und zu nur ein »Mmh« oder »Aha« hören. Jansen saß mit wippendem Bein und säuerlichem Gesicht daneben. Das konnte er gar nicht ab, im Dunkeln zu tappen und nicht zu wissen, was die anderen redeten.

»Das ist wirklich hochinteressant, vielen Dank. Wir gehen der Sache gleich nach. Super, Thomas! Wir kommen immer näher ran. Bis später.«

Der Kriminalhauptkommissar steckte nachdenklich sein Handy weg.

»Und? Nu sach schon! Wat is denn so interessant?«, platzte es aus Jansen heraus.

»Du erinnerst dich an die chinesischen Schriftzeichen auf der Rückseite der Visitenkarte aus der Bank?«

»Klar. Das kleine Haus.«

»Genau. Thomas hat da höchstwahrscheinlich eine Erklärung dafür gefunden.«

Das zweistöckige Haus, ein beeindruckend großer Bau aus roten Klinkern und weißem Zierstuck, wahrscheinlich gebaut um 1900, lag in der Nähe des Kurparks, auf einem etwas zurückgesetzten Grundstück, von einer Hecke vor neugierigen Blicken geschützt. Durch ein offen stehendes schmiedeeisernes Tor lenkte Jansen den Wagen in den weitläufigen Garten, der zur Hälfte in einen Parkplatz umgewandelt worden war.

Der erste Stock beherbergte Privaträume, und im Hochparterre empfing sie die Praxis mit einem großzügigen, hellen Eingangsbereich, mit Wänden in sanften Gelbtönen und exotischen Pflanzen, die grüne Akzente setzten. Ein Tresen, aus auffällig gemasertem Holz gefertigt, zog sich wellenförmig vor einer Wand entlang. Dahinter saß eine vergnügte junge Frau, die sie freundlich begrüßte.

»Der Herr Doktor hat gerade einen Patienten. Das wird wohl noch ein Viertelstündchen dauern«, erklärte sie den Beamten, »aber dann ist er für Sie da.«

Im Wartezimmer setzten sich die ruhigen Farbtöne fort, nur war es hier ein milchiges Grün, das sich an zwei Seiten vom Boden bis zur Decke zog. Auf einem großen Flachbildschirm reihten sich bewegte Bilder atemberaubender Naturschauspiele aneinander, und aus einem verborgenen Lautsprecher perlte leise Entspannungsmusik. Sie konnte allerdings nicht ganz das Zischen eines Speichelabsauggerätes und das leise Surren des Bohrers überdecken, weniger angenehme Geräusche, die aus dem Behandlungszimmer drangen.

»Ich mag Zahnarzt nicht. Und wenn die das noch so schick herrichten«, bemerkte Angermüller leise zu seinem Kollegen, der bestätigend nickte. Sie befanden sich allein im Raum, der zu Empfang und Flur hin offen war. Einmal eilte eine Sprechstundenhilfe in hellgrünem Kittel und Mundschutz draußen vorbei, zweimal klingelte das Telefon, und sie durften die schwierige Suche nach passenden Terminen für eine Implantatbehandlung erleben. Es vergingen 20 Minuten, und dann öffnete sich die hohe Tür des Behandlungszimmers.

»Moin. Kleinhausen mein Name. Sie wollten zu mir?«

»Können Sie sich vorstellen, warum wir hier sind?«, fragte Angermüller nach der offiziellen Vorstellung seiner und Jansens Person.

»Nee, keine Ahnung«, schnaufte Kleinhausen, »aber scheint ja wichtig zu sein, wenn die Staatsmacht mich hier in der Praxis überfällt. Hab ich was verbrochen?«

Der ganz in Weiß gekleidete Hüne mit dem gewaltigen Bauch ließ ein polterndes Lachen folgen, das die Kommissare nicht recht anstecken wollte.

»Das wissen vorerst nur Sie«, erwiderte Angermüller, »können wir uns irgendwo ungestört unterhalten?«

»Ich hab zwar keine Geheimnisse vor meinen Mädels, aber bitte schön.«

Er zwinkerte der jungen Frau am Tresen zu, die mit einem übertriebenen Nicken antwortete, und führte Angermüller und Jansen in ein Zimmer am Ende des Empfangsflurs. Mahagonimöbel, ein dicker Teppich, eine schwere Ledergarnitur – das Kontrastprogramm zu der Moderne in der Praxis.

»Bitte nehmen Sie Platz und gucken Sie nicht so«, dröhnte der Zahnarzt, »die stammen noch von meinem alten Herrn. Ist so eine Art Andenken und außerdem gemütlich.«

Er ließ sich mit einem Seufzer auf das Sofa fallen, dessen leises Ächzen wie ein Echo klang. In einer Ecke stand ein ausladender Schreibtisch mit Löwenfüßen, zu dem der flache Computerbildschirm und die kabellose Tastatur nicht recht passen wollten. An den Wänden hingen neben dem

Gemälde einer Seeschlacht in bombastischem Goldrahmen eine Menge Fotos von Segelyachten, in einer Vitrine glänzten Pokale in allen Größen und Formen, und auf dem Couchtisch reihten sich auf einem Tablett mehrere Whiskysorten neben einem Siphon und schweren Kristallbechern. Der Hausherr spritzte sich etwas Wasser in ein Glas und trank es in einem Zug aus. Dann packte er sein Smartphone vor sich auf den Tisch.

»So, denn ma los, Zeit is Geld.«

Angermüller legte eine Kopie der Visitenkarte mit den chinesischen Schriftzeichen auf den Tisch.

»Sagt Ihnen diese Notiz irgendwas?«

Der Zahnarzt holte mit einem ungeduldigen Schnauben seine Lesebrille aus der Brusttasche und warf einen oberflächlichen Blick auf die exotischen Zeichen.

»Ich kann kein Chinesisch.«

»Woher wissen Sie, dass das Chinesisch ist?«

»Weiß ich nicht. Vielleicht ist es ja auch Japanisch oder was weiß ich.«

»Ihr Name ist Kleinhausen?«

»Dr. Alexander Kleinhausen, ja.«

»Das hier ist Ihr Name auf Chinesisch.«

»Interessant.«

Kleinhausen nahm noch mehr Wasser aus dem Siphon. Kleine Schweißtropfen hingen auf seiner Stirn, und sein Gesicht war von ungesunder Röte. Der Mann war die fleischgewordene Vision eines Übergewichtigen, vor dem sein Arzt Angermüller immer warnte, wenn er ihm nahelegen wollte, mal wieder ein paar Kilo abzunehmen.

»Kennen Sie einen Wu Hongjun?«

»Sacht mir nix.«

Jansen zog ein Foto des Opfers aus der Jackentasche.

»Das hier ist der Herr Wu. Kommt er Ihnen irgendwie bekannt vor?«

Nur flüchtig schaute Kleinhausen auf die Abbildung.

»Kenn ich nich.«

»Wu Hongjun wurde vergangenen Sonntag tot aufgefunden«, erklärte Jansen. Er und Angermüller schwiegen und warteten auf eine Reaktion.

»Ja und?«

Kleinhausen wirkte völlig desinteressiert. Keine der Fragen schien irgendetwas mit ihm zu tun zu haben. Er las nebenbei ungerührt die Nachrichten, die, diversen Tönen nach zu urteilen, ständig auf seinem Smartphone eingingen.

»Können Sie uns erklären, wieso Ihr Name auf dieser Visitenkarte stand, die wir bei ihm gefunden haben?«

Unwillig löste er den Blick von seinem Handy.

»Nee. Oder vielleicht doch: Ab und zu behandle ich mal jemanden gratis, so arme Teufel, die keine Krankenversicherung haben. Mir geht's ja nicht ganz schlecht, da kann ich auch mal auf Barmherzigkeit machen, nich?«

Ein zufriedenes Lachen ließ seinen Umfang erzittern und passte eigentlich nicht zu seiner Aussage von der Barmherzigkeit.

»Vielleicht hatte der da von mir gehört und wollte auch mal in meine Praxis kommen.«

»Herr Wu hatte einen Zahnarzt und eine Krankenversicherung.«

»Tscha, wat soll ich machen. Ich kenn den nich.«

»Aber das ›Bambushaus‹ kennen Sie?«

Ein schräger Seitenblick traf Angermüller, der danach gefragt hatte.

»Wenn Sie den schlechten Chinesen in Grootmühlen meinen, ja, den kenn ich. Da bin ich aber seit meiner Jugend nicht mehr gewesen. Ist auch nicht zu empfehlen, was man so hört.«

»Aber Ihren Kumpel Jiang Jintao, genannt Tao, den sehen Sie doch noch öfter?«

»Meinen Kumpel Tao!«

Kleinhausen ließ ein lautes Lachen ertönen und haute sich auf die mächtigen Schenkel.

»Sie sind lustig! Wissen Sie, wie lange das her ist, dass Tao mein Kumpel war?«

»Ich kann Ihnen zumindest genau sagen, wann Sie beide zusammen vor Gericht standen, wegen Verstößen gegen das Rauschmittelgesetz und diverser Überfälle auf Tankstellen und Videotheken.«

»Entschuldigung? Was soll das jetzt?«

Die Augen in Kleinhausens feistem Gesicht verengten sich unheilvoll. Wütend fauchte er:

»Das ist über 20 Jahre her. Ich habe damals, im Gegensatz zu Tao, der in den Knast ging, eine Geldstrafe erhalten und Sozialstunden ableisten müssen …«

»Nicht zuletzt, weil Ihr Herr Vater dank seiner Beziehungen und seiner finanziellen Möglichkeiten die Kohlen für Sie aus dem Feuer holte.«

»Ja und? Man sah bei mir eben die besseren Resozialisierungsaussichten. Das war alles juristisch korrekt!«, brauste er auf. »Außerdem ist meine Akte doch angeblich längst gelöscht worden. Vielleicht sollte ich da mal in Ihrer Behörde nachhaken und den korrekten Umgang mit meinen Daten überprüfen lassen.«

Der letzte Satz klang wie eine Drohung und war wohl auch so gemeint, wie Angermüller aus dem erbosten Gesichtsausdruck des Mannes schloss.

»Ihre Akte ist gelöscht worden, keine Sorge, da Sie später nicht mehr straffällig geworden sind. Aber nicht die Ihres Freundes Tao, der eine bemerkenswerte kriminelle Karriere gemacht hat.«

»Und wegen dieser ollen Kamellen kommen Sie jetzt zu mir? Was hab ich mit Taos Gangstereien zu tun?«

»Wann haben Sie diesen Tao das letzte Mal gesehen?«

Scheinbar hatte sich Kleinhausen wieder etwas beruhigt, zumindest sein Gesicht sah wieder ganz entspannt aus.

»Puh, fragen Sie mich was Leichteres«, grübelnd schaute der Zahnarzt auf sein Smartphone, das soeben wieder ein Signal gegeben hatte, »das muss Monate her sein. Der kommt ja nur noch selten in unsere Gegend, und man läuft sich dann eher zufällig über den Weg.«

Während er dies sagte, las er die Kurznachricht, die er gerade erhalten hatte, und die ihn mehr zu interessieren schien als das Gespräch mit der Polizei.

»So, war's das dann? Meine Kaffeepause ist jetzt gleich um.«

»Was haben Sie vergangenes Wochenende gemacht?«

»Ich weiß zwar nicht, warum Sie das jetzt wissen müssen, aber bitte: Vor allem war ich segeln, den ganzen Tag, und Samstagabend hatten wir im Verein eine Schiffstaufe.«

»Wann?«

»Die Taufe hat so um 17 Uhr angefangen, da liefen wir gerade wieder ein.«

»Und Sie waren den ganzen Abend dort?«

»Gab ein leckeres Büffet, reichlich gepflegte Getränke. Ja, ich war den ganzen Abend da.«

»Sie leben allein?«

»Ja, bin noch zu haben«, griente Kleinhausen.

»Wann sind Sie nach Hause gekommen?«

»So genau weiß ich das jetzt nicht. Vielleicht war ich so um Mitternacht wieder hier.«

»Gut, wir werden das überprüfen.«

Jansen notierte sich die Adresse vom Haus des Lübecker Yacht Clubs in Travemünde und die Namen einiger Mitglieder, die Kleinhausen als Zeugen nannte.

»Und Sonntag?«

»Sonntag auch noch! Langsam find ich das ja lästig. Sollte ich vielleicht doch besser meinen Anwalt einschalten?«

»Das müssen Sie wissen«, meinte Angermüller achselzuckend auf die nicht ganz ernst gemeinte Frage, »also, kommen Sie bitte zum Sonntag.«

»Lange geschlafen, Mittagessen mit Mama in ihrer Seniorenresidenz, nachmittags bisschen Golf gespielt und abends zum Geburtstag einer Freundin.«

Kleinhausen war Mitglied im traditionsreichen Lübeck-Travemünder Golf-Klub, der in traumhafter Lage über dem Steilufer an der Lübecker Bucht thronte und der traditionsreichste in der Gegend war.

»Und wie ist der Name der Freundin?«

»Möller, Susann Möller«

»Vom Traumbadstudio?«

»Jaha, die Traumfrau Möller.«

»Dann kennen Sie auch Ihren Mann, Mirko Möller?«

»Zwangsläufig. Wir sind zusammen zur Schule gegangen. Leider hat die schöne Susann ihn genommen und nicht mich. Er darf trotzdem als Patient zu mir kommen.«

»Dann sagt Ihnen bestimmt auch der Name Walter Bosse was?«

»Na klar, Wally, der war auch bei uns in der Schule. Trinkt in letzter Zeit bisschen viel.«

»Walter Bosse ist heute Nacht in seinem Auto verbrannt.«

»Ehrlich? Mit besoffnem Kopp gegen 'n Baum geknallt?«

»Nein, jemand hat das Auto angezündet, in dem er schlief.«

»Oha, das ist böse«, kommentierte Kleinhausen. Als Angermüller und Jansen ihn abwartend anschauten, fügte er hinzu: »Aber auch in diesem Fall kann ich Ihnen leider nicht helfen. So leid es mir tut.«

Nachdem sie sich noch einige Namen und Einzelheiten zur Überprüfung des Alibis notiert hatten, verabschiedeten sich die Kommissare. Der Zahnarzt blieb allein in seinem Büro zurück.

Im Flur stand ein Mann am Empfangstresen, der ihnen den Rücken zuwandte und eindringlich auf die junge Frau einredete.

»Ich muss Alex jetzt unbedingt sprechen. Ist wirklich wichtig! Was hat er denn für hohen Besuch da drin?«

»Da kommen sie schon. Ich glaube, die Herren von der Polizei sind jetzt fertig«, erklärte die Sprechstundenhilfe mit einem netten Lächeln und zeigte über seine Schulter.

»Herr Westhoff, guten Tag«, grüßte ihn Angermüller überrascht, »haben Sie Zahnschmerzen?«

Der Angesprochene hatte sich bei den Worten der jungen Frau blitzschnell nach den Beamten umgedreht.

»Ich, äh, nein. Ich muss nur etwas mit Dr. Kleinhausen besprechen«, erklärte er stockend, »wegen einer komplizierteren Zahnbehandlung.«

»Sie und Dr. Kleinhausen sind Schulfreunde, nehme ich an?«

Angermüller sprach diese Vermutung einfach so ins Blaue.

»Ja, stimmt. Wieso?«

Die Überraschung in Sven Westhoffs Gesicht wurde immer größer.

»War nur so eine Idee«, lächelte Angermüller. »Wir wollten übrigens gerade sowieso noch zu Ihnen, Herr Westhoff. Wäre es Ihnen recht, wenn wir Ihnen gleich hier noch ein paar Fragen stellen?«

Recht war es dem Banker nicht, das war seinem Gesicht deutlich anzusehen, doch er nickte und folgte ihnen in das immer noch leere Wartezimmer.

»Sie erinnern sich an das Foto des toten Chinesen, das wir Ihnen am Montag gezeigt haben?«, wollte Angermüller wissen.

»Nicht so ganz genau.«

Jansen legte dem Mann das aktuelle Foto des Opfers vor.

»Wir haben hier jetzt ein anderes Bild, da war der Mann noch am Leben. Schauen Sie sich das bitte noch einmal an. Erkennen Sie ihn jetzt?«

Westhoff warf einen schnellen Blick darauf und schüttelte den Kopf.

»Tut mir leid, auch da muss ich passen«, behauptete er hastig und horchte in den Flur, wo Kleinhausens lautes Organ erklang.

»Wir haben jetzt auch seinen Namen: Wu Hongjun heißt der Mann.«

»Wenn er bei uns Kunde war, hätten Sie seinen Namen ja in der Liste finden müssen, die ich Ihnen zusammengestellt habe. Haben Sie das?«

Die Kommissare verneinten.

»Sehen Sie. Der Mann ist niemals bei uns in der Filiale gewesen. Es ist mir ein völliges Rätsel, wie er an die Visitenkarte von Frau Klüver gekommen ist.«

»Dauert das noch bei dir, Sven? Ich hab nicht ewig Zeit, wenn du heute noch die Behandlungsbesprechung durchziehen willst.«

Kleinhausen, die Hände auf den Hüften, hatte sich in der Türöffnung des Wartezimmers postiert.

»Wie sieht's aus, meine Herren? Sind wir fertig?«, fragte Westhoff, sichtlich bemüht, seinen weltläufigen Charme hervorzukehren, und rang sich ein nettes Lächeln für die Beamten ab.

»Haben Sie schon gehört, was Walter Bosse heute Nacht geschehen ist?«, fragte Angermüller übergangslos.

Für einen Sekundenbruchteil glitt Verunsicherung über das Gesicht des Bankers. Er warf einen Blick zu Kleinhausen.

»Doch, ja. Entsetzliche Geschichte«

»War Mirko Möller deshalb vorhin bei Ihnen in der Bank?«

Verblüffung lähmte kurz die Züge des Mannes.

»Wie kommen Sie darauf?«, wollte er dann wissen, und dem Kriminalhauptkommissar war klar, dass dahinter nur der Versuch steckte, Zeit für eine Erklärung zu finden. Angermüller sah ihn abwartend an.

»Herr Möller hatte ein Anliegen wegen einer Vermögenssache. Sie werden verstehen, dass ich Ihnen darüber aus Datenschutzgründen leider keine detaillierten Auskünfte geben kann. Nebenbei hat er mir das von Wally erzählt.«

Westhoff sah bestürzt aus.

»Wie gesagt, sehr tragisch.«

»Nun gut«, Angermüller schaute von Westhoff zu Kleinhausen, »dann wollen wir Sie nicht länger von dem Gespräch für Ihre Zahngesundheit abhalten. Auf Wiedersehen.«

»Denn man tou«, drängte Kleinhausen, schob Sven Westhoff vor sich her in das Behandlungszimmer und schloss geräuschvoll die Tür.

»Darf ich mal sehen?«

Jansen schenkte der Sprechstundenhilfe sein nettestes Lächeln, griff über den Tresen und drehte das Terminbuch herum, sodass er die Einträge für den heutigen Tag lesen konnte.

»Das dürfen Sie eigentlich nicht«, sagte die junge Frau mit gespielter Strenge.

Er drehte das Buch wieder um.

»Oh, Entschuldigung! Können Sie mir noch mal verzeihen, schöne Frau?«

»Ich überleg's mir«, strahlte sie ihn an.

KAPITEL XIV

Kalt und unwirtlich sah es draußen aus. Grauer Nebel dampfte über den Wiesen. Es hatte seit gestern Abend nicht mehr geregnet, doch der Himmel hing voll bedrohlich dunkler Wolken, sterbende Blätter schwebten langsam von den Bäumen. Der Herbst hatte über Nacht Einzug gehalten. Marlene hatte den Frühstückstisch besonders üppig gedeckt, nicht weil sie so großen Hunger hatte, sondern weil sie die Vorräte aufbrauchen wollte, bevor sie sich am Wochenende auf den Weg zurück nach Berlin machten. Außerdem hatte sie ein paar Kerzen aufgestellt, deren lebendiges Licht sie nach dem grässlichen Ereignis vor wenigen Stunden besser vertragen konnte als die gnadenlose Helligkeit der Hängelampe.

»Guten Morgen, meine Süße. Gut geschlafen?«, begrüßte sie Sophie munter, als diese mit ihrem entspannten Schlafgesicht, das kurze Haar noch verstrubbelt, hereinkam. »Vor allem hast du lange geschlafen! Und guck mal, heute gibt es einen richtigen Brunch, weil's schon spät ist und wir das alles vor unserer Abreise aufessen müssen.«

Auch wenn Marlene in den letzten Tagen gelernt hatte, trotz aller Aufregungen gute Miene zu machen, heute Morgen überforderte sie diese Aufgabe, und Sophies Gespür für Stimmungen funktionierte kaum schlechter als vor dem Unfall.

»Was ist los?«, fragte sie sofort und sah Marlene forschend an, die versuchte, das Gesicht wegzudrehen. Da nahm Sophie die Freundin in ihren gesunden Arm und strich ihr zärtlich über den Rücken. Das war zu viel für Marlene. Ihre mühsam aufrechterhaltene gut gelaunte Fassade brach in sich zusammen, und sie begann hemmungslos zu heulen. Sophie hielt sie fest und murmelte Beruhigendes, von dem Marlene nicht alles verstand, aber spürte, dass es tröstend gemeint war. Als sie sich wieder einigermaßen gefasst hatte, sah Sophie ihr ins Gesicht und wiederholte laut und deutlich: »Marlene, was ist los?«

Warum sollte sie es ihrer Partnerin nicht sagen? Sophie hatte Wally gestern Abend zum ersten Mal gesehen und ihn eigentlich gar nicht gekannt.

»Wally ist tot.«

Natürlich reagierte Sophie schockiert auf diese Mitteilung, aber zugleich wollte sie genau wissen, was passiert war, und Marlene erzählte es ihr, auch, dass es kein Unfall gewesen war. Als daraufhin wieder die Angst in Sophies Augen aufflackerte, die sie seit ihrem Treppensturz mal mehr, mal weniger beherrschte, bereute Marlene sofort ihre Offenheit.

»Sei ganz ruhig, meine Kleine. Sonnabend, spätestens Sonntag sind wir wieder in Berlin und dann lachen wir über die verrückten Geschichten hier, du wirst sehen.«

Jetzt war es an ihr, die Freundin zu trösten und Optimismus zu verbreiten.

»So, und von dem Schietwetter lassen wir uns doch nicht den Appetit verderben.«

Marlene wies auf den voll beladenen Küchentisch, wo Spiegeleier in der alten, schweren Eisenpfanne dampften, Katenschinken und Leberwurst vom Bauernhof lockten, eine Platte mit heimischen Käsesorten sowie der fast noch vollständige Apfel-Streusel-Kuchen. Neben dem Brotkorb reihte sich eine Auswahl Marmeladen, und eine große Kanne Tee stand auf dem Stövchen bereit.

»Greif ordentlich zu! Nach Berlin will ich nichts mehr davon mitnehmen.«

Das ausgedehnte Frühstück gestaltete sich richtig nett. Die Aussicht, bald nach Hause zu fahren, versetzte die beiden Frauen in angeregte Vorfreude.

»Wir müssen uns von einer Menge Leute hier verabschieden«, zählte Marlene auf. »Sandra will uns noch einmal sehen, Mirko hat uns eingeladen, und wir müssen natürlich Tante Birgit Auf Wiedersehen sagen und uns bedanken, dass sie uns ihr Haus hier überlassen hat.«

Sophie, die ja nicht so viel Wert auf Geselligkeit legte, nahm diese Ankündigung gelassen hin. Sie hatte tatsächlich einen unglaublichen Entwicklungssprung gemacht in den letzten Tagen, sowohl was ihr Sprachverständnis wie auch ihren aktiven Wortschatz betraf, und sie führten fast so etwas wie eine echte Unterhaltung, wobei Marlene nun mit Bedacht die heiklen Themen aussparte.

Auch wenn Sophies Riesenfortschritte Marlene mit großer Freude und Hoffnung erfüllten, ging ihr während des Frühstücks wieder die Geschichte mit dem Mann durch den Kopf, dem Mirko gestern Abend nach seinem Besuch begegnet war. Sollte sie später einfach hinüber ins ›Bambushaus‹ gehen und nach Tao fragen, so wie sie es sich heute Nacht vorgenommen hatte? Sophie durfte davon natürlich nichts mitkriegen, die hatte ja allein die Idee schon furchtbar aufgeregt. Oder sollte sie doch lieber vorher Mirko anrufen und mit ihm darüber sprechen?

Mirko, immerzu Mirko – mein Gott, wo war nur ihre Unabhängigkeit, ihr Selbstbewusstsein geblieben? In die abgelegensten Ecken der Welt war sie gereist, hatte mutterseelenallein dort gelebt und recherchiert, und nun rief sie bei jedem Pups einen Mann zu Hilfe. Das musste diese

Umgebung machen, in der sie ihre Kindheit und Jugend verlebt hatte, die verursachte wohl so eine Art Rolle rückwärts in die Vergangenheit.

Aber sollte sie wirklich Sophies Geschichte mit dem Treppensturz weiter nachgehen? In spätestens drei Tagen waren sie wieder in Berlin, dann war all das doch nur noch Schnee von gestern. Andererseits war da auch Wallys entsetzliches Schicksal, und sollte es tatsächlich einen Zusammenhang geben zwischen seinem Tod und den mysteriösen Anschlägen auf sie und Sophie, dann forderte ihr Gerechtigkeitssinn, dass man die Täter ermittelte und bestrafte. Ratlos starrte Marlene in ihre leere Teetasse, da klingelte es plötzlich lang und laut an der Haustür.

Ein Schauer ging gerade nieder, als die Kommissare auf Kleinhausens Anwesen wieder ins Freie traten. Angermüller schlug fröstelnd den Kragen seiner Lederjacke hoch.

»Ein Termin für Westhoff stand nicht in dem Terminbuch, den ganzen Tach nich«, informierte Jansen seinen Kollegen.

»Sag mal, in was für ein Wespennest haben wir da gestochen, Claus?«

Mehr erfreut als verwundert klang diese Frage.

»Tscha, dat frag ich mich auch die ganze Zeit.«

»Der Möller rennt zu diesem Westhoff, der taucht gleich drauf bei dem Kleinhausen auf. Da läuft doch was, oder?«

»Andere Frage: Was hältst du von einer Pause? Ist sowieso gleich Mittag, und ich könnt was zwischen die Kiemen vertragen. Und da können wir auch ma in Ruhe bei schnacken.«

Meist meldete sich Jansens Magen pünktlich um zwölf Uhr. Aber nur selten konnte er seinen stets großen Hunger auch sofort stillen, da sie häufig genau dann keine Gelegenheit dazu hatten. Heute entdeckten sie gleich um die Ecke am Kurpark ein kleines Bistro.

»Roulade mit Rotkohl. Super«, las Jansen, für den eine richtige Mahlzeit eine ordentliche Portion Fleisch beinhalten musste, das Mittagsangebot von der Tafel draußen. »Wollen wir?«

»In Gotts Namen. Da werd ich schon auch was finden«, nickte Angermüller, dem der Sinn nach Leichterem stand.

Von der Aussicht auf seinen kräftigen Mittagstisch getrieben, steuerte Jansen den Passat schwungvoll auf den Parkplatz der Holstein-Therme.

»Also fassen wir doch mal zusammen«, begann Angermüller, als sie sich in einer ruhigen Ecke des Lokals niedergelassen hatten. Direkt vor dem Panoramafenster, neben dem ihr Tisch stand, lag das Außenbecken der Therme.

»Ganz oben auf dem Zettel: der Zahnarzt auf der Visitenkarte unseres Toten vom Bahndamm. Mag ja sein, dass der Kleinhausen mal Patienten ohne Krankenschein behandelt, dann aber eher, um schwarzes Geld mit weißen Zähnen zu machen. Dass der ein Menschenfreund ist, der armen Gestrandeten hilft, kann der seiner Großmutter erzählen!«

»So ist das. Und dass die Visitenkarte aus der Bank stammt, wo der Westhoff arbeitet, ist sicher auch kein Zufall.«

»Ja, da muss es eine Verbindung geben«, sinnierte Angermüller, während er sich mit der Speisekarte beschäftigte. »Kleinhausen und Westhoff, die wissen beide, wer dieser Herr Wu ist, da bin ich mir zu 100 Prozent sicher.«

»Seh ich auch so«, stimmte Jansen zu, »aber was hat der Möller damit zu tun? Dass der vorhin zu dem Westhoff gefahren ist, hängt bestimmt mit unserem Besuch bei ihm zusammen und nicht mit Vermögensfragen. Und übers

Wetter haben die vor der Bank auch nicht gesprochen, das schwör ich dir!«

»Darf ich Ihre Bestellung aufnehmen?«

»Die Roulade und eine große Apfelschorle«, kam es prompt von Jansen.

»Äh, Moment.«

Angermüller überflog die Karte. Er war gerade viel zu sehr auf ihre Ermittlungen konzentriert, als dass er sich dem für ihn sonst so wichtigen Thema Essen ausführlich hätte widmen können. Die Kellnerin trat nervös von einem Fuß auf den anderen.

»Ich nehm die Bruschetta mit Parmesanhobeln«, entschied er schließlich halbherzig.

»Was trinken?«, fragte die Bedienung nicht sehr freundlich und sah ihn dabei starr an.

Er orderte einen Milchkaffee und war froh, als sie ihr Gespräch endlich fortsetzen konnten.

»Ich denke mal, wenn es wirklich so ist, dass die irgendwas mit dem Herrn Wu zu tun haben, dann herrscht bei denen jetzt Alarmstimmung. Die wissen, dass wir dran sind, und werden einen Fehler machen. Im Grunde müssen wir uns nur auf die Lauer legen und abwarten.«

»Schön wär's«, griente Jansen, »so einfach, wie du das sagst, ist das ja leider nich.«

»Weiß ich doch. Die Frage ist nur, wo setzen wir an? Wo ist die Schwachstelle?«

»Mmh.«

Sie schwiegen beide und beobachteten die wenigen Schwimmer, die im Außenbecken, der unfreundlichen Witterung trotzend, ihre Bahnen zogen.

»Wir sollten uns auf jeden Fall auch mit Kleinhausens Jugendfreund Tao beschäftigen.«

»Apfelschorle, Milchkaffee«, bellte die Kellnerin und knallte die Getränke vor ihnen auf den Tisch, sodass Angermüllers Tasse überschwappte.

»Der Mann hat Zuhälterei, schwere Körperverletzung, räuberische Erpressung und noch mehr auf dem Konto, hat Niemann berichtet. Schon so einige Jahre hat der im Knast verbracht. Scheint eine mittlere Hamburger Kiezgröße zu sein.«

»Der Herr Wu war auch in Hamburg zu Hause. Und wahrscheinlich sind die sich früher schon im ›Bambushaus‹ begegnet.«

»Genau.«

Angermüller nickte.

»Mein Vorschlag wäre, nach dem Essen nach Grootmühlen zu fahren und die Kellnerin zu besuchen.«

»Echt? Glaubst du, das bringt was?«

»Das weiß ich nicht. Aber wir haben das letzte Mal ja gar nicht weiter nach dem verlorenen Sohn gefragt. Und wir werden auch versuchen, nochmals mit dem Alten zu reden.«

Jansen, der von diesem Vorschlag nicht überzeugt war, zuckte unentschieden mir der Schulter.

»Und die große Frage heißt: Hängt der Tod von Walter Bosse, der ja wohl auch ein Klassenkamerad von der Truppe war, in irgendeiner Form mit dem Tod des Chinesen zusammen?«

Beide wandten wieder den Blick auf das Schwimmbecken.

»Vorsicht! Heiß!«, riss die Bedienung sie unsanft aus ihren Gedanken.

Auf einem Teller von beachtlicher Größe verloren sich fünf kleine Dampfkartoffeln neben einem Häufchen Rotkohl und einer zierlichen Roulade in einem Klecks Soße.

»Hab ich 'n Seniorenteller bestellt, oder wat?«, kommentierte Jansen enttäuscht und griff zum Besteck. Die Kellnerin warf ihm einen ungnädigen Blick zu. Ein paar Minuten später hatte er seine Portion restlos vertilgt. Angermüller verspeiste seine Bruschetta, ohne groß davon Notiz zu nehmen. Es war einfach nicht der Zeitpunkt, sich ausgiebig mit den genussvollen Dingen des Lebens zu beschäftigen.

»Denn trink ma deinen Kaffee aus und lass uns los«, drängte Jansen, »sonst muss ich mir dasselbe noch mal bestellen.«

»Lässt du mich rein? Oder muss ich hier in der Kälte stehen bleiben?«

»So gut passt es jetzt eigentlich nicht. Wir müssen gleich los zur Logopädie.«

»Ach ja, wegen deiner Freundin. Die kann nich sprechen, oder?«

»Na ja, so langsam lernt sie es wieder. Woher weißt du das? Woher weißt du überhaupt, dass ich hier bin?«

»Hab ich gehört.«

»Das ist Schwartau. Hier bleibt einem nix verborgen, was?«

Er achtete nicht auf ihre witzig gemeinte Anmerkung.

»Ist deine Freundin da?«

»Ja sicher. Aber wie gesagt, wir haben gleich einen Termin.«

»Aber du wirst sie mir doch wenigstens ma vorstellen!«

Der unerwartete Besucher drängte sich so nah an Marlene, dass sie einen Schritt zurück machen musste, wenn sie nicht auf Tuchfühlung mit ihm stehen wollte. Sein muskulöser Oberkörper schien das eng geschnittene weiße Hemd schier zu sprengen. Er trug es für die kühle Witterung viel zu weit geöffnet, mehrere Kettchen baumelten von seinem Hals auf den glatten, tätowierten Brustkorb. Im ersten Moment war Marlene furchtbar erschrocken, als dieser große, kräftige Mann vor der Tür stand. Trotz des dunklen Tages verdeckte eine Sonnenbrille seine Augen. Erst als er sie abgenommen und Marlene ihren früheren Klassenkameraden in dem Besucher erkannt hatte, gewann sie ihre gewohnte Selbstsicherheit zurück.

»Na gut, dann komm kurz rein. Bitte.«

Marlene gab die Tür frei und fragte sich gleichzeitig, was ihn hierher führte. Ohne die dunklen Gläser hatte sie ihn sofort wiedererkannt, trotz der langen, zum Zopf gebundenen Haare und einer Narbe, die sich von links unter dem Auge über die ganze Wange zog und seinem schönen Gesicht etwas Grobes verlieh.

»Darf ich bitte vorgehen?«

Ihre ausgesprochen höfliche Art verunsicherte ihn, das merkte Marlene. So wie er auftrat, war er anderen Umgang gewöhnt, vor allem mit Frauen wahrscheinlich. Sie erinnerte sich, wie Mirko über Taos Berufswunsch gesprochen hatte. Wieder einmal fragte sie sich, wie es kam, dass manche Menschen genau dem Klischee entsprachen, dass sich die Allgemeinheit von ihnen zurechtschnitt. Marlene trat vor ihm in die Küche, wo Sophie ihr gespannt entgegen sah.

»Wir haben Besuch, Sophie. Tao, auch ein ehemaliger Mitschüler von mir, ist gerade gekommen. Er will nur mal kurz Guten Tag sagen. Viel Zeit haben wir ja eh nicht, wegen der Logopädie.«

Sie zwinkerte Sophie mit einem Auge zu. Die Logopädin hatte am Morgen angerufen und den Termin abgesagt. Zu Anfang hatte Marlene es gar nicht schlecht gefunden, dass Tao von selbst bei ihnen aufgetaucht war. So konnte sie ihn gleich fragen, ob er eine Ahnung hatte, was am Sonnabend passiert sein könnte, das Sophie so erschreckt hatte. Doch als sie erfasste, mit was für einem Typen sie es zu tun hatte, beschloss sie, das Thema vorerst besser nicht anzuschneiden. Jetzt hoffte sie inständig, dass Sophie nicht allzu ablehnend reagieren würde.

In den paar Jahren, in denen sie zusammen zur Schule gingen, hatte sie nicht besonders viel mit Tao zu tun gehabt. Sie erinnerte sich nur, dass er ziemlich faul und schlecht in der Schule war. Den Lehrern gegenüber muckte er nicht auf, dafür hatte er auf dem Schulhof die große Klappe. Und wenn ihn jemand wenig nett ›Schlitzauge‹ rief, prügelte er denjenigen grün und blau. Auch ohne großen Anlass prügelte er sich gern. Alex Fettsack nutzte diese Neigung geschickt für sich aus und schickte Tao vor, wenn er mit jemandem Probleme hatte. Manche behaupteten damals sogar, er würde ihn dafür bezahlen.

Ein kurzes Erschrecken glitt über Sophies Gesicht, als sie Taos ansichtig wurde. Dann streckte sie ihm ihre gesunde Hand entgegen.

»Mamma mia!«

Kurz schaute Tao etwas verunsichert, dann nahm er die Hand und schüttelte sie.

»Hallo«, sagte er zu Sophie und grinste Marlene gleichzeitig etwas verkrampft an.

»Wat sacht sie da?«

»Du weißt doch, dass Sophie bei einem Unfall eine schwere Kopfverletzung davongetragen hat und nicht sprechen kann. Sie sagt dir auf ihre Art ›Hallo‹. ›Mamma mia‹ waren anfangs die einzigen Worte, die sie sagen konnte.«

Er hörte nicht auf zu grinsen. Ihn schien das Ganze unglaublich zu amüsieren.

»Mamma mia!«, wiederholte er mit einem unterdrückten Lacher, »Mamma mia!«

»Ich weiß nicht, was daran so lustig ist.«

Deutlich war Marlene der Ärger über Taos Benehmen anzuhören.

»So, meine Partnerin hast du kennengelernt, dann kannst du ja wieder gehen.«

»Wie, krieg ich keinen Kaffee?«

»Ich wüsste nicht, dass ich dich eingeladen habe. Und du hast doch gehört, dass wir einen Termin haben.«

»Mann, du bist doch immer noch so 'ne Giftspritze wie früher. Da will man dich nur mal nett besuchen, deine Freundin kennenlernen …«

Auf Taos Gesicht lag ein Lächeln, doch in seine Stimme hatte sich ein aggressiver Ton geschlichen. Marlene kannte das noch von damals. Da hatte er sich mit demselben Gesicht die schlimmsten Beleidigungen angehört, bis er irgendwann zuschlug.

»Ihr fahrt also zurück nach Berlin an diesem Wochenende?«

»Wer hat dir das denn schon wieder gesagt? Und außerdem, entschuldige, was geht das dich an?«

Jetzt war Marlene richtig wütend. Was bildete sich dieser ungehobelte Idiot ein?

Weiterhin trug Tao dieses unangenehme Lächeln zur Schau. Er entgegnete leise:

»Es gibt überhaupt keinen Grund, so unfreundlich zu reagieren.«

Sein drohender Unterton war nicht zu überhören.

»Ich habe eine einfache Frage gestellt und du brauchst einfach nur darauf zu antworten.«

Er stellte sich direkt hinter Sophie, die der Unterhaltung mit angespannter Aufmerksamkeit gefolgt war und nun besorgt zu Marlene schaute.

»Also«, schwer stützte er sich auf die Lehne von Sophies Stuhl, sodass sein Kinn kurz über ihrem Kopf schwebte, »noch einmal von vorn: Wann genau fahrt ihr zurück nach Berlin?«

Verdammt noch mal, was will er, überlegte Marlene fieberhaft, warum will er das wissen?

»Sobald wir fertig gepackt haben«, antwortete sie, wieder etwas ruhiger, in der Hoffnung, dass er damit zufrieden sein und gehen würde. Sie spürte, wie unangenehm ihr seine bloße Anwesenheit war, und sorgte sich um Sophie. Ihre Freundin war schon immer eher zurückhaltend Fremden gegenüber gewesen und für sie musste Taos erzwungene, körperliche Nähe zu ihr eine echte Qual sein. Außerdem hatte sich mittlerweile die altbekannte Angst wieder in ihre Züge gegraben.

»Das ist keine Antwort auf meine Frage. Aber vielleicht kann sie Sophie ja genauer beantworten.«

Er neigte seinen Kopf zu ihr herunter, sodass er ihr ins Gesicht sehen konnte.

»Also, Sophie, dann sag du mir doch: Wann fahrt ihr zurück nach Berlin?«

»Ich habe keine Lust auf dieses Spiel, Tao. Vielleicht fahren wir schon morgen, vielleicht auch erst Sonntag«, versuchte es Marlene, »kommt drauf an, wann wir fertig sind mit allem.«

»Lass doch mal deine süße Freundin antworten.«

Er rieb mit seinem Kinn über Sophies Haar.

»Bestimmt habt ihr viel Spaß zusammen, oder?«

Mit einem Finger strich er liebkosend an Sophies Hals entlang.

»Bist echt 'ne hübsche Kleine!«
»Mamma mia! Marlene! Mamma mia!«
Prustend kam Tao wieder hoch.
»Oh Mann, aber ganz schön gaga! Mamma mia! Mamma mia!«, äffte er Sophie nach. »Aber wenigstens kannst du nich quatschen.«
Er nickte zufrieden.
»Dann werd ich mal gehen. Kaffee krieg ich ja doch keinen.«
»Ich bring dich raus.«
Marlene, die während der ganzen Zeit, die ihr wie eine Ewigkeit vorgekommen war, gestanden war wie zum Sprung bereit, drehte sich zur Tür. Sie begriff immer noch nicht, was hinter diesem Besuch, der eher einem Überfall ähnelte, steckte, aber sie spürte die Erleichterung, diesen unheimlichen Menschen endlich wieder loszuwerden.
»Moment! Ich muss mich doch ordentlich von der Dame verabschieden.«
Nichts Gutes ahnend schoss Marlene herum. Wieder beugte sich Tao zu Sophie, zog ihren Kopf zu sich hoch und ließ seine Zunge über ihre Wange gleiten. Die Freundin kniff verzweifelt die Augen zu und versuchte, den Zudringlichen mit ihrem gesunden Arm wegzuschieben, was ihr aber nicht gelang.
»Raus!«, brüllte Marlene und packte Tao am Arm.
»Mann, bist du eifersüchtig! Lass uns doch das bisschen Spaß«, lachte Tao, wehrte sie mit dem Arm ab wie eine lästige Fliege, sodass sie in Richtung Tür stolperte, und schob Sophies T-Shirt hoch.
»Ah, was haben wir da denn Feines?«
Marlene sah das angstverzerrte Gesicht ihrer Freundin, die jetzt verzweifelt schrie.

»Weg! Geh weg!«

In höchster Not packte Marlene den Stiel der Eisenpfanne, die auf dem Küchentisch stand, und haute sie Tao mit aller Wucht auf den Schädel, sodass die restlichen Spiegeleier sich rundum im Raum verteilten. Augenblicklich ließ Tao von Sophie ab und sackte zu ihren Füßen zusammen, wo er reglos liegen blieb. Just in dem Augenblick schallte schon wieder die Türglocke durchs Haus.

Wieder herrschte im ›Bambushaus‹ gähnende Leere. Nicht ein einziger Tisch war heute besetzt. Vom Mittagsbuffet her zog ihnen ein intensiver Kohlgeruch entgegen, der sich mit dem der Spiritusbrenner unter den Warmhaltegefäßen mischte, was ihn noch unangenehmer machte. Wie schon am Tag zuvor kam die Kellnerin aus dem Dunkel angeschlurft. Sie hielt die schwarz-roten Mappen mit den Speisekarten in der Hand.

»Guten Tag, bitte schön. Guten Tag, bitte schön«, ließ sie wieder ihren Singsang ertönen.

»Guten Tag, Frau Lüdcke«, begrüßte Angermüller die Frau freundlich. »Sie kennen uns ja schon. Ist der Chef zu sprechen?«

Als die Kellnerin die Kommissare erkannte, wies sie nur mürrisch in den dunklen Flur, und sie machten sich auf den Weg, an Toiletten und Küche vorbei, zum Büro des alten Mannes. Auch heute saß er in einer Wolke aus Zigarettenrauch in seinem Kabuff, vor sich einen Haufen Mah Jongg-Steine.

»Guten Tag, Herr Jiang, wir sind's noch mal. Angermüller und Jansen von der Kripo Lübeck. Dürfen wir Ihnen noch ein paar Fragen stellen?«

Unverwandt sah sie der Restaurantbesitzer an und fingerte eine Zigarette aus der Packung vor sich.

»Es geht um Ihren Sohn, Jiang Jintao, den alle hier Tao nennen. Der besucht Sie doch sicher manchmal. Wann haben Sie ihn das letzte Mal gesehen?«

Im Moment interessierte den Alten nur eins: die Zigarette in seine Zigarettenspitze zu stecken. Als es ihm nicht gelingen wollte, reichte er beides wortlos an Angermüller weiter. Seufzend bastelte der die Zigarette in die Spitze und gab sie dem Mann zurück, der nun abwartete, dass ihm jemand Feuer gab.

»Auch das mach ich doch gern«, murmelte Angermüller und hielt ihm das brennende Feuerzeug hin, »wenn uns das irgendwie weiter bringt.«

Der alte Chinese nahm einen tiefen Zug und ließ den Rauch langsam aus Mund und Nase entströmen.

»Ihr Sohn Tao«, rief Angermüller ihm direkt ins Ohr, »haben Sie den in letzter Zeit mal gesehen?«

Einen Moment schien es, als ob der Greis nachdächte. Dann schüttelte er wie in Zeitlupe den Kopf. Aus seinen wässrigen Augen lösten sich ein paar Tränen, ob vom Rauch oder von der Enttäuschung über seinen abwesenden Sohn, war nicht auszumachen.

»Nu lass ma«, forderte Jansen seinen Kollegen auf, »dat bringt doch nix.«

»Auf Wiedersehen, Herr Jiang«, sagte Angermüller so laut wie möglich. Wie beim letzten Mal versuchte sich der Alte in seinem Stuhl hochzustemmen, um sich formgerecht von den Beamten zu verabschieden.

»Behalten Sie Platz«, rief Angermüller, drückte ihn sanft zurück und reichte ihm die Hand.

Als sie den Gastraum wieder betraten, war es dort noch so leer wie vorher. Wen Lüdcke saß an einem der Tische und schob sich mit einem Paar Stäbchen Nudeln in unglaublicher Geschwindigkeit aus einer Porzellanschüssel in den Mund. Sie ließ sich von den Kommissaren nicht bei ihrer Mahlzeit stören. Erst als sie geräuschvoll die Brühe aus der Schüssel geschlürft und sich mit dem Handrücken den Mund abgewischt hatte, drehte sie ihnen den Kopf zu.

»Hat Chef was gesagt?«

»Nein, er war nicht sehr gesprächig. Aber vielleicht können Sie uns ja wieder weiterhelfen«, beschied sie Angermüller in freundlichem Ton.

»Sie immer neugierig. Immer wollen so viel wissen«, beschwerte sich die Chinesin, »ich hier nur Kellnerin.«

»Aber eine kluge Frau, die vieles hört und sieht«, schmeichelte ihr der Kriminalhauptkommissar, was tatsächlich so etwas wie ein Lächeln in ihren misslaunigen Zügen hervorrief.

»Wir wollten wissen, wann der Chef das letzte Mal seinen Sohn gesehen hat, aber wie gesagt …«

Sie nickte verstehend.

»Ja, Chef weiß nicht mehr. War Tao Weihnachten zuletzt bei seinem Vater.«

»Ah ja. Aber Jiang Jintao lebt doch in Hamburg? Ist ja eigentlich nicht so weit von hier.«

»Ja, Hamburg, ja, stimmt. Aber immer Probleme zwischen Vater und Sohn gegeben. Früher immer viel gestritten. Tao immer weniger zu Chef gekommen.«

»Weihnachten! Dann ist das ja wirklich schon ewig her, dass die beiden sich gesehen haben«, wunderte sich Angermüller.

»Ja. Aber Wen hat gesehen«, meinte sie verschmitzt.

»Wovon sprechen Sie?«

»Ich habe Tao gesehen.«

»Wo?«

»Hier, bei Restaurant«

»Ach, und wann?«

»Heute«, meinte sie achselzuckend.

»Tao war heute hier?«, fragte Angermüller verdutzt.

Statt einer Antwort zog sie nur genervt die Brauen hoch.

»Haben Sie mit ihm gesprochen?«

»Nein. Habe doch nur seine Auto gesehen.«

»Wo?«

»Na, hier bei Restaurant. Hab ich schon gesagt!«

»Auf dem Parkplatz?«

»Ja, aber hinter Haus. Parkplatz privat für Chef und Personal.«

»Was hat Tao für ein Auto?«

»Große weiße.«

»Zeigen Sie uns bitte mal diesen Parkplatz?«

Wen Lüdcke stöhnte auf und erhob sich.

»Hab ich doch gleich gesagt, wollen immer so viel wissen!«

Wieder zogen sie durch den finsteren Flur an den Toiletten, der Küche und dem Büro von Jiang Wenzhong vorbei, bis sie zu einem Hinterausgang kamen. Die Tür nach draußen war nicht verschlossen. Auf dem Hof standen zwei große Müllcontainer, ein klappriges Fahrrad lehnte an der Wand, und daneben parkte ein betagter japanischer Kleinwagen.

»Ah, steht immer noch da.«

Wen deutete auf einen weißen BMW mit Hamburger Kennzeichen, der in der äußersten Ecke des Hofes abgestellt war. Jansen pfiff durch die Zähne.

»Einen X6 fährt der. Teures Spielzeug!«

»Und dieser Wagen gehört dem Sohn vom Chef?«

»Ja. War auch letzte Weihnachten damit hier.«

»Wann ist Ihnen das Auto denn aufgefallen?«

»Immer wenn ich Fahrrad abstelle oder wieder nehme. Morgens und abends.«

»Heißt das, Sie haben dieses Auto nach Weihnachten noch öfters gesehen?«, hakte Angermüller nach.

Frau Lüdcke zuckte desinteressiert mit den Achseln.

»Also, ist das so?«

»Ja.«

»Und wann genau?«

Sie sah den Kriminalhauptkommissar böse an.

»Wusste ich, dass Sie fragen! Weiß nicht mehr genau.«

»Denken Sie bitte noch einmal nach, liebe Frau Lüdcke. Es ist wirklich wichtig«, bat Angermüller geduldig.

»Gestern, heute Morgen und einmal vor paar Tagen. Genau weiß ich nicht mehr. So, ich geh rein. Ist kalt hier und muss arbeiten.«

Sie machte auf dem Absatz kehrt und verschwand durch die Hintertür.

»Was muss die denn arbeiten?«, spottete Jansen. Ratlos hob Angermüller die Schultern, dann murmelte er: »Kann natürlich auch jemand anders das Auto gefahren haben, aber immerhin.«

»Das werden wir alles überprüfen, nur die Ruhe«, beruhigte ihn Jansen, als sie zurück zum Wagen gingen, den sie auf dem Parkplatz für Restaurantgäste abgestellt hatten.

»Sollten wir nicht gleich mit der Frau von gegenüber sprechen, wegen des Anschlags auf ihre Bremsen? Das interessiert mich jetzt doch, was da wohl dahinter stecken mag«, schlug Angermüller vor.

»Warum nich, mit dem Besuch im ›Bambushaus‹ hattest du ja auch den richtigen Riecher«, stimmte Jansen zu.

Atemlos öffnete Marlene die Tür.

»Mirko, du!«

Der Freund stand draußen, das Gesicht von einem riesigen Blumenstrauß halb verdeckt.

»Gut, dass du kommst! Du musst uns helfen. Komm schnell!«

»Was ist denn los?«

»Marlene!«

Sophies Stimme signalisierte höchste Not. Hastig zog Marlene den Besucher ins Haus und schob ihn in die Küche.

»Was ist denn hier passiert?«

»Mann! Mann!«, schrie Sophie und zeigte auf Tao, der sich zu ihren Füßen langsam wieder zu regen begann.

»Frag jetzt nicht. Tu lieber was, damit der uns nichts mehr tun kann!«

Marlene nahm Mirko resolut den Blumenstrauß weg.

»Ist der für mich? Danke.«

Sie schmiss die aufwändige Kreation aus Rosen und Lilien achtlos in die Spüle. Ihren Blick auf den am Boden Liegenden gerichtet, fingerte sie eine Rolle Klebeband aus der Schublade des Küchenschranks und drückte sie dem Freund in die Hand.

»Los. Der wacht gleich auf. Fessle ihm die Hände«, wies sie Mirko hektisch an, in den nach einer kurzen Schockstarre wieder Leben zurückkam.

»Und kleb ihm den Mund zu! Ich hab mir heute schon genug Unflätigkeiten von dem anhören müssen.«

Mirko fragte nichts mehr und machte, was Marlene ihm sagte. Sie half ihm dabei. Gemeinsam zogen sie Tao von Sophie weg, in eine Ecke neben der Spülmaschine, und wickelten das Klebeband auch mehrfach um seine Fußknöchel. Mirkos stoßweises, schnelles Atmen zeigte Marlene, wie aufgeregt er war. Sie selbst hingegen war jetzt absolut ruhig. Sie hatten genau den richtigen Moment erwischt, denn kaum waren sie mit ihrer Fesslungsaktion fertig, öffnete Tao die Augen. Sie richteten ihn ein Stück auf und lehnten ihn mit dem Oberkörper gegen die Wand. Als er die Situation erfasste, bäumte er sich auf und presste wütende Laute durch den verklebten Mund.

»Ich kann dich leider nicht verstehen«, sagte Marlene kühl zu ihm, »Mamma mia!«

»Marlene, was war hier los? Was will Tao bei euch?«, fragte Mirko verwirrt.

»Wenn ich das wüsste …«

Sinnend sah Marlene zu dem wieder sich Windenden, der ihr giftige Blicke sandte und immer wieder unverständliche Geräusche hinter dem Klebeband produzierte.

»Er tauchte vorhin hier auf, fragte nach Sophie, wollte wissen, wann wir hier die Zelte abbrechen, und wurde zudringlich.«

»Mann! Mann!«, mischte sich Sophie ein, zeigte auf Tao und holte ihren schon so oft gezeigten Glückskeks aus der Tasche ihrer Sweatjacke.

»Du hast Tao schon einmal gesehen, nicht wahr, Sophie?«, stellte Mirko fest.

Er erhielt ein lebhaftes Nicken als Bestätigung.

»Ja, gestern Abend, als du gegangen bist, haben wir dich mit Tao drüben stehen sehen«, erklärte Marlene. Doch Sophie winkte ab. Das meinte sie offensichtlich nicht.

»Ich weiß, was du erzählen willst«, nickte Mirko, »du hast Tao am Sonnabend beim ›Bambushaus‹ beobachtet, bevor du die Treppe hinuntergefallen bist. Du hast gesehen, wie er und ein Kumpel einen anderen Mann geschlagen und ins Auto gezerrt haben.«

»Ja, ja, ja!«, rief Sophie erleichtert, fast fröhlich, und zeigte wieder auf Tao.
»Mann!«
»Woher weißt du das, Mirko?«
Marlene sah ihn völlig entgeistert an.
»Das erzähl ich dir später. Jetzt ruf ich erst einmal die Polizei.«
»Polizei? Ich versteh überhaupt nichts mehr.«

KAPITEL XV

»Nee, kiek ma an! Frau Deicke hat Besuch.«

Jansen zeigte auf den silbernen Mercedes, der in der Einfahrt vor der kleinen Villa parkte. Sie hatten kaum geklingelt, da wurde auch schon die Haustür aufgerissen.

»Oh, hallo, Sie sind das schon«, begrüßte sie Marlene Deicke erstaunt. Ihre Wangen waren von einer leichten Röte überzogen, und aus der zusammengebundenen blonden Haarfülle hatten sich ein paar Strähnen gelöst, als ob sie gerade eben eine körperliche Anstrengung hinter sich gebracht hätte.

»Guten Tag. Haben Sie uns denn erwartet?«, wunderte sich Angermüller.

»Ja. Wir haben Sie doch angerufen. Aber kommen Sie erst einmal rein. Da sehen Sie gleich, was los ist.«

Es war ein unerwartetes Bild, das sich den Beamten in der Küche bot. Am Tisch saß die dunkelhaarige junge Frau, der Angermüller im Krankenhaus schon begegnet war. Neben ihr stand etwas unbeholfen Mirko Möller, und in einer Ecke lag ein großer, kräftiger Mann, gefesselt an Händen und Füßen, in ziemlich unbequemer Stellung, mit dem Oberkörper halb an der Wand lehnend. Grimmig zeterte er hinter einem Klebeband, das seinen Mund verschloss. Das dunkle Haar, die leicht schräg gestellten Augen – ob das vielleicht der Junior aus dem ›Bambushaus‹ war? Der Kriminalhauptkommissar ließ sich seine Überraschung nicht anmerken.

»Kann uns jemand aufklären, was das hier zu bedeuten hat?«

Konsterniert blickte Angermüller zwischen Marlene Deicke und Mirko Möller hin und her.

»Ich. Ich mache das«, nickte Möller. »Ich will auch eine Aussage machen. Aber kümmern Sie sich zuvor bitte um Tao. Es könnte sein, dass er bewaffnet ist ...«

Also wirklich der Sohn des alten Mannes! Bei seiner Durchsuchung förderte Jansen aus der Hosentasche neben drei Handys tatsächlich ein Butterflymesser zutage, und im Hosenbund fand sich eine geladene Pistole vom Typ Glock 17.

»Schon mal was von Abrüstung gehört, Herr Jiang Jintao? Waffenbesitzkarte, Waffenschein haben Sie zu Hause, nehm ich an«, kommentierte Jansen, während er die Papiere aus der Brieftasche durchblätterte, und riss dem Gefesselten dann das Klebeband vom Mund.

»Was soll die Scheiße hier? Die Frau da haut mir ohne Grund eine über den Schädel, und ich werde behandelt wie ein Schwerverbrecher! Machen Sie sofort das beschissene Klebeband da ab!«, tobte der umgehend los und hielt Jansen seine Handgelenke vors Gesicht.

»Entschuldigen Sie, wenn ich mich einmische«, meldete sich Mirko Möller zu Wort, »aber bevor Sie was Falsches tun, möchte ich Ihnen sagen, dass er es wahrscheinlich gewesen ist, der Wallys Auto angezündet hat.«

»Woher wissen Sie das?«

»Woher weißt du das?«

Marlene Deicke und Angermüller fragten das gleichzeitig.

»Halt doch dein beschissenes Maul, du Arschloch! Was erzählst du da für 'n Bullshit?«, brüllte Jiang, den Kopf dunkelrot vor Wut, und riss mit den Zähnen an dem Klebestreifen über seinen Handgelenken.

»Tao hat gestern Nacht zu mir gesagt, dass er sich um Wally kümmern will.«

»Na und? Ist das verboten?«

»Der wird keine Probleme mehr machen, der Suffkopp, hast du gesagt. Leider hab ich das nicht so richtig ernst genommen.«

»Dir reiß ich den Arsch auf, das schwör ich dir! Ich mach dich alle!«

»Wir können das alles gerne in Ruhe diskutieren, Herr Jiang, aber wenn Sie sich weiter so aufregen, müssen wir Ihnen zu Ihrem und dem Schutz der anderen Zeugen Handschellen anlegen«, kündigte Angermüller an.

»Du kannst mich mal, Scheißbulle!«

Es klingelte. Jansen ging zur Tür und kam sogleich mit zwei Uniformierten zurück.

»Ihr kommt genau richtig, Kollegen. Legt dem Herrn da in der Ecke bitte Handschellen an und nehmt ihn mit in euren Wagen. Wir sagen später Bescheid, was weiter mit ihm geschehen soll.«

Drei Mann waren nötig, um den rasenden Tao zu bändigen. Mit Jansens Unterstützung gelang es schließlich, ihn in Handschellen nach draußen und in den Dienstwagen zu bugsieren. Anschließend ließen sich die Kommissare von Marlene Deicke beschreiben, wie Tao bei ihnen aufgetaucht und die Situation eskaliert war.

»So. Und nun zu Ihnen, Herr Möller. Haben Sie vielleicht einen Raum, Frau Deicke, wo wir uns mit unserem Zeugen ungestört unterhalten können?«

Jansen und Angermüller zogen mit Mirko Möller in das geräumige Wohnzimmer. Dort nahmen sie am großen Tisch in einem Erker Platz, vor dessen Fenstern der Vorgarten und die Einfahrt lagen. Jansen nahm die Personalien auf.

»Und ich stell mal die Handquatsche hier hin. Wir zeichnen Ihre Aussage auf, für den Bericht.«

»Gut, dann erzählen Sie bitte, Herr Möller. Wenn's geht, in genauer zeitlicher Abfolge«, bat Angermüller.

Bis auf wenige Zwischenfragen lauschten die Kommissare gebannt dem Zeugen, der sich um Detailgenauigkeit bemühte und den die Schilderung der Vorkommnisse, an denen er meist nur indirekt teilhatte, sichtlich mitnahmen. Er schonte sich nicht und sprach offen über sein Fehlverhalten. Der Kriminalhauptkommissar musste sich beherrschen, nicht ab und zu staunend den Kopf zu schütteln. Was Möller da erzählte, war zum Teil einfach ungeheuerlich. Hin und wieder tauschte Angermüller einen Blick mit seinem Kollegen. Natürlich mussten sie seine Aussage verifizieren, doch letztendlich klang seine Darstellung ziemlich plausibel und deckte sich zumindest mit den wenigen Erkenntnissen, die sie inzwischen gesammelt hatten.

»Dann schildern Sie uns bitte jetzt noch einmal Ihre Begegnung am gestrigen Abend mit Jiang Jintao. Als Sie hier weggefahren sind, haben Sie ihn gegenüber am Restaurant stehen sehen. Und dann?«, fragte Angermüller.

»Tao hat mich zu sich rüber gewunken. Dann hat er gefragt, was Wally bei Marlene wollte. Er hatte ihn wegfahren sehen. Ich hab gesagt, wahrscheinlich besuchen. Doch Tao war der Ansicht, der hätte bestimmt dumm rum gequatscht, wie er das ausdrückte. Er sagte noch, der sei eh zu nichts mehr zu gebrauchen. Mit den Bremsen von Marlenes Wagen, das habe er auch selbst machen müssen. Daraufhin hab ich ihm erzählt, dass Marlene und Sophie spätestens am Sonntag wieder nach Berlin fahren und sich somit eh alles von selbst erledigt. Aber Tao hielt Wally für ein Problem.«

»Inwiefern?«

»Mit diesem Schnapsbruder, das war ein Fehler, der quasselt mir zuviel, meinte er. Und dann sagte er: Ein Glück, dass ihr den Tao habt. Ich kümmer mich drum, der alte Suffkopp wird keine Probleme mehr machen.«

Verzweifelt schaute der Zeuge zu den Beamten.

»Das klang drohend, klar. Aber Tao ist schon in der Schule so ein Sprücheklopper gewesen, und wer glaubt schon, dass einer wirklich so was Brutales macht?«

Er sah zu Boden und nahm den Kopf in beide Hände.

»Sie glauben nicht, welche Vorwürfe ich mir mache. Wally …«

Er brach ab. Angermüller räusperte sich.

»Und Jiang wusste, dass sich Walter Bosse auf dem Parkplatz oben an der Straße über der Schwartau aufhielt?«

»Der Parkplatz ist, zumindest wenn man von Grootmühlen in Richtung Bad Schwartau fährt, von der Straße her sehr gut einsehbar. Und Wallys alter Wagen ist mit der knallgelben Farbe ziemlich auffällig gewesen.«

»Sie sind dann nach Hause gefahren. Wann haben Sie von dem Brand erfahren?«

»Als mich Marlene heute Morgen anrief. Ich war wie vom Donner gerührt. Wer glaubt denn, dass jemand, den man kennt, so was einem Menschen wirklich antut?«

»Sie hatten sofort den Verdacht, dass Jintao dahinter steckt?«

Mit hängendem Kopf bestätigte Mirko Möller.

»Ja. Ich bin sofort in die Stadt gefahren. Zu meiner Frau hab ich gesagt, wie immer Post und Sparkasse. Aber ich wollte vor allem von Sven erfahren, ob er über Wally Bescheid wusste. Seine Bank liegt ja auch gleich am Markt. Doch er war noch nicht da. Und als ich ins Geschäft zurückkam, da haben Sie mich ja schon erwartet.«

»Warum haben Sie uns zu dem Zeitpunkt nicht gleich alles erzählt?«

»Ein großer Fehler, ich weiß. Neben den vielen anderen Fehlern, die ich gemacht habe.«

Seufzend sah er auf. Das Wetter hatte sich beruhigt, ab und zu fiel helles Sonnenlicht durchs Fenster und streifte die drei Männer am Tisch. Möllers Gesicht war grau. Nichts mehr zu spüren von dem frischen Charme, den er bei ihrer ersten Begegnung noch zur Schau getragen hatte.

»Ich wollte zuerst mit Marlene sprechen, ihr alles erklären. Obwohl man das wahrscheinlich keinem erklären kann. Wissen Sie, ich finde mich selbst so was von zum Kotzen, das können Sie sich gar nicht vorstellen.«

Schwer atmend drehte er seinen Kopf weg. Weder Angermüller noch Jansen gingen auf seinen letzten Satz ein. Der Kriminalhauptkommissar wollte wissen, ob Sven Westhoff bereits über Wallys Tod informiert war, als der Zeuge ihn schließlich in der Bank aufsuchte.

»Das kann ich nicht genau sagen. Er war völlig von den Socken, als ich es ihm erzählte. Als ich äußerte, dass Tao das wohl gewesen war, schimpfte er, dass man Typen wie den eben nicht kontrollieren könne und auch Alex ihn nicht im Griff hätte. Aber es wäre eben zu befürchten gewesen, dass Wally zur Polizei gehen würde.«

»Und sonst hat er nichts gesagt?«

»Doch. Aber nichts mehr zum Tod von Wally. Am meisten hat ihn, glaub ich, schockiert, dass die Polizei inzwischen bei mir aufgetaucht war. Das hat Sven echt total in Panik versetzt. Er hat mir da ja sogar die Geschichte mit dem Chinesen erzählt, die ich vorhin schon erwähnte. Ich bin dann erst mal raus aus der Stadt gefahren. Ich war völlig neben der Spur. Irgendwo hab ich angehalten und versucht nachzudenken, ob ich aus dem ganzen Schlamassel wieder irgendwie rauskomme.«

Mirko Möller richtete seine Augen auf Angermüller.

»Ich hab dann beschlossen, reinen Tisch zu machen. Und anfangen damit wollte ich bei Marlene, habe einen Strauß Blumen besorgt und bin hierher gefahren. Und was dann passiert ist, wissen Sie ja.«

Der Kriminalhauptkommissar nickte.

»Und wie geht's jetzt mit mir weiter?«, erkundigte sich Möller fast schüchtern.

»Wir werden weiter ermitteln, auch gegen Sie, und es wird ein Verfahren geben. Aber da ich davon ausgehe, dass keine Fluchtgefahr besteht, können Sie jetzt erst einmal gehen. Wir melden uns aber bestimmt nochmals bei Ihnen.«

»Ja, dann ... dann kann ich jetzt mit Marlene sprechen, oder?«

»Das können Sie«, bestätigte Angermüller und wies zur Tür, »bitte.«

»Ich möchte nicht in seiner Haut stecken«, fügte er an, als Möller außer Hörweite war, und suchte nach seinem Handy, das sich gerade mit lautem Klingeln meldete. Nach einem Blick auf die Anzeige schlug er sich gegen die Stirn.

»Ach ja, meine Töchter! Da hab ich jetzt überhaupt nicht mehr dran gedacht. Ja, Julia?«

Er erklärte, dass er heute nicht ins Krankenhaus zu Astrid mitkommen könne, da er dienstlich verhindert sei.

»Ich weiß jetzt auch noch nicht, wann ich heute Abend zu Hause bin. Kann spät werden.«

Er lauschte in den Hörer und schnitt eine Grimasse zu Jansen.

»Ja genau, wir sind dem Täter auf der Spur. Danke fürs Daumendrücken, und grüßt eure Mama ganz lieb von mir.«

Fast eine halbe Stunde saß Mirko jetzt schon mit der Polizei im Wohnzimmer zusammen. Nach draußen drangen nur unverständliche Wortfetzen. Anfangs hatte Marlene versucht, sich von Sophie genauer erklären zu lassen, was sich an jenem bewussten Tag vorm ›Bambushaus‹ zugetragen hatte. Doch es war ein zu schwieriges Unterfangen. Die von Sophie auf ihre Art vorgetragenen Auskünfte brachten sie nicht recht weiter.

Bald wusste Marlene vor Ungeduld nichts mit sich anzufangen. Am liebsten hätte sie das Ohr an die Tür des Wohnzimmers gelegt. Stattdessen kochte sie eine frische Kanne Tee. Auch Sophie saß am Tisch, blätterte unkonzentriert in einer Zeitung und schaute ständig in den Flur. Marlenes Puls hämmerte beschleunigt, immer wieder pustete sie nervös eine Strähne aus dem Gesicht. Was erzählte Mirko denen so lange? Was hatte das alles zu bedeuten? Und das Allerwichtigste: Woher, verdammt noch mal, wusste Mirko vorhin plötzlich, was Sophie am Sonnabend beim ›Bambushaus‹ beobachtet hatte? Sie hatte ein ausgesprochen komisches Gefühl. Welche merkwürdige Rolle spielte der alte Schulfreund in dieser Geschichte?

Endlich öffnete sich die Tür und Mirko kam heraus. Als Erstes fiel Marlene auf, wie elend er aussah, als er mit hängenden Schultern vor ihr stand und sie so seltsam anschaute.

»Möchtest du einen Tee? Ich habe grade frischen gekocht.«

Er schüttelte den Kopf. Plötzlich machte er einen Schritt auf sie zu und fiel ihr um den Hals. Marlene stand da und rührte sich nicht. Sie wusste gar nicht, wie ihr geschah. Für ein paar Sekunden blieben sie so stehen. Als er sich wieder aufrichtete, schienen in seinen Augenwinkeln ein paar Tränen zu glitzern.

»Wollen wir uns setzen?«, fragte er mit rauer Stimme, »ich habe dir eine Menge zu erklären.«

Marlene, deren Ungeduld mittlerweile ins Unermessliche gewachsen war, wies stumm auf die Stühle am Küchentisch, von wo Sophie gespannt zu ihnen herüberspähte.

»Wo fang ich an?«

Mirko rückte seinen Stuhl zurecht und starrte in die Teetasse, die Marlene ihm trotz seiner Ablehnung eingegossen hatte, einfach um sich irgendwie beschäftigen.

»Am Anfang vielleicht?«, schlug sie ihm ein wenig ungehalten vor und setzte sich ihm gegenüber.

»Gut. Also, das ist jetzt ungefähr 16 Jahre her, da waren Alex, Sven und ich sehr viel zusammen. Wally war manchmal auch dabei, gehörte aber eigentlich nie so richtig dazu. Wir haben zusammen gefeiert, sind zu Musikfestivals und Konzerten gefahren, waren auch mal zusammen im Urlaub, was man eben so macht. Wir waren jung, ungebunden, hatten keine echte Verantwortung und träumten vom großen Geld. Und dann hatte Alex diese Idee mit den Immobilien. Wir hielten das sofort für genial. Ich auch. Wally nicht. Der wollte damals nichts mehr mit uns zu tun haben.«

Marlene hörte mit wachsendem Erstaunen über das lukrative Geschäft mit minderwertigen Wohnungen, das ihre Schulfreunde im Rheinland in großem Stil aufgezogen hatten: über Alex, damals Student in Düsseldorf, der die Objekte auftat, Sven, der seinen Job als Banker idealerweise für die Finanzierungen nutzen konnte, und Mirko, der für das Praktische zuständig war, die Büro-Organisation und die oberflächliche Aufhübschung der ziemlich heruntergekommenen Gebäude. Und alle drei traten als Vermittler auf, schwatzten mit Charme und Kaltschnäuzigkeit den Leuten ihre wertlosen Buden als zukunftssichere Geldanlagen auf. Sie bearbeiteten Kunden bevorzugt in Niedersachsen. Weit genug weg von Bad Schwartau, wo viele Leute sie kannten, und weit genug weg von der Gegend, wo die Wohnanlagen standen, damit die Käufer sie gar nicht erst besichtigen wollten.

»Wir waren erfolgreich, es machte Spaß, und mein Kontostand wuchs ständig. Ich hatte kein schlechtes Gewissen, da die meisten Anleger eh nur hinter Steuervorteilen her waren und wir ihre Gier bedienten. So dachte ich wenigstens. Fast zwei Jahre ging alles glatt. Dann häuften sich aber die Fälle, bei denen sich Leute praktisch ruiniert hatten. Und das waren alles keine Großverdiener, wie ich dann allmählich mitbekommen habe.«

»Ist ja schön, dass du diese Lebensbeichte bei mir ablegst. Hätte ich dir nie zugetraut, dass du bei solchen fiesen Betrügereien mit Schrottimmobilien mitmachst. Aber ich versteh nicht, was das alles mit mir und Sophie zu tun hat«, sagte Marlene ärgerlich, »jetzt komm mal auf den Punkt, Mirko.«

»Du musst diese Vorgeschichte kennen, um alles zu verstehen, aber gut, ich kürze ab. Ich bin dann jedenfalls ausgestiegen. Zum einen, weil ich Skrupel bekam, zum anderen … na ja, ich habe geheiratet, ich bin Vater geworden. Dadurch hat sich vieles für mich geändert. Schon damals habe ich wirklich bereut, bei dieser Abzocke mitgemacht zu haben. Und ich habe Alex und Sven gemieden. Sven ist dann ja sowieso für die Bank nach Shanghai gegangen, und als Alex die Praxis seines Vaters übernahm, bin ich sein Patient geblieben, mehr nicht.«

»Du meidest Alex, aber du lädst ihn zu euren privaten Festen ein. Toll«, merkte Marlene ungnädig an. »Versteh ich nicht ganz.«

»Ich hatte ihn zu Susanns Geburtstag nicht eingeladen. Er hat sich selbst eingeladen. Wegen dir.«

»Wegen mir? Das wird ja immer schöner!«

»Bitte Marlene, mach es mir nicht so schwer. Ich will dir ja alles erklären. Das Schlimmste kommt ja erst noch«, bat Mirko mit unglücklichem Gesicht. Sophie saß hoch konzentriert daneben, und Marlene fragte sich, ob ihre Freundin Mirkos Erzählung in allen Details folgen konnte.

»Okay, erzähl weiter.«

Mit verschränkten Armen lehnte sich Marlene auf ihrem Stuhl zurück und sah Mirko durchdringend an.

»Wie gesagt, Sven hatte ich gänzlich aus den Augen verloren und Alex höchstens mal auf dem Zahnarztstuhl getroffen. Sonst gab es keine Kontakte die ganzen Jahre. Das Desinteresse daran war offensichtlich beiderseitig. Bis mich Alex vergangenen Sonnabend anrief.«

Mirko hielt kurz inne. Es klopfte an der Küchentür. Der Kommissar mit den dunklen Locken und dem Dreitagebart, der so ganz anders aussah, als Marlene sich einen Polizisten vorgestellt hatte, steckte den Kopf herein.

»Können wir in ungefähr einer Stunde wiederkommen und Ihre Aussage aufnehmen?«

»Kein Problem, bis dahin sind wir fertig«, erwiderte Marlene. Mirko nickte. Hinter den Beamten schloss sich die Tür.

»Also, Alex hat dich angerufen.«

»Ja. Ob ich wüsste, dass du im Lande bist, in Grootmühlen, im Haus deiner Tante. Ich hätte doch mal ganz schön auf dich gestanden und so und ob ich dich nicht mal wieder sehen will. Mir war natürlich sofort klar, dass irgendwas anderes dahinter stecken musste. Versteh mich nicht falsch. Natürlich wollte ich dich gerne mal wieder sehen. Aber warum sollte Alex sich dafür interessieren?«

»Alex«, machte Marlene verächtlich, »ausgerechnet der.«

»Ich solle gleich auf den Parkplatz hinter dem ›Bambushaus‹ kommen, sagte er. Ich dachte, der tickt nicht ganz sauber, und hab's ihm auch so gesagt. Ich könne ihm doch mal einen kleinen Gefallen tun, war seine Antwort. Wir seien doch alte Freunde, und schließlich wolle ich ja auch als Politiker Karriere machen. Da wusste ich sofort, worauf er hinauswollte.«

Mirko wartete auf eine Reaktion von Marlene. Doch die sah ihn nur unbewegt an.

»Dann bin ich also hingefahren. Sven war auch da. Es sei ihnen eine dumme Sache passiert, sagte Alex, halb so schlimm, aber man könne das auch in den falschen Hals bekommen. Dummerweise seien sie wahrscheinlich von jemandem hier aus dem Haus beobachtet worden. Ich solle doch mal herausfinden, was derjenige weiß. Als ich mich weigern wollte, hat Alex mir ganz offen gedroht, dass er unsere kriminellen Immobiliengeschäfte von damals an die große Glocke hängen würde. Auch auf die Gefahr hin, selbst dabei Probleme zu kriegen. Er wolle ja kein Politiker werden. Dabei hat er sich fast kaputt gelacht. Du kennst ihn, der ist unberechenbar.«

Wenn Mirko gehofft hatte, Marlenes Verständnis für seine Situation wecken zu können, so hatte er sich geirrt. Keine Silbe hatte sie für ihn. Selbst wenn sie es gewollt hätte, es hatte ihr für den Moment die Sprache verschlagen. So viel Falschheit, so viel Täuschung war ihr noch von keinem Menschen angetan worden.

»Und dann war ich hier bei euch«, fuhr Mirko leise fort,

»wir haben den Abend zusammen verbracht, und ich fand es sehr schön mit dir. Ich habe mich ehrlich darüber gefreut, dich nach so langer Zeit wieder zu treffen.«

»Ehrlich!«, zischte Marlene. »Das Wort gibt's für dich doch gar nicht.«

»Du hast ja recht«, stöhnte Mirko, »lass mich aber wenigstens versuchen zu erklären.«

Mit versteinerter Miene saß Marlene da und wartete, obwohl sie genau wusste, dass es für sie keine Erklärung geben würde.

»Ich hab anschließend gleich Alex angerufen und ihm gesagt, dass deine Freundin gar nicht sprechen kann und er sich keine Sorgen machen muss, dass irgendwer etwas erfährt. Ich wusste zu dem Zeitpunkt ja noch gar nicht, was passiert war. Jedenfalls wollte er sich selbst ein Bild machen und fragte, ob ich dich wiedersehe. Na ja, und deshalb ist er dann bei Susanns Geburtstag aufgetaucht.«

Am liebsten hätte Marlene sich die Ohren zugehalten. Sie wollte diesen ganzen Dreck nicht hören. Für seine Politikerkarriere war Mirko bereit, wirklich alles zu tun. Wie hatte sie sich in ihm nur so täuschen können? Gestern noch, nein, heute Morgen, als sie ihn anrief, um ihm von Wallys entsetzlichem Schicksal zu berichten, hatte sie ihn für einen charakterfesten, ehrenwerten Idealisten gehalten. Doch sie war zu sehr Kämpferin. Sie wollte die ganze schmutzige Wahrheit erfahren.

Sie schaute zu Sophie, deren Anwesenheit sie fast vergessen hatte. Die knetete eine Serviette zwischen den Händen und hatte ganz rote Wangen vor Eifer. Sicherlich strengte es sie sehr an, alldem zu lauschen, was zwischen Mirko und Marlene geredet wurde. Doch ihre angespannte Aufmerksamkeit zeigte deutlich, dass sie dabei bleiben wollte.

Marlene hörte mit ungläubigem Staunen, wie Alex sich die Alkoholabhängigkeit Wallys zunutze gemacht und ihn mit Geld und Schnaps dazu gebracht hatte, ihr und Sophie einen gehörigen Schrecken einzujagen – so verkaufte er das Wally jedenfalls.

»Sophies Rollstuhlunfall, die Leiter am Haus, die zerschnittenen Bremsschläuche – das hat alles Wally gemacht?«

»Nein, nicht das mit den Bremsen. Wally hatte inzwischen kapiert, dass das mehr als nur dumme Streiche waren, und sich geweigert, das Attentat auf dein Auto zu machen. Das war Tao. Das hat er mir gestern Abend stolz verkündet, als ich ihm drüben vorm ›Bambushaus‹ begegnet bin, bevor er sagte, dass er sich um Wally kümmern will, weil der dir womöglich alles erzählt.«

»Oh Gott, dann musste Wally wegen mir sterben«, murmelte Marlene verzweifelt, und dann fiel ihr noch etwas ein:

»Mit dem Kanister, das ist dann wahrscheinlich auch Tao gewesen. Und statt unser Haus anzustecken, hat er ihn für Wallys Auto benutzt.«

»Ich mach mir auch große Vorwürfe wegen Wally, glaub mir. Aber was hätte ich denn tun können?«

»Mirko, lass das. Du machst alles nur noch schlimmer. Sag mal, aber wegen der Manipulation an den Bremsen meines Autos hast du doch wirklich die Polizei kontaktiert, oder?«, fragte Marlene in plötzlicher Erkenntnis.

Sein gesenkter Kopf gab ihr die Antwort. Sie hatte das Gefühl, in einen tiefen Abgrund zu schlittern. Mühsam versuchte sie, wieder ruhig zu werden, gleichmäßig zu atmen.

»Eines weiß ich immer noch nicht«, gelang es ihr endlich zu formulieren, »was genau hat Sophie am Sonnabend beim ›Bambushaus‹ gesehen? Was war so schlimm, dass wir für diese, diese …«, ihr fiel keine passende Bezeichnung ein, »eine Gefahr darstellten?«

»Das weiß ich erst seit heute Morgen, als ich Sven wegen Wally aufgesucht hab. Ich hab ihn gedrängt, mir doch zu sagen, was das Problem mit Sophie und dir ist. Der war komplett durch den Wind, weil inzwischen die Polizei bei mir gewesen war. Und da hat er zugegeben, dass Sophie Zeugin geworden ist, wie Tao und er einen Mann, einen Chinesen, brutal niedergeschlagen und ins Auto gezerrt haben. Eine Strafaktion, sagte Sven. Der hatte sie wohl bei irgendeinem großen Deal übers Ohr gehauen. Tao ist dann hierher gelaufen und hat geklingelt. Und dann sah Sven wohl dein Auto kommen und hat Tao übers Handy zurückgepfiffen. Mehr weiß ich darüber allerdings auch nicht.«

»Mamma mia, Marlene! Mann! Mann!«, meldete sich Sophie zum ersten Mal wieder zu Wort und hielt triumphierend ihren Glückskeks in die Luft. Marlene sprang auf und schloss sie in ihre Arme.

»Sophie! Kluges Mädchen! Das hast du also die ganze Zeit im Kopf gehabt, du hast versucht, es mir zu erklären, x-mal! Es tut mir so leid. Ich habe es einfach nicht kapiert.«

»Ja, ja«, beschwichtigte Sophie die Freundin, »ist ja gut. Ist ja gut, Marlene.«

»Ja, dann werd ich jetzt mal gehen.«

Mirko erhob sich von seinem Stuhl. Auch Marlene ließ Sophie los, richtete sich auf und schaute zu ihm hinüber.

»Ich weiß, das ist jetzt sehr viel verlangt, Marlene. Von Verzeihen will ich auch gar nicht reden. Aber vielleicht kannst du mich ja ein wenig verstehen? Das alles war auch für mich eine ungeheure Belastung. Die haben mich beobachtet, mir aufgelauert, mich angerufen, mir SMS geschickt. Ich bin von denen richtig erpresst worden.«

»Ach so, du bist das Opfer, klar! Das war also gar nicht Susann, wie ich immer ganz naiv dachte, wenn abends hier dein Handy bimmelte. Unglaublich! Aber du hast mich in dem Glauben gelassen, hast mich ausspioniert, belogen und betrogen, du hast uns wissentlich großer Gefahr ausgesetzt, obwohl du wusstest, wozu deine Freunde fähig sind. Und du erwartest, dass ich das verstehe? Weil du dir deinen Traum von der politischen Karriere nicht kaputtmachen lassen wolltest?«

»Es sind nicht meine Freunde.«

Bitter lachte Marlene auf.

»Verschwinde, Mirko Möller.«

»Tschüss, Marlene«, sagte Mirko leise, »meine Kandidatur ziehe ich natürlich zurück.«

Wollte er dafür jetzt auch noch Beifall? Marlene zeigte wortlos zur Tür. Jedes Wort war ihr zu viel. Dass jemand, dem sie vertraut hatte, den sie wirklich gemocht hatte, sie so hintergehen konnte, ihres und das Leben ihrer Freundin aufs Spiel setzte, nur wegen seiner politischen Karriere, überstieg einfach ihre Vorstellungskraft. Und wer sich, wie Mirko, um seiner weißen Weste willen ausgerechnet mit gewissenlosen Verbrechern einließ, auch wenn er wohl nicht an ihren Taten beteiligt gewesen war, der war wirklich kein Deut besser als diese Leute.

Als draußen die Haustür ins Schloss fiel, sackte Marlene auf einen Stuhl am Küchentisch, legte den Kopf auf die Arme und begann hemmungslos zu heulen. Sophie kam herüber und strich ihr sanft übers Haar. Zwar verstand Marlene nur Bruchstücke ihres Gemurmels, doch sein Klang wirkte ausgesprochen tröstlich. Schließlich beruhigte sie sich, schnäuzte die Nase, stand entschlossen auf, griff sich Mirkos riesigen Blumenstrauß und stopfte ihn mit Entschiedenheit in den Mülleimer.

KAPITEL XVI

Der große Tag war da. Am Morgen hatten Julia und Judith 15 Kerzen auf dem Schokoladen-Geburtstagskuchen ausgepustet und sich zum Frühstück jede schon ein dickes Stück von der dunklen Köstlichkeit schmecken lassen, die Georg am Vorabend für sie gebacken hatte. Nachdem er die Mädchen heute ausnahmsweise zur Schule gefahren hatte, schaute er im Büro vorbei. Ihr aktueller Fall war für sein Team so gut wie abgeschlossen, und eigentlich hatte er sich den Tag für die Vorbereitungen der kleinen Geburtstagsfeier freigenommen. Doch eine Sache, die ihm seit letzter Woche keine Ruhe ließ, wollte er heute unbedingt noch angehen.

»Moin, wat willst du denn hier? Hast doch schon wieder frei!«

»Guten Morgen, Claus! Das ›schon wieder‹ verbitt ich mir. Wenn ich alle meine angehäuften Überstunden tatsächlich nehmen würde, müsstest du wochenlang auf mich verzichten.«

»Tss, frag mich mal! Mich würdest du bis Jahresende nicht mehr sehen, wenn ich meinen Resturlaub noch draufpacke!«

»Ich weiß, ich weiß. Sprich doch mal mit Appels. Bei dem müsstest du doch was gut haben, nachdem wir so erfolgreich gearbeitet haben. Hochzufrieden ist er mit uns und unserer zügigen Aufklärung. Hast du's nicht gehört bei der Pressekonferenz?«

»Doch, klar. Und das ganz ohne die Heinis vom LKA! Hättest du gedacht, dass wir dat können? Aber du feierst doch heute Kindergeburtstag. Wat willst du hier?«

»Kindergeburtstag! Lass das nicht meine Töchter hören! Die gehen am Samstag mit ihren Freundinnen groß aus. Erst ins Kino und dann in eine Bar – in eine Saftbar. Da essen sie dann vegane Burger.«

»Wat fürn Ding?«

»Na ja, Hamburger ohne Fleisch. Julia und Judith sind keine Vegetarier, aber weniger Fleisch finden sie auch mal gut.«

»Hamburger ohne Fleisch! Dat geht doch gar nich!«, verdrehte Jansen die Augen.

»Bei der Geburtstagsfeier heute Abend sind nur die zwei besten Freundinnen und vor allem die Familie dabei. Hast du mal einen Kaffee für mich?«

»Klar. Aber wat machst du hier?«, beharrte Jansen, füllte für seinen Kollegen einen Becher mit seinem schwarzen Gebräu, gab Milch dazu und stellte ihn vor ihm auf den Schreibtisch. Wie immer knapp neben die Computertastatur.

»Ach, mir ist noch eine Sache eingefallen. Die will ich nur mal schnell hier am PC verifizieren. Aber wo ich gerade hier bin: Mir geht da noch was ganz anderes durch den Kopf.«

Schon längst hatte Angermüller es ansprechen wollen, doch keine Gelegenheit gefunden, die dem sensiblen Thema angemessen gewesen wäre.

»Du weißt ja, wie wichtig mir die Stimmung unter meinen Leuten ist. Bei unserem Job müssen wir ein Team sein, wir sind aufeinander angewiesen. Aber das kennst du ja alles.«

Alarmiert hob Jansen seinen Kopf.

»Ja und?«

»Ich finde, unsere Kollegin macht keinen guten Eindruck.«

Anja-Lena hatte sich in den letzten Tagen dienstlich über die Maßen engagiert, war bei fast sämtlichen Tatortbesichtigungen und Vernehmungen dabei, hatte Berichte verfasst, auch am Wochenende zur Verfügung gestanden, und wie immer war sie ausgesprochen eifrig und konzentriert bei der Arbeit gewesen. Wenn die vielen Einsätze sie erschöpften, so hatte sie sich das nicht anmerken lassen. Nur dass sie sehr ruhig gewesen war und irgendwie niedergeschlagen wirkte, hatte eigentlich keinem entgehen können.

Jansen sagte erst einmal nichts.

»Und mir ist aufgefallen, dass zwischen euch beiden in der letzten Zeit, wie soll ich sagen, so ein schroffes Klima herrschte. Du warst manchmal ganz schön ruppig zu ihr.«

»Ich?«

Das kam recht empört heraus. Doch das folgende Schweigen belegte, dass Angermüllers Eindruck stimmte und Jansen das auch wusste.

»Ich wollte nur sagen, dass ich es prima fände, wenn du ein bisschen Verständnis für Anja-Lenas Situation aufbringen könntest. Über die Geschichte mit Steven C. Li brauchen wir nicht zu reden, und du auch nicht mit ihr. Die ist zu Ende gegangen, vielleicht gerade noch rechtzeitig, und das war auch gut so. Aber natürlich hat Anja-Lena daran zu knabbern. Also vielleicht kannst du sie in dieser für sie nicht einfachen Situation unterstützen, dich ein bisschen um sie kümmern.«

Der Kollege stand auf und holte sich noch einen Kaffee.

»Ich weiß zwar nicht, wieso du denkst, dass ausgerechnet ich da was machen kann ...«

»Das weißt du schon, Claus.«

Angermüller schaute ihm lächelnd ins Gesicht und wandte sich dann seinem Computerbildschirm zu.

»Dann wollen wir mal.«

Während er nur kurz seine E-Mails durchsah, warf er ab und zu einen Blick zu Jansen hinüber, der in Gedanken versunken an seinem Schreibtisch saß und nicht zu bemerken schien, dass sein linkes Bein unablässig wippte. Es würde sich wieder einrenken zwischen den beiden, davon war Angermüller überzeugt, und wer weiß, zu welcher Erkenntnis über Anja-Lena die Geschichte mit Steven C. Li dem Kollegen Jansen verholfen hatte. Vielleicht wusste er selbst es nur noch nicht …

Ein buntes Buffet stand bereit. Derya hatte Georg tatkräftige Hilfe geleistet. Neben ihrem Salat Oriental mit Suçuk, lockten die mit Gorgonzola gefüllten Champignons und eine Platte Börek mit Schafskäse und Spinat. Georg hatte den italienischen Nudelsalat zubereitet, den es immer zum Geburtstag der Mädchen gab, sowie einen Salat von grünen Bohnen in saurer Sahne und einen kalten Schweinebraten mit Senfsauce. Ein großer Korb war gefüllt mit Brot und Brötchen von dunkel bis hell, und eine köstliche Käseplatte prangte in der Ecke neben bestem Holsteiner Katenschinken und Mettwurst vom Biobauern. Für den süßen Teil hatte David einen Carrot Cake beigesteuert und Schwiegermutter Johanna ihre Lübecker Nusstorte. Außerdem hatte Derya noch eine selbst komponierte Aprikosentarte mit Quark gebacken, weil sie das Rezept unbedingt einmal ausprobieren wollte.

Alle Gäste waren eingetroffen, und die geräumige Wohnküche war mit mehr als 15 Leuten gefüllt bis in die letzte Ecke. Man drängte sich um Julia und Judith und sang ihnen das übliche Geburtstagsständchen – mit allen Strophen. Gudrun, Astrids älteste Schwester, eine gefürchtete Sängerin, ließ ihren durchdringenden Sopran erschallen und dirigierte mit Elan die ganze Gesellschaft. Die Geburtstagskinder ertrugen es mit einem charmanten Lächeln, stießen mit allen Anwesenden an und nahmen ihre guten Wünsche entgegen. Zur Feier des Tages hatte Georg auch den Zwillingen Sekt in die Gläser gegossen, was diese erfreut zur Kenntnis nahmen. Er hielt die beiden für alt genug, mit so einer Ausnahme verantwortungsbewusst umzugehen.

Zu seiner Überraschung klopfte Julia gegen ihr Glas und bat um Aufmerksamkeit.

»Ich freue mich, dass ihr alle gekommen seid, und bedanke mich auch im Namen meiner Schwester für eure guten Wünsche und die vielen Geschenke. Wir danken Papa, dass er unsere Geburtstagsfeier so schön organisiert hat, und dass Derya ihm dabei geholfen hat. Es ist alles fast wie immer, bis auf eines: Leider kann Mama heute Abend nicht dabei sein, und das ist wirklich sehr schade. Wir waren natürlich heute wieder mit Papa bei ihr im Krankenhaus und da haben wir unser allerschönstes Geschenk bekommen: Mama ist gestern aufgewacht, und wir konnten heute mit ihr sprechen!«

Julia stockte, eine leichte Röte überzog ihr Gesicht, und erst jetzt machte sich ihre Unsicherheit bemerkbar.

»Ja, das war's eigentlich schon, was ich sagen wollte. Ach so, das Buffet ist auch eröffnet!«

Alle klatschten, zogen anerkennende Mienen, Schwiegermutter Johanna hatte Tränen der Rührung in den Augen, und Georg war einfach nur stolz. Er hatte zwei tolle Mädels.

»Klasse, eure Kinder!«, bemerkte Martin, den Julia und Judith auch eingeladen hatten, zu Georg, »und ich bin sehr froh zu hören, dass Astrid wieder ins Leben zurückgekehrt ist. Du fandest es wahrscheinlich eigenartig, dass ich dein

Angebot, sie zu besuchen, nicht angenommen habe. Es tut mir leid, ich bin ein Angsthase in der Beziehung, alles, was mit Krankheit und Krankenhaus zusammenhängt, ist mir ein Gräuel.«

»Ich dachte nur, es läge dir was an Astrid und es wär dir vielleicht wichtig, zu sehen, wie's ihr geht.«

Der große Blonde senkte seinen Kopf.

»Ja, natürlich, es liegt mir sehr viel an ihr. Aber ...«, er seufzte und verzog gequält sein Gesicht, »weißt du, Georg, das ist alles nicht so einfach mit Astrid und mir.«

»Tja, Martin, das ist das Leben. Niemand hat behauptet, dass es einfach ist.«

Georg klopfte ihm aufmunternd auf die Schulter. Er war heute nicht in der Stimmung, ausgerechnet Martin als Beziehungsratgeber mit seiner Frau zu dienen.

»Hast du keinen Hunger? Es gibt ein herrliches Buffet. Gönn dir was Gutes! Genießen ist das beste Mittel gegen Trübsinn. Ich sprech aus Erfahrung.«

Den Teller beladen mit Börek, kaltem Schweinebraten, Nudel- und Grüne Bohnensalat suchte Georg wenig später nach einem Stuhl und entdeckte einen freien Platz am Tisch neben Steffen. Für sich und den Freund goss er noch je ein Glas Rotspon ein, und dann ließ er es sich schmecken und fühlte sich einfach nur wohl. Er liebte solche Abende mit seinen Freunden, seinen Kindern, zumindest mit Teilen der Familie – er war mit sich im Reinen.

Astrids Genesung ging schneller voran als erwartet, sie war zwar ein wenig verwirrt gewesen beim Besuch heute, aber der Arzt hatte das als normal bezeichnet, wenn jemand nach mehr als zehn Tagen aus dem künstlichen Tiefschlaf geholt wurde. Sie hatte ihn und die Mädchen sofort erkannt, sie konnte sprechen und sie hatte ihr Gedächtnis nicht verloren. Nur der Unfall war spurlos aus ihrer Erinnerung getilgt.

Georg freute sich an seinen Kindern, die so vernünftig und solidarisch den veränderten Alltag mit ihm gemeistert hatten. Auch dass sie und Derya sich endlich kennengelernt hatten, war ihm eine große Erleichterung, kein albernes Versteckspiel mehr, keine peinlichen Begegnungen. Er war Derya unendlich dankbar, dass diese die Initiative ergriffen hatte und auf die Mädchen zugegangen war.

Und natürlich befriedigte ihn der erfolgreiche Abschluss der Ermittlungen im Fall des toten Chinesen und Walter Bosses. Jetzt war es an der Justiz, die Täter ihren gerechten Strafen zuzuführen – wenn es denn so etwas überhaupt gab. Ein sehr komplexes Thema. Er hatte da so seine Zweifel. Besonders in diesem Fall, wo bisher keiner den Mord an dem Chinesen gestehen wollte und es auf einen Indizienprozess hinauslief. Doch darüber wollte er jetzt lieber nicht nachgrübeln und sich den Abend verderben. Die Kollegen und er hatten jedenfalls gute Arbeit geleistet.

Er stand auf, um sich den Teller erneut zu füllen, und genoss Deryas orientalischen Salat und die gefüllten Champignons. Auch Steffen ging sich noch einmal bedienen.

»Lieber Georg, euer Buffet ist wieder die reine Gaumenfreude! Und noch interessanter, seit du dich mit unserer netten Nachbarin zusammengetan hast. Endlich! Es hat ja lange genug gedauert, muss ich kritisch anmerken. Wenn David und ich da nicht ein bisschen nachgeholfen hätten, dann wärt ihr euch selbst im kleinen Lübeck nie wieder über den Weg gelaufen!«, behauptete Steffen, als sie wieder nebeneinander am Tisch saßen.

Georg lachte. Vielleicht stimmt das sogar, dachte er und prostete seinem Freund zu.

»Übrigens, gratuliere zu eurem Erfolg! Euer Chef war ja direkt entzückt, wie man so liest«, äußerte Steffen.

»Ja, ja, unser Chef. Er liebt Pressekonferenzen, vor allem wenn er solche Triumphe vermelden kann. Aber meine Leute und ich sind zufrieden, das stimmt.«

»Welche Rolle spielten eigentlich die beiden Frauen, die da kurz erwähnt wurden?«

»Tja, das ist wirklich eine vertrackte Geschichte. Ich erzähl das jetzt nur dir: Ich habe die beiden letzten Montag im Krankenhaus getroffen, zufällig, als Privatmann. Wir kamen ins Gespräch, weil die Jüngere einen ähnlichen Fahrradunfall wie Astrid hatte. Und heute weiß ich, hätte ich damals gleich reagiert, wäre es vielleicht zu dem zweiten Mord gar nicht gekommen.«

»Ach sag bloß!«

»Ja. Die eine erzählte mir so nebenbei etwas von verschnarchten Polizisten in der Schwartauer Dienststelle, die nichts unternehmen wollten, als die Frauen dort mysteriöse Vorfälle anzeigten und sich bedroht fühlten. Ich war so mit mir und Astrid und alldem beschäftigt, dass ich nur gedacht habe, na ja, die Kollegen werden schon wissen, was sie tun, und mich gar nicht als Kriminaler zu erkennen gegeben habe.«

»Und was hatten die Frauen mit dem unglücklichen Chinesen zu tun?«

»Die Jüngere hatte beobachtet, wie zwei der Täter das Opfer brutal zusammengeschlagen und in ein Auto geladen haben. Der eine Mann hatte sie aber oben im Haus gegenüber am Fenster stehen sehen. Der kam dann angelaufen. Die Zeugin wollte sichergehen, dass die Haustür abgeschlossen ist, und ist dabei die Treppe runtergestürzt. Als ihre Partnerin nach Hause kam, war sie nicht in der Lage zu erklären, was passiert war, weil sie durch die Kopfverletzungen nach ihrem Fahrradunfall einen Sprachverlust erlitten hatte. Und so nahm alles seinen Lauf.«

»Manchmal gibt es wirklich seltsame Geschichten.«

»Als wir ihr am Donnerstag dann schließlich das Foto des Toten vom Bahndamm vorgelegt haben, hat sie ihn sofort erkannt. Und sie war richtig erlöst, endlich rauslassen zu können, was ihr tagelang auf der Seele gebrannt hatte. Seit dem Vorfall am ›Bambushaus‹ und dem Treppensturz hat sie übrigens Riesenfortschritte beim Sprechen gemacht, sagt ihre Freundin.«

Georg betrachtete nachdenklich seinen leeren Teller.

»Ja, wenn ich aufmerksamer gewesen wäre und genauer nachgefragt hätte ... Es gibt wirklich tragische Verquickungen in dem Fall.«

»Welches Motiv hatten denn die Täter? Und wie viele sind es überhaupt?«

»Tja, wer den Chinesen auf dem Gewissen hat, ist noch nicht klar. Die Kriminaltechnik hat anhand von DNA Spuren festgestellt, dass sich der Mann im Wagen des einen Beteiligten und auch im Keller der Zahnarztpraxis des anderen aufgehalten hat. Auch der Draht, mit dem er getötet wurde, stammt von dort. Wer von den drei Verdächtigen aber die Tat ausgeführt und das Opfer anschließend auf die Schienen bei Reinfeld verbracht hat, ist noch im Dunkeln. Die schieben sich gegenseitig die Schuld zu. Eindeutig erwiesen ist bisher nur, dass Jiang Jintao, der sich Tao nennt, der Gastwirtssohn aus dem ›Bambushaus‹, das Auto des Walter Bosse angezündet und die Fahrertür blockiert hat, sodass der Insasse keine Chance hatte. Und was das Motiv der Männer betrifft ...«

Georg erzählte seinem Freund die Geschichte der drei

Jungs, die reich werden wollten und dafür bereit waren zu lügen und zu betrügen und anfangs mit kriminellen Immobiliengeschäften eine Menge Geld verdienten.

»Der Motor war scheinbar dieser Zahnarzt, Alexander Kleinhausen. Mirko Möller, der Dritte im Bunde, bekam Skrupel und ist nach ein paar Jahren wieder ausgestiegen. Aber Kleinhausen und Sven Westhoff, ein Banker, wollten endlich ans ganz große Geld. Und das ist das Verrückte: Denen ging es ja schon richtig gut, die sind vermögend, aber die wollten einfach immer mehr. Es war die pure Geldgier.«

Georg konnte sich ein Grinsen nicht verkneifen, als er den Versuch der beiden schilderte, richtig dick ins Rauschgiftgeschäft einzusteigen. Wie Tao den Kontakt zur Mafia herstellen sollte, Tao, selbst ein eher kleines Licht in der Hamburger Unterwelt. Der nichts als ein etwas beschränkter Zuhälter war, der nebenbei ein bisschen mit Rauschgift handelte und sich vor allem dadurch auszeichnete, ausgesprochen brutal und skrupellos zu sein.

»Tao kannten sie noch aus ihrer Schulzeit, der hat Kleinhausen auch schon die ganzen Jahre über immer mal wieder mit Stoff und Frauen versorgt und war schon früher sein Mann fürs Grobe gewesen. Und dieser Tao hat ihnen also den Kontakt zu Wu verschafft – ausgerechnet! Der kannte angeblich den großen Boss einer der gefürchteten chinesischen Triaden in Deutschland, die das Rauschgiftgeschäft kontrollieren soll.«

Als Steffen hörte, dass sich die Männer von Wu, dem ehemaligen Hilfskoch, mehrere Hunderttausend Euro in bar hatten abschwatzen lassen, als Anzahlung für den zu erwartenden Deal, konnte er nur den Kopf schütteln.

»Das ist wirklich unvorstellbar! Erwachsene, intelligente Menschen, scheinbar erfolgreiche, angesehene Mitbürger, lassen sich mit solchen Leuten ein und fallen auch noch auf einen notorischen Betrüger und Abzocker rein!«

»Gier macht eben blind, Steffen.«

»Und wieso musste der Herr Wu sterben?«

»Die hoffnungsfrohen Investoren in das große Geschäft hatten Wu eine Menge Geld anvertraut. Als nach mehreren Wochen nichts passierte, wurden sie misstrauisch und wollten ihr Geld zurück. Sie machten Druck auf Wu, doch selbst Taos rabiate Methoden blieben erfolglos. Das Geld hatte Wu zu großen Teilen nämlich längst verzockt. In seiner Wohnung fanden die Hamburger Kollegen nur noch etwa 60 000 Euro. Und dann hat Wu dem Westhoff eines Abends bei Geschäftsschluss ganz frech vor der Bank aufgelauert und gedroht, einen großen Skandal zu machen und sich an die Polizei zu wenden, wenn sie ihn nicht in Ruhe ließen. Das wäre für die beiden honorablen Schwartauer Bürger natürlich das Ende gewesen. Um Aufsehen zu vermeiden, hat der Banker den Mann kurz mit in die leere Bank genommen, und bei der Gelegenheit muss Wu sich die Visitenkarte der Bankangestellten gegriffen haben, auf die er Kleinhausens Namen notierte. Ob er den auch noch aufgesucht hat, wissen wir nicht, der Zahnarzt schweigt beharrlich.«

»Um ihren guten Ruf nicht zu verlieren, haben sie den Chinesen also lieber getötet, logisch«, meinte Steffen sarkastisch. »Sind die Menschen wirklich so, Schorsch?«

»Was soll ich dazu sagen? Mir sind von Berufs wegen schon einige von der Sorte begegnet.«

»Und waren die Herren denn überrascht, als ihr aufgetaucht seid?«

»Den einen, Tao, den hatten wir ja schon. Der war uns quasi auf dem Silbertablett serviert worden. Westhoff wurde am Hamburger Flughafen festgenommen, der wollte gerade nach London, nur mal wieder seine Freundin besuchen, wie er angab. Der Zahnarzt, dieser Kleinhausen, war dagegen so was von kaltblütig. Der hat einfach weiter seine Patienten behandelt, als sei nichts geschehen. Als wir bei ihm aufgetaucht sind, hat er alles abgestritten und sofort seinen Anwalt angerufen. Und der soll so ein typischer Konfliktanwalt sein, hat Lüthge von der Staatsanwaltschaft gesagt, einer, der es schafft mit Befangenheitsanträgen und angeblichen Formfehlern jede Verhandlung zu torpedieren. Teilgeständnisse, dass das Opfer in seinem Keller war, zum Beispiel, hat Kleinhausen inzwischen zwar eingeräumt, aber ansonsten alles auf die anderen geschoben. Wird ein spannender Prozess werden.«

»Sagt mal, ihr beiden, habt ihr keine angenehmeren Themen? Reicht es euch nicht, wenn ihr im Job ständig mit diesem ganzen Mord und Totschlag zu tun habt?«

David stand hinter ihnen und schüttelte verständnislos den Kopf.

»Darf ich euch ein Stück von meinem sagenhaften Carrot Cake anbieten, damit ihr auf andere Gedanken kommt?«

Er stellte vor jeden einen Teller mit einem dicken Stück seines saftigen Kuchens, der mit einer üppigen Schicht Zuckerguss umhüllt war. Es war das erste Mal, dass sich David im Backen versucht hatte, und das Ergebnis schmeckte wirklich hervorragend. Deshalb war er auch ziemlich stolz auf sein Werk und konnte gar nicht aufhören, darüber zu erzählen.

»Das Rezept stammt von meiner Schwester Elizabeth. Die ist eigentlich gar nicht so ein Küchentyp, aber diesen Kuchen, den bäckt sie immer, wenn sie etwas zu einer Party mitbringen soll, und alle finden den toll.«

»Der schmeckt auch toll, David, wirklich«, lobte Georg,

nachdem er gekostet hatte. »Worüber haben wir uns eigentlich grad unterhalten, Steffen?«

»Hab ich glatt vergessen, Schorsch. Dieser Carrot Cake schmeckt einfach zu köstlich!«

Als sein Teller geleert war, stand Georg auf und suchte nach Derya. Die ging gerade mit einer Flasche und einem Tablett herum, schenkte nach, sammelte leere Teller ein, machte sich nützlich. Das dunkellila Seidenkleid stand ihr ausnehmend gut, fand er, und passte wunderbar zu ihrem dunklen Haar, in dem heute ein paar karamellblonde Strähnchen leuchteten.

»Derya Schatz, du siehst fantastisch aus«, sagte er leise zu ihr, »aber du bist hier nicht als Servierhilfe engagiert. Lass das sein und entspann dich. Du hast schon genug geholfen, und ansonsten bist du ein Gast wie alle anderen auch.«

»Aber Georg, ich mach das doch gerne.«

»Ich weiß. Aber es gibt Leute, die verstehen das nicht. Meine bescheuerten Schwägerinnen zum Beispiel. Die sollen dich als meine Freundin kennenlernen, nicht als die Frau vom Catering Service.«

»Die Türkin vom Catering Service, meinst du wohl«, grinste Derya.

»Genau.«

Georg gab ihr einen Kuss auf die Wange und lachte.

»Du verstehst schon, was ich meine. Aber ist ja eigentlich gar nicht mehr wichtig. Die Begegnungen mit dem unangenehmen Teil von Astrids Familie haben sich ja eh inzwischen auf ein Minimum reduziert. Das war sowieso immer nur Pflichtübung und hatte mit Sympathie nicht viel zu tun.«

»Dann bin ich ja mal gespannt.«

»Worauf?«

»Na, wie dir meine Familie gefällt.«

»Äh, ja. Ich auch«, stimmte Georg leicht irritiert zu. Als Derya seine verstörte Miene sah, fing sie an zu kichern. Es amüsierte sie scheinbar grenzenlos. Sie warf den Kopf in den Nacken, und aus dem Kichern wurde ein lautes Lachen. Es wirkte sehr ansteckend. Auch Georg fiel schließlich mit ein.

»Was ist denn so lustig? Darf man mitlachen?«, fragte seine Schwägerin Sigrid leicht pikiert.

»Ach, das verstehst du nicht«, prustete Georg, »aber mitlachen darfst du natürlich.«

Die große Kaffeemaschine mahlte mit ziemlich lautem Gegrummel die Bohnen, zischend schäumte die Milch auf, und ein belebender Duft zog durch die Schöneberger Altbauwohnung.

»Der Filterkaffee in Grootmühlen war ja ganz gut, aber unser Milchkaffee hier, der hat mir trotzdem gefehlt«, freute sich Marlene. »Es geht doch nichts über zu Hause.«

»Ja, schön hier«, bestätigte Sophie mit einem glücklichen Lächeln und hielt schnuppernd die Nase über ihre Tasse.

Die Nachmittagssonne ließ die gelb gefärbten Blätter der Kastanie im Hinterhof erstrahlen. Sophie musste niesen und suchte nach einem Taschentuch in ihrer Jackentasche. Plötzlich stutzte sie und legte ein kleines, glänzendes Päckchen auf den Küchentisch.

»Oh nein«, stöhnte Marlene, »schleppst du den immer noch mit dir rum! Weißt du was, jetzt könntest du den verdammten Glückskeks endlich mal öffnen, finde ich.«

Einen Augenblick schaute Sophie versonnen auf das Päckchen. Schließlich riss sie die rotgoldene Folie auf und zerbrach den Keks über der Tischplatte. Sie aß eine Hälfte und reichte die andere an Marlene weiter. Die griff sich das kleine Zettelchen, das herausgefallen war, und entfaltete es, um es zu lesen.

»*Die Wissenden reden nicht viel, die Redenden wissen nicht viel*, steht da. Chinesische Weisheit.«

Marlene brach in ein lautes Lachen aus.

»Sophie! Kennen die dich etwa, die alten Chinesen?«

ENDE

ANHANG

STEVEN C. LI KOCHT FÜR ANJA-LENAS KOLLEGEN

Eine Mahlzeit in China besteht – etwa bei vier Personen – aus drei bis vier Gerichten, gleichzeitig auf den Tisch gebracht, von denen sich jeder mit seinen Stäbchen bedient. Manchmal gibt es dazu noch ein eigenes Schälchen mit Reis oder Nudeln als Beilage. Alle Rezepte stammen aus Chunyis Pekinger Hutong Cuisine. Sollten Ihre Wege Sie einmal nach Peking führen, würde ich Ihnen empfehlen, dort an einem von Chunyis Kochkursen teilzunehmen: http://www.hutongcuisine.com/

Jing Jiang rou si - Pfannengerührtes Schweinefleisch mit Tianmianjiang Sauce

Zutaten:
  250g Schweinefleisch in 3 mm schmalen 6 cm langen Streifen
  1 große Frühlingszwiebel, nur das Weiße

Marinade:
  1 TL helle Sojasauce
  1/8 TL Salz

1 TL Reiswein, ersatzweise trockener Sherry
3 TL Maisstärke
2 EL Wasser

Würzsoße:
2 EL Tianmianjiang Sauce (= süße Mehlsauce, gibt's im Asialaden)
2 EL Wasser
2 TL Zucker
1 TL dunkle Sojasauce

Erdnussöl/Maiskeimöl/Sojaöl zum Braten

Die Frühlingszwiebel in 6 cm lange Abschnitte schneiden, diese zu schmalen Streifen schneiden und auf einem Servierteller verteilen.

Das vorbereitete Schweinefleisch für 15 min in die gut gemischte Marinade geben. Währendessen aus den genannten Zutaten in einem verschließbaren Gefäß (z.B. Marmeladenglas) die Würzsoße herstellen und schütteln, bis sich der Zucker gelöst hat.
Im Wok 1 El Öl verteilen und auf großer Flamme erhitzen, das marinierte Schweinefleisch hinein geben, nach allen Seiten im Wok ausbreiten und vorsichtig rühren (1 bis 2 min), bis die Fleischstreifen weiß werden und sich voneinander lösen. Nun das Fleisch in die Mitte schieben, 1 weiteren El Öl rundherum geben, die Würzsauce über das Fleisch gießen, alles unter Rühren weiter braten (1-2 min), bis es zu duften beginnt. Aus dem Wok nehmen und auf den mit Frühlingszwiebel belegten Teller geben.

Di san xian - Kurzgebratenes Gemüse »Drei Schätze«

Zutaten:
1 Aubergine, gewaschen, in Scheiben, weniger als 1 cm dick
1 Kartoffel, geschält in ½ cm dicken Scheiben
1 grüne Paprika, gewaschen, entkernt, in ½ cm schmale Streifen geschnitten
Gemüse mit Gesamtgewicht ca. 500 g

2 Frühlingszwiebeln – nur das Weiße
3 Knoblauchzehen in dünnen Scheiben

1 EL helle Sojasauce
1 EL Austernsauce (Asialaden)
¼ TL Salz
1 TL Zucker
2 TL Reiswein, ersatzweise trockener Sherry
100 ml Wasser

Erdnussöl/Maiskeimöl/Sojaöl zum Braten

Einen EL Öl im Wok verteilen, heiß werden lassen, darin die Kartoffelscheiben bei mittlerer Hitze auf beiden Seiten zu goldener Farbe braten und dann herausnehmen. Einen weiteren EL Öl zufügen, die Auberginenscheiben in den Wok geben und vorsichtig pfannenrühren, bis sie weich sind. Ebenfalls herausnehmen und nun für 1 Minute die Paprikastreifen unter Rühren im Wok anbraten, bis die Haut eine leichte Braunfärbung aufweist. Aus dem Wok zu dem übrigen Gemüse geben.

Wieder einen EL Öl im Wok heiß werden lassen und das Weiße der Frühlingszwiebeln sowie die Knoblauchscheiben unter Rühren erhitzen, bis es anfängt zu duften. Nun die vorgebratenen Gemüse zugeben, umrühren, den Reiswein, Soja- und Austernsauce, Zucker und Salz, sowie das Wasser zufügen. Den Deckel auf den Wok legen und weiter (ungefähr 5 min) auf reduziertem Feuer lassen, bis das Wasser eingekocht ist.

Erdnusssnack

Zutaten:
200g frische Erdnüsse
Erdnussöl/Maiskeimöl/Sojaöl zum Frittieren
4 EL chinesischer, schwarzer Essig
3 EL helle Sojasauce
2-3 TL Zucker
1-2 Frühlingszwiebeln (nur das Grün)

In einer Schale Essig, Sojasauce und Zucker verrühren. Ausreichend Pflanzenöl im Wok heiß werden lassen, bis an einem Holzlöffel Blasen aufsteigen. Die Erdnüsse hineingeben und in 5-8 Minuten knusprig frittieren. Mit einem Schaumlöffel herausnehmen, kurz abtropfen und mit der vorbereiteten Sauce mischen. Zum Schluss die in ganz feine Ringe geschnittenen Frühlingszwiebeln darüber streuen.

Mapo doufu - Mapo Tofu, sehr scharf

Zutaten:
400g weicher Tofu, in 1cm große Würfel geschnitten
100g Rinderhack

Erdnussöl/Maiskeimöl/Sojaöl

1 ½ TL Szechuan Pfeffer

Gewürze I
2 TL Chilibohnenpaste (Toban Jiang)
1 TL getrocknete, gemahlene Chilischoten
2 TL fein gehackter Ingwer
3 TL fein gehackte Knoblauchzehen
1 ½ TL fein gehackte, fermentierte schwarze Sojabohnen

2 TL Reiswein (Shao Xing)
150 ml Wasser

Gewürze II
1 Prise Salz
1 EL helle Sojasauce
1 TL Zucker

2 TL Maisstärke
3 TL Wasser

1 Stange Lauch (nur der grüne Teil) geputzt, gewaschen in 1cm Ringe geschnitten
½ TL Sesamöl

Den Wok auf mittlere Hitze aufheizen, 1 EL Öl hineingeben, sobald es dampft, Hitze reduzieren, den Szechuan Pfeffer zufügen und braune Farbe annehmen lassen. Sobald es anfängt zu duften, herausnehmen, abtropfen und im Mörser pulverisieren. Nun das Rinderhack unter Rühren im Wok garen, dann nacheinander die Gewürze I hinzufügen und jedes Mal kurz umrühren.

Jetzt den Reiswein und das Wasser zugeben, die Gewürze II einrühren, sowie den gewürfelten Tofu, alles gut vermischen und zugedeckt bei schwacher Hitze ungefähr 10 min köcheln lassen, bis sich die Flüssigkeit halbiert hat.

Maisstärke mit Wasser anrühren, zu dem Gericht in den Wok geben (falls zu flüssig, mehr angerührte Maisstärke zufügen), umrühren bis die Sauce andickt, den geschnittenen Lauch unterrühren und die Heizquelle ausschalten. Den pulverisierten Szechuan Pfeffer und das Sesamöl zufügen, noch einmal gut umrühren, fertig – servieren.

Jao zi – chinesische Nudeltaschen

Zutaten für den Teig für 30 Jao zi:
  250 g Mehl
  130 g kaltes Wasser

Mehl in eine Schüssel geben und während man langsam mit dem Handmixer rührt, nach und nach das Wasser zugeben. Dann die Masse fleißig mit den Händen kneten, bis ein elastischer Teig daraus geworden ist. Diesen 15 min ruhen lassen, dann in 2 Teile teilen und jeweils zu einer Rolle von ca. 3cm Durchmesser formen, die man in 15 gleich große, runde Scheiben schneidet. Mit einem feuchten Tuch bedeckt stehen lassen.

Zutaten für die Füllung:
200 g Schweinehack
400 g Weißkohl (empfehlenswert: Spitzkohl), sehr fein geschnitten, mit ½ TL Salz
Vermischen und für ca. eine Viertelstunde stehen lassen

1,5 TL Ingwer, fein gehackt
1 knapper TL Salz
½ TL Zucker
4 TL helle Sojasauce
1 TL Reiswein
1 TL Sesamöl
2 TL Frühlingszwiebel (nur das Weiße), fein gehackt

Schweinehack in eine Schüssel geben und gut mit allen Gewürzen vermischen, zum Schluss vorsichtig die Frühlingszwiebel unterziehen. Die aus dem Weißkohl gezogene Flüssigkeit abgießen und das Gemüse gut ausdrücken, anschließend unter die Füllung mischen.

Nun die Füllung gleichmäßig auf den vorbereiteten Teigstücken verteilen: Auf die eine Hälfte des Teigkreises geben, die andere Seite darüber klappen und mit den Fingern die äußeren Ränder zusammendrücken, sodass ein halbmondförmiges Schiffchen mit »gekräuseltem« Rand entsteht.

In einem großen Topf ausreichend Wasser zum Kochen bringen. Die Jao zi hinein geben und 4 bis 5 Minuten kochen. Anschließend die fertigen Jao zi mit einem Schaumlöffel herausnehmen.

Dazu als Dipp eine Mischung aus chinesischem, schwarzen Essig und Sojasauce, mit Knoblauchpaste abgeschmeckt, nach Geschmack auch mit etwas Chiliöl, servieren.

DAS KOMMT BEI MARLENE UND SOPHIE AUF DEN TISCH

Vor allem auf Besuch an der Ostsee serviert Marlene gerne Fisch – ob Scholle, Steinbutt oder Dorschfilet - ganz einfach mit wenig Salz (evtl. auch Pfeffer) gewürzt und in der Pfanne in einer Butter-Ölmischung gebraten, manchmal mit einer Handvoll geräucherter Magerspeckwürfel. Dazu schmecken folgende Beilagen:

Zitronen-Kartoffel Püree (à la Toni aus Kellenhusen)

Zutaten für 4 Personen:
 10 mittelgroße Kartoffeln, geschält in Stücke geschnitten
 Prise Salz
 ein reichlicher Schuss gutes Olivenöl
 frisch geriebene Schale einer halben bis ganzen Zitrone (nach Geschmack)

Die Kartoffeln gerade so mit Wasser bedeckt gar kochen. Anschließend etwa 2/3 des Wassers abgießen, aber aufbewahren. Die Kartoffeln im restlichen Wasser mit dem Kartoffelstampfer zu einem dicken Brei verarbeiten, sollte er zu fest sein, noch etwas vom Kochwasser zufügen. Salz, Olivenöl und Zitrone zufügen, Geschmack überprüfen – fertig ist eine frische, aparte Beilage die zu Fisch, aber auch zu hellem Fleisch und Geflügel passt.

Sahne-Mangold

Zutaten für 4 Personen:
 ca. 800 g Mangold, gewaschen, geputzt, Stiele in 1 cm Stücke, Blätter grob geschnitten
 Butter
 Salz
 weißer Pfeffer
 Muskatnuss
 ½ Becher Sahne

Die zerkleinerten Mangoldstiele in der Butter andünsten, nach 5 min die Blätter zugeben, mit Salz, Pfeffer und Muskatnuss würzen und auf kleiner Flamme weitere 5 min dünsten. Zum Schluss die Sahne zufügen und noch einmal abschmecken.

Köstliches Süßkartoffelmus
(nach einem Rezept von Peter aus dem Antik Café bric-a-brac & more in Labenz)

Zutaten für 4 Personen:
 300 g Karotten, gewaschen, geschält
 300 g Süßkartoffeln, gewaschen, geschält, in große Stücke geschnitten
 1 Zwiebel, geschält, gewürfelt
 Butter, Salz, Pfeffer
 Petersilie, gewaschen, gehackt
 oder: 1 Handvoll gewürfelten Katenschinken
 2 Frühlingszwiebeln, in Ringe geschnitten

Karotten, Süßkartoffeln und die Zwiebel gerade so mit Wasser bedeckt garkochen. Das Wasser abgießen, die Gemüse zu einem festen Püree stampfen, einen Stich Butter beigeben und mit Salz und Pfeffer abschmecken. Vor dem Servieren die gehackte Petersilie darüber streuen, oder mit einer Mischung aus in Butter angebratenen Schinkenwürfeln und Frühlingszwiebelringen garnieren.

Wer das Püree etwas weicher haben möchte, kann auch mit einem Schuss süßer Sahne verfeinern. Es ist in jedem Fall ein perfekter Begleiter für deftige Fleisch/Fischgerichte.

Radicchio Risotto

Zutaten für 4 Personen:
- 400 g Risotto-Reis
- 1 Kopf roten Radicchio, ca. 300/400 g, gewaschen, geputzt, in feine Streifen geschnitten
- 1 kleine Zwiebel, fein gehackt
- 1 EL Butter
- 1 EL Olivenöl
- 100 ml Milch
- 1 l heiße Fleisch- oder Gemüsebrühe
- 1 Glas Weißwein
- 100 ml Schlagsahne
- 40 g frisch geriebenen Parmesan
- 50 g geröstete Walnüsse
- schwarzer Pfeffer aus der Mühle, frisch geriebener Parmesan

In einem ausreichend großen Topf Olivenöl und Butter erhitzen. Darin die Zwiebel goldgelb schwitzen, den Radicchio zufügen und dünsten, bis er keine Farbe mehr hat. Nun den Reis dazu geben und unter stetigem Rühren auf großer Flamme anrösten, bis er glasig wird. Jetzt mit der Milch ablöschen, Hitze ein wenig verringern, etwas von der Brühe zugeben, dabei ständig rühren, bis die Flüssigkeit aufgesogen ist, wieder Brühe zugeben, rühren usw. bis die gesamte Brühe aufgebraucht ist. Nun den Weißwein zugeben, rühren, und die Bissfestigkeit kontrollieren. Die Hitze verringern, weiter rühren, bis das Risotto gleichzeitig cremig und schön knackig ist, nach etwa 20 Minuten. Nun die Sahne hineinrühren und den Parmesankäse untermischen.

Portionen auf Teller verteilen, mit gerösteten Walnüssen bestreuen und die Esser nach Geschmack mit schwarzem Pfeffer und frisch geriebenem Parmesan selbst würzen lassen.

Saftiger Streuselkuchen vom Blech nach Cousine Edith

Zutaten für den Teig:
4 Eier (zimmerwarm)
200 g Zucker
1 P Vanillezucker
abgeriebene Schale einer unbehandelten Zitrone
200 g Mehl
1 TL Backpulver

wer möchte: ca. 500g Obst (z.B. Äpfel in Stücken, mit etwas Wasser angedünstet, abgegossen; frische Pflaumen, halbiert, entsteint; eingemachte Kirschen, Aprikosen)

Zutaten für die Streusel:
250 g (am besten brauner) Zucker
1 TL Zimt
1 gute Prise Salz
300 g Mehl
250 g Butter (kalt)
1 Becher Schlagsahne

Aus den genannten Zutaten einen Rührteig herstellen und auf ein gefettetes, bemehltes oder mit Backpapier ausgelegtes Backblech streichen. Das Obst darauf verteilen – es geht aber auch ganz ohne. Mehl, Zucker, Zimt und Salz in einer Schüssel vermischen und die in Stückchen geschnittene, kalte Butter hinzufügen. Mit den Knethaken des Handmixers zu krümeligen Streuseln verarbeiten und diese mit beiden Händen über den vorbereiteten Teig mit dem Obst krümeln. Im vorgeheizten Ofen bei 180 Grad ca. 20 - 30 Min. backen, danach sofort die flüssige Sahne darüber verteilen und für 10 Minuten im ausgeschalteten, heißen Ofen lassen.

Der Kuchen schmeckt warm oder kalt, übrigens auch wunderbar mit (warmer) Vanillesauce – ein üppiger Genuss, zugegeben, aber manchmal braucht der Mensch so was, oder?

ZU GAST BEI ANGERMÜLLER UND SEINEN FREUNDEN

Deryas Salat Oriental

Zutaten:
500 g Karotten, gewaschen, geschält, im Ganzen in Salzwasser bissfest gekocht,
Kochwasser aufheben
500 g Kartoffeln, gewaschen, in Salzwasser gekocht
300 g Sucuk, scharfe, türkische Knoblauchwurst, ohne Haut, gewürfelt
1 gute Handvoll Rosinen
2 – 3 Frühlingszwiebeln in dünne Ringe geschnitten

für das Dressing:
4 EL Olivenöl
2 Knoblauchzehen, fein gehackt
1 ½ TL Kreuzkümmel, im Mörser etwas zerdrückt
evtl. 1 getrocknete, zermörserte Chilischote
1 TL Salz
1 ½ TL Zucker
3 EL Zitronensaft

Die gegarten Karotten in 1 cm dicke Scheiben schneiden, die gekochten Kartoffeln schälen und in Salatscheiben schneiden. Die gewürfelte Sucuk in einer beschichteten Pfanne ohne Fettzugabe braten, das austretende Fett abgießen. Karotten, Kartoffeln, Sucuk und Rosinen in einer ausreichend großen Schüssel mischen.

Das Öl in der Pfanne erhitzen, den gehackten Knoblauch darin leicht Farbe annehmen lassen, den Kreuzkümmel, das Salz, den Zucker, und wer es richtig scharf mag, die Chilischote zufügen. Zum Schluss den Zitronensaft und 3 EL Karottenkochwasser zugießen und alles zusammen 3–5 Minuten köcheln. Nun über die Salatzutaten gießen, alles gut vermischen und für ein paar Stunden durchziehen lassen. Vor dem Servieren die Frühlingszwiebelringe darüber streuen.

*Melanzane alla Parmigiana –
wie Angermüller sie aus dem Al Giardino in Kellenhusen kennt*

Zutaten für 4 Personen als Vorspeise:
600–700 g Auberginen, gewaschen, evtl. geschält, in Scheiben (etwas dicker als ½ cm)
Olivenöl
3 Eier
Mehl
Salz / Pfeffer
1 Dose geschälte Tomaten ca. 800 g
(oder 1 kg gut gereifte, frische Tomaten, am besten die Sorte San Marzano, wenig Kerne, ziemlich süß, im warmen Wasser enthäuten, entkernen
2 Knoblauchzehen, fein gehackt
1 kleines Bund Basilikum, gehackt
1 kleines Bund Petersilie, gehackt
50 g Parmesan, gerieben
200 g Mozzarella, in ganz feine Scheiben geschnitten

Die Eier mit etwas Salz und Pfeffer würzen und verschlagen. Die Auberginen salzen, in Mehl wälzen, dann durch die Ei Masse ziehen. Nun in heißem Olivenöl in der Pfanne von beiden Seiten 1 Minute anbraten und anschließend auf Küchenpapier entfetten.

In einem Topf mit etwas Öl den Knoblauch anschwitzen, die Tomaten, das Basilikum und die Petersilie dazu geben, mit Salz und Pfeffer abschmecken und ca. 30 Minuten köcheln lassen.

Anschließend mit einem Handmixer pürieren.

Nun in eine ausreichend große Auflaufform etwas Tomatensauce geben, dann eine Lage Auberginen darüber decken, ein wenig Tomatensauce darüber streichen (nicht zu viel sonst schwimmt die Masse), mit den dünnen Mozarellascheiben belegen und mit etwas Parmesankäse bestreuen. Dies wiederholt man, bis die Auflaufform gefüllt ist. Am Schluss noch mit Tomatensauce bedecken und dann eine halbe Stunde ruhen lassen. Bei 250 Grad 20–30 Minuten backen lassen. Wunderbar als Vorspeise oder zu Pasta, zu Lamm Gerichten oder kalt als Snack.

Angermüllers Blumenkohlnudeln in Currysahne für Julia und Judith

Zutaten für 4 Personen:
 400 g Nudeln (z.B. Farfalle, Penne, Volanti)
 1 mittelgroßer Blumenkohl, gewaschen, geputzt, im Ganzen bissfest gekocht (Dämpfeinsatz)
 1 EL Butter
 1 EL Olivenöl
 1 Knoblauchzehe, geschält, im Ganzen, gequetscht
 1 Becher Sahne
 Salz
 Currypulver
 (100 g Tiroler Speck, nach Geschmack)
 schwarzer Pfeffer aus der Mühle
 frisch geriebener Parmesan

Die Nudeln nach Vorschrift al dente kochen.

Währenddessen in einem Topf Butter und Öl heiß werden lassen, die Knoblauchzehe darin goldgelb rösten und anschließend entfernen. Nun die Sahne dazu gießen, kurz aufwallen lassen, mit Salz und reichlich Curry abschmecken. Den Blumenkohl in Röschen zerpflücken und zusammen mit den Nudeln in die Sauce geben, alles gut mischen. Wer mag kann auch noch gewürfelten, angerösteten Tiroler Speck darüber geben. Auf dem Teller mit schwarzem Pfeffer würzen und mit einer guten Portion Parmesan bestreuen.

Steffens Lapin au cidre - nach einem Rezept aus Anna Florics Restaurant

(Steilufer, Angermüllers II. Fall)

Zutaten für 4 Personen:
  1 küchenfertiges Kaninchen, in ca. 10 Stücke geteilt
  für die Marinade mischen:
  3 – 4 TL Dijonsenf
  2 – 3 TL Honig
  2 Knoblauchzehen, geschält, zerdrückt
  Pfeffer
  Salz
  5 – 6 EL Öl

  zum Schmoren:
  3 EL Butter
  3 Schalotten, geschält, in Scheiben geschnitten
  2 säuerliche Äpfel, geschält, geviertelt, in längliche Scheiben geschnitten (3-4 mm dick)
  2 – 3 Zweiglein Thymian
  ca. ½ l trockener Cidre
  1 Becher Creme fraiche

Die Kaninchenteile mit der Marinade einstreichen und ein paar Stunden oder über Nacht im Kühlschrank zugedeckt ruhen lassen. Die Butter erhitzen, das Fleisch zu heller Bräune anbraten, Schalotten- und Apfelscheiben sowie den Thymian dazugeben, ebenfalls kurz anbraten und dann mit der Hälfte vom Cidre angießen. Ca. 20-30 min bei mittlerer Hitze schmoren, ggfs. Flüssigkeit ergänzen. Nun sollte das Fleisch weich sein. Den restlichen Cidre zugießen, mit Creme fraiche binden und die Sauce mit Salz und frisch gemahlenem Pfeffer und ggfs. noch mehr Dijonsenf abschmecken.

Natürlich kann man einfach Baguette dazu essen, aber Röstkartöffelchen oder Ofenkartoffeln passen auch prima, oder aber Marlenes Süßkartoffelpüree.

*Georgs schnelle Himbeernachspeise
(ein toller Tipp von Dessertspezialistin Sigrun!)*

Zutaten für 4 Personen:
  250–300 g Himbeeren, tiefgefroren
  65 g Baiser, in einer Plastiktüte mit der Kuchenrolle grob zerbröselt
  300 g Vanillejoghurt (Bioqualität)
  125 Schlagsahne, geschlagen
  brauner Zucker

Die gefrorenen Himbeeren auf dem Boden einer großen, flachen Schale oder in 4 flache Portionsschälchen verteilen und die zerbröselten Baisers darüber streuen. Die geschlagene Sahne mit dem Joghurt mischen, darüber geben, mit braunem Zucker großzügig bestreuen – fertig. Bis das Dessert an die Reihe kommt, sind die Himbeeren verzehrfertig aufgetaut.

Carrot Cake – Davids ganzer Stolz
(nach einem Rezept von Peter aus dem Antik Café bric-a-brac & more in Labenz)

Zutaten, zimmerwarm:
    400 g Zucker
    4 Eier
    400 g Mehl
    400 ml neutrales Öl
    1 TL Salz
    1 TL Vanilleextrakt oder 1 Vanilleschote
    350 g fein geriebene Karotten
    30 g Backpulver

für den Guss:
150 g Frischkäse
250 g Puderzucker
Schale und Saft 1/2 unbehandelten Zitrone oder Limette

Zucker, Eier und Öl cremig schlagen. Dann Mehl, Backpulver und Salz unterrühren sowie die geriebenen Karotten mit dem Vanilleextrakt.

Die Springform mit geschmolzener Butter ausstreichen, mit Mehl bestäuben und den Teig gleichmäßig darin verteilen. Bei 170 Grad (Umluft) ungefähr 1 Stunde backen und anschließend auskühlen lassen.

Für den Guss die Schale der Zitrone abreiben und den Saft auspressen. Beides mit dem Frischkäse und dem Puderzucker cremig rühren und auf das Gebäck streichen. Sie erhalten einen wunderbar saftigen, lockeren Kuchen, der tagelang frisch bleibt – aber meist ziemlich schnell aufgegessen wird.

Aprikosentarte mit Quark – Deryas neueste Köstlichkeit

Zutaten für den Knetteig:
   200 g Mehl
   100 g kalte Butter
   1 Ei, kalt
   1 Prise Salz
   1 EL brauner Zucker

für den Belag:
   250 g Magerquark
   ½ Becher Sauerrahm
   2 Eier, zimmerwarm, getrennt
   50 g Zucker
   1 Vanillezucker
   Abgeriebene Schale einer unbehandelten Zitrone
   50 g Mandelblättchen
   500 g Aprikosen, geschält, halbiert, frisch oder abgetropft aus der Dose

Puderzucker
Vanille

Aus den angegebenen Zutaten mit den Händen einen elastischen Knetteig herstellen, sollte er kleben, noch etwas Mehl zufügen und ca. 30 Minuten in Folie gewickelt in den Kühlschrank legen. Danach eine gefettete, bemehlte Tarteform damit auskleiden.

Eiweiß steif schlagen. Magerquark, Sauerrahm, Eigelb, Zucker und Vanillezucker zu einer Creme verrühren, Zitronenschale und Mandelblättchen zugeben und am Schluss das steif geschlagene Eiweiß unterziehen. Die Quarkcreme auf den Teig in die Tarteform geben und mit den halbierten Aprikosen gleichmäßig belegen.

Im vorgeheizten Ofen bei 175–200 Grad ungefähr 25 bis 40 Minuten goldgelb backen. Nach dem Abkühlen mit einer Mischung aus Puderzucker und Vanille bestreuen.

*Weitere Krimis finden Sie auf den
folgenden Seiten und im Internet:*

WWW.GMEINER-SPANNUNG.DE

ELLA DANZ
Schockschwerenot

978-3-8392-1766-5 (Paperback)
978-3-8392-4795-2 (pdf)
978-3-8392-4794-5 (epub)

»Die ›Agatha Christie des Gourmetkrimis‹«
(NDR Kultur)

Der schlechte Kaffee und der penetrante Bockwurstgeruch in der Cafeteria der Kurklinik am Ostseestrand sind Kriminalhauptkommissar Angermüller von Besuchen bei seiner Frau lebhaft in Erinnerung. Nun hat er dort dienstlich zu tun: Maren Seemann, unbeliebte Klinikmanagerin, hat ihr Müslifrühstück nicht überlebt. Einen Tag später liegt der Chefarzt Dr. Paulsen tot in seinem Büro. Neben seiner Leiche wird ein mysteriöser Stein mit einem Flügelsymbol gefunden. Genau so einer wie neben Maren Seemann …

ELLA DANZ
Geschmacksverwirrung
....
978-3-8392-1248-6 (Paperback)
978-3-8392-3827-1 (pdf)
978-3-8392-3826-4 (epub)

»Ein neuer Fall für Kommissar und Genießer Georg Angermüller.«

Kommissar Georg Angermüllers Stimmung passt zum grauen Novemberwetter in Lübeck. Erst vor kurzem zu Hause ausgezogen, fühlt er sich in den neuen vier Wänden noch ziemlich fremd. Und dann wird ausgerechnet in der Nachbarwohnung der Journalist Victor Hagebusch tot aufgefunden. Der Mann ist an Gänseleberpastete erstickt, die ihm mit einem Stopfrohr eingeführt wurde, und sitzt, nur mit einer Unterhose bekleidet, blutig rot beschmiert und weiß gefedert an seinem Schreibtisch. Alles sieht nach einer Tat militanter Tierschützer aus. Hatte der Journalist etwas mit der Szene zu tun? Angermüller folgt vielen Spuren, bis er auf eine überraschende Verbindung stößt …

WWW.GMEINER-VERLAG.DE
Wir machen's spannend

ELLA DANZ
Ballaststoff

978-3-8392-1112-0 (Paperback)
978-3-8392-3593-5 (pdf)
978-3-8392-3592-8 (epub)

»Schwere Last«

An einem traumhaften Sommertag in der Lübecker Bucht liegt Kurt Staroske tot auf dem Golfplatz. Sind die Rockmusiker Holger und Peggy deshalb so nervös? Was hat der Greenkeeper Rob Higgins damit zu tun? Will Ökobauer Henning vor seiner Frau Gesche etwas verbergen? Und sagt Kurts Chef, der Biomarktbesitzer Hauke Bohm, die ganze Wahrheit?

Bei ihren Nachforschungen stoßen der Lübecker Kommissar Angermüller und sein Kollege Jansen auf so manch einen, der ein Geheimnis mit sich herumschleppt. Und auch die unermüdlichen Ermittler haben privat so manches Päckchen zu tragen …

ELLA DANZ
Rosenwahn
....
978-3-8392-1056-7 (Paperback)
978-3-8392-3483-9 (pdf)
978-3-8392-3482-2 (epub)

»Begraben unter Rosen«

Unter einer betörend duftenden Rosa alba im Garten eines leer stehenden Hauses bei Eutin wird ein Skelett gefunden. Zwar wissen Hauptkommissar Georg Angermüller und seine Kollegen schon bald, dass es sich um die sterblichen Überreste einer jungen Türkin handelt, doch von der Lösung des mysteriösen Falls sind sie weit entfernt. Und es kommt noch schlimmer: Als ein heftiger Regen am Neustädter Binnenwasser etwas ans Tageslicht spült, beginnt auch Angermüller sich ernsthafte Sorgen zu machen …

GMEINER SPANNUNG

WWW.GMEINER-VERLAG.DE
Wir machen's spannend

Das Neueste aus der Gmeiner-Bibliothek

Unsere Lesermagazine

Bestellen Sie das kostenlose KrimiJournal in Ihrer Buchhandlung oder unter www.gmeiner-verlag.de

Informieren Sie sich ...

www ... auf unserer Homepage:
www.gmeiner-verlag.de

@ ... über unseren Newsletter:
Melden Sie sich für unseren Newsletter an unter www.gmeiner-verlag.de/newsletter

... werden Sie Fan auf Facebook:
www.facebook.com/gmeiner.verlag

Mitmachen und gewinnen!

Schicken Sie uns Ihre Meinung zu unseren Büchern per Mail an gewinnspiel@gmeiner-verlag.de und nehmen Sie automatisch an unserem Jahresgewinnspiel mit »mörderisch guten« Preisen teil!